Ludwig Thoma
Altaich

Band 1190

Zu diesem Buch

Das Dorf Altaich im bayerischen Voralpenland ist ein Paradies der guten alten Zeit: dort verläuft das Leben noch geruhsam, bei der Arbeit ebenso wie abends im Wirtshaus. Aber der Idylle droht Gefahr. Eine neue Bahnlinie weckt die ehrgeizigen Pläne des Kaufmanns Natterer, der aus dem weltabgeschiedenen Nest einen mondänen Kurort machen möchte. Angelockt von seinen vielversprechenden Werbekampagnen, stellen sich tatsächlich die ersten Gäste ein, aus Graz, München und Berlin. Wie Altaich sie aufnimmt, welche Streitigkeiten und Verwicklungen entstehen und wie die Fremden das Dorf schließlich doch liebgewinnen – das wird mit sprühendem Witz und satirischer Brillanz erzählt.

Ludwig Thoma (1867–1921) studierte in München und Erlangen Rechtswissenschaft und ließ sich zunächst in Dachau, später in München als Rechtsanwalt nieder. Nebenbei begann er zu schreiben; erste Erzählungen erschienen in der *Augsburger Abendzeitung* und in der *Jugend*. 1899 wurde Thoma Redakteur der satirischen Zeitschrift *Simplicissimus*. Seine Satiren und Erzählungen, seine Romane und Theaterstücke zeigen ihn als einen genauen Beobachter der menschlichen Gesellschaft und des bäuerlichen Lebens seiner Heimat.

Ludwig Thoma

ALTAICH

Eine heitere Sommergeschichte

Textrevision und Nachwort
von Karl Pörnbacher

Piper
München Zürich

Die Originalausgabe erschien 1918 im Albert Langen Verlag, München.

Von und über Ludwig Thoma liegen in der Serie Piper bereits vor:

Heilige Nacht (262)
Moral (297)
Der Wilderer und andere Jägergeschichten (321)
Münchnerinnen (339)
Tante Frieda (379)
Magdalena (428)
Jozef Filsers Briefwexel (464)
Agricola (487)
Hochzeit (501)
Der Ruepp (543)
Der Münchner im Himmel (684)
Andreas Vöst (806)
Der Jagerloisl (925)
Der Wittiber (1077)
Die Lokalbahn (1300)
Die Sippe (1301)
Dichter und Freier (1302)

Das Thoma Buch. Von und über Ludwig Thoma in Texten und Bildern (641)

Weitere Werke sind in Vorbereitung.

ISBN 3-492-11190-4
Neuausgabe
Juni 1992
© R. Piper & Co. Verlag, München 1949
© des Nachworts: R. Piper GmbH & Co. KG, München 1992
Umschlag: Federico Luci,
unter Verwendung einer Illustration von
Gerhard Hotop
Gesamtherstellung: Clausen & Bosse, Leck
Printed in Germany

INHALT

Altaich   7

Nachwort   237
  Abkürzungen und Siglen   288
  Anmerkungen   289
  Worterklärungen   292

ALTAICH

Erstes Kapitel

Eine seit langer Zeit erhoffte Seitenbahn verband nun endlich den Markt *Altaich* mit der Welt, von der er lange genug abgeschieden gewesen war.

Man hat in Bayern für diese zahlreichen sich in einem Sacke totlaufenden Schienenwege die gemütliche Bezeichnung »Vizinalbahnen«, und sie dienen in der Tat dazu, die Nachbarn näher zusammenzubringen.

Etliche Meilen Weges genügen bei einer seßhaften Bevölkerung zur völligen Trennung, und nur Geschäfte konnten einen Altaicher nach Piebing und einen Piebinger nach Altaich führen.

Wer nicht Händler oder Käufer war, blieb sitzen und begnügte sich mit der Gewißheit, daß es drüben, droben oder drunten ungefähr so aussah und doch nicht so schön war, wie daheim.

Nun aber, weil die Bahn ging, mochte viele die Neugierde verführen, sich in der Nachbarschaft umzuschauen und Entdeckungen zu machen.

Wohl hatte man in Piebing oft gehört, daß die Wirtschaft zur Post in Altaich ein stattliches Anwesen sei, aber so geräumig hatte man sich Haus und Stallung, die für sechzig Pferde langte, doch nicht gedacht.

Die Stallung war noch in der guten Zeit gebaut worden, wo ungezählte Frachtwagen auf der Heerstraße fuhren und den Hausknechten die Säcke von den Trinkgeldern wegstanden, wo frühmorgens um vier Uhr angezapft und der Kessel mit Voressen ans Feuer gerückt wurde.

Dann kamen die Eisenbahnen, und auf den Landstraßen wurde es leer. Keine Peitsche knallte mehr lustig, um Hausknecht und Vizi zu grüßen, und die Stallungen verödeten.

Unterm Berg in Altaich hießen die Anwesen zum Schmied, zum Wagner, zum Sattler.

Die Namen erinnerten daran, daß hier das Handwerk geblüht hatte, als die Fuhrleute noch die steile Straße mit Vorspann hinauffahren mußten und alle Daumen lang was zu richten hatten.

Ja, das war die gute Zeit gewesen, und eine schlechte war hinterdrein gekommen.

Vierzig Jahre lang war Altaich wie Dornröschen im Schlafe gelegen. Der jetzige Posthalter, Michel Blenninger, der Sohn vom alten Michel Blenninger, der noch im vollen gesessen war, mußte sein Geld genauer zusammenheben und seufzen, wenn er die langgestreckten Dächer flicken ließ, unter denen nicht mehr die Scharen von Gäulen ein Unterkommen fanden. Es konnte ihm das Gähnen ankommen, wenn er über den weiten Hof hinschaute, auf dem sich ehemals die Plachenwägen angestaut und Fuhrmann, Hausknecht und Vizi ihr Wesen getrieben hatten, und der nun so verlassen dalag.

Es konnte ihm zumut sein wie seinem Tiras, der den Schweif einzog und die Ohren hängen ließ, wenn er in der prallen Mittagssonne über den Hof schlich.

Aber nun war ja die Vizinalbahn gebaut, und einsichtige Altaicher meinten, die alte Zeit oder ein Stück von ihr könne wiederkommen.

Der Posthalter war ungläubig.

»Papperlapapp!« sagte er. »Gehts mir weg mit der Bahn. Wer fahrt denn damit? D'Fretter. Dös san koane Wagelleut, de ausspanna, zehren, was sitzen lassen. Und überhaupts! Weil ma jetzt von Piebing herüber fahrn ko und von Altaich hinüber. Dös kunnt aa no was sei! Hörts ma'r auf!«

»Den Anschluß hamm mir, verstanden?« erwiderte ihm nicht selten der Kaufmann Karl Natterer junior, ein strebsamer, auf Fortschritt bedachter Mann. »Anschluß! Vastehst? Ma fahrt net bloß auf Piebing ummi; ma fahrt nach München, nach Augsburg, ma fahrt überall hi. Oder wenigstens, ma kann fahrn. Vastehst?«

»Papperlapapp! Is scho recht. Da wer'n jetzt glei d'Leut umanand surrn als wia d'Wepsn. Und übrigens, dös is ja grad, was i sag! Daß d'Leut umanandfahrn und durchfahrn und nimma dableibn. Mir wern's ja derlebn, daß sogar de Altaicher am Sunntag umanandroas'n, statt daß s' da bleib'n, wos s' hig'hörn. Dös is ja dös Ganze!«

»Es muß sich reguliern«, rief Natterer, der im Eifer ins Hochdeutsche geriet. »Laß die Sache sich reguliern! Zum Beispiel mit dem Verkehr ist es genau so, als wie zum Beispiel mit dem Wasser. Man muß es in Kanäle leit'n...«

»M–hm... daß 's schö wegrinna ko...«

»Nein, daß es an gewissen Plätzen zusammenströmt...«

»Und der Platz is wo anderst, und z'Altaich is da Kanal... net?«

»Warum denn? Das seh' ich gar nicht ein...«

»Papperlapapp! Siehgst, Natterer, für dös G'red kriagst d'jetzt gar nix. Aber scho gar nix. Laß di hoamgeig'n mit dein Kanal!«

Da gab der Kaufmann gewöhnlich den Streit auf, denn der Posthalter hatte eine Natur, die von selber gröber wurde, wenn sie einmal in die Richtung gedrängt war.

»Es is was Merkwürdigs«, sagte dann Natterer junior daheim zu seiner Frau. »Dieser Blenninger kann auch net logisch denk'n. Aber woher kommt's? Weil diese Menschen ihrer Lebtag in Altaich hock'n, nicht hinauskommen, nicht die Welt sehen... et cetera...«

Fürs erste schien aber doch die Meinung Blenningers die richtige zu sein, denn etliche Handlungsreisende ausgenommen, brachte die Vizinalbahn niemand in die aufgeschlossene Gegend, während die Möglichkeit des Ausfliegens von etlichen Leuten benützt wurde.

Manchen trieben der leichte Sinn und die in stiller Abgeschiedenheit gedeihende Vorstellung von Abenteuern bis nach München, wo er gegen seine Absicht erkannte, daß die Wirklichkeit nie den Erwartungen entspricht, und daß ein fühlender Mensch nirgends einsamer ist als in einer großen Menge.

Aber diese Einsicht verrät keiner dem andern.

Jeder muß sie selber gewinnen, und deswegen trat nach dem Herrn Hilfslehrer der Herr Postadjunkt und nach dem Herrn Postadjunkten der Herr Kommis Freislederer die Fahrt in die Stadt der Enttäuschungen an.

Der Blenninger sah das Hin- und Hergereise und nickte grimmig dazu. Er hatte vorher gewußt, daß die Eisenbahn die Jugend von Solidität und Abendschoppen weglocken werde. Aber auch wer nicht so vom Schicksal zum Mißtrauen erzogen war, konnte sich des Gefühls nicht erwehren, daß sogar dieses moderne Verkehrsmittel, die Eisenbahn, dazu diente, die Weltverlorenheit Altaichs recht anschaulich zu machen.

Wenn man die seltsam geformte Lokomotive vor zwei unansehnliche Wägen gespannt durch die Kornfelder dahinschleichen sah, fühlte man sich in Großvaterszeit zurückversetzt, und die Tatsache, daß man eine solche Maschine fauchen und keuchen hörte, gab einem die Gewißheit, daß man der Welt der Schnellzugslokomotiven, der Schlaf- und Speisewagen weit entrückt sei.

Altaich schien bestimmt zu sein, als Versteck für Raritäten und Überbleibsel dereinst das Entzücken eines Forschers erregen zu dürfen.

Allein die Tatkraft und das Genie seines rührigsten Bewohners, Karl Natterers junioris, bewahrten es vor diesem Schicksale.

Er, der in Landshut seine Lehrzeit verlebt und vier Jahre mit dem Musterkoffer ganz Süddeutschland bereist hatte, war ein Mann, der den Fortschritt verstand und im Auge behielt, und er war gesonnen, die Heimat zu fördern und zu heben.

Alle Welt im südlichen Bayern schien damals nur ein Mittel zu kennen, um dieses Ziel zu erreichen.

So wie man in früheren Zeiten von Handel und Wandel sprach oder glaubte, daß man mit einem Handwerk weiter komme als mit tausend Gulden, oder auch sagte, daß Arbeit Feuer aus Steinen gewänne, so schrieb man jetzt dem Fremdenverkehr allen Segen zu. Obwohl auch heute noch das Sprichwort gelten muß, daß das Jahr ein großes Maul und einen weiten Magen hat, bekannten sich doch gewichtige und kluge Männer zu dem Glauben, daß man in etlichen Wochen von der Erholung suchenden Menschheit soviel gewinnen könne, daß es für die andern vierzig Wochen lange.

Man entdeckte Schönheiten und Vorzüge der Heimat, um sie Fremden anzupreisen; man ließ die Berge höher, die Täler lieblicher, die Bäche klarer und die Lüfte reiner sein, um Leute anzulocken, die mehr Geld und solider erworbenes Geld zu haben schienen als die Bewohner der reizvollen Gegenden.

Da man wohl sah, daß sich die Fremdlinge von angestrengter Arbeit ausruhen wollten, ersparte man ihnen rücksichtsvoll den Anblick von Mühe und Fleiß, und an manchen Orten hatte es den Anschein, als lebte hier ein Volk, wie die Waldvögel bei Singen und Fröhlichkeit, nur von dem, was der Zufall bescherte. Ernsthafte Menschen ließen sich das neue Wesen gefallen, wenn sie Vorteile daraus zogen; wer aber auf schwachen Füßen stand, gab sich erst recht freudig den unsichern Hoffnungen hin, weil ihm die sicheren fehlten.

Herr Natterer baute also seine kleinen Luftschlösser neben die stolzen, die von den Herren Großstädtern schon vorher errichtet worden waren. Er ging eifrig daran, seinen Plan im Detail auszuarbeiten, wie er sagte, indem er nun gleich einen Fremdenverkehrsverein gründete. Bürgermeister Schwarzenbeck und Schneider Pilartz waren die ersten, die er als Mitglieder gewinnen konnte.

Härter war der Posthalter zu überreden.

Blenninger sagte, der Verein sei ein Schmarrn, und es sei ein Schmarrn, sich davon etwas zu hoffen.

Als der größte Wirt in Altaich durfte er freilich keinem andern den Vortritt lassen, und am Ende kostete es nicht viel Geld.

Deswegen ließ er sich gewinnen, aber nicht umstimmen.

»In Gottes Namen«, sagte er, »daß die arme Seel' ihr Ruh' hat, tu' i halt bei dem Schmarrn mit.«

Immerhin, der Verein war gegründet. Jetzt machte Natterer den kühnen Schritt in die Öffentlichkeit.

Er pries im Anzeigenteile großer Zeitungen die Vorzüge des Höhenluftkurortes Altaich an.

Dabei stellten sich ihm doch etliche Bedenken in den Weg, denn die Rücksicht auf den Geschmack des reisenden Publikums läßt sich nicht so ohne weiteres mit der Wahrheit vereinigen.

Der gewandte Kaufmann wußte, daß viele Leute die romantische Bergwelt suchen, und er kam nicht leichten Herzens um diese Wendung herum, aber die beträchtliche Entfernung Altaichs von jeder größeren Erhebung zwang ihn dazu.

Er bezeichnete seinen Heimatort mit etwas freier Anwendung des Begriffes als ein Schmuckkästchen im Voralpenlande, und er malte die Reize der Gegend mit Worten der höheren Bildung aus.

Er ließ Kinder der Flora die Wiesen schmücken und ozonreiche Waldparzellen mit Feldern abwechseln, er malte herrliche Gebirgskonturen in die Ferne und pries die magischen Mondnächte auf dem nahen Sassauer See.

Die Vils ließ er als sanften Fluß sich durch Terrainfalten schlängeln, und er versicherte ernsthaft, daß Jupiter Pluvius es mit Altaich gnädiger vorhabe als mit vielen berühmteren Kurorten.

Aber damit gab er sich noch nicht zufrieden.

Er kannte den Wert der Wissenschaft und wußte, daß sie immer das Zweckdienliche findet, und so wandte er sich an den Apotheker von Piebing, Herrn Doktor Aloys Peichelmayer, mit der Bitte, ihm über den heilkräftigen Inhalt des Vilswassers ein Gutachten zu schreiben. Er setzte voraus, daß irgend etwas Chemisches und Vollklingendes darin sein müsse, und war es darin, so wollte er Lärm schlagen.

Man wird Natterer schon deswegen als Menschenkenner achten, weil er einen Pharmazeuten als Sachverständigen wählte, denn nur ein Mann, der tiefere Einblicke gewonnen hat, kann wissen, wie feurig ein Apotheker wird, wenn man ihn als wissenschaftliche Autorität gelten läßt.

Dr. Peichelmayer erfüllte alle Hoffnungen.

Er bestätigte, daß die Vils, aus Holzmooren oder Arboreten herkommend, Eisenocker, Eisenkarbonat und Eisenphosphat enthalte, und das war genau so viel würdevolle Sachlichkeit, als Natterer brauchte, um sein Lob der Altaicher Heilbäder aufzuputzen.

Er hatte Ruhm davon und der Blenninger Michel Unkosten, denn weil ihm die passenden Ufer gehörten, mußte er drei Badehütten errichten lassen. Sie fielen nicht sehr stattlich aus, aber eine Tafel wurde vor sie hingestellt mit der Inschrift: *Moor-Heilbad Altaich*.

Natterers vorwärts drängender Geist litt unter der Vorstellung, daß man vieles einer ruhigen Entwicklung überlassen müsse, aber an seinen beflügelten Willen hing sich als Schwergewicht die behäbige Ruhe des Posthalters.

Manche Idee, die Natterer köstlich vorkam, verlor allen Glanz, wenn Michel Blenninger mit seiner in Fett erstickenden Stimme fragte: »Was hast denn scho' wieder für an Schmarrn?«

Das konnte ihn verbittern und lähmen. Aber das ärgste war, daß er sich durch seinen redlichen Eifer die Feindschaft eines untergeordneten Menschen zuzog.

Der Hausknecht Blenningers, der alte Postmartl, den man nie anders als mit einer schief aufgesetzten Ballonhaube gesehen hatte, sollte nach der Ansicht Natterers die Kurgäste am Bahnhofe erwarten und, wie das nun einmal Brauch und Sitte ist, eine Schirmmütze tragen mit der Aufschrift: »Hotel Post«.

Um jedem Widerspruche zu begegnen, ließ er die Mütze anfertigen und übergab sie dem Posthalter, der sich nach ein paar brummigen Bemerkungen zufrieden gab und ihn an Martl verwies. Aber was für einen Lärm schlug der Hausknecht, als man ihn mit seinen neuen Pflichten bekannt machen wollte!

An sich schon eine rauhe Natur, wurde er grob, roh und unflätig gegen den angesehenen Bürger; er gab ihm verletzende Schimpfnamen und erklärte, daß er sich von keinem Hanswurste eine Narrenhaube aufsetzen lasse.

Natterer hatte eigentlich Mitleid mit dem Manne, der lange Jahre seinen Posten ausgefüllt hatte, und jetzt, weil die Sache eben doch zu weit gegangen war, die Stelle verlieren mußte.

Allein als Präsident des Fremdenverkehrsvereins durfte er sich der weichen Stimmung nicht hingeben, und er verlangte, wie es seine Pflicht war, vom Posthalter die Entlassung des ungebärdigen Menschen.

Blenninger fragte ihn ruhig:

»Was is dös für a Schmarrn?«

»Ja no«, erwiderte Natterer, »mir tut ja der Mensch auch leid, aber ich muß drauf b'stehn, daß er sofort entlassen werd…«

»Der Martl?«

»Ja. Er tut mir leid…«

»Da tuast ma scho du leid, wann du so was Dumms glaabst,

daß i mein alt'n Martl aufsag. Dös hättst da ja z'erscht denk'n kinna, daß der dein Bletschari, dein damisch'n, net aufsetzt...«

»Also dann muß ich mir als Bürger...?«

»Ah was! laß ma mei Ruah mit dein Schmarrn!«

An diesem Tage trug sich Natterer mit der Absicht, sein Geschäft zu verkaufen und von Altaich fortzuziehen.

Seine Frau konnte ihn nicht beruhigen, aber als der Schreiner Harlander dem Verein beitrat und vier Ruhebänke stiftete, vergaß er den Vorfall.

Martl vergaß ihn nicht.

Er wurde und blieb ein Todfeind des hundshäuternen Kramers.

* * *

Ob nun ein Fremder kommen würde?

Das war das in Frage gestellte Ereignis, von dem vieles abhing. Vielleicht das zukünftige Glück Altaichs, jedenfalls das gegenwärtige Ansehen Natterers.

Es trat ein.

Zu Anfang Juli, als die Kinder der Flora mit allem Grase gemäht und gedörrt wurden.

Das Ereignis trat ein, unauffällig, schlicht, beinahe unbemerkt.

Eines Nachmittags um fünf Uhr, als die Leute auf dem Felde waren und sich kaum Zeit nahmen, den heranschleichenden Zug zu betrachten, vollzog sich die denkwürdige Begebenheit.

Die Lokomotive pfiff, der Zug hielt an. Ein dicker, mittelgroßer Mann stieg aus, und sein gerötetes Gesicht sah so altbayrisch aus wie die ganze Gegend.

Über den linken Arm hatte er einen gelben Überzieher geworfen; er trug einen Segeltuchkoffer und Schirm und Stock, die zusammengebunden waren.

Der Stationsdiener nahm ihm das Billett so gleichmütig ab wie dem andern Fahrgaste, dem Ökonomen Schöttl, der eine vierzinkige Gabel und eine mit Papier umhüllte Sense trug zum Zeichen, daß er nicht bloß so oder zum Vergnügen verreist gewesen sei.

Der Fremde ging auf der staubigen Straße in den Ort, und da

er den weit ausladenden Schild sah, hielt er beim Gasthofe zur Post an.

Das Haus war wie ausgestorben; Knechte, Mägde und der Posthalter selbst waren auf dem Felde.

Als sich niemand sehen ließ, stellte der Fremde etwas unmutig seinen Koffer im Torgange nieder, rief ein paarmal: »He! Was is denn? He!« pfiff und schüttelte ärgerlich den Kopf.

Endlich öffnete er eine Türe, die in die Gaststube führte. Die Stube war leer, und es roch etwas säuerlich nach Bier.

Als der Fremde hinter den Verschlag schaute, wo der Bierbanzen stand, flog summend eine Schar Fliegen auf, die in einem kupfernen Nößel Bierreste gefunden hatten.

Der Mann pfiff wieder. Niemand gab Antwort.

Nun schaute er durch ein Schiebefenster in die Küche und sah zwei Weibspersonen neben dem Herd sitzen. Die eine stocherte mit einer Haarnadel in ihren Zähnen herum und schien die Kellnerin zu sein.

Die andere saß mit verschränkten Armen behaglich zurückgelehnt; die aufgekrempelten Ärmel und eine weiße Schürze ließen in ihr die Köchin erkennen.

Der Fremde klopfte ärgerlich ans Fenster, schob es in die Höhe und rief:

»Ja ... Herrgott ... was is denn eigentlich? Is denn in der Kalupp'n gar koa Bedienung vorhand'n?«

Die Kellnerin stand langsam auf, steckte die Haarnadel in den Zopf und fragte gleichmütig:

»Was schaffen S'?«

»Kommen S' halt her, gnä Fräulein! San S' so guat!«

Es dauerte noch eine Weile, bis die Kellnerin in die Stube kam und nochmal fragte:

»Wollen S' a Halbe? A Maß?«

»Nix will i. A Zimma will i.«

»A Zim—ma?«

»Ja. Muaß i's no a paarmal sag'n? Wia g'stell'n Eahna denn Sie o?«

Man konnte das rechtschaffene Weibsbild nicht aus der Ruhe bringen. Es schüttelte den Kopf und rief in die Küche hinein:

»Du, Sephi!«

»Was?«
»Der Herr möcht' a Zimma.«
»A Zim–ma?«
Die Köchin fragte es genau so gedehnt.
»Was is denn dös für a Wirtschaft?« schrie der Gast.
»No ja«, sagte die Kellnerin, »d'Fanny is net dahoam. De is im Feld draußd.«
»Und Bett werd aa koans übazog'n sei«, bestätigte die Köchin.
»I leg' mi net ins Bett um fünfi namittag. Aber a Zimma möcht' i, mei Gepäck will i nei stell'n ... Himmi ... Stern ... Laudon!...«
»Dös gang scho... a Zimma zoag'n«, meinte die Köchin.
Die Kellnerin zögerte.
»Wenn halt d' Fanny net da is...«
In diesem Augenblicke hörte man einen Wagen in den Hof fahren.
Die Köchin öffnete das Küchenfenster und schrie mit durchdringender Stimme:
»Herr Blenninga!«
»Wos?« fragte eine tiefe, fette Stimme zurück.
»Sie soll'n eina kemma. Es is wer do...«
»So«, sagte die Köchin, »jetz is Gott sei Dank der Herr Posthalta selber da. Mit dem könna S' all's ausmacha.«
Sie schloß das Schiebefenster.
Die Kellnerin gähnte laut und ging hinter den Verschlag, ließ etwas Bier ins Nößel laufen und trank ohne Hast und ohne rechten Genuß, bloß zum Zeitvertreib.
Der Posthalter trat ein.
»Also was habts?« fragte er.
»Der Herr möcht'a Zimma«, sagte die Kellnerin hinterm Verschlag.
Der Fremde nahm selber das Wort.
»I möcht' bei Ihnen wohnen, aber dös is scheinbar mit solchene Schwierigkeit'n verbund'n...«
»Na... na, dös hamm ma glei. Resi! Gehst zu da Fanny naus, sie soll eina kemma, a Zimma richt'n... San S' gewiß a G'schäftsreisender?«

»Na. I bin zu mein Vergnüg'n da. Hoaßt dös, wenn ma hier zu sein Vergnüg'n sei ko... Sie hamm doch Eahna Höft...« Der Fremde war immer noch ärgerlich... »Sie hamm doch Eahna Höft als Sommafrisch'n ausschreib'n lass'n...«

»A Summafrischla?«

»Ja, wenn's erlaubt is, und wenn's mir gfallt... Bis jetzt siech i net viel...«

»No! No!« begütigte Blenninger. »Es werd Eahna scho g'fall'n... mir san jetzt in der Heuarbet, und überhaupts, mir san de G'schicht no net gwohnt... Fanny!« wandte er sich an die eintretende Magd, »zoagst dem Herrn a paar schöne Zimma... Sie könna's Eahna raussuach'n. Platz gibt's gnua.«

Der Gast stieg hinter Fanny die breite Treppe hinauf, und Blenninger schaute ihm nach.

»Jetzt so was! A Summafrischla! Wenn dös da Natterer hört, schnappt er ganz üba.«

Das Gesicht des Fremden wurde freundlicher, als er die großen, hellen Zimmer sah, die alle behäbig mit Möbeln aus der Großvaterzeit eingerichtet waren. An den Wänden hingen bunte Lithographien aus der Zeit König Ludwigs I.

König Otto von Griechenland war dargestellt, wie er in Palikarentracht von der Akropolis herunter ritt; auf anderen Bildern sah man König Ludwig inmitten einer großen Hofgesellschaft, und wiederum Prinzen auf sich bäumenden Rossen.

Alles in den Zimmern wies auf die gute, alte Zeit hin, und das ließ günstige Schlüsse zu.

Der Fremde nickte zufrieden. Er sah, daß auch die Betten reinlich und gut waren, und Fanny versicherte eifrig, daß sie Kissen und Decke mit frischen Linnen überziehen werde.

Als der Gast die Treppe hinunterschritt, war er besser gelaunt, und er nahm sich vor, einen Rundgang durch den Ort zu machen.

Auch hier gefiel ihm alles, was er sah. Wenn er schon nicht wußte, daß er das denkwürdige Exemplar des ersten Sommerfrischlers darstellte, so bemerkte er doch, daß die Wogen des Fremdenstroms noch nicht durch Altaich geflutet waren.

Auf dem Platze erhoben sich stattliche Bürgerhäuser; weiter hinaus standen niedere Gebäude neben Scheunen und Ställen.

Von links und rechts brüllte, meckerte, gackerte und grunzte es und erweckte Hoffnungen auf dicken Rahm und gelbe Butter, auf frische Eier und zartes Schweinefleisch.

»Unverdorbene Gegend...«, murmelte der Fremde.

Nur einmal stutzte er, als er auf den Marktplatz zurück zu einem modisch aufgeputzten Kaufladen kam.

In der Auslage hing ein Plakat, auf dem zu lesen war, daß Karl Natterer junior den titulierten Kurgästen sein wohlassortiertes Lager von Hamburger Zigarren empfohlen halte. Der Fremde trat ein und wurde von einem unansehnlichen Herrn überfreundlich begrüßt.

Er kaufte einige Zigarren und versuchte, im Gespräche etwas Näheres über den Altaicher Fremdenverkehr zu erfahren.

Er gab mehr, als er empfing.

Der beglückte Natterer erfuhr, daß er den ersten richtigen, durch ihn angelockten Kurgast vor sich habe.

Der Kurgast aber erhielt nur allgemeine Andeutungen über gute Entwicklungssymptome.

Zum Schlusse stellte sich Natterer als Vorstand des Vereins vor und erbat sich für die Altaicher Kurliste, die der Piebinger Vilsbote veröffentlichen wollte, die Personalien des sehr geehrten Gastes.

Der Fremde gab ihm seine Visitenkarte: »Oberinspektor Josef Dierl aus München.« Natterer nahm sie dankend entgegen und hoffte, daß der Herr Oberinspektor mit der gewählten Sorte zufrieden sein werde, versicherte dem Herrn Oberinspektor, daß der Herr Oberinspektor in der gleichen Preislage angenehme Abwechselung finden werde, und wünschte dem Herrn Oberinspektor gutes Wetter, gute Unterhaltung und guten Tag.

Als der Fremde den Laden verlassen hatte, mußte Frau Wally Natterer kommen und die frohe Kunde vernehmen, daß die Saison glückverheißend eröffnet sei.

Triumphierend hielt ihr der Eheherr die Visitenkarte vor.

»Ein Oberinspektor?« fragte Frau Wally. »Das is gewiß was sehr Feines?«

»Jedenfalls was Besseres«, antwortete Natterer. »Die Sach' reguliert sich. Ma sieht halt, was eine gute Reklame ausmacht.«

* * *

Vom Posthalter Blenninger, der viel zu faul war, um Lügen für den Glanz des neuen Höhenluftkurortes zu ersinnen, bekam es Herr Dierl bald zu wissen, daß er der erste Kurgast war.

Vielleicht hätte das einen andern stutzig gemacht, aber der Oberinspektor der Lebensversicherungsgesellschaft Artemisia, der eine kurze Offizierslaufbahn in Burghausen begonnen und beendet hatte, war ein Kenner und ein Freund des altbayrischen Lebens.

Er wußte, wie sehr die Biederkeit des Charakters und die Größe der Portionen durch Fremde vermindert werden.

Ihr Fehlen stimmte ihn hoffnungsfroh, und eine Kalbshaxe von altväterlichen Maßen bestätigte ihm seine Vermutung, daß er auf der Insel der Seligen gelandet sei.

Er schwor es sich zu, über dieses Eiland strenges Stillschweigen zu bewahren, und er faßte gleich eine Abneigung gegen Natterer, dem er Verrat zutraute.

Zweites Kapitel

Am Fuße des von Norden her sanft ansteigenden, gegen Süden ziemlich steil abfallenden Hügels lag unweit vor der Einmündung des Schleifbaches in die Vils die Ertlmühle.

Um das zwei Stockwerke hohe Gebäude lag ein Duft von Mehlstaub, der aus Fenstern und Türen drang und sich auf die Blätter der nächsten Bäume, wie auf die Grashalme der bis an den Hof hin reichenden Wiese legte.

Neben der Einfahrt lehnte an der Hausmauer ein beschädigter Mühlstein, in den die Jahreszahl 1724 eingemeißelt war, und der sich als Invalide die Sonne auf die alten Furchen scheinen ließ.

Er war ein braver, alter Sandstein von deutscher Art und hatte in der Neuzeit einem modischen Süßwasserquarz, einem Franzosen, Platz machen müssen, und das durfte ihn verdrießen, denn er war in seiner langen Dienstzeit ein flinker Läufer gewesen, der sich emsig gedreht hatte, nicht ein fauler Bodenstein, der unten liegt und geschehen läßt, was geschieht.

Aber das war nun so mit der Ausländerei, die bei den jüngeren Müllern aufgekommen war. Sie holten Franzosen her und stellten die abgerackerten deutschen Steine vor die Türe hinaus, wo hinter ihnen Brennesseln in die Höhe wuchsen und sich durch die Löcher drängten.

Wenn man schon Anno 1724 gedient hat, war man am Ende vornehmer, wie die ganze Mühle, die erst 1875 von dem aus dem Fränkischen zugereisten Michael Oßwald an Stelle der uralten Ertlmühle neu gebaut worden war.

Michael Oßwald war der Vater des jetzigen Eigentümers Martin Oßwald gewesen, der in dem sauberen Häuschen auf der andern Seite des Hofes wohnte und ein stiller Mensch war, der auch im Äußern nichts an sich hatte von den früheren Ertlmüllern, die lustige Altbayern mit ordentlichen Bäuchen gewesen waren.

Martin Oßwald war ein schmächtiger, zarter Mensch. Aus seinem schmalen Gesichte schauten ein Paar verträumte Augen in die Welt und eigentlich nie scharf auf einen Gegenstand, sondern daneben hin und in die Luft und ins Unbestimmte, wo sie etwas Fröhliches zu finden schienen, denn häufig flog ein Lächeln um den fein geschnittenen Mund, das sogleich verschwand, wenn jemand den Meister anredete, oder wenn ihn eine recht bestimmt klingende weibliche Stimme beim Namen rief.

Dann veränderte sich der Ausdruck in seinen Augen so, daß man merkte, wie er aus einem Traume erwachte oder seine Gedanken von einer weiten Reise zurückholte.

Die Stimme kam von seiner Ehefrau Margaret her, die in ihrem Wesen eine unverkennbare Klarheit des Willens zeigte.

Ihr dunkles Haar war durch einen geradlinigen Scheitel geteilt, von dem aus es sich nach rechts und links in gleichen Teilen straff an den Kopf preßte.

Die blauen Augen blickten ruhig, die Nase war wohl etwas scharf, aber um den Mund lag wieder ein gutmütiger Zug, der Wohlwollen und hie und da ein wenig Staunen über die sich ins Blaue verlierenden Gedanken ihres Eheherrn verriet.

Man konnte wohl glauben, daß in dem ansehnlichen, einige Schärfe erfordernden Geschäfte die Leitung eher der Frau Margaret zukam als ihrem Martin.

Wer es aber in landläufiger Weise so ausgelegt hätte, daß sie das Regiment führte, der wäre der klugen Frau nicht gerecht geworden.

Sie leitete durch ihren Einfluß auf ihren Mann das Ganze, aber sie wahrte nicht bloß den Schein, sondern sie brachte ihn sorgsam dazu, seine Rechte zu zeigen und auszuüben.

Niemals tadelte sie einen Müllerburschen, auch wenn sie was Unrechtes sah. Sie trug die Beschwerde ihrem Martin vor in einer längeren Rede, die alles enthielt, was er dem Burschen vorhalten mußte; wenn Kunden sie um etwas ersuchten, gab sie keine Zusage. Sie versprach, daß sie es dem Herrn sagen wollte, und ließ nie die Meinung gelten, daß sie zu entscheiden habe.

Die Frau soll nicht das Meisterlied singen, sagte sie, und wenn jemand meinte, der Martin sei doch gar zu still, dann antwortete sie, Reden komme von Natur, Schweigen aber vom Verstand.

Sie freute sich innerlich darüber, daß er nichts Grobes leiden mochte, des Abends gerne in einem Buche las oder auf seiner Geige spielte.

Sie dachte, daß sie es besser getroffen habe wie andere Frauen, deren Männer ihre Freude im Wirtshause suchten und meinten, Weib und Ofen könnten ruhig daheim bleiben.

Auch war ihr Martin nicht etwa gleichgültig, und in wichtigen Dingen zeigte er festen Willen und tüchtigen Verstand.

Er ging seinen Pflichten nicht aus dem Wege. Wenn ihm das Geschäft nicht über alles ging, so durfte sie sich darüber nicht grämen, denn sie wußte, daß er sich in seiner Jugend einen andern Beruf vorgesetzt hatte, und daß er schon sechzehn Jahre alt gewesen war, als man ihn aus dem Lehrerseminar ins väterliche Geschäft geholt hatte.

Dafür war sein nur anderthalb Jahre älterer Bruder Michel bestimmt gewesen, der seine Lehrzeit in einer Nürnberger Kunstmühle zugebracht hatte und darin auch noch als Gehilfe tätig geblieben war.

Aber eines Tages war er auf und davon gegangen und hatte aus Bremen an die Eltern geschrieben, daß er auf einem Segler Dienst genommen habe.

Erst etliche Monate später hatte der alte Oßwald erfahren, daß sein Michel vom Geschäftsführer verhöhnt und schwer gekränkt worden war, weil er der Tochter der Besitzerin in unbeholfener Art Zuneigung gezeigt hatte.

Das Mädchen hatte sich über den jungen Menschen lustig gemacht und die Sache weiter gegeben.

Der Spott der Angestellten und der Schmerz über diese Art der Zurückweisung hatten den frischen Burschen zur Flucht veranlaßt.

Es hätte auch Schlimmeres geschehen können. Zehn Jahre später, noch zu Lebzeiten der Eltern, kehrte Michel als vierschrötiger Untersteuermann auf Urlaub heim.

Er war der Heimat und dem seßhaften Wesen so sichtbar fremd geworden, daß nicht einmal die alte Mutter Oßwald hoffte, ihn halten zu können.

Er zeigte fröhliche Laune und den allerbesten Appetit und lachte gutmütig zu den Vorschlägen seines Bruders Martin, den der Gedanke plagte, daß er geborgen in der Ertlmühle sitzen sollte, indes der Michel ein hartes Leben führte.

Als etliche Wochen um waren, stand eines Morgens der Untersteuermann Oßwald mit seinem Koffer mitten in der Stube und sagte, daß er nun fort müsse, und es klang nicht anders, als wollte er nur geschwind nach Piebing hinüber gehen.

Und das war auch wieder gut, denn langer Abschied schmerzt alte Leute, besonders eine Mutter, die sich nicht große Hoffnungen aufs Wiedersehen machen kann.

»Bhüt Gott«, sagte Michel, »und bleibts gesund bis aufs nächstemal!«

Und ging.

Der Mutter schlug das Herz bis zur Kehle hinauf, als sie ihren Ältesten breitbeinig über den Hof gehen sah. Auf der Brücke blieb er stehen und schaute zurück und versuchte gutmütig zu lachen, als er die Mutter am Fenster stehen sah.

Es gelang ihm nicht recht, und er machte schnell kehrt, um nicht zu zeigen, wie hart ihm der letzte Gruß zusetzte.

Bhüt Gott, Michel!

Es ist kein weiter Weg über die Hügel, von denen herunter man noch einen Blick auf die Ertlmühle werfen kann, aber dann dehnen sich die Straßen und führen von kleinen Städten in große. Fremde Menschen schauen gleichgültig an einem vorbei, und fremde Glocken läuten den Morgen- und Abendgruß.

Bhüt Gott, Michel!

Es liegen Länder und Meere zwischen Altaich und Finschhafen oder Matupi, aber starke, unzerreißbare Fäden laufen mit und halten das Herz an die Heimat gebunden, wenn auch ein Seemann in polynesischen Stürmen nicht viel Zeit hat, von Deutschland zu träumen. Und wenn sich die Mutter Oßwald zum Sterben legt, läßt sie sich die Himmelsrichtung zeigen, in der ihr Michel auf fernen Meeren segelt, und ihre müde Hand macht das heilige Zeichen des Kreuzes gegen Osten hin.

Ihre welken Lippen murmeln den letzten Segen für den starken Mann, der einstmals als Kind sich an ihren Rock geklammert hatte.

Bhüt Gott, Michel!

Soweit du gehst, die Fäden laufen mit, die leise an deinem Herzen ziehen, und immer wieder kommt ein Tag, an dem du den Schleifbach um die Räder der Ertlmühle rauschen hörst, die Wassertropfen in der Sonne glitzern siehst und weißt, daß uns alle Dinge fremd bleiben, und daß uns nichts so gehört, wie die Heimat und die Erinnerung an die Kinderzeit.

In Martin blieb der Gedanke haften, daß er an Stelle eines andern in Wohlstand und Behaglichkeit sitze, und diese Vorstellung bedrückte ihn oft mehr, als die Gewißheit, daß er Pflichten übernommen hatte, die seinem Wesen fremd waren.

Er hatte, um den Wunsch der Eltern zu erfüllen, schon früh die Tochter Margaret des Kronacher Sägewerkbesitzers Wächter geheiratet, der von Mutters Seite mit den Oßwalds verwandt war.

Er liebte seine Frau und schätzte ihre altfränkische Tüchtigkeit; er war glücklich über die Geburt eines Sohnes, den ihm Margaret schon im ersten Jahre schenkte, und dem zwei Jahre später ein zweiter folgte.

Aber in Arbeit und Sorge und Freude war es ihm manchmal, als sähe er seinen Bruder breitbeinig über den Hof und die Brücke schreiten und zum letzten Male auf die Heimat zurückschauen.

Er war schon etliche Jahre Ehemann und Vater gewesen, als Michel damals heimkehrte und wieder Abschied nahm, aber er hätte ohne Bedenken und Reue mit ihm sein Anrecht geteilt und nicht gedacht, daß er ärmer geworden wäre.

Es war anders gekommen.

In den ersten zehn Jahren nach seiner Abreise hatte Michel zuweilen geschrieben. Aus Afrika, aus Indien, von Samoa her, dann einmal wieder von Hamburg, und dorthin hatte ihm Martin auch die Nachricht geschickt, daß die Mutter gestorben und der Vater nach zwei Monaten ihr nachgefolgt war.

Darauf kam nach dreiviertel Jahren eine Antwort aus Apia. In unbeholfenen Sätzen gab Michel seinem Schmerze darüber Ausdruck, daß er die Eltern nicht mehr gesehen habe. Einigemal sei ihm Gelegenheit geboten gewesen, aber er habe die Heimkehr verschoben in der Hoffnung, bald auf längere Zeit nach Altaich zu kommen. Nun müsse er erfahren, daß die Eltern von der Welt geschieden seien.

Der Brief war sichtlich nicht in einem hin, sondern in mehreren Absätzen geschrieben. Man sah es ihm an, daß er lange in der Tasche herumgetragen war.

Seitdem ließ Michel nichts mehr von sich hören. Martin schrieb nach Umlauf etlicher Jahre an den Lloyd und erfuhr, daß sein Bruder in Neu-Guinea geblieben war. Sein Aufenthalt in

Australien konnte noch festgestellt werden. Von da ab verloren sich alle Spuren.

Als Jahr um Jahr verging, ohne daß eine Nachricht kam, mußte Martin glauben, daß sein Bruder den Tod gefunden habe.

In der Ertlmühle gab es wie überall gute und schlimme Stunden. Im ganzen ging alles seinen ruhigen Gang.

Tag ging um Tag, brachte Arbeit und zuweilen Sorgen und als das Gewisseste das Älterwerden.

Frau Margaret hatte, als sie zum dritten Male in gesegneten Umständen war, einen bösen Fall getan und mußte sich damit abfinden, daß ihr ferneres Mutterglück versagt blieb.

So vereinigten sich alle Hoffnungen und Sorgen auf die zwei Söhne Konrad und Michel.

Der ältere war ein kräftiger Junge, aber still und in sich gekehrt, wie der Vater. Der jüngere war lebhaft, ein wenig vorwitzig und saß nicht gerne über den Büchern. Frau Margaret sah in ihm das Ebenbild ihres Vaters, der lebenstüchtig und etwas nüchtern seinen Sinn auf Arbeit und Erwerb gerichtet hatte.

Sie bemerkte fast ein wenig eifersüchtig, daß ihr Konrad anschmiegsamer an den Vater war.

Er wußte freilich dem Knaben Besseres und mehr zu erzählen als sie, und die beiden konnten wie Kameraden hinter der Mühle am Wasser sitzen und miteinander plaudern.

Ihr Michel tat sich dafür lieber in der Küche um und verstand es, sich für kleine Leistungen Vorteile zu verschaffen.

Frau Margaret dachte nichts anderes, als daß ihr Ältester zur rechten Zeit das Handwerk erlernen und in das elterliche Geschäft eintreten werde; sie malte sich die Zeit, da sie neben ihrem Konrad noch tüchtig schalten würde, mit angenehmen Farben aus.

Aber da erlebte sie eine große Enttäuschung.

Der stille Junge, dem sie kaum eigenen Willen zugetraut hätte, gestand ihr eines Tages, als er von München, wo er die Realschule besuchte, in den Ferien heimgekehrt war, daß er nichts anderes werden könne und wolle, als ein Maler.

Das ging so sehr über ihr Verständnis, daß sie sich über den Wunsch wie über eine unreife Torheit hinwegsetzen wollte.

Ihr Martin kam dem Jungen zu Hilfe und zeigte eine Festigkeit, über die sie erst recht in Erstaunen geriet.

Es ist etwas Merkwürdiges um ein Mannsbild, das sich jahrelang behüten läßt und auf einmal seine Überlegenheit zeigt, wie etwas Selbstverständliches, so daß die Frau betroffen merkt, daß ihr die eingebildete Macht in den Händen zerronnen ist.

Und so kam es im Hause des stillen Martin Oßwald, daß der hausbackene Verstand der Frau Margaret unterliegen mußte. Sie sagte oft und nachdrücklich, daß alter Sitz der beste sei, und daß, wer wohl sitze, nicht rücken solle, aber Martin gab nicht nach.

So wurde Konrad ein Maler, und seine Mutter seufzte manches Jahr darüber und wollte nicht verstehen, wie ihr Bub eine sichere Zukunft gering achten konnte.

Sie tröstete sich, da ihr Michel mehr Sinn fürs Geschäftliche zeigte und wohl damit zufrieden war, daß er frühzeitig in die Lehre nach Kronach kam.

In Altaich aber schüttelte jedermann den Kopf darüber, daß der Älteste vom Ertlmüller einen so unnützen Beruf ergreifen mochte, und noch mehr darüber, daß die kluge und resche Frau Oßwald ihre Einwilligung gegeben hatte.

* * *

Freilich, das bringen auch Gescheitere nicht heraus, was einem fünfzehnjährigen Buben die Gewißheit gibt, daß er ein Künstler werden müsse.

Es sind Geißhirten jahrelang auf den Almen herumgelegen, haben in den Himmel hineingeschaut und sich aus der blauen Luft eine Sehnsucht geholt, die sie hinunter in die Städte trieb und zu großen Künstlern werden ließ.

Wer aufmerksam dieses Wachstum betrachtet, wird verstehen, daß auch hier ein ins Ungefähr getragener Same in Licht und Luft besser aufgeht als einer, der künstlich in der Enge gepflanzt wird.

Selten wird aus einem Knäblein der Reichen, das man in Kunsterlebnissen aufzieht, was Rechtes; immer wieder läuft dem Herrlein ein barfüßiger Bauernbub den Rang ab; einer, der in Regen und Sonnenschein aufgewachsen ist und mit geschärften Sinnen Farben und Formen aufgenommen hat.

Vielleicht war Konrad in den Stunden, da er unter der Weide am Mühlbache saß, ein Künstler geworden, denn Wasser, das so geheimnisvoll fließt, sich ein bißchen dreht und ein bißchen murmelt und in die Ferne zieht, kann einen Buben wohl zum Bilden und Träumen anregen.

Jede Stimmung aber, die in Kinderherzen geweckt wird, gewinnt geheimnisvolle Kräfte, wenn sie sich nicht in Worte verliert.

Wir wollen den Heimlichkeiten nicht nachforschen, aus denen sich die Sehnsucht des Knaben formte; tröstete sich doch auch Frau Margaret mit dem Gedanken, daß Konrad eben ihres Martins Sohn sei.

Doch darf man erwähnen, daß ein Bild, das Deckengemälde in der Altaicher Kirche, nicht ohne Einfluß auf den Knaben geblieben war.

Es stellte die Schlacht bei Lepanto dar und war von einem Benediktinerpater aus dem Kloster Sassau um die Mitte des 18. Jahrhunderts gemalt worden. Es gab auf dem Bilde, das die ganze Decke der Kirche einnahm, unendlich viel zu sehen.

Fechtende Ritter, säbelschwingende Türken, schreiende Menschen, die im Wasser schwammen, Pulverrauch, lodernde Flammen, Engel, die um den Herrn Don Juan d'Austria schwebten und ihn mit Lorbeer krönten, sinkende Galeeren und oben in den Wolken den dreieinigen Gott, der auf den Christensieg herniederschaute. Wenn Weihrauch zur Decke emporwallte oder wenn heller Sonnenschein durch die hohen Fenster auf einen Teil des Bildes fiel, indes ein anderer um so dunkler erschien, gewannen Personen und Dinge ein seltsames Leben, und der Orgelklang, der durch die Kirche brauste, verstärkte den Eindruck. Konrad weilte am liebsten auf dem Chore, wo sein Vater an Sonntagen die Geige spielte und dirigierte. Er bewunderte ihn, wenn er mit dem Fiedelbogen den Takt schlug und wiederum voll und kräftig die Saiten strich, daß sich der Lehrer auf seinem Sitz an der Orgel umdrehte und ihm beifällig zunickte.

Dann schien Herr Don Juan d'Austria sein Haupt noch stolzer zu erheben, und die Engel senkten sich tiefer herab, um ihm den Kranz um die Stirne zu winden.

Vielleicht faßte der Knabe in einem solchen weihevollen Augenblicke den Entschluß, auch einmal herrliche Bilder zu malen.

Nun waren alle Wünsche in Erfüllung gegangen, als er in die

Akademie eintreten durfte. Er machte als Lernender alle Freuden und Leiden durch, die zwischen Wollen und Können liegen, und er war voll Eifer und Hingabe und getraute sich nicht, irgend etwas in der Kunst für nebensächlich oder überflüssig zu halten.

Er bewunderte seine Lehrer und die Genies, die in keiner Klasse fehlen, von denen man frühzeitig das Höchste erwartet und später nie mehr etwas vernimmt.

Ihn selber hielt man für guten Durchschnitt, für brav oder für recht brav, was bekanntlich keine Steigerung bedeutet.

Es fehlte ihm alles Frühreife, das Professoren, so oft sie auch enttäuscht werden, immer wieder überschätzen. Er war von guter Art, wie ein deutscher Apfelbaum, der Zeit haben muß zum Anwurzeln und zum Wachsen, bevor er Früchte trägt.

Darüber konnte er als junger Mensch keine Klarheit haben, und wenn er schon den Glauben an sich nicht verlor, so blieben ihm doch Zweifel nicht erspart, wenn neben ihm mancher üppig ins Geniale emporschoß. Je früher reif, je früher faul, ist eine Wahrheit, die man nur allmählich kennen lernt.

Es lag nicht im Wesen Konrads, daß er sich vorlaut über seine Vorbilder stellte und sich befreit fühlte, wenn ihn ein Fortschreiten von ihnen entfernte. Er suchte fast ängstlich mit einem Gefühle von Heimweh den alten Glauben und merkte mit Unbehagen, daß er ihn nicht mehr fand. Es war ein Gefühl, ähnlich dem, das ihn daheim überkam, als er nach längerer Abwesenheit zurückkehrte und das elterliche Haus kleiner, den Garten weniger schmuckreich und das Deckengemälde in der Kirche unbedeutender fand, als er es sich in liebevoller Erinnerung bewahrt hatte.

Aber, ob einer will oder nicht, sich losreißen von dem, was er verehrte, bleibt keinem erspart, der vorwärts geht, und es wiederholt sich so lange, bis einer sich selber gefunden hat.

Das kann ein langer Weg sein, der nicht schnurreben läuft.

Auch Konrad suchte sein Ziel bald hier, bald dort.

Das lag in seiner Bereitwilligkeit, sich dem Ansehen der Führenden zu unterwerfen, begründet; wohl auch in der Art der Ausbildung, die heute mehr zur Nachahmung führt als ehedem.

Auch früher eignete sich der Schüler die Handschrift und handwerkliche Hilfen des Meisters an, aber in der Gegenwart ist der Lehrer zugleich Führer einer Richtung, die im betonten Gegensatze zu andern steht. So muß sich der Lernende viel mehr mit Haut und Haaren dem Meister, seinen Mitstreitern und Vorbildern verschreiben als in besseren Zeiten, wo sich das gedruckte Wort noch nicht die Herrschaft angemaßt hatte.

So setzte Konrad die seltsamsten Fabelwesen, die seinem Empfinden nichts bedeuteten, mitten in Waldwiesen und versuchte dies und das und nahm den Wortbrei der Mauschler viel zu ernst, bis er, dem recht elend zumute war, in der Heimat gesund wurde, indem er das suchte und fand, was seiner Natur gemäß war.

Jetzt erkannte er, daß er nichts Bedeutendes in die Dinge hineinlegen konnte, daß viel Schöneres in ihnen war, wenn er die heimlichen Zusammenhänge fand, die ihn mit allem, auch mit dem Unscheinbarsten, verbunden hielten, das dem gleichen Boden entstammte.

Das Kleine gewann Bedeutung, das Große wurde ihm durch Rückerinnerung vertrauter, und beglückt fühlte er, wie sein klares Erkennen an die Ahnungen der Kinderzeit anknüpfte.

Er mußte nicht mehr nach Ausdrucksmitteln suchen. Sie gaben sich natürlich und selbstverständlich, seit er wußte, daß jedes Kornfeld, das sich den Hügel hinaufzog, daß ein blauer Himmel, in dem eine Wolke verrann, nirgends in der Welt so war wie gerade hier, daß tausend Heimlichkeiten ihn zu einem Stück Heimat machten, wie den Rauch, der kerzengerade aus dem Kamine eines windschiefen Hauses aufstieg und sich als blauer Duft in maiengrünen Buchen verlor.

Jetzt konnte er über die Schriftgelehrten und ihre Rezepte lächeln, seit er wußte, daß wir von dieser Erde nur ein kleines Stück mit Herz und Sinnen besitzen und nur von da aus ins Weite schauen können.

Konrad veränderte sich in seinem Wesen, als er sah, wohinaus er wollte. Er war von einer inneren Fröhlichkeit, die den Eltern nicht entging, und der Frau Margaret, die sich oftmals über seine Niedergeschlagenheit bekümmert hatte, fiel ein schwerer Stein vom Herzen.

Martin hatte auch mit Sorge die gedrückte Stimmung an seinem Konrad bemerkt, aber jede Frage vermieden, denn er dachte, daß jeder mit sich selber fertig werden müsse.

In der Zeit war sein Sohn auch gegen ihn zurückhaltend und einsilbig gewesen, aber nunmehr sprach er wieder von Plänen und Hoffnungen, und eines Tages erklärte er zur Freude der beiden Alten, daß er auch im Winter daheim bleiben wolle.

Als er die frohe Stimmung behielt, merkte sein Vater recht gut, daß er nach innerlichen Kämpfen mit sich ins reine gekommen war.

Und an einem stillen Sonntagvormittag, als sie nebeneinander auf der Brücke standen und dem fließenden Wasser nachschauten, begann Konrad zu reden.

Er schilderte dem Vater, was er lange gesucht und jetzt gefunden habe.

Martin hörte ernsthaft zu.

Es war nicht seine Art, lange Sätze und gebräuchliche Worte zu reden.

Er sagte bloß: »Jetzt wird's wohl gehen, Konrad...« und sah ihm mit einem kurzen, freundlichen Blicke in die Augen und schaute wieder weg, denn er war von schamhafter Natur und wies seine Gefühle nicht gerne her.

Und wohl ging es.

Konrad streifte mit seinem Malkasten in der Gegend herum und war erstaunt, wie ihn liebevolles Verstehen von einem zum andern führte, und er lachte darüber, daß er ehedem Eindrücke gesucht hatte.

Die Altaicher Bürger jedoch hatten sich eine ungünstige Meinung über das Künstlertum Konrads gebildet. Sie kannten die Welt, so weit sie auch von ihr weg waren, und wußten, daß zum vollen Werte eines Künstlers die Anerkennung der Zeitungen gehört.

Weil man aber nichts las über Konrad Oßwald, war der Rückschluß bald gemacht.

So urteilte Natterer junior, der sich gewissenhaft fragte, ob er dem jungen Menschen Vertrauen in einer wichtigen Angelegenheit schenken dürfe. Es handelte sich darum, Ansichten vom Höhenluftkurorte Altaich und der Umgebung herzustellen, die man als Plakate in Bahnhöfen und Hotels aufhängen würde.

Die große Idee war eines Nachts über Natterer gekommen, so

daß er mit beiden Füßen zugleich aus dem Bette sprang und den Plan niederschrieb.

Am andern Morgen eilte er fast atemlos vor innerer Bewegung zum Posthalter, um ihm den wichtigen Einfall mitzuteilen.

Blenninger öffnete schon den Mund zur Frage: »Was hast denn wieda für an Schmarrn?«, aber er schloß ihn und schwieg.

Seine Zurückhaltung hatte ihren guten Grund.

Es waren im Verlaufe zweier Wochen wirklich fünf Sommerfrischler, darunter einer mit Weib und Kind, eingetroffen, und das mußte man doch anerkennen.

Deswegen tat sich der Blenninger Michel einen Zwang an und ließ den Kramer zu Ende reden und sagte weiter nichts als: »Von mir aus tuast, was d' magst.«

Herr Natterer war nun verpflichtet, sich über die Qualitäten des Malers Konrad Oßwald klar zu werden, und er bedachte, daß vielleicht die Anhänglichkeit an den Heimatort das Können heben würde. Da er zudem für den Grundsatz: »Kauft am Platze!« eingenommen war, faßte er noch während des Gespräches mit dem Posthalter den Entschluß, dem jungen Manne die Ehre des Auftrags zukommen zu lassen.

»Meinst d' nicht auch?« fragte er den Blenninger. »Er is zwar koan anerkannter Künstler, aber ma kann ihn als Altaicher net auf d' Seit setz'n. Und übrigens bin ja ich da; ich überwach die Sache schon. Meinst d' net auch?«

Der Posthalter steckte die Hände in die Hosentaschen und pfiff seinem Tiras, der auf dem Marktplatz eine Bekanntschaft erneuern wollte, und dann sagte er: »Ja...ja...von mir aus tuast d', was d' magst.«

Natterer, der einen Entschluß immer auf der Stelle ausführen wollte, eilte mit fliegenden Rockschößen weg, am Martl vorbei, der ihm feindselig nachschaute und vor sich hin brummte: »Spinnata Kramalippl...hundshäuterner!«

Drittes Kapitel

In vielen Menschen lebt der Wunsch, von ihresgleichen niemanden zu sehen; er kann auf schöner Selbsterkenntnis beruhen oder auf der unedlen Meinung, daß die andern schlimmer seien.

Jedenfalls versteht der Sommergast unter Idylle einen Ort, wo es seinesgleichen nicht gibt, und diese Hoffnung war durch die Anzeige Natterers in Deutschland und Österreich erweckt worden.

Vielleicht hing sich daran die dunkle Ahnung, daß zwischen verborgenen Schönheiten und billigen Nahrungsmitteln Zusammenhänge bestünden.

Wie wäre sonst der k. k. Oberleutnant a. D. Franz von Wlazeck aus Salzburg auf den Einfall gekommen, nach Altaich zu reisen?

Kinder der Flora, Waldparzellen und magische Mondnächte gibt es auch im Lande des heiligen Rupertus. Wahrscheinlich auch Eisenoxydule und Eisenkarbonate, aber die österreichischen Pensionsbezüge stechen immer auffallender von den österreichischen Lebensmittelpreisen ab.

Darin ließe sich eine Erklärung für den sonderbaren Entschluß des Herrn von Wlazeck finden.

Er sah übrigens besser aus wie Herr Dierl; er war schlank, grazil und gut angezogen.

Pillartz, der als Schneider ein Auge dafür hatte, sagte, daß er auf den ersten Blick den österreichischen Offizier in dem Fremden erkannt habe.

»Die Hoße... Das Schagätt... wissen S', mein Vater war doch in Prag... und i habs in Linz gelärnt... die Hoße... das Schagätt... das is Österreich. Wanns ein Minchner anhaben tut, in zwei Täg is verkrippelt; aber so elegant abi falln, kirzengrad, nit voll, sondern, als wann die Hoße leer waar, das is halt Österreich...«

Auch die Gesichtszüge des Oberleutnants hatten etwas Soldatisch-Donaumonarchisches.

Sie waren liebenswürdig und drückten eine sprungbereite Höflichkeit gegen die Damenwelt aus. Über den dicken Lippen saß ein zugeschnittener Schnurrbart; die Augen quollen etwas vor, doch nicht in entstellender Weise, die Stirne ging in einen Kahlkopf über und gewann dadurch an Höhe.

Herr von Wlazeck nahm Wohnung in der Post und bezauberte am ersten Tage durch seine Ritterlichkeit alle weiblichen Angestellten.

»Alsdann... ich bidde... wie is der reizende Name? Fannerl? Aber bidde, der Name erinnert mich lebhaft an eine Jugendliebe... na... na. Hamm S' nur keine Angst! Tempi passati! Es is schon sähr lange her ... leider! ... alsdann, ich bidde ... net wahr... jeden Tag in der Fruh ein bissel ein warmes Wasser...«

Nach dem ersten Mittagessen ging der Herr Oberleutnant in die Küche und erklärte, daß er noch nie einen besseren Nierenbraten gespeist habe.

»Ich muß der ausgezeichneten Kochkinstlerin mein Kompliment mach'n ... aba ich bidde ... lassen sich nicht stören, Freilein... Darf ich mir Ihren Namen für immer ins Härz schreiben? Josefa? Aber bidde... das is ja reizend! Meine Braut hat nemlich auch seinerzeit Josefa geheißen... Die Arme is ja leider noch vor Erfüllung ihrer Wiensche ... beziehungsweise... natierlich *meiner* Wiensche gestorben... aber disser Name weckt immer wähmietige Erinnerungen in mir... alsdann ich mache wirklich mein Kompliment zu dem Nierenbradl ... und darf ich frag'n ... Freilein Josefa, ob Sie mit Ihren reizenden Patscherln auch a mal eine Möllspeise mach'n? ...Rahmstrudel?! Aber bidde, das is ja das non plus ultra, das Ideal des Österreichers...!«

Sephi sagte hinterher zur Abspülmagd: »Das is ein Gawalier! Der woaß wenigstens, was si g'hört. De andern fress'n 's Sach nei und wischen si 's Mäu ab, und von koan dank schö hörst d' 's ganz Jahr nix. Höchstens schimpfa ko ma s' hörn, wenn s' net akrat dös kriagn, was s' woll'n, aba dös is a Gawalier...«

Jede Köchin setzt eine Gefühlswallung in gute Bissen und große Portionen um.

So erhielt auch Herr von Wlazeck am Abend eine Schweinshaxe vorgesetzt, von einer Größe, wie man sie in Österreich seit der Metternichzeit nicht mehr gesehen hat.

Dazu war sie mit Liebe gebraten, braun, resch und mit einer so herrlich duftenden Sauce begossen, daß die Aufmerksamkeit des Oberinspektors Dierl erregt wurde.

Der Anblick verstimmte ihn und vermehrte seine Abneigung gegen den ekelhaften Hanswurschten, wie er sogleich den sorgfältig gekleideten Oberleutnant innerlich genannt hatte.

Er setzte eine mürrische Miene auf und nahm sich vor, unnahbar zu bleiben.

Er täuschte sich.

Gegen die bezwingende Liebenswürdigkeit des Herrn von Wlazeck gab es keine Hilfe; unter dem Einflusse seines sonnigen Wesens schmolz jede Eisrinde.

Vorläufig aß er die Schweinshaxe und geriet durch den Genuß in erhöhte Wärme und Menschenliebe. Dann richtete er seine Blicke auf Dierl, über den ihm die Kellnerin schon Auskünfte erteilt hatte.

Er musterte ihn, während er sich hinter der Serviette die Zähne ausstocherte. »Dicker Münchner... etwas unsoigniert... Mittelklasse... auskömmliche Existenz habend... in Ermanglung besserer Gesellschaft noch brauchbar...«

Der Oberinspektor sah verdrießlich zur Seite, wenn sich die Blicke kreuzten und biß mit zorniger Energie die Spitze seiner Zigarre ab. Herr von Wlazeck zog mit einer hübschen Bewegung eine silberne Zigarettendose aus der Seitentasche, klopfte eine Memphis etliche Male auf den Deckel und zündete sie an. Nachdem er einige Züge inhaliert und den Rauch wollüstig durch die Nasenlöcher gestoßen hatte, war sein Entschluß gefaßt.

Er stand mit einem verbindlichen Lächeln auf, schlürfte nach alter Kavalierart über den Fußboden hin und machte vor dem überraschten Dierl eine tadellose Verbeugung.

»Gstatten, mich vorzustellen... Oberleitnant von Wlazeck...«

»Sehr angenehm... Oberinspektor Dierl...«

»Verzeihen, daß ich mir die Freiheit nehme, aber ich glaube, zu bemerken, daß wir in gewissem Sinne Leidensgefährten sind... Das heißt, bildlich gesprochen, denn bei einer so vorzieglichen Verpflegung ist das Wort nicht buchstäblich anzuwenden, – ich möchte bloß das Gefährten betonen, indem wir uns gemeinsam auf diesem unentdeckten oder vielmehr neu entdeckten Eilande befinden...«

Herr Dierl, der als Lebensversicherungsinspektor einen berufsmäßigen Blick für Annäherungsversuche hatte, mußte unwillkürlich Hochachtung vor der Meisterschaft des ekelhaften Hanswurschten empfinden.

Da ihm nicht gleich eine Antwort einfiel, grunzte er etwas Unverständliches, was auch als Erwiderung gelten konnte.

Das veranlaßte Herrn von Wlazeck, Platz zu nehmen und die Konversation fortzusetzen.

»Habe gehört, Herr Oberinspektor sind schon einige Tage hier und haben sozusagen Prioritätsrechte, die ich selbstverständlich respektiere...«

Dierl antwortete und war bald in ein anregendes Gespräch verwickelt, in dessen Verlaufe er die sein Ansehen hebende Mitteilung einfließen ließ, daß er vor etlichen Jahrzehnten bayrischer Leutnant gewesen sei. Daraufhin titulierte ihn Wlazeck als Herrn Kameraden, und der Oberinspektor der Artemisia kam nach dem sechsten Glase Bier in eine fröhliche Soldatenstimmung und wurde beim späten Schlusse ganz und gar alter Militär.

Als man sich kameradschaftlich getrennt und jeder sein Zimmer aufgesucht hatte, setzte sich Herr Dierl etwas durmelig auf den Bettrand, zog einen Stiefel aus und versank in Nachdenken, zog den andern Stiefel aus und sagte vor sich hin:

»Dös is ja ein sehr ein angenehmer Mensch!«

* * *

Die beiden Soldaten blieben nicht lange allein auf dem Eilande. Wie, um Gegensätze hervorzuheben, führte das Schicksal etliche Tage später den blonden, zivilen Professor Horstmar Hobbe nach Altaich.

Er war Außerordentlicher für Kunstgeschichte in Göttingen und brachte seine Gattin Mathilde und eine zwölfjährige Tochter gleichen Namens und Aussehens mit.

Er mietete sich bei Natterer ein, da er stille Zimmer und einen Garten für sich haben wollte.

Zum Mittagessen ging die Familie Hobbe in die Post, abends zog sie es vor, daheim zum Tee Butterstullen und kalte Küche einzunehmen. Horstmar Hobbe arbeitete an einem großen Werke, das das letzte, entscheidende Wort über die Kunst als

Kunst bringen sollte und den Titel trug: »Über die Phantasie als das an sich Irrationale.«

Wer zu einem so beträchtlichen Baue täglich mehrere Steine liefern muß, will nicht gestört werden und darf nicht jeden Abend unter banalen Menschen aus der Stimmung fallen, um erst nachts wieder hinein zu kommen.

Das vertrug sich nicht mit der Aufgabe und nicht mit der Absicht des Professors Hobbe, der lieber in Göttingen geblieben wäre und nur deswegen abgereist war, weil ihn bei der Untersuchung, ob Phantasie die Vorstellung der ideellen Form für die reale Erscheinung oder die Vorstellung der realen Form für die ideelle Erscheinung sei, eine längere Blutleere im Gehirn befallen hatte.

Der Arzt verordnete entweder völlige Einstellung des großen Werkes oder mäßige Arbeit in Landluft, und da Frau Mathilde zufällig in einer Berliner Zeitung den Hinweis auf das von ozonreichen Waldparzellen umgebene Altaich las, entschloß man sich, dorthin zur letzten Festlegung der bedeutenden Begriffe zu ziehen.

Die Familie fand bei Natterer die passenden Zimmer.

Von seiner Studierstube aus fiel Hobbes Blick über den kleinen Garten hinweg auf die große Holzwand der nachbarlichen Scheune, irrte also nicht in ungemessene Fernen, sondern hing sich an Linien und Astlöchern der grauen Bretter fest, was sein tiefes Nachdenken förderte.

Geräusche machten sich nicht bemerkbar; nur manchmal kreischte das Rad eines Schubkarrens, wenn die Magd des Nachbarn frischen Dünger auf den Misthaufen fuhr und umleerte, aber diese der seinigen so verwandte Tätigkeit störte den Kunstgelehrten nicht.

So war er vom ersten Tage an zufrieden und glücklich, und Mathilde die Ältere, wie Mathilde die Jüngere, die genau wußten, wie weit die Untersuchung über das Produkt im Verhältnisse zum Subjekte vorgedrungen war, ließen Stolz und Befriedigung in blauen Augen aufleuchten.

Unmöglich für Herrn von Wlazeck, an die Familie heranzukommen. Er hatte es bei ihrem männlichen Haupte versucht.

Horstmar Hobbe hatte mit seinen Damen die Post verlassen,

war nach wenigen Schritten auf dem Marktplatze stehen geblieben und hatte seinen Blick gerade über den Brunnen weg auf ein Haus gerichtet.

Ahnte Wlazeck, daß der Professor in diesem Augenblicke darauf kam, daß das Genie in der Kunst ein Grenzbegriff sei? Er ahnte es nicht.

Er verbeugte sich ritterlich vor dem tiefen Denker und sagte: »Gestatten, mich vorzustellen ... Oberleutnant von Wlazeck ... habe gehört, daß Herr Professor behufs Studienzwecken seinen Aufenthalt nach hier transferiert haben und glaube wirklich nach meinen gemachten Erfahrungen versichern zu können, daß sich der Ort ganz vorzieglich zu geistiger Produktion eignet...«

Er hätte noch länger ungestört reden können, wenn nicht Hobbe nach Überprüfung des Satzes wiederholt festgestellt hätte, daß Genie in der Kunst ein Grenzbegriff sei, und hinweg geeilt wäre, um den bedeutenden Fund schriftlich zu bergen.

Den höflichen Oberleutnant traf dabei ein derartig leerer Blick aus den Augen des Gelehrten, daß er entsetzt zurückprallte und auch hinterher viel zu verblüfft war, um sich gekränkt zu fühlen.

»Spinnt«, sagte er zu Dierl. »Ich bidde, lieber Herr Kamerad, der Kerl spinnt evident. Wann ich an Ochsen mit der Hack'n niederschlagen möchte ... verzeihen den harten Ausdruck ... aber, wann ich an Ochsen niederschlag, macht er ungefähr solchene Augen wie der Mensch ... das heißt, bloß ungefähr, und immerhin noch bedeitend intelligentere.«

Es kam vor, daß Frau Hobbe mit ihrem Töchterchen spazieren ging, wenn die weihevollsten Stunden über Horstmar kamen und seine Gedanken sich so tief in das Irrationale der Phantasie bohrten, wie der Blick seiner entgeisterten Augen in die Astlöcher der Scheunenwand. Es kam vor, daß ihr dann zwei Herren begegneten und daß der Elegantere sie höflich grüßte. Dann dankte die außerordentliche Professorsgattin mit solcher Kälte, daß ein wärmerer Blick, der sie streifen wollte, auf dem halben Wege erfror.

»Ich bidde, Herr Kamerad«, sagte Wlazeck, »was is das für eine Art von Weiblichkeit? Ist das vielleicht Charme? Wahrscheinlich soll es Größe sein, aber bidde, was heißt Größe? Das wahre Weib muß einen Gruß halb entgegennehmen und halb parieren und auch auf Distance das reizvolle Spiel einer erlaubten Koketterie entfalten, das heißt, wann sie das kann, wann sie Charme hat, wann sie ein entzickendes Weib ist. Was meinen Herr Kamerad?«

Dierl, der als alter Junggeselle keinen Sinn für Nuancen des weiblichen Charakters hatte, antwortete etwas mürrisch: »Hätten S' halt die fade Wachtel net grüßt!«

»Aber bidde...«

Wlazeck setzte seinem Herrn Kameraden lebhaft auseinander, daß nichts auf der Welt ihn bewegen könne, unritterlich zu sein.

Am Ufer der Vils entlang wandelnd, gewährte er dem Inspektor der Artemisia Einblicke in das Wesen der Galanterie, die lehrreich hätten sein können, wenn sie nicht um Jahrzehnte zu spät gekommen wären.

* * *

Die Nummer vier in der Fremdenliste führte Herrn Tobias Bünzli, Dichter aus Winterthur, an; das Wort Dichter war durchschossen gedruckt, vermutlich auf Wunsch des Kaufmanns Natterer, der den Gast als wertvolle Acquisition betrachtete. Mit der äußeren Erscheinung Bünzlis war nicht viel Staat zu machen. Er war ein langer, hagerer Mensch, in der Mitte der Zwanziger; sein Gesicht war blaß und unrein; auch die Zähne waren schadhaft, und auf geistige Beschäftigung deutete nur ein üppiger Haarwuchs hin. Aufmerksame Beobachter hätten sehen können, daß die Hände des jungen Mannes auffallend groß waren und Spuren von Frostbeulen trugen.

Sie konnten vom Dichten in kalten Dachstuben herrühren, aber ein mißtrauischer Mensch hätte eher an einen Kommis gedacht, der in ungeheizten Lagerräumen hatte arbeiten müssen.

Bünzli erhielt ein hübsches Zimmer beim Bürgermeister Schwarzenbeck, doch dichtete er anscheinend am liebsten in der freien Natur.

Auf den Bänken, die Harlander gestiftet hatte, saß er und schaute träumerisch über den Fluß hin, besonders träumerisch, wenn junge Mädchen um die Wege waren.

Sie gingen zu zweit und zu dritt ineinander eingehängt den

Hügelweg zur Vils hinunter und bewunderten Bünzli, der an ihnen vorbei in selige Gefilde schaute. Ob sie errieten, daß er ihretwegen hastig den Bleistift netzte und Worte in sein Notizbuch schrieb? Altaich liegt weit ab von der Literatur, aber der Teufel steckt in allen Mädeln.

In der Post bedeutete der junge Mann wenig; seine Versunkenheiten zu Mittag und am Abend erregten keine Teilnahme.

Sie standen freilich in wunderlichem Gegensatze zu dem riesigen Appetite, den Bünzli zeigte, aber Hobbe gab sich mit Rätseln der Natur nicht ab, und ein nicht vorgestellter Mensch war kein Mensch für die Frau Professor.

Wlazeck sah freilich, was der junge Mensch aß und wie er aß. Er sah auch, daß seine Schuhe schief getretene Absätze hatten, daß seine Hände ungepflegt und seine Fingernägel abgebissen waren. Damit schied Tobias für den Herrn Oberleutnant aus der Klasse achtenswerter Individuen aus.

Wlazeck unterhielt sich lieber mit Eingeborenen, die er oft ermahnte, sich nie und durch nichts von den schlichten Gewohnheiten der Väter abbringen zu lassen.

»Beachten Sie stets, Herr Posthalter, daß die Basis Ihres florierenden Geschäftes die Billigkeit der Preise ist. Das ist gewissermaßen Ihre Spezialität, und in dem modernen Mischmasch is jede Spezialität etwas Söltenes und eißerst Wichtiges. Schauen Sie, ich kann da aus eigener Erfahrung sprechen. Ich habe erlebt, daß ganze Gegenden durch den internationalen Schwindel ihres Reizes beraubt worden sind. Was tut da ein denkender Mensch? Er bleibt ganz einfach weg. Wann ich zum Beispiel den Wunsch hege, das ächte Altbayern kennen zu lernen, will ich den gemietlichen Posthalter Blenninger antreffen, seine Jovialität und seine zivilen Preise. Wann ich natürlich ein Aff' bin, rutsch' ich in den Hotölls herum und soupiere im Frack und mache den internationalen Schwindel mit. Folgen Sie mir, Herr Posthalter, und bewahren Sie sich Ihre prachtvolle Spezialität!«

»Ja... ja...«, antwortete der Blenninger, »is scho recht.«

Bedeutsamer für die Geselligkeit war das Eintreffen des fünften Kurgastes, des Kanzleirates Anton Schützinger aus München.

Der kleine, beleibte Herr schien üble Laune nicht zu kennen.

Er war ein Mann, der, auf der höchsten Höhe des Kanzleidienstes stehend, mit sich selbst zufrieden sein mußte und keine Wünsche mehr hegen konnte.

Das herrliche, so wenigen Menschen beschiedene Schicksal, am Ziele angelangt zu sein, über das hinaus es nichts mehr anzustreben gab, gewährte ihm ein Glücksgefühl, das seine Augen hinter der Brille fröhlich funkeln ließ.

Er erzählte gerne Anekdoten, aber dabei kam ihm seine im Dienste angewöhnte Gewissenhaftigkeit in die Quere, denn er verweilte bei Nebenumständen, gab einleitende Erklärungen, verbesserte sich und kam selten zum guten Ende.

Das störte ihn nicht, weil er mehr Wert darauf legte, den hohen Beamten, von dem er die Geschichte hatte, namhaft zu machen.

Schützinger mietete sich in der Post ein und setzte sich am ersten Abend zu den beiden alten Soldaten, die ihn gewähren ließen.

Es stellte sich, wie es nicht anders sein konnte, bald heraus, daß der Herr Kanzleirat manche angesehene Persönlichkeit kannte, die der Herr Oberinspektor gut kannte, und daß der Herr Oberinspektor mit gewichtigen Männern verkehrt hatte, die zu den Bekannten des Herrn Kanzleirates gehörten.

»Diese Gemeinschaft der Konnaissancen«, sagte Wlazeck, »hat etwas Riehrendes. Sie stempelt die Angehörigen der gleichen Stadt gewissermaßen zu Kindern derselben Mudder. Das kann in der Fremde geradezu einen herzbewägenden Charakter annehmen. Ich bidde, ich war im Jahre zweiundachtzig – pardon! es war dreiundachtzig –, weil damals mein intimster Freund, der Graf Kielmannsegge, nicht der Max Kielmannsegge, sondern der Georg Kielmannsegge, der gelbe Schurl, wie ich ihn getauft hab, das Lemberger Korps kommandierte. Von was, bidde, wollte ich sprechen? Ja so... pardon! Von der Gemeinsamkeit der Konnaissancen. Ich war damals unseligen Angedenkens in Jaroslau in Garnison. Kennen die Herren Jaroslau? Nicht? Dann begehren Sie es nie und nimmer zu schauen! Alsdann, ich sitze bei Chaim Weichselzopf im Kaffeehause, eine Schale Haut trinken. Ein Rittmeister von den vierten Dragonern setzt sich zu mir. Tschau! Särvus! Wir sprechen von früheren Zeiten und

Garnisonen und kommen auf Graz. Er war dort – ich war dort. Er kennt den Baron Styrum, den Graf Spaur, er schwärmt von der Komteß Buttler, von der Hansi Buttler, nicht von der Mizzi, die war damals noch angehendes Backfischel. Alsdann ich kenne den Styrum, den Spaur, ich schwärme von der Hansi Buttler... auf einmal ... ich bidde, meine Herren, es ist effektive Tatsache... stirzen uns harten Soldaten die Tränen aus den Augen...«

»Übrigens, Herr Kamerad, mir in Burghausen...«, wollte Dierl beginnen, aber der Kanzleirat hielt seine Zeit für gekommen.

»Entschuldigen, Herr Oberinspektor, wenn ich unterbreche, aber mir fällt bei der Erzählung, die der Herr Oberleitnant soeben ... ah ... vorgebracht hat, eine sehr lustige Anekdote ein, das heißt es ist eigentlich weniger eine Anekdote, was man im gewöhnlichen Sinn unter einer Anekdote versteht, sondern mehr eine sehr treffende Antwort, die tatsächlich vorgekommen sein soll. Da keine Damen in der Nähe sind« – Herr Schützinger sah sich vorsichtig um, bemerkte aber bloß den Dichter Bünzli, der in der Nase bohrte –, »da keine Damen in der Nähe sind, kann ich es ja wohl erzählen. Für die Damenwelt wäre der Witz, respektive das Vorkommnis etwas zu gepfeffert oder doch zu pikant. Unser Ministerialrat Kletzenbauer hat es neulich auf unserer Kegelbahn zum besten gegeben, und ich muß sagen, daß ich selten was Lustigeres gehört habe... Der Witz ist nämlich folgender, es handelt sich um einen älteren Herrn, so eine Art Bonvivant, wie man zu sagen pflegt; der Betreffende war schon bedenklich ergraut, das heißt, er war kein Greis, aber doch schon über gewisse Jahre hinüber. Kurz und gut, ein Bekannter begegnet ihm auf der Straße, oder im Klub, kurz und gut, er sieht ihn wieder einmal nach längerer Zeit, vielleicht nach Jahren, und macht gewisse Anspielungen auf das Älterwerden mit einem pikanten Beigeschmack, die Herren verstehen schon, und da sagt dieser ältere Herr, dieser Bonvivant, ob vielleicht jemand aus dem Bekanntenkreis von dem betreffenden Herrn, aus dem Damenkreis natürlicherweis, eine Beschwerde eingereicht habe... Ich muß sagen, die Kegelbahn hat gewackelt, so haben wir alle g'lacht...«

Dierl blieb ernst. Wlazeck blieb sehr ernst. Bloß der Kanzleirat brach über seine Anekdote in ein schallendes Gelächter aus und sah sich augenzwinkernd nach dem jungen Menschen um, ob der nicht am Ende an der Pikanterie teilgenommen habe. Er hätte es ihm in seiner Gutmütigkeit gegönnt.

Aber Tobias Bünzli bohrte in der Nase.

* * *

Es war Schranne in Altaich, wie alle Samstage. Da die Heuernte zu Ende war und die Getreideernte noch nicht begonnen hatte, kamen etliche Bauern auf den Markt und machten sich einen guten Tag in der Post.

Geschäfte gab es um die Zeit eigentlich nicht, aber jeder machte kleine Einkäufe, damit die Bäuerin daheim den guten Willen sah.

Sie saßen bis in den Nachmittag hinein in der Wirtsstube und unterhielten sich über die Ernteaussichten.

Dann fuhr einer nach dem andern weg, und Martl schirrte die Gäule ein, hielt mit jedem einen kurzen Diskurs ab und lüpfte die Haube, wenn er sein Trinkgeld kriegte.

Den Lenzbauer und den Sappelhofer, zwei angesehene Bauern von Riedering, begleitete der Posthalter selber hinaus und wünschte ihnen das beste Wetter für die Ernte.

Wie sie weggefahren waren, wollte der Blenninger in die Stube zurückgehen, blieb aber in der Durchfahrt stehen, weil ihm was einfiel.

»He, Martl!«

Der Hausel kam langsam heran.

»Wos is?«

»Paß auf, morg'n is Sonntag, gel?«

»Ja.«

»Da kunntst du eigentli amal de neue Haub'n aufsetz'n...«

»Warum nacha? Müaßt i Maschkera geh im Summa, grad weil's der trapfte Kramawaschl hamm möcht? Sie hamm ja selm g'sagt, daß dös a Dummheit is...«

»No... no... Dös braucht's net, glei a so ob'n außi...«

»Is ja wahr! Wenn ma 'r amal was sagt, nacha muaß gelt'n...«

»Was hab i g'sagt? Daß d' net auf d' Station abi steh muaßt, hab i g'sagt...«

»Und daß i den Malafizkrama, dem damisch'n, sein dumma Bletschari net aufsetz'n muaß, hamm S' g'sagt. Und dös sag i pfeigrad, dös tua 'r i amal net...«

Blenninger sah, daß sein alter Martl fuchsteufelswild war, und beschwichtigte ihn.

»Vo mir aus brauchst d'as net aufsetz'n, aba gar so aufdrah'n brauchet's aa net, wann i di um an G'fall'n o'geh...«

»Dös kunnt aa no a G'fall'n sei, daß i als Hanswurscht umanand laffa müaßt...«

»Laß da sag'n, Martl, da brauchst jetzt net schimpf'n, dös sell könna mir mit Ruah ausdischkrier'n. I hab de G'schicht am O'fang anderst o'g'schaugt und hab auf'n Natterer sei G'red überhaupts nix geb'n. Aba jetza schaugt si de Sach do a bissel anderst o. Es kemman Fremde, es san scho fünfi do, sie zehr'n was, sie bringan a Geld her, es kunnt glei sei, daß no mehra kemman. Folgedessen war dös net ganz so dumm, was da Natterer g'sagt hat. No ja, kunnt ma'r eahm aa an G'fall'n erweis'n. Und wenn er de Haub'n eigens macha hat lass'n, schau, Martl, de tat di net gar so druck'n...«

»Na! I geh amal net Maschkera.«

»Was hast denn allawei mit dein Maschkera geh? Gibt do gnua Hausmoasta, de wo sellane Haub'n aufhamm. Z' Minka is da ganz Bahnhof voll...«

»De san's net anderst g'wöhnt.«

»G'wöhnt! Oamal hat's a jeda 's erstmal aufg'setzt. Probierst as halt amal in deiner Stub'n! Vielleicht g'fallt's da bessa, wia's d' moanst.«

»Net mag i, dös sag i Eahna glei. Sie hamm g'sagt, daß 's a Dummheit is, und bal Sie dös selm g'sagt hamm, nacha wer i de Dummheit net macha müass'n zweg'n dem spinnat'n Krama...«

Der Posthalter sah, daß er nichts erreichen konnte, und ging in die Stube. Martl schob seine Ballonhaube ganz windschief nach rechts und schaute grimmig vor sich hin, als Herr von Wlazeck mit dem Kanzleirat an ihm vorüber ging.

»Särvus, Herr Haus- und Hofmeister!« rief der Oberleutnant jovial.

Martl schaute ihn spinngiftig an. Um Mund und Nase zuckte es ihm wie einem bissigen rauhhaarigen Schnauz. Er wollte etwas sagen, wie man deutlich wahrnehmen konnte. Er sagte es aber nicht, sondern drehte sich um und ging.

»Ein Prachtexemplar!« sagte Wlazeck fast zärtlich. »So was von einem gut konservierten, vorsündflutlichen Hausknechtsideal ist mir überhaupt noch nicht vorgekommen. Ich versichere, Herr Kanzleirat, ich verehre diesen Menschen. Ich sehe in ihm den letzten einer aussterbenden Edelrasse, sozusagen einen Azteken der Grobheit.«

Viertes Kapitel

Zweimal ging Natterer in die Ertlmühle, ohne Konrad treffen zu können. Es war sonderbar, wie gleichgültig sich der junge Mensch gegen die wichtige Sache verhielt.

Auch die Eltern zeigten nicht den rechten Eifer.

Das erstemal lief er sich warm und erzählte der Ertlmüllerin keuchend, daß er dem Sohne die allerwichtigste Mitteilung machen müsse, von der sehr viel abhinge für seine künftige Laufbahn. Frau Margarete sagte lächelnd, große Worte und Federn gingen viel auf ein Pfund, und er solle erst richtig ausschnaufen.

Dann kam der Ertlmüller und hörte Natterer mit Ruhe an und meinte, der Herr Natterer solle ihm das Nähere mitteilen, er werde es dann gelegentlich seinem Konrad ausrichten.

So viel Wasser auf sein Feuer gab einen beizenden Rauch, und der Kaufmann erwiderte, das lasse sich nicht wie eine Botschaft bestellen, das müsse er mit Konrad selbst besprechen.

Den ganzen Vormittag wartete Natterer auf den jungen Menschen. Er durfte doch annehmen, daß er gleich zu dem geschätzten Auftraggeber eilen und daß er sich umtun werde.

Konrad kam aber nicht.

No ja! Künstler sind amal keine G'schäftsleut. Sie leben in den Tag hinein wie die Spatzen; man muß ihnen den eigenen Vorteil aufzwingen.

Nach dem Essen machte sich Natterer wieder auf den Weg zur Ertlmühle. Diesmal ohne Hast, gravitätisch, ein wenig beleidigt oder sonderbar berührt von den Sorglosigkeiten der Ertlmüllerischen.

»Gut'n Tag, Frau Oßwald!« sagte er in gedehntem Tone. »Also was is jetzt?«

»Grüß Gott, Herr Natterer! Was meinen S'?«

»Wo Ihr Herr Sohn is?«

»Der Kunrad? Ja, du lieber Gott, wo werd der sei? Im Wald drauß mit sein Malkast'n...«

»Hm! Das is ja sehr schön, daß er so fleißig is, aber... Frau Oßwald, hamm Sie ihm eigentlich g'sagt, daß i was Wichtigs mit ihm reden muß?«

»Jessas na! Da hab i ganz vergess'n. Aber vielleicht hat's ihm mei Martin ausg'richt'. Lassen S' Ihnen nur Zeit, er kommt scho amal..."

»Zeit?« fragte Natterer. »Ja, ich hab Ihnen doch g'sagt, daß die Sach äußerst pressant is. Net für mich, sondern für'n Herrn Konrad. Mir kann's am End gleich sei, aber i mein', wenn i zweimal extra runter lauf..."

Frau Margaret rief zur Mühle hinüber: »Martin!«

Der Ertlmüller stand unterm Tor und schaute einem Tauberer zu, der sich verliebt im Kreise drehte.

»I komm glei«, rief er zurück, beeilte sich aber nicht, sondern ging gemächlich auf die beiden zu. Unterwegs blieb er gar noch stehen und drehte sich nach dem Tauberer um.

»Du, Martin«, sagte Frau Margaret, »der Herr Natterer fragt, ob du unserm Konrad nix g'sagt hast, weil die Sach pressiert?«

»Ja... I weiß net, hab i's ihm scho g'sagt oder net..."

»Jetzt weiß i aber wirklich nimmer, was i sag'n soll«, fiel Natterer ein. »I hab's do dringend g'nug g'macht, und d' Frau meint, es pressiert net, und Sie tun net dergleich'n... Ja, meine lieb'n Leut, nehmen S' ma's net übel, aber ich hab mei Zeit doch auch net g'stohl'n, und i ko net jed'n Tag in d' Ertlmühl runterlauf'n vom G'schäft weg..."

»Der Konrad kommt scho amal nauf«, sagte Martin gelassen.

»So? Amal? No ja... da muß i scho sag'n..."

Natterer sagte nichts mehr, denn er war ernstlich aufgebracht. Er schüttelte den Kopf und grüßte und ging.

Daheim verlangte er von seiner Frau, sie solle ihm das Benehmen der Ertlmüllerischen erklären.

Wally meinte, der alte Oßwald sei immer so...

Aber das ließ Natterer nicht gelten.

»Entweder die Leut hamm kein Verständnis für de Sach, oder sie leg'n überhaupts koan Wert drauf. Schön! Von mir aus. Jetzt kenn i koa Rücksicht nimmer und übergib die Sach einfach an andern.«

»Karl! Schau, ma muß doch mit de Leut leb'n..."

»Nix! Aus is..." Natterer strich mit der Hand über die Ladenbuddel... »Jawohl, ma müßt eigentli mit die Leut leb'n, aber diese Rücksicht'n gengan bloß bis zu einem gewissen Grad. Und jetzt tua ma den G'fall'n und red nimmer davo!«

Er war ein gefälliger Mensch und mit kaufmännischer Höflichkeit gefüllt, aber er blieb bei seinem Entschlusse, einen andern Maler zu protegieren, und er versteifte sich noch mehr darauf, weil Konrad auch während der nächsten Tage nicht kam. Das bedrückte ihn, und dazu kam die schwierige Frage, wohin er sich denn nun wenden solle.

Er ging mit finsterem Gesichte im Hause herum, und sein erfinderischer Geist zeigte ihm keinen Ausweg.

»Jessas, Karl! Jetzt fallt mir was ein...«, rief die Frau Wally beim Mittagessen, und sie war so ergriffen von ihrer Eingebung, daß sie den Löffel im Mund behielt.

»Was fallt dir ei?«

»Du ... is net unsa Summafrischla a Kunstprofessor? Der woaß do g'wiß solchene Maler, dena wo du dös geb'n kunntst...«

»Hm!...«

Ganz so dumm, wie man's hätte vermuten sollen, war der Einfall nicht.

»Hm! Der Herr Hobbe? Kunstprofessor is er allerdings, aber net in Bayern. Und bis von Hannover ko i do net an Maler herb'stell'n... Aber frag'n wer i 'n do...«

Natterer bedachte, daß er dabei eine schöne Gelegenheit habe, dem Herrn Kunstprofessor sein Interesse für Bildung zu zeigen.

Nach dem Mittagsschläfchen ging er ins erste Stockwerk hinauf und klopfte an der Türe der Studierstube an. Als sich nichts hören ließ, klinkte er das Schloß auf und trat ein.

Horstmar Hobbe saß zurückgelehnt in seinem Stuhle und schaute unverwandt zum Fenster hinaus.

Er war bei der Frage angelangt, ob der Intellekt die Form nur bilde, oder ob er sie erzwinge, und wenn ihn auch seine alte Blutleere im Gehirne nicht befiel, so schien doch in den Assoziationszentren der Hirnrinde eine Störung der Gehörseindrücke vorzuliegen.

Herr Natterer hustete ein paarmal ohne Erfolg, dann sagte er laut:

»Entschuldingen schon, Herr Professa...«

Hobbe fuhr zusammen und starrte den Besucher erschrocken an.

Natterer verstand die Situation und redete möglichst laut, um den Gelehrten wach zu erhalten.

»Entschuldingen schon, Herr Professa, daß ich quasi unangemeldet bei Ihnen vorspreche, aba ich möchte mit Ihnen betreff einer Kunstsache konferiern, weil Sie betreff einer solchen Frage quasi eine Autorität sind...«

In Hobbes Auge blitzte kein Verständnis auf, aber der Kaufmann fuhr herzhaft und unbekümmert weiter:

»Indem es sich nämlich um die Anfertigung oder beziehungsweise um die Herstellung von einem künstlerischen Panorama unseres Kurortes handelt, wie man diese betreffenden Panorama jetzt öfter sieht, zum Beispiel in diverse Bahnhöf. In der Mitten nämlich eine Totalansicht und drum herum die Nebenansichten von reizvollen Ausflugsorten und idyllischen Plätzen, und drum herum etwas Malerisches, zum Beispiel Embleme mit Alpenrosen, sozusagen einen Rahmen...«

Hobbe hatte sich so weit gefaßt, daß er fragen konnte: »Wovon s... sprechen Sie eigentlich?«

Natterer verstand, daß er lauter reden müsse und strengte seine Stimme an.

»Es soll also quasi von Künstlerhand ein Panorama von Altaich geliefert werden, wodurch das reisende Publikum auf die Schönheiten unserer Gegend hingelenkt wird...«

Der Gelehrte hatte den Sinn der Worte begriffen.

»Warum bes... sprechen Sie die Angelegenheit nicht mit einem Photographen?« fragte er.

»Es soll ja von Künstlerhand geliefert werden, respektive gemalen«, brüllte Natterer. »Und indem da Herr Professa in diesem Fache sozusagen eine Autorität bilden, möchte ich die Frage an Ihnen richten, ob Sie net jemand wiss'n, respektive rekommandier'n können?«

Hobbe war langsam aus den Höhen des Intellektes auf den Erdboden niedergeschwebt und stand nun darauf.

»Sie sind im Irrtum, Herr... Herr...«

»Natterer«, ergänzte der Hausherr.

»Herr Natterer, Sie sind in einem verhängnisvollen Irrtum begriffen. Die Kunst als Seiendes, als Realität exis... stiert nicht für mich. Ich beschäftige mich nur mit den Begriffen ihrer Gesetzmäßigkeit, mit den Verhältnissen der Massenverteilung zum Rhythmus der Linien einerseits und anderseits zur Dynamik der Farbe. Ich beschäftige mich mit dem Irrationalen, mit dem Uns...sprechbaren, nicht mit der mehr oder minder rohen Äußerlichkeit des Produktes. Die naturalistischen Dinge perhorresziere ich, und ich behandle nur die abs... strakte Form, indem ich den latenten Rhythmus von Linien und Raumeinheiten zergliedere. Ich weiß nicht, ob Sie mich genau vers... standen haben?«

Natterer war unverschämt genug, ja zu sagen.

»Jawoi, Herr Professa. Ich habe Ihnen durchaus verstanden...«

»Dann müssen Sie sich selbst sagen, daß ich über derartige imitative Wiedergaben der äußeren Natur keine Auskunft geben kann, wenn und weil mich nur das latente Gesetz der Natur in seinen Beziehungen zur Kunst interessiert...«

»Jawoi, Herr Professa. Das heißt also quasi, daß Sie neamd rekommandiern können?«

Natterer merkte, daß Hobbe sich wieder von der Erde erhob und in die kristallklare Region der Erkenntnis entschwebte.

Respektive er merkte, daß der Gelehrte sozusagen das Spinnen wieder anfing.

Darum ging er mit einem freundlichen Gruße, der nicht mehr gehört und erwidert wurde.

Als er an die Treppe kam, wurde eine Türe leise geöffnet, und Frau Mathilde Hobbe rief ihn mit gedämpfter Stimme an.

»Herr Natterer... einen Augenblick!«

»Gut'n Tag, Frau...«

»Bs...s...s...st! Nicht so laut! Wo waren Sie eben, Herr Natterer?«

»Beim... bei... Ihrem Herrn Gemahl...«

»Bei Hors... stmar?! Um Gottes willen! Aber wie konnten Sie?«

»Entschuldingen Frau Professa, aber in betreff einer Kunstfrage...«

»Bs... s... s... st! Gott, wenn ich denke, jetzt in den Nachmittagss... stunden!«

Frau Hobbe warf einen schmerzlich erschrockenen Blick zur

Decke hinauf, als sähe sie die Genien des Intellektes herum flattern, aufgescheucht durch den banalen Besucher.

»Ja no...«, sagte Natterer, »ich hab mir natürlich denkt, als Kunstprofessa...«

»Nie mehr!« flehte Frau Mathilde. »Nie... nie mehr!«

Sie legte den Finger an den Mund und zog sich zurück.

Natterer stieg die Treppe hinunter.

Die letzte Mahnung war überflüssig, denn er hatte selber die Einsicht gewonnen, daß mit dem papierenen Deppen nichts anzufangen sei.

Es fiel ihm nicht leicht, auch nur innerlich seinen Mieter und Kunden so zu heißen, denn er war Kaufmann und schätzte eine Familie, die seine zurückgesetzten Kieler Sprotten vertilgte.

Er war bereit, einem Manne, der aus dem hohen Norden bis nach Altaich gekommen war, Ehrerbietung zu erweisen.

Aber die Wahrheit drängte sich ihm zu ungestüm auf.

* * *

»Weiberred'n, armes Red'n«, sagte Natterer zu seiner Frau. »Mit deine Einfäll derfst dahoam bleib'n. Schickt s' mi zu dem Uhu nauf mit seine ledern' Augendeckel. Der schlaft ja, wenn ma mit eahm red't! Und an Rat soll ma si von dem geb'n lass'n! Mei Liabi, wenn dir nix G'scheiters net eifallt...«

»Was woaß denn i?« erwiderte Wally. »Auf seiner Visitenkart'n steht amal, daß er Professa is von der Kunst. Mehra hab i net g'sagt.«

»Is scho recht. Aber mit deine Einfäll laßt mir mei Ruah!«

Leider ließen den Herrn Natterer auch seine eigenen Einfälle in Ruhe; er konnte sich besinnen, soviel er wollte, er fand keinen Ersatz für Konrad, und er dachte schon daran, nach Piebing zu fahren, und dem Verleger des Vilsboten sein Anliegen vorzutragen, als eines Nachmittags der leichtsinnige junge Mensch aus der Ertlmühle ohne Schuldbewußtsein seinen Laden betrat.

»Ah... da Herr Oßwald!«

»Grüß Gott, Herr Natterer! Ich muß mich doch amal erkundigen, was eigentlich los ist. Mein Vater hat mir erzählt...«

Natterer rieb sich freudig erregt die Hände und verbeugte sich immer wieder.

»Ich hab ja g'sagt, der Herr Oßwald kommt scho. Natürlich, a Künstler is kein G'schäftsmann, obwohl a bissel lang ... aber no, ich hab ja g'wußt, daß Sie uns net im Stich lass'n ...«

»Natürlich net. Wenn ich Ihnen behülflich sei kann. Um was handelt's sichs denn?«

»Ja. Da muß ich etwas weiter aushol'n, sozusag'n ... Aber, Herr Oßwald, im Lad'n könna mir net ungeniert dischkriern ... Darf ich bitt'n?« Er öffnete die Türe zur Stube nebenan, bot aber noch geschwind dem Besuche eine Hammonia Superfina an.

Konrad saß nun dem Herrn Natterer gegenüber, der sich räusperte und zu reden begann.

»Ja also, Herr Oßwald, Sie wissen – net wahr – beziehungsweise Sie hamm selber den Aufschwung verfolgt, den wo unser Altaich genomma hat, wenn auch der Kulminationspunkt sozusag'n noch nicht erreicht is ...«

»Sie meinen als Sommerfrische?«

»Als Luftkurort, jawohl. Sehen S', Herr Oßwald, ich will mich net selber lob'n, das is überhaupts net meine Art und Weise, aber Sie glaub'n net, was für Schwierigkeiten daß ich überwinden hab müssen, damit daß dieses Resultat erzielt worden is. Die Leute hier, wissen Sie, die hamm keinen Weitblick, die kennen die Neuzeit net, und natürli, zuerst hab i da mei liebe Not g'habt. Jetzt is ja die Konstellation besser, seitdem daß unsere Kurgäst eingetroffen sind. Bis jetzt hamm wir fünf ... i weiß net, ob Sie unterrichtet sind?«

»Ich hab schon g'hört davon.«

»Fünf sind's. Lauter bessere Leut, die natürlich den Ort in ihren diversen Zirkeln wieder empfehl'n. Wir hamm sogar einen Dichter, der wo in der Lage ist, in der Zeitung für uns einzutreten. Er wohnt beim Schwarzenbeck. Und bei mir wohnt ein Professor von der Kunstgeschichte ...«

»So?« fragte Konrad etwas aufmerksamer.

»Ja ... von der Kunst. Natürlich, ob er hinsichtlich einer Propaganda zum brauch'n is, möcht ich bezweifeln, indem er den ganz'n Tag studiert ... no ja ... und in der Post is ein Oberleitnant und ein Kanzleirat, also lauter Leute von einer besseren Gesellschaftsschichte. Das is bloß der Anfang, und mir müss'n jetzt erst recht mit der Reklame beginnen. Net wahr?«

»Ja ... ja ... und was soll ich ...?«
»Glei san ma soweit, Herr Oßwald. Sehg'n S', in der Reklame muß ma vo de andern lernen. Sie hamm doch gewiß schon öfter in die Bahnhöf diese Ansichtspanorama g'sehg'n, die wo eigentli von alle bedeitenden Kurort existier'n. Zum Beispiel in der Mitt' die Totalansicht des betreffenden Platzes und drum herum die idyllischen Punkte. Ich weiß net, ob...«
»Ich kenn's schon, Herr Natterer, und wahrscheinlich möchten Sie, daß ich...«
»Freilich! daß Sie mit Ihrer Künstlerhand die Sache arraschier'n. Mir versteh'n uns scho, net wahr, Herr Oßwald? Sie müss'n halt a bissel idealisier'n, daß ma zum Beispiel das Waldgelände a bissel größer rauskommen laßt, und daß ma 's Gebirg näher herzieht...«
»Schön. Ich will's amal versuch'n...«
»Und recht romantisch, gel'n S', Herr Oßwald? Zum Beispiel die Bilder so arraschier'n, daß so eins hinter dem andern vorschaugt...«
»Was für Plätze aus der Umgebung wollen Sie haben?«
»Den Sassauer See amal ganz g'wiß«, rief Natterer eifrig. »Zu dem passet halt a Mondnacht, Herr Oßwald, und a Schiff und vielleicht a Mönch drin? Waar dös net romantisch?«
»Je nachdem«, sagte Konrad lächelnd und stand auf. »Ich weiß jetzt, was Sie wollen, Herr Natterer, und will Ihnen gern behilflich sein...«
»Bleiben S' noch an Augenblick! Nämlich, mir brauch'n do aa was Weibliches auf dem Panorama. Könnte man da nicht ein Madel in der Tracht anbringen?«
»In welcher Tracht?«
»Im Gebirgskostüm, wissen S', und mit einem Busch Almrosen in der Hand... dös gebet ein Meisterwerk. Und bis wann meinen S'...?«
»Das kann ich net so bestimmt sag'n, aber wahrscheinlich können Sie 's in ein paar Tagen haben...«
»In ein paar Tag?« fragte Natterer unsicher.
»Schneller geht's nicht...«
»Net schneller ... ich mein' net schneller ... wissen Sie, Herr Oßwald, Sie derfen mi net falsch versteh'n. I weiß schon, daß

der Künstler a gewisse Freiheit haben muß, aber weil's eine Reklame is, soll's halt an Publikum auch g'fallen. Desweg'n mein' ich, Herr Oßwald, Sie sollen 's net modern machen...«

»So, wie ich's halt kann, Herr Natterer. Wenn's fertig is, sehen Sie 's ja, und ich nehm's Ihnen net übel, wenn Sie mir sag'n, daß 's Ihnen net g'fallt...«

»Nein, nein, Herr Oßwald, Sie müss'n mich net falsch versteh'n. Ich red' net vom G'fallen und von mir. Ich mein' bloß wegen dem Publikum, und weil Sie sag'n, daß Sie bloß a paar Tag brauch'n, erlaub' ich mir die Bemerkung, daß Sie quasi net modern...«

Konrad gab dem besorgten Mann lächelnd die Hand.

»Hoffen wir 's Beste, und wenn's fertig is, kommen Sie vielleicht zu mir runter...«

»Gern; überhaupts, wenn Sie irgend an Rat brauch'n ... also vielen Dank, Herr Oßwald ... habe die Ehre, guten Nachmittag zu wünschen ... nochmals besten Dank...«

Unter der Türe fiel es Natterer ein, daß er einen Punkt vergessen hatte.

»Entschuldingen, Herr Oßwald ... ich mein' bloß ... unser Fremdenverkehrsverein is natürlich noch net so ... mit Mitteln...«

Konrad lachte.

»Das hab ich mir schon denken können. Also einstweilen grüß Gott!«

Hm ja. Das war ja sehr nett und entgegenkommend von dem jungen Menschen. Überhaupt mußte man sagen, daß er durchaus liebenswürdig auf die Sache eingegangen war, aber... hm!

Ob er sich auch über die Idee ganz klar war? Und nicht am Ende so hudri wudri was machen wollte?

In ein paar Tagen?

Natterer trat in den Laden zurück.

»No, was is jetzt?« fragte Wally neugierig.

»Genau, wie ich g'sagt hab«, erwiderte Natterer. »Der junge Mensch freut si, daß ma ihm soviel Vertrauen schenkt...«

»Macht er's?«

»Macht er's! Natürli macht er's. Zweg'n was berat' i mi denn mit eahm? Da brauch i koan Kunstprofessor dazua. Auf de Idee hast übrigens bloß du kumma kinna...«

* * *

Vor Wally ihrem Manne hinausgeben konnte, trat Tobias Bünzli ein. Ein guter Beobachter hätte bemerkt, daß in dem Dichter etwas vorging, als er im Laden stand.

In seine Augen trat ein freundlicher Glanz, und seine Nase sog wohlgefällig den Duft der Spezereiwaren ein.

»Mit was kann ich Herrn Doktor dienen?« fragte Natterer.

Der Doktor gefiel Bünzli. Er lächelte freundlich und wünschte Zigarren.

Man legte ihm Hamburger vor und erkundigte sich, wie dem Herrn Doktor das Klima bekomme.

»Das Klima ischt mir ganz egal...«

»Und können der Herr Doktor hier angenehm dichten?«

»Ich brauche eben absolute Ruhe«, erwiderte Bünzli.

»In dieser Beziehung hätten der Herr Doktor keinen besseren Platz wie Altaich finden können.«

Der Dichter zuckte die Achseln.

»Der Fremdenzufluß scheint eben doch in erschreckendem Maße zu steigen...«

Das klang zu angenehm, als daß Natterer widersprechen wollte. Er meinte aber, es gäbe noch lauschige Plätzchen für Inspirationen.

Tobias horchte kaum zu.

Er befühlte einen Ballen Hemdenstoff, der auf der Ladenbuddel lag und sagte: »Baumwolle mit Leinenappret...«

Natterer wunderte sich über die Sachkenntnis, lenkte aber das Gespräch wieder auf den Fremdenverkehr.

»Bis jetzt ist es nicht so schlimm«, sagte er. »Die Saison hat nicht so lebhaft eingesetzt...«

»Es ist aber schon wieder eine Familie eingetroffen«, entgegnete Bünzli.

»Eine Fa –?«

»Ein Rentier aus Berlin mit seiner Frau und Tochter und mit einer Zofe.«

Rentier – Berlin – Zofe –

Die Ahnung von einer bedeutungsvollen Noblesse überkam Natterer, und er fühlte sich in seinem Triebe, ins Freie zu stürzen, durch den Dichter gehemmt.

Bünzli befühlte einen andern Hemdenstoff und sagte träumerisch: »Gingan.« Das stimmte wieder.

Natterer achtete nicht darauf.

»Eine Familie? Wann? Wo?« fragte er dringlich.

Bünzli gab Auskunft. Vor einer halben Stunde habe er die Nachricht von der Kellnerin in der Post erfahren.

Ein Rentier aus Berlin und Frau und Tochter und eine Zofe.

Nun hielt es den Kaufmann nicht mehr.

»Sie entschuldingen, Herr Doktor... Wally! Mein Huat, mein Spazierstecken!... Sie entschuldingen, Herr Doktor...«

Bünzli verabschiedete sich, und gleich darauf stürmte Natterer aus dem Laden und eilte über den Marktplatz weg zur Post.

Fünftes Kapitel

»Wer nach Altaich fahrt, aussteigen!« rief der Schaffner, als der Personenzug in Piebing hielt. Er öffnete die Türe eines Wagens zweiter Klasse und fragte:

»De Herrschaft'n fahr'n nach Altaich?«

»Jawollja – spricht Olja«, antwortete ein beleibter Herr, der in einem hellen Staubmantel steckte und eine Reisemütze trug.

Er kletterte ziemlich behende aus dem Wagen und rief:

»Nanu! Wo is denn 'n Träger?«

»Koan Träger gibt's da net«, sagte der Schaffner. »Aber i hilf Eahna scho, und der Stationsdiener tuat aa mit.«

Der Herr sprach in den Wagen hinein.

»Also Kinner, kommt mal raus! Hier sind wir richtig.«

Eine stattliche Dame und nach ihr ein schlankes, hübsches Mädchen von etwa zwanzig Jahren kamen aus dem Coupé...

»Stine!« rief die Dame. »Reichen Sie das Gepäck heraus!«

Die Zofe, eine stattliche, hochgewachsene Blondine, nahm eine Reisetasche aus dem Netze und eine Hutschachtel und eine kleinere Tasche, dann einen Plaid mit Schirmen und Stöcken, und noch eine Hutschachtel.

Der Schaffner nahm ihr die Gepäckstücke ab und stellte sie behutsam nieder.

Dann pfiff er dem Stationsdiener, der gemächlich herankam.

»De Herrschaft'n fahr'n nach Altaich. Hilfst eahna 's Gepäck danach in 'n Zug eini toa.«

»Is scho recht. Mir hamm no lang Zeit; der Altaicher is no gar net einag'fahr'n.«

Der Herr im Staubmantel überzeugte sich, daß auch das große Gepäck ausgeladen worden war, drei Koffer und zwei umfangreiche Hutschachteln.

Dann schritt er neben seinen Damen auf und ab und betrachtete die Gegend ganz so kritisch, wie man es von dem Rentier Gustav Schnaase aus Berlin erwarten durfte.

Hinter dem kleinen Bahnhofe führte eine mit Birken eingefaßte Straße nach einem größeren Orte, von dem man etliche Gebäude, anscheinend Brauereien, und mehrere Kirchen sah.

Die kleineren Häuser versteckten sich hinter Laubbäumen.

Bis an den Ort heran schoben sich bewaldete Hügel, an deren Fuß ein Fluß zu sein schien; man konnte das aus den Weiden schließen, die seinem Laufe folgten.

Im ganzen ein hübsches, friedliches Bild. Das helle Grün der abgemähten Wiesen stieß an gelbe Kornfelder. Die Halme bewegten sich im Winde, und so liefen die Schatten bis zu den Weiden hin, machten Schwenkungen und verloren sich in der Ferne.

»Sagen Sie mal, was ist das für'n Ort?« fragte Schnaase den Stationsdiener und deutete auf Piebing.

»Dös? Dös is Biewing.«

»Und wo liegt Altaich?«

Der Stationsdiener deutete mit dem Daumen halbrechts. »Dort hint'n.« Schnaase sah scharf nach der Richtung hin.

Felder. Weiter entfernt Hügel, die sich ineinander schoben.

»Dort hinten? Na, sagen Sie mal, wo sind denn nu Ihre Alpen?«

»Alp'n?«

»Ja. Ihr Gebirge?«

Der Stationsdiener schüttelte den Kopf.

»Von koan Gebirg woaß i nix«, sagte er und ging weg.

»Nanu, Karline, siehste? Was ich mir schon den ganzen Weg hierher dachte, die Brüder haben uns geleimt mit dem Inserat. Aber mir haben schon die Kinkerlitzken nich gefallen. Nu wart mal auf dein Alpenglühen!«

»Ich finde es lächerlich, wie du seit München immer und ewig das gleiche sagst. Warte doch mal ab. Und übrigens stand im Inserate: Voralpen. Was hat es für'n Zweck, daß du mir die Laune verderben willst?«

»Will ich doch gar nich. Ich konstatiere einfach die Tatsache, und ich bin nu mal nich blind gegen die Tatsachen. Wenn es heißt *Vor*alpen, dann müssen doch mindestens *hinten* die Alpen sein, und zwar in der Nähe und so, daß man se sieht. Nich wahr? Denn tausend Kilometer vor den Alpen is am Ende Schöneberg ooch.«

»Du kannst ja deine scharfsinnigen Bemerkungen machen, wenn wir erst mal in Altaich sind. Ich sehe nich ein, warum du schon vorher nörgelst.«

Schnaase wollte erwidern, als sein Blick auf die Altaicher Lokomotive fiel, die schnaubend und pustend mit zwei kleinen Wagen dahinter einfuhr.

»Heiliger Bimbam!« rief er. »Das is ja die Olle von Potsdam, mit der Großvater das erstemal fuhr. Die wurde doch Anno Null ausrangschiert, wie der große Wind war! Also da is se jetzt?«

Freilich hatte die Lokomotive nicht die geringste Ähnlichkeit mit einer Maschine des zwanzigsten Jahrhunderts, aber es war doch beleidigend, wie sich der fremde Herr vor sie hinstellte und ein lärmendes Gelächter aufschlug.

Der Führer schob sein rußiges Gesicht aus dem Verschlage und maß den Spötter mit bösen Blicken.

Schnaase gab nicht acht darauf und rief immer wieder: »Nee, so was lebt nich mehr! Nu sieh mal bloß den Schornstein! Es is die Olle von Potsdam...«

Endlich ging er weg und stieg mit Frau, Tochter und Stine in einen von den kleinen Wagen, wo er wieder Anlaß zur lauten Heiterkeit fand.

»Ich will dir mal was sagen, Karline, nu bin ich im Bilde, und die Sache gefällt mir schon besser. Nach den Waggongs zu schließen, kommen wir in patriarchalische Zustände, und wenn Schwindel dabei is, denn is es wenigstens keen moderner Schwindel. Sieh dir die Bänke an und den Ofen! 'n richtig gehenden Ofen haben se drin! Kinner, was sagt ihr nu?«

»Ich sage, du sollst nich ewig kritisieren. Daß es nich der Hamburger Schnellzug is, weiß ich auch. Und wenn ich Stadtbahn haben will oder Untergrundbahn, denn bleibe ich eben zu Hause.«

»Will ich doch gar nich! Nee, im Jejenteil! Spaß beiseite, Ernst in de Tasche, ich fasse Zutrauen zu den Leuten und der Umjejend. Wo man sonne Bahnen hat, da laß dich ruhig nieder! Da is noch Biedersinn und Zurückgebliebenheit.«

»Nu halte nich fortwährend Reden, Gustav!«

»Versteh mich richtig, Karlineken! Du meinst immer, ich nörgle; ich spreche aber meine volle Zufriedenheit aus. 'n Ort, zu dem man mit sonner Bahn fährt, kennt keine Schwindelpreise und Ausbeutung und Fremdenindustrie. Die Leute sind primitiv. Und primitiv is jut. Ich bin ausgesöhnt mit der Gegend, und wenn se uns, oder vielmehr, wenn se dir, Karline, auf den Leim gelockt haben mit ihre Voralpen ohne Hinteralpen, dann sage ich einfach, es is Inserat. Und Inserat is erlaubter Schwindel. Wenn ich ne Wohnung an der Hedemannstraße inseriere, mache ich se ooch schöner, wie se is.«

Herr Schnaase hatte keine Zuhörerinnen, da sich seine Frau unwillig abgewandt hatte und Henny und Stine zum Fenster hinaussahen.

Das hätte ihn nicht abgehalten, weiter zu reden, aber die Umgebung erregte seine Neugierde, und da der Zug noch immer hielt, stand er auf und stellte sich auf die Plattform hinaus.

Er sah, wie der Stationsdiener zwei schäumende Maßkrüge zur Lokomotive hinaufreichte, wie der Führer und der Heizer sie nahmen, und wie sie sich nach etlichen kräftigen Schlucken mit dem Stationsdiener unterhielten.

Da alle drei zu ihm hinsahen und dann ein dröhnendes Gelächter aufschlugen, konnte er glauben, daß sie sich über ihn unterhielten und einige Nord- und Südgegensätze gefunden hatten.

Er nahm es den primitiven Leuten nicht übel, und daß sie schon wieder Bier tranken, fand er originell. Es entsprach auch den Schilderungen, die man ihm von Bayern gemacht hatte.

Er war so guter Laune, daß er jetzt den Markt Piebing mit Wohlwollen betrachtete.

Er zählte. Eine, zwei, vier Brauereien in dem kleinen Nest! Donnerwetter! Die Brüder hier mußten aasig picheln, wenn sich die rentieren konnten.

Na, man sah's ja.

Der Lokomotivführer reichte dem Stationsdiener die zwei leeren Maßkrüge hinunter und wischte sich mit der rußigen Hand den Schnauzbart ab.

»Ochott!« rief Stine und prallte vom Fenster zurück. »Was sind das für Leute!«

Henny fragte, was denn los wäre. Aber Stine sträubte sich, zu erzählen. »Ochott! Neun!« rief sie mehrmals.

Dann sagte sie, daß der Mann, der die Bierkrüge trug, stehen geblieben sei und sich – ochott! fui! – in die Finger – neun! – geschneuzt habe.

»Un denn fuhr er sich mit der andern Hand, in der er doch die Krüge trug, unter der Nase lang – so...«

Stine machte es nach und verzog ihr hübsches Gesicht vor Abscheu.

Henny sagte, man werde sich hier vermutlich an einiges gewöhnen müssen. Sie habe ganz den Eindruck.

Darin erblickte Frau Schnaase eine Opposition gegen ihre Pläne und Wünsche, denn von ihr war der Vorschlag ausgegangen, und sie hatte es durchgesetzt, daß man nach Altaich reiste.

»Ich verbitte mir diese Bemerkungen, Henny. Wenn Papa und ich mal nach Bayern wollten, dann werden wir wissen, warum. Und wenn wir nich schon wieder nach Zoppot gingen, dann hatten wir unsere Gründe dagegen. Und Stine! Wenn Sie den Anblick nich ertragen können, dann setzen Se sich nich ans Fenster! Übrigens in Klein-Kummerfelde kann ja auch mal so was vorkommen. Nich?«

Stine widersprach, und Henny war schockiert.

Herr Schnaase kam von der Plattform herein und wollte sich über seine Beobachtungen auslassen, aber seine Frau schnitt ihm das Wort ab, und dann setzte sich der Zug in Bewegung.

Er fuhr durch ein fruchtbares Land, das sich wohlig im Sonnenschein ausbreitete und dem Betrachter alles mögliche von einst und jetzt erzählte.

Von Arbeit, die in uralten Formen geschieht und die Geschlechter der Menschen unverändert erhält; von Freuden, die sich ewig gleich wiederholen in den stattlichen Wirtshäusern, vor denen geputzte Maibäume stehen; vom mühseligen und vom lustigen Leben, das in den kleinen Kirchen den ersten Segen empfängt und daneben unter den Kreuzen zur Ruhe kommt.

Kleine Wege liefen neben der Bahn her, huschten über Brücken, versteckten sich hinter Stauden und Bäumen, kletterten die Hügel hinauf und schlichen sich verstohlen in grüne Wälder.

Ein Schloß stand hinter einem Weiher und schaute verächtlich über niedere Häuser weg. Es konnte vielleicht die Zeit nicht vergessen, da es ein gräfliches Lustheim war, mit Genien und Wappen über dem Tore, mit einem auf französische Art geputzten Garten dahinter.

Es hörte in seinen Träumen die Fontäne plätschern, die ihr Wasser übermütig in die Höhe schleuderte und zurückfallen ließ auf einen gravitätischen Neptunus und einige niedere Wassergötter. Es träumte von gezierten Schiffen, die auf dem Weiher fuhren, von tapfermutigen Rittern gelenkt, die denen preiswürdigen Damen ihre brennende Passion erklärten.

Es dachte an vergangene Zeit und schämte sich der Gegenwart, die es zu einem Kinderasyle gemacht hatte. Seine Pracht mußte untergehen, aber in den niedern Häusern mit den strohgedeckten Dächern hatte sich nichts verändert.

Schnaase, der den Kopf zum Fenster hinaus hielt, mochte, wenn auch nicht das, so doch allerlei denken, und Gedanken sprach er aus.

»Karline, ich warte nu schon die ganze Zeit und sehe nich die Spur von Industrie. Nischt wie Bauernhäuser un Kirchen un Kirchen un Bauernhäuser. Die ganze Neuzeit mit ihrem kolossalen Fortschritt ist in diese Gegend überhaupt noch nich vorjedrungen. Nich ein Fabrikschlot, nich ein Etablissemank, und wenn ich an so ne Fahrt denke, wie von Berlin nach Leipzig oder Hannover oder nach Halle, denn frage ich mich, wie is es möglich, daß der moderne Geist einfach wie vor ner Schranke halt gemacht hat, und wie is es möglich...«

»Gott, Gustav! Das sagt doch schon Baedeker, daß man in der Fremde nich die gleichen Verhältnisse suchen soll, wie zu Hause.«

»Ich lasse mir von Baedeker nich das Denken verbieten, und wenn ich vor ner rätselhaften Erscheinung stehe, dann suche ich eben nach ner Erklärung. Als denkender Mensch, nich wahr?«

»Du bringst dich bloß um den Genuß, weiter nischt. Mir is es doch wirklich mehr wert, daß die Gegend hübsch ist.«

»Hübsch... na... ja.«

»Fängst du schon wieder an? Ich finde diese kleinen Dörfer und überhaupt alles ganz entzückend.«

»Meinetwegen. Aber Enttäuschung is es und bleibt es, wenn ich mich auf Alpen vorbereite... na, laß mal! Ich weiß ja, was du sagen willst, und ich nörgle nich. Ich konstatiere aber die einfache Tatsache, daß hier nich die Spur von Industrie zu sehen ist. Da! Vier, fünf Häuser mit Strohdächern, un daneben wieder ne Kirche! Nee, das is nu mal ne andre Welt.«

Der Zug hielt oft. Hie und da vor einem kleinen Bahnhofe, manchmal auf freiem Felde. Dann stand auf einer hölzernen Tafel das Wort »Haltestelle«, und eine kleine Hütte aus Wellblech war der Warteraum. Beim Halten und Anfahren prallten die Wagen so aufeinander, daß man von den Bänken gehoben wurde.

Und einmal fiel Stine einem gegenübersitzenden Landmanne, der in Zeidolfing eingestiegen war, auf den Schoß.

»Ochott! Neun!« rief sie schmerzlich aus und schob sich den Hut wieder gerade. »So fährt man doch nich!«

»Er werd eahm net gnua Dampf hamm; er ziahgt eahm a weng hart o«, sagte der Zeidolfinger.

Stine blickte ihn ratlos an. Sie konnte kein Wort verstehen.

»Er werd eahm z'weng Dampf hamm«, wiederholte der Mann freundlich, aber es konnte sich keine Unterhaltung entspinnen.

Man fuhr noch eine Weile durch das Vilstal, und endlich schnaufte die Lokomotive sehr erschöpft im Bahnhofe von Altaich.

Schnaase stieg rasch aus und sah sich nach einem Hoteldiener um.

Es waren aber nur zwei Leute da.

Der Bahnvorstand Heigelmoser und der Stationsdiener Simmerl.

Heigelmoser grüßte ritterlich, setzte seinen Kneifer zurecht und ging zur Lokomotive vor, was er sonst nie tat, und richtete im Befehlstone Fragen an den Lokomotivführer Schanderl, der so verblüfft war, daß er anständig und freundlich antwortete.

Hinterdrein glaubte er, daß der Adjunkt übergeschnappt wäre.

Er wußte nicht, was er für eine unwürdige Rolle hatte spielen müssen, damit der Heigelmoser sich vor der eleganten jungen Dame ein Ansehen geben konnte.

Schnaase wandte sich an den Stationsdiener.

»Sagen Sie mal, wer schafft denn hier das Gepäck ins Hotel?«

Simmerl schaute ihn verständnislos und gleichgültig an.

Er brummte, daß er von keinem Hotel nichts wisse.

»Wir wollen doch hier ... du hast den Namen aufgeschrieben, Karline ...«

»Hotel zur Post«, las Frau Schnaase aus ihrem Notizbuche vor.

»Von da Post is neamd da. Von da Post kimmt überhaupts neamd ...«

»Ja, sollen wir unser Gepäck selbst auf der Karre hinbringen? Heiliger Bimbam, nu wird mir die Bummelei aber doch zu stark!...«
Heigelmoser eilte heran und klappte die Absätze zusammen.
»Bahnvorstand Heigelmoser...«
»Sehr angenehm; mein Name ist Schnaase. Sagen Sie mal, Herr Bahnvorsteher...«
»Die Herrschaften wollen ihr Gepäck in die ›Post‹ schaffen lassen?«
»Aber natürlich! Ich verstehe nur nich...«
»Die Herrschaften sind vermutlich zum Kuraufenthalt eingetroffen?«
»Jawollja ... aber sagen Sie mal, was sind denn das für Zustände? Es muß doch jemand vom Hotel am Zuge sein...«
Heigelmoser lächelte.
»Die Leute sind der Situation noch nicht so gewachsen...«
»Nanu! Wenn man schon die größten Inserate losläßt...«
»Vielleicht kann das Gepäck einstweilen hier eingestellt werden, und dann holt man es von der ›Post‹ ab?«
»Also gut. So wird's wohl gehen, Karline?«
Frau Schnaase nickte. Henny fing belustigt den huldigenden Blick des Adjunkten auf.
Das spornte ihn zu neuer Liebenswürdigkeit an.
»Das kleine Gepäck lasse ich den Herrschaften gleich besorgen. Das können ja Sie tragen«, sagte er zum Stationsdiener.
Simmerl, dem sein Vorgesetzter gar zu geschäftig vorkam, war unwirsch.
»I?« fragte er.
»Nehmen Sie's nur und begleiten Sie die Herrschaften!«
»Ja, i muaß do de zwoa Kaibln ei'lad'n vom Hartlwirt z' Tandern...«
»Die laden Sie später ein!«
Simmerl fand, daß sich der Herr Adjunkt ein wenig krautig machte, und er hätte sich am liebsten widerhaarig benommen, aber eine Ahnung, daß bei der Geschichte etliche Maß Bier herausschauen könnten, stimmte ihn versöhnlich.
Er nahm eine Hutschachtel und zwei Taschen und ging voran. Stine folgte mit dem andern Gepäck. Hinter ihr ging die Familie

Schnaase, die sich freundlich von Heigelmoser verabschiedet hatte.

»Was er für verliebte Nasenlöcher machte!« sagte die Tochter.

»Henny! Wenn uns schon jemand freundlich entgegenkommt...«

»Gott, Mama! Hältst du es für nötig, bei jeder Gelegenheit erzieherisch zu wirken? Ich gestehe dir offen, daß ich keinen Geschmack daran finde.«

Frau Schnaase, die auf der staubigen Straße bei der prallen Hitze genau so schlecht gelaunt wurde, wie ihre Tochter, wollte heftig erwidern, aber der Vater nahm das Wort.

»Kinner! Mir geht allmählich 'n Seifensieder auf. Dieses biedere, um verschiedene Jahrhunderte zurückgebliebene, schlichte Volk hat uns Berliner auf unserm ureigensten Gebiete geschlagen, nämlich auf dem Gebiete des Zeitungs- und Inseratenwesens! Allerhand Achtung vor dem geriebenen Jungen, der das, was wir hier sehen, mit fetten Buchstaben ausgerechnet in einem Berliner Blatte als Höhenluftkurort ausschreiben ließ. Der Mann hat Mut und Phantasie, und die Art, wie er uns eingewickelt hat, imponiert mir. Wenn ich 'n Berliner Inserat lese, bin ich vorsichtig, und kommt's recht dicke, denn denke ich mir: Scheibe mein Herzken. Aber wenn das Auge mitten unter den großstädtischen Schwindelannoncen ganz unvermutet auf so ne angepriesene bayrische Oase fällt, dann riecht's förmlich nach Natur und Treuherzigkeit, und kein Mensch denkt an Schwindel, und man malt sich ne Idylle aus, man gibt noch selbst was dazu, weil man glaubt, dieses schlichte Volk hat gar nich den Mut, ordentlich aufzutragen. Man denkt, es is zu schüchtern, zu naiv. Un denn eilt man auf Flügeln des Vertrauens her und sieht, was einem die Brüder als Höhenluftkurort in den Voralpen angedreht haben...«

»Ich gehe keinen Schritt mehr weiter«, sagte Frau Schnaase, deren Antlitz von Sonnenhitze und Empörung glühend rot geworden war.

Sie blieb stehen, und man sah es ihr an, daß eine übermächtige Bitterkeit in ihr aufgequollen war.

»Nanu, Olleken!« rief ihr Mann etwas erschrocken aus.

»Ich gehe keinen Schritt mehr weiter. Ich habe es satt, mich von dir und Henny quälen zu lassen...«

»Aber Mama!«

»Ja! Quälen und peinigen...«

Frau Schnaase kämpfte mit den Tränen.

»Ihr tut ja gerade, als ob ich verantwortlich wäre für alles, was euch nicht gefällt. Nein! Fällt mir doch gar nicht ein! Ich tue einfach nicht mehr mit. Sag' dem Mann, er soll das Gepäck zurücktragen! Wir nehmen den nächsten Zug. Ich fahre heim, und ihr könnt ja tun, was ihr für gut findet...«

»Aber, Karline, nu beruhige dich wieder! Du bist 'n bißchen nervös geworden...«

»Ich? Ihr natürlich nicht!«

»Wir ooch. Es fällt mir doch nich im Schlafe ein, dich zu kränken oder dich verantwortlich zu machen... Nee! Und sieh mal zu, wir gehen jetzt ruhig ins Hotel, und denn ruhen wir uns aus... nich wahr? Und denn sehen wir schon, was zu tun ist...«

»Also gut! Ich gehe noch mal mit. Aber, Gustav, das sage ich dir, wenn du noch mal auf mir piekst, dann packe ich sofort.«

»Bong! Nu komm aber. Wir wollen doch nich hier auf der Straße... Der Kerl spitzt schon die Löffel...«

Die Familie legte den letzten Teil des Weges schweigend zurück, und in Schnaase erregte alles, was er nun unterdrücken mußte, einen heftigen Zorn.

Unterm Tore der »Post« standen der Blenninger Michel und sein Hausknecht Martl. Sie hielten eine Siesta ab, indem sie nichts sprachen und abwechselnd aufs Pflaster spuckten. Sie wurden empfindlich gestört. Zuerst mußten sie erstaunen über die Prozession, die hinterm Simmerl von der Bahn herauf kam, dann mußten sie ihre Stellung räumen, weil die Leute offenbar in die »Post« kamen, und dann trat der dicke Herr auf den Blenninger zu und sagte in einer unangenehm scharfen Sprache:

»Der Mann behauptet, daß Sie der Posthalter sind.«

Michel schaute mit unerschütterlicher Ruhe in die zornigen Augen des Fremden und antwortete langsam: »I bin da Posthalter – jawoi...«

»So? Na, dann will ich Ihnen mal was sagen. Wenn Sie Ihren famosen Voralpenkurort schon ausschreiben, wissen Se, wenn Sie schon das Geld für Inserate ausgeben, dann können Se sich auch den Luxus gestatten und 'n Hoteldiener auf die Bahn schikken, nich wahr? Das is nämlich so Usus in Europa, wissen Se, und zu Europa gehören Sie am Ende ooch noch, nich wahr? Das is nämlich keine Manier, wissen Se, daß man Gäste anlockt, und denn läßt man sie auf der Bahn stehen und zwingt die Damen, die staubige Straße da heraufzupaddeln. Das können Sie machen, wissen Se, mit Ihren ausgewachsenen Rabattentretern, aber nich Damen, nich wahr? Diesen Mindestgrad von Kultur müssen Se hier ooch noch leisten, verstehen Se, oder lotsen Se die Leute nich her in Ihre Schwindelalpen und schicken Se ganz einfach 'n Wagen an die Bahn. Das wollte ich Ihnen zunächst mal sagen, verehrter Herr!«

Die Wirkung auf den Posthalter war sehr stark.

Zuerst schaute er harmlos und interessiert dem Herrn auf den Mund und bewunderte ihn, daß er die Worte so schnell hintereinander ausstoßen konnte, aber allmählich zog er den Kopf ein und schielte verlegen zum Martl hinüber, der mit weitaufgerissenen Augen den Vorgang beobachtete, und dann nahm der Blenninger die Mütze ab, kratzte sich hinter den Ohren und sagte, als Schnaase fertig war: »Ja ... ja ... und nacha wollen S' wahrscheinli dableib'n?«

»Das kommt auf Verschiedenes an, nich wahr? So Noblenz-Coblenz lassen wir uns nich mehr auf den Leim locken, aber jedenfalls müssen wir jetzt 'n paar Zimmer haben...«

Der Posthalter ersah die Gelegenheit zur Flucht, und um seinen Rückzug zu decken, schrie er in die Gaststube hinein:

»D'Fanny soll komma! Herrschaft'n san da... machts amal, daß d' Fanny außa kimmt!«

Dann schlüpfte er schneller, als es seine Gewohnheit war, in die Gaststube, wo er sich auf das Ledersofa am Ofen in einen ganz sicheren und gedeckten Winkel setzte. Er holte sich mit einer schwerfälligen Bewegung eine Zigarre aus der Tasche, und indes er den Rauch nachdenklich vor sich hinblies, hörte er wie von Ferne noch einmal das Schnellfeuer des Berliners.

»Ja, Herrschaftssax'n! ... Resi! Sag' da Köchin, sie soll ma'r an Kaffee einaschick'n... ja, Kreuzbirnbamm und Hollerstaud'n! Ja, Herrschaftseit'n überanand!...«

Martl ließ seinen Herrn im Stich, als er merkte, daß sich die Geschichte auf ihn und den neumodischen Bahnhofdienst hinüberreiben konnte.

Er zog sich zurück und entwischte in das Kutscherstübl zu seinem Freunde Hansgirgl, der als Postillon täglich von Altaich nach Sassau fuhr.

Im Kutscherstübl, an dessen Wänden alle möglichen Pferdegeschirre hingen, roch es gemütlich nach geschmiertem Leder. Ein Backsteinkäs, von dem der Hansgirgl bedächtig ein Stück nach dem andern herunterschnitt, und ein eingebeizter Rettich gaben ihre Düfte darein.

Martl setzte sich an den Tisch, und Hansgirgl schob ihm schweigend den Maßkrug zum Willkommen hin. Da tat Martl einen tiefen Zug, und wie er sich hernach den Schnauzbart abwischte, schaute er mit gläsernen Augen geradeaus.

»Saggera! Saggera!« sagte er.

»Magst koan Kas?« fragte Hansgirgl.

»Na. Koan Kas mog i jetzt net.«

Aber ein Bier mochte er, und er nahm den Maßkrug und tat wieder einen tiefen Zug.

»Saggera! Saggera!«

Er mußte an das Erlebnis unterm Tore denken und es innerlich verarbeiten.

Der Hansgirgl dachte an nichts.

Er aß ein Stück Brot und ein Stück Käs und etliche Blattl vom Rettich und fing die Reihenfolge wieder von vorne an.

Die beiden kannten einander so gut, daß ihnen das Beisammensein auch ohne Dischkrieren genügte. Aber den Martl trieb es doch, sein Erlebnis zu erzählen; er stieß seinen Freund mit dem Ellenbogen an.

»Da Blenninga is heint unter de Breiß'n eini kemma... Mei Liaba, den hat's dawischt...«

»Da Blenninga?«

»Ja.«

Martl trank.

Hansgirgl stützte das Messer auf den Tisch und schaute verloren vor sich hin.

Dann fragte er: »Was hat denn der Blenninga mit die Breiß'n z' toa?«

»Ja no... A Summafrischla. Woaßt scho, mit dera neumodisch'n Gaudi kemman allerhand Leut' daher.«

»A so moanst? A Summafrischla?«

Hansgirgl war mit dem Kas fertig und wischte sein Messer umständlich am Einwickelpapier ab, und dann trank er auch einmal.

»So... so... A Summafrischla«, wiederholte er.

»Dös ko'st da fei net denga, wia der Breiß an Posthalter z'sammbiss'n hat... mei Liaba!«

»Geh?«

»A so hat er'n scho nieda gredt, daß nix zwoats net gibt.«

»Ah! Zwegn was nacha?«

»Ja, woaßt scho. Der Breiß is mit 'n Zug kemma, und drei Weibsbilder hat a bei eahm g'habt, und weil neamd auf da Bahn g'wen is, weil ma's net g'schmeckt hat, net? Da is da Breiß belziworn, und da is eahm unta da Haustür da Posthalta in Wurf kemma. Und hat'n scho g'habt aa und nimma auslass'n, mei Liaba!...«

»Geh?«

Hansgirgl stand schwerfällig auf und ging mit dem leeren Maßkrug zum Fenster hin. Er pfiff gellend durch die Finger.

Ein Stallbub lief über den Hof und nahm den Maßkrug.

»Holst a Maß! Aba net wieda z'erscht a Quartl abatrinka... Mistbua! Sinscht schlag' i da'r amal 's Kreiz o...«

»Rotzbua«, brummte er noch, wie er sich wieder neben Martl hinsetzte. »...So...so? An Blenninga hat der Breiß dabiss'n?«

»Ah... mei Liaba! Da ko'st da nix denga, wia'n der z'sammpackt hat. Und wia g'schwind daß der Mensch g'redt hat! An Stallkübl voll Wassa wannst nimmst und giaßt'n oan übern Kopf aus, nacha is aa net anderst. Zu'n Schnaufa kimmst d' nimma, wia di der z'sammpackt...«

»Geh?«

Sie saßen in Gedanken verloren nebeneinander, bis Seppl die frische Maß brachte.

Dann prüfte Hansgirgl mißtrauisch den Inhalt und trank einmal richtig, und auch Martl nahm wieder einen tiefen Zug.

»So... so? Ja, was hat'n nacha da Blenninga g'sagt?«

»G'sagt! Der is nimma zum Sag'n kemma, mei Liaba! Was glaabst denn, wia der Breiß g'redt hat! An Vozz hat er überhaupts nimma zuabracht. Grad auf und o is ganga, und 's Biß hat er eahm zoagt, wia da Hund an da Kett'n...«

»Geh?«

»Wann a d' as sag, an Stallkübi voll Trank balst über oan ausschüttst, is aa net anderst...«

Martl hatte sich genug erzählt, und Hansgirgl sich genug gehört. Sie hatten was zum Nachsinnieren und wunderten sich und tranken schweigend eine Maß dazu.

Sie hätten noch etliche getrunken und nachsinniert, aber ein paar Weibsbilder, die der Teufel immer herführen muß, wenn es einmal gemütlich wird, schrien im Hof herum nach dem Martl.

Da stand er mißmutig auf und ging.

* * *

»Kinner«, sagte Schnaase und wischte sich mit der Serviette behaglich den Mund ab, »Kinner, wenn ich so an allens denke, was wir eben gegessen haben, dann sage ich allerhand Achtung, und wir dürfen uns nich überstürzen mit der Abreise...«

»Wenn du das gleich gedacht hättest, wäre uns manches erspart geblieben...«

»In gewisser Beziehung sollst du mal recht behalten, Karline, aber 'n bißchen warst du selbst schuld an dem Klamauk... Nanu, reg' dich nur nich auf! Ich weiß schon, die Hauptschuld trifft mich. Aber siehste, es war eben der momengtane Eindruck. Wie wir die Straße lang gezoddelt sind, überkam mir der Gedanke, daß man sich doch eigentlich nich als Kesekopp von den gerissenen Ureinwohnern betimpeln lassen soll. Und unter dem Eindrucke, Karline, habe ich den verehrten Gastgeber 'n bißchen auf den Zug gebracht. Da war mir nu gleich leichter, und denn haben wir Zimmer bekommen, die in ihrer Art nich übel sind, wenn's auch nich so is wie bei Adlong... was sagste, Henny?«

»Ich finde, daß man auf gewisse Ansprüche nich verzichten kann. Kein laufendes Wasser, kein Bad, und... na ja!...«

»Hier sind doch Heilbäder. Wenn wir sie regelmäßig gebrauchen, können wir die andern entbehren«, sagte Frau Schnaase.

»Vorerst wissen wir das nur aus dem Inserat, Karline, un Inserat is Schwindel. Ich will dir nich zu nahe treten, aber hoffentlich is es mit den Heilbädern nich so oder ähnlich wie mit den Voralpen. Aber Mama hat recht, Henny, man muß die Dinge nehmen, wie sie sind. Und wenn kein laufendes Wasser im Zimmer ist, denn hat eben die Bedienung mehr Unannehmlichkeiten, aber nich du. Und was den... na ja... betrifft, der Gegenstand is wohl zu delikat, als daß ich ihn hier näher in Betrachtung ziehe, aber ich will dir nur sagen, du mußt mal 'n bißchen groß denken. Und dabei kannste sehen, wie die Alten sungen, denn der Siegeszug des ›W. C.‹ durch Berlin is noch nich so lange her...«

»Vielleicht läßt du das Thema wirklich fallen, Gustav?«

»Ganz, was ich sage. Der Gegenstand is zu delikat. Ich möchte also nur betonen, Henny, daß man über Kleinigkeiten die Hauptsache nich aus dem Auge verlieren soll. Un die Hauptsache is das hier...«

Schnaase klopfte auf den Tisch – »diese Schnitzel und die süße Speise... Kinner, das war eins A... und deswegen sage ich, wir dürfen uns kein abschließendes Urteil bilden, und wir wollen mal sehen, ob sich auch in den Preisen die gewisse Solidität bemerkbar macht. Fräulein, kommen Sie mal her!«

Resi kam langsam an den Tisch heran, und weil sie vor den fremden Frauenzimmern Scheu hatte, suzzelte sie verlegen durch die Zähne.

Die Schnaaseschen achteten nicht so darauf wie Stine, die für solche Unans... ständigkeiten ein scharfes Auge hatte.

»Fräulein, rechnen Sie mal zusammen!« Resi zog einen Bleistift aus ihrem falschen Zopfe und netzte ihn mit der Zunge.

»Viermal Schnitzel macht zwoa Mark vierzgi und zwanzgi is zwoa Mark sechzgi und viermal Supp'n is sechzgi, san drei Mark zehni... na... drei Mark zwanzgi...«

Sie schrieb die Zahl auf die Tischplatte, denn einen Block hatte sie sich noch immer nicht angeschafft, trotz aller Ermahnungen des Herrn Natterer.

»Drei Mark zwanzgi und vier Rahmstrudel hamm S' g'habt, is a Mark zwanzgi, macht vier Mark vierzgi, und g'röste Kartoffi hätt' i bald vagess'n, san vierzgi, macht vier Mark achtzgi, und Bier hamm S' g'habt zwoa Halbi und zwoa Quartl, san sechsadreißgi, und wia viel Brot?«

Schnaase hatte aus dem schauderhaften Deutsch nur die Worte vier Mark und achtzig aufgefangen; sie stimmten ihn fröhlich, und er rief wohlwollend: »Brot? Rechnen Sie, so viel Sie wollen, sagen wir pro Nase zwei... also acht, verehrte Hebe!«

»Acht Brot san vierazwanzgi...«

Resi wischte mit dem nassen Finger eine Zahl aus, schrieb eine neue hin und rechnete angestrengt ...Vier und sechs... san zehni... bleibt oans...

Zuletzt kam die Zahl »fünf Mark vierzgi« heraus.

Schnaase gab ihr sechs Mark und sagte, so sei es nun recht, was einen starken Eindruck auf Resi machte.

Als sie ihre Ledertasche zuklappte und wegging, sah sich Schnaase vorsichtig um und flüsterte:

»Karline! Sechs Märker! Nu denk' mal an Zoppot oder an die Schweiz. Nee, Kinner, wir wollen die Natur hier mit wohlwollenden Augen betrachten, und wenn se nich unter allem Muff is, denn bleiben wir... Was machst du für 'n Flunsch, Henny?«

»Gott, ich weiß ja, wie das bei uns ist! Wir können nie hingehen, wo andere Leute sind... Das ist doch unsere Romantik...«

»Wenn du mich meinst«, sagte Frau Schnaase, »dann will ich dir mal was sagen. Meine Romantik ist, daß ich mich erholen will, und vielleicht habe ich 'n Recht darauf, nich wahr? Und wenn ich schon das ganze Jahr die Leute aus der Kantstraße und vom Kurfürstendamm genießen muß, dann möchte ich mal im Sommer 'n paar Wochen für mich sein...«

»Mama hat recht. Ich bin ihr geradezu dankbar, daß sie mit dem gewissen Instinkte und ganz ohne Baedeker diese Oase der reellen Preise gefunden hat. Und das hat nu gar keinen Wert, Henny, daß du immer noch bei deinem gewissen... ›na ja‹ bleibst und über Mangel an Kultur trauerst...«

»Nu laß das, Gustav! Jedenfalls sind wir hier, und wir werden nich ohne Grund weggehen. Vielleicht kann Henny zur Abwechslung auch mal Rücksicht nehmen auf meine Wünsche.«

Die Familie erhob sich, und Herr Schnaase sagte, er wolle mal mit dem Wirt 'n versöhnliches Wort sprechen.

»Fräulein, rufen Sie den Herrn Posthalter!«

Das ging nicht so leicht, denn der Blenninger Michel war über den Hof in einen geschützten Winkel entflohen. Er saß unter einer Hollerstaude hinterm Wagenschupfen, und beim Bienensummen und Fliegenbrummen war er eingeschlafen.

Die Resi rief der Fanny und die Fanny der Zenzi, und man suchte den Herrn im Stall und in den Städeln, und erst der Seppl, der die Gewohnheiten des Posthalters kannte, lief zu der Hollerstauden und weckte den Michel auf.

»Was gibt's? Füri kemma soll i? Zwegn was?«

»Zu de Herrschaft'n, de wo heut kemma san...«

Der Blenninger gähnte und stierte schlaftrunken vor sich hin.

»Heut... kemma san?«

Allmählich wurde in ihm die Erinnerung wach an einen Menschen, der furchtbar schnell geredet hatte.

»Ah... der sell? Was wui denn der scho wieda?«

Er stand aber doch auf und ging langsam und verdrossen über den Hof.

Im Torweg stand Schnaase, der trotz des Vorsatzes, liebenswürdig zu sein, ungeduldig geworden war.

»Na endlich! Also verehrtester Herr Posthalter, ich möchte Ihnen zunächst das Kompliment machen, daß wir mit Ihrer Küche sehr zufrieden waren, und dann möchte ich Ihnen mitteilen, daß wir hier bleiben werden ... zunächst mal ne Woche, wenn die Verpflegung auf der gleichen Höhe bleibt, wahrscheinlich länger...«

»So?« sagte der Blenninger.

»Natürlich, Ihr Einverständnis vorausgesetzt, wenn Sie die Zimmer frei haben...«

»Warum net?«

»Wie?«

»Warum nacha net?« wiederholte Michel. »De Zimma san scho frei.«

»Schön! Also das wäre abgemacht, was?«

»Vo mir aus.«

»Ja, wenn Sie einverstanden sind, und wenn also die Sache in Ordnung is, denn müssen Sie schon die Liebenswürdigkeit haben, unser Gepäck herschaffen zu lassen...«

Schnaase geriet unwillkürlich in einen gereizten Ton. Er konnte sich nicht so ohne weiteres in das Phlegma des Blenninger Michel schicken.

»Eahna Gepäck?«

»Jawollja ... unser Gepäck. Wir haben nämlich die Hauptsache noch auf der Bahn stehen. Wir sind nich bloß mit Hemdkragen und Zahnbürste gereist...«

»Auf da Bahn drunt'n? Da muaß i's halt an Martl sag'n, daß a mit 'n Karr'n abi fahrt...«

»Vielleicht haben Sie die Güte, ja?...«

Der Blenninger hatte sie und auch das Bedürfnis nach Ruhe.

Er ging in die Küche und sagte der Sephi, sie solle es dem Martl sagen.

Davon kam das Geschrei der Weibsbilder, das Martl aus seiner Gemütlichkeit aufstörte.

* * *

Herr Schnaase ging zu seinen Damen, die vor dem Tore standen. Man wollte auf einem Spaziergange den Markt und seine versprochene Schönheit kennen lernen.

Schnaase war etwas verärgert.

»Na, fassungslos vor Entzücken war der Lulatsch nich, wie ich ihm das sagte, daß wir hier bleiben wollen. Die Art Leute is mir rätselhaft...«

»Man muß sie eben nehmen, wie sie sind...«

»Nimm se! Das is doch das, was ich sage. Man kann se nich nehmen. Betrachte dir mal den Menschen, wenn ich mit ihm spreche. Ich bin aufgeregt und ärgerlich, er merkt's nich. Ich bin liebenswürdig und sage ihm was Angenehmes, er merkt's nich. Er kuckt an mir vorbei in de Luft, und wenn er schon mal Antwort gibt, denn is es so, daß ich mich frage: wozu redste eigentlich, Schnaase? Nee! Wenn sie alle so sind...!«

Sie waren nicht alle so.

Ein ganz anders geartetes, der Kultur sich viel mehr annäherndes Individuum eilte gerade jetzt über den Marktplatz und zog vor der Berliner Familie mit auffälliger Ehrerbietung den Hut, verbeugte sich öfters, lächelte ein herzliches Willkommen und ging eilig weiter.

»Nanu!« sagte Schnaase und drehte sich nach diesem Vertreter der Zivilisation um.

Auch das Individuum blieb nach einigen Schritten stehen und drehte sich nach den vornehmen Fremden um.

Er grüßte wiederum und verschwand im Torwege.

»Nanu!« sagte Schnaase und schritt etwas erleichtert neben Karoline her.

Natterer, der durch seine Höflichkeit eine ungünstige Meinung über die Altaicher gemildert hatte, stürmte in die Gaststube.

»Wo is der Herr Blenninger?«

»Hö... hö!« machte der Posthalter, der keine Aufgeregtheit leiden mochte.

»Also, Blenninger, das geht einfach nicht mehr! Wenn der Dichter net zufällig in mein Laden kommen wär, hätt' ich überhaupt nix erfahren, daß wieder eine Familie eintroffen is; dir is ja net der Müh' wert, daß d' mir a Nachricht gibst!«

»Dös hättst scho no z' wiss'n kriagt. So werd's net pressier'n...«

»Ich muß doch an Überblick hamm! Ich muß doch die Kurlisten führ'n! Oder führst as vielleicht du?«

»Gwiß net«, sagte der Blenninger ruhig und steckte die Hände in die Hosentaschen.

»Also muß Ordnung sei, net wahr? Und überhaupts müssen Formulare her, verstanden, wo die eintreffenden Kurgäst eingschrieben wer'n...«

»Was hast denn für an Schmarrn?«

»Bei dir waar alles a Schmarrn! Bloß die Einnahmen net, gel? Wer hat denn d' Leut herbracht? Wenn i net ganz anderne Tendenzen hätt' als wie du, nacha waar heut no koa Kurgast in Altaich...«

»Is ja recht. Ma laßt dir dei Ehr...«

»Ich brauch' keine Ehr. Ich arbeite für das Gemeinwohl und weil ich erkannt habe, daß jetzt die Epoche is, wo man Altaich als Kurort heben kann...«

»Also, vo mir aus. Du bist derjenige, wo...«

»Ich brauch keine Anerkennung, sag i. Aber Ordnung will i hamm, und de Formular müss'n druckt wer'n...«

»Druckst d' as halt...«

Der tiefe Frieden, den Blenninger ausstrahlte, wirkte auf Natterer, und er sagte ruhiger, daß er seine Notizen machen wolle.

»Hamm sich die Herrschaft'n schon ei'gschrieb'n?«

»Ko scho sei...«

Fanny kam mit dem Fremdenbuche, das gleich wieder den Unwillen Natterers erregte.

Blenninger hatte das alte, vor vielen Jahren angelegte Buch behalten, weil es nicht bis zur letzten Seite beschrieben war.

Und so standen in der ersten Hälfte unter Geschäftsreisenden, durchziehenden Krattlern, Marktbesuchern auch Handwerksburschen aus aller Herren Ländern.

Und dicht unter einem Gottfried Schulze, Töpfergehilfen aus Perleberg, kamen der Oberinspektor Dierl aus München, der Oberleutnant von Wlazeck aus Salzburg, der Kanzleirat Schützinger aus München und, noch frisch mit Streusand bedeckt: Rentier Gustav Schnaase aus Berlin mit Frau, Tochter und Zofe...

»Hm! Rentier... Zofe... Das müssen feine Leut sein...«

»Wenn S' dös Ziefer erst sehg'n, de Zof'n«, sagte Fanny, »da wern S' a Freud hamm. De geht am ebna Bod'n, als wenn s' Stieg'n steigt, und bal ma s' was fragt, versteht s' oan net. Aba de werd si schneid'n, wenn s' glaabt, i trag ihr 's Wassa nach! De schaffet alle Aug'nblick was o! Und wia sa si gstellt, wenn s' was sagt! D' Aug'n druckat s' zua, de Loas, de greisliche...«

»Fanny«, sagte Natterer, »so derfen S' net red'n. De Leut san was Fein's g'wöhnt. Und vergessen S' net, daß da a guats Trinkgeld rausschaugt... Was i sag'n will, Michel, i hab Durscht. Geh ma in Gart'n hintri und trink'n a frische Maß.«

Damit war der Blenninger einverstanden, und sie setzten sich unter die drei Kastanienbäume, die in einer Ecke des Hofes ihren Schatten über drei Tische und etliche Bänke warfen.

Nur selten kam ein Gast dorthin.

Die Bauern blieben in der Stube, und die Marktbürger gingen an schönen Abenden in den Blenninger Keller.

Natterer sah es ungerne, daß der Platz vernachlässigt war, und daß die Hühner Tische und Bänke verunreinigt hatten.

»Sollt aa net sei, Michel, oder jedenfalls, es sollt nimma sei. Du muaßt di überhaupts mehr an den Gedanken g'wöhnen, daß jetzt eine andere Epoche für Altaich komma is, wie ma sagt. Da g'höret'n gedeckte Tisch her und Palmen, vastehst? In Kübeln, wia ma's in die Hotel siecht.«

Der Blenninger gab ihm keine Antwort. Er blies bedächtig den dicken Schaum von seiner frischen Maß und schnaufte wohlgefällig, nachdem er getrunken hatte.

Natterer machte es ihm nach.
Diese echtesten Genüsse bleiben von den Zeitepochen unberührt.

Sechstes Kapitel

Auf der Nord- und Westseite des Sassauer Sees treten große Fichtenwälder ans Ufer heran, gegen Süden und Osten hemmen rasch ansteigende Hügel den Blick. Etliche Höfe liegen oben, deren Dächer über den Kamm herüber lugen.

Hie und da tönt von droben Hundegebell oder der Klang einer Glocke, die zur Mittagszeit die Ehhalten heimruft.

Aber wenn sich der Schall im Walde verliert, verstärkt er das Gefühl der Einsamkeit für einen, der am Ufer sitzend ins klare Wasser schaut.

Auf einer Halbinsel, deren Raum es beinahe ausfüllt, liegt das alte Benediktinerkloster Sassau.

Es stimmt eigen, wenn man ein mächtiges Gebäude, einstmals den Mittelpunkt eines nach allen Seiten hin wirksamen Lebens, verlassen und unbenützt sieht. Man sträubt sich dagegen, daß alles, was man hier als Ergebnis der Arbeit, des Fleißes und der Kunstfertigkeit vieler Menschen erblickt, nur zum Verfalle dienen solle.

Daß hinter Marmorportalen in gewölbten Gängen und Sälen, in Werkstätten und Zellen alles Leben erloschen bleiben müsse. Die Zierate über den hohen Fenstern zeigen, daß wenige Jahrzehnte vor der Säkularisation kunstreiche Hände das Kloster noch für eine ferne Zukunft geschmückt hatten, aber die Leere, die hinter den Scheiben gähnt, das Gras, das im gepflasterten Hofe wuchert, da und dort abfallender Mörtel zeigen auch, daß hier keine Sorgsamkeit mehr waltet.

Besonders an der Außenseite, gegen den See hin, sind arge Spuren des Verfalles sichtbar, und was hier als Gebüsch zur Zierde gepflanzt worden war, ist wild in die Höhe geschossen.

Dereinst war das Kloster reich an Landbesitz gewesen.

Die Grundstücke wurden aufgeteilt, und die alten Leibgedinger kamen zu Wohlstand.

Für das große Gebäude fand sich kein Käufer.

Der Staat wollte es zu allerlei Zwecken verwenden, stand aber jedesmal von seinem Vorhaben ab, weil die Unterhaltungskosten zu hoch gekommen wären. Das Kloster war zu abgelegen, und die Zerstückelung des Besitzes hatte einen Zustand geschaffen, der hinterher für die wohlwollenden Absichten ein unübersteigliches Hindernis bildete.

So wie das Kloster nun da lag, zwecklos mitten in die Einsamkeit hinein gestellt und in Hoffnungslosigkeit begraben, tot und doch lebendiger Zeuge vergangener Tage, konnte es freilich ernste und auch mit dem Ernste spielende Gedanken wachrufen.

Es war romantisch, wie Natterer sagte, an den man wieder einmal erinnert wurde, weil Konrad malend am Ufer saß.

Er ließ die Mauern düsterer über dem Wasser emporragen und gab dem See ein bedeutenderes Aussehen, weil es ihm für ein Plakat richtig erschien und... »Bravo!« rief jemand, und als er sich umwandte, stand der rüstige Kaufmann vor ihm.

Aber nicht allein.

Zwei Damen, eine ältere und eine jüngere und ein dicker Herr, der seinen Kahlkopf mit einem Taschentuche abtrocknete, waren mit Natterer auf dem Waldwege unbemerkt herangekommen.

»Das is großartig, Herr Oßwald, daß ich Ihnen an dieser pittoresken Stelle triff...«

»Wollense uns nich bekanntmachen?« unterbrach Schnaase, und weil Natterer dazu nicht die rechte Gewandtheit zeigte, übernahm er es selbst.

»Rentier Schnaase aus Preußisch-Berlin; meine Frau, meine Tochter.«

Konrad verbeugte sich, und Natterer sagte:

»Die Herrschaft'n erlaub'n, das is der Herr akademische Kunstmaler Oßwald, unsere künstlerische Attraktion, wie man zu sag'n pflegt...« Schnaase schüttelte dem jungen Manne jovial die Hand.

»Freue mich sehr, Ihre Bekanntschaft zu machen. Zu Hause verkehren wir auch viel in Künstlerkreisen. Meine Frau hat 'n Faible dafür und ich auch... Also Sie halten diese hübsche Stelle hier fest?«

Schnaase warf einen prüfenden Blick auf das Bild.

»Wirklich sehr niedlich! Sieh mal, Karline, wie sich allens im Wasser spiegelt. Famos! Das is wohl pläng är?«

Konrad sagte in seiner bescheidenen Art, daß er für ein Plakat einige schöne Punkte der Umgebung male...

»Für unsern Fremdenverkehrsverein nämlich«, unterbrach ihn Natterer. »Ich habe diese Anregung geben, weil ich glaube, daß durch die Bekanntgabe von pittoresken Punkten das Publikum angezogen wird...«

»Das kommt dann so in die Wartesäle, nich wahr?«

»Natürlich. Ich sehe, daß Herr Schnaase gut Bescheid wissen...«

Henny hatte ihre Aufmerksamkeit von der pläng är-Skizze weg auf Konrad gerichtet, der, jung und schlank und von der Sonne gebräunt, das Anschauen wert war. Und Mädchen wissen es schon so einzurichten, daß ihr Gefallen nicht unbeachtet bleibt.

Es gibt ein Nervenfluidum, eine durchs Od übertragene Sympathie, und daher kommt es, daß Jünglinge merken, was ihnen nicht verborgen bleiben soll.

Auch Konrad fand Gefallen an dem Mädchen, das eine biegsame Figur hatte und ein frisches Gesicht mit lebhaften Augen und kecker Nase.

Er fragte, ob die Herrschaften das Kloster sehen wollten, und bot sich als Führer an.

Die Damen gingen freudig darauf ein, und es fügte sich, daß der junge Mann mit ihnen voraus ging, während Schnaase und Natterer nachfolgten.

»Sagen Sie mal, Sie wollen also Plakate mit den Altaicher Ansichten veröffentlichen?«

»Jawoll, Herr Schnaase; in die Hotels, wissen Sie, und in die Bahnhöf'...«

»M–hm...«

»Daß halt das reisende Publikum überall aufmerksam g'macht wird...«

»So? Hören Se mal, ich halte Sie für ne Art von Reklamegenie, ich habe Ihnen das schon mal gesagt...«

Natterer verbeugte sich geschmeichelt.

»Sie haben die Sache in Ihrer Art 'raus, aber diesmal sind Se auf dem falschen Wege.«

»Wie meinen Herr Schnaase?«

Der Berliner Rentier blieb stehen und schaute seinen Begleiter durchbohrend an.

»Sehen Sie mich mal an! Warum bin ich hier?«
»Wie mei —«
»Warum bin ich nich in Zoppot? In Ischl? Im Berner Oberland?«

Natterer wußte nicht, was der bedeutende Mann wollte, aber Schnaase klärte ihn gleich auf.

»Ich will's Ihnen sagen. Von wejen der Phantasie bin ich hier. Wie meine teure Gattin Ihr Inserat gelesen hatte, kriegte sie's mit der Phantasie. Der erfinderische weibliche Geist spiegelte ihr einen Höhenluftkurort mit allen Reizen vor. Und denn war nischt mehr zu machen, wir mußten einfach.«

»Hoffentlich hamm die Herrschaft'n ihre Erwartungen erfüllt... ah... gesehen...«

»Nee, Verehrtester! Absolut nich. Ich hatte sofort den starken Eindruck, daß Sie uns gehörig geblaßmeiert haben. Wo sind denn nu Ihre Voralpen und Ihre Höhenluft un Ihre Kuranstalten? Nich zu vergessen die großartigen Moor-Heilbäder! Nee, mein lieber Natterer, gemogelt haben Sie, daß es ne Art hat!«

»Entschuldigen Herr Schnaase, es tut mir sehr leid...«

»Das braucht Ihnen gar nich leid zu tun. Wir sind nu mal hier, und das is für Sie die Hauptsache und is der Erfolg Ihres Inserates. Aber nu wollen Se 'n Panorama von Ihrem Höhenluftkurort in die Welt schicken? Menschenskind, damit ruiniern Se ja das ganze Phantasiegebilde durch die nackte Wirklichkeit! Das soll so 'n ausgekochter Reklamechef wie Sie nich machen!«

Natterer schritt nachdenklich neben dem Berliner Gaste her. Der Mann hatte Weltkenntnis und hatte Menschenkenntnis, ja, er war eigentlich der erste, der seinen vollen Wert erkannt hatte.

Man mußte seine Warnung beachten.

»Hören Se mal«, sagte Schnaase wohlwollend, denn er sah den Eindruck seiner Worte, »hören Se mal, ich könnte Ihnen überhaupt 'n bißchen unter die Arme greifen. Wir könnten zusammen arbeiten, verstehen Se, und Erfahrung habe ich, darauf können Se sich verlassen...«

Natterer ging freudig darauf ein, und der Herr Rentier, der ein ausgesprochenes Talent zum Müßiggänger und Projektenmacher hatte, erhoffte sich angenehmen Zeitvertreib.

»Die Sache muß ins Lot gebracht werden«, sagte er, »und vor

allem muß der moderne Mensch hier seine Befriedigung finden. Wir leben nu mal im zwanzigsten Jahrhundert, da ist nischt gegen zu machen, und danach müssen wir uns eben richten. Lassen Se nur uns beide die Sache dirigieren, Natterer, denn erleben wir noch Altaich mit Kurhaus und Kurgarten und Kurkapelle... na, da sind wir ja!«

* * *

Die Bringer der Neuzeit betraten den Klosterhof, wo Konrad dabei war, den Bau des Klosters zu erklären.

Hier waren Kapitelsaal und Refektorium, dort die Wohnung des Abtes, Bibliothek und die Zellen der Mönche; im andern Flügel Werkstätten, Bäckerei und Brauerei.

Die Damen hörten aufmerksam zu; ein Menschenkenner hätte bemerkt, daß sie dem seltsamen Eifer des jungen Mannes und seiner Art, sich auszudrücken, mehr Beachtung schenkten, als seinen Worten.

Henny rief:

»Nein, wie süß! Horch doch, Mama! Die Mönche mußten alles selbst machen; waschen, putzen, kochen. Und da gab es also nie eine weibliche Hilfe?«

»Das war gegen die Ordensregel«, sagte Konrad.

»Aber Henny, das weiß man doch! Allerdings ihr mit euren französischen Romanen und mit Russen und Dänen und Gott weiß was erfahrt so was nich mehr. Aber zu meiner Zeit hat man Ekkehard von Scheffel gelesen, und da ist man doch mehr im Bilde. Nich wahr, Herr Oßwald?«

»Gewiß, gnädige Frau, und ich glaube, es waren auch Benediktiner.«

»Wie hier? Siehst du, Henny! Und das war doch so – nich wahr? – daß nich mal die Herzogin über die Torschwelle gehen durfte, und deswegen nahm sie doch der Mönch und trug sie ins Kloster. Is es nich so?«

Konrad bejahte, und Henny fand die Idee reizend, einfach so getragen zu werden.

»Aber das Gefühl, ganz allein mitten unter Männern, die uns hassen! Brr!«

»Das war nich so schlimm, wie du meinst«, erklärte Frau

Schnaase. »Im Gegenteil. Man weiß doch, daß sehr viele Männer aus unglücklicher Liebe ins Kloster gingen. Ich finde es wunder-wundervoll, wenn ein Mann so stark empfindet, daß er über ne Enttäuschung nich wegkommt und sich mit seinem Schmerze zurückzieht...«

»Ist das wahr?« fragte Henny mit einem sehr schelmischen Blicke auf Konrad.

»Es kann schon vorgekommen sein...«

»Es ist sehr häufig vorgekommen«, sagte die Mama. »Ich erinnere mich an Verschiedenes, was ich gelesen habe, und die Dichter müssen doch ihre Stoffe der Wirklichkeit entnehmen, und wenn solche Ereignisse immer wieder poetisch behandelt werden, können sie nich aus der Luft gegriffen sein. Wie...?« fragte sie etwas gereizt, da Herr Schnaase neben ihr eine Bemerkung gemacht hatte.

»Ich sage, daß einer 'n Schlummerkopp is, wenn er sich nich trösten kann. Es gibt so viele nette Meechens...«

»Bitte, laß das! Ja? Man muß doch nich immer und überall so prosaisch sein!«

»Ich bin nu mal nich für die alten Schmökergeschichten. Is ja doch allens nich wahr!«

»Du weißt, Gustav, daß ich darüber nicht mit dir streite. Jedenfalls hat es für einen gebildeten Menschen einen eigenartigen Reiz, wenn er ein altes Gebäude oder eine Ruine mit seiner Phantasie zu beleben vermag. Deshalb besucht man doch gerade solche Stätten.«

»Und stell dir vor, Papa«, fiel Henny ein, »wie das gewesen sein muß. Da oben am Fenster 'n bleicher Mönch mit dunkeln, traurigen Augen, weißt du, und...«

»Uff den Keese fliege ich nich. Der Mensch soll sich nich selbst betimpeln; das is mein oberster Grundsatz. Und was ich sehe, das sehe ich, und das hier« – Herr Schnaase deutete mit dem Stocke aufs Kloster –, »das hier is ne Klamottenkiste, und aus den Fenstern sieht überhaupt nischt mehr 'raus, weil nischt drin is, und nu frage ich einen vernünftigen Menschen, was soll mir daran gefallen, und was hilft mir die Phantasie, wenn so 'n Riesenkasten leer steht und pöh a pöh kaputt geht? Nee, Kinner! Wir leben für heute und nich für gestern, und ich bin mal fürs

Praktische. Wenn ich die Kommode am Kurfürstendamm stehen hätte oder meinswejen auch in der Hedemannstraße, dann allerhand Achtung! Aber hier und leer und umsonst, das kann mir nu gar nich imponieren.«

Als Schnaase ausgesprochen hatte, traf ihn ein Blick, der den Schmerz einer edlen Natur über ihre Verbindung mit häßlicher Nüchternheit deutlich ausdrückte, aber in seiner langen Ehe war er gegen diese Augensprache unempfindlich geworden.

»Wie du meinst«, sagte Frau Karoline, »aber du wirst gestatten, daß ich anderer Ansicht bin. Ich wenigstens bin Herrn Oßwald sehr, sehr dankbar für seine interessanten Mitteilungen.«

Konrad war gleich bereit, den Damen noch mehr zu zeigen.

Ein schönes, schmiedeeisernes Gitter, das eine Hauskapelle vom Kreuzgange trennte, eine frühgotische Statue des heiligen Benedikt, etliche Barockvasen, kurz, so vieles, Mannigfaltiges und Unberlinisches, daß Frau Schnaase Mühe hatte, ein waches Interesse vorzutäuschen, und daß Henny unwillkürlich gähnte.

Sie wußte aber diesen Verstoß reizend zu gestalten, indem sie erschrockene Augen machte und das angenehmste Lächeln hinterdrein folgen ließ.

Schnaase blieb mit seinem praktischen Standpunkte im Klosterhofe stehen und sagte zu Natterer:

»Sehen Se, das war wieder mal echt weiblich.«

»Wie meinen Herr Schnaase?«

»Ich sage, da zeigt sich wieder mal die weibliche Natur im wahren Lichte. Wenn unsereiner so was sieht, was ihm Mus wie Miene is, denn sagt er's ehrlich und macht kein Theater. Was geht uns das finstere Mittelalter an? Nischt. Aber die weibliche Natur ergreift die Gelegenheit und macht sich interessant. Immer großartig! Na, die Strafe bleibt nich aus. Der junge Mann nimmt das Bildungsbedürfnis der Damenwelt ernst und läßt nich locker, und meine Olle muß Mittelalter schlucken, bis se nich mehr japsen kann. Sagen Sie mal, kann man sich hier nirgends 'n Glas Bier genehmigen?«

»Leider nicht, Herr Schnaase. Früher soll es hier ein gutes Klosterbier gegeben haben.«

»Früher! Daß die Brüder bong gelebt haben, will ich gerne glauben, aber was habe ich davon? Sehen Se, das wäre nu gleich was! Hier müßte wieder 'n Betrieb her! So 'n Restorang ›Zum Klosterbräu‹ oder ›Zum Alten Mönch‹ mit ner Terrasse am See und innen mit 'n paar altdeutschen Räumen. Kommen Se mal mit rein! Hier links, da können wir ja sehen...«

Schnaase eilte voran und kam in das schön gewölbte Refektorium. Natterer, dem diese Art, Pläne zu schmieden, ungemein zusagte, lief geschäftig hinter ihm her, und war gleich Feuer und Flamme für jedes Projekt.

»Nu sehen Se mal!« rief Schnaase triumphierend, »das ist ja die geborene altdeutsche Bierstube! Hier lang muß allens vertäfelt werden, dazwischen kommen 'n paar Holzwände, dann haben wir lauschige Plätze. Da vorne 's Büfett, hier in der Mitte 'n großen Lüster... ach so, Elektrisches haben Se nich?«

»Nein, leider. Kein Elektrisches haben wir noch nicht.«

»Macht nischt. Dann nehmen wir ganz einfach Hängelampen, das paßt famos zum Stil, und runde Tische stellen wir rein, und dort beim Ofen machen wir die richtige gemütliche Ecke. Geben Sie mal acht, das wird großartig!«

»Ja«, sagte Natterer, »und durch die Wand könnt ma eine Tür durchbrech'n, betreff die Terrasse...«

»Natürlich! Ne Tür mit Glasfenstern, und die Terrasse möglichst groß. Da lassen wir an schönen Sommerabenden die Musik spielen, und auf dem See veranstalten wir mal ne venetianische Nacht mit Lampiongs und geschmückten Gondeln und mit Feuerwerk... Natterer, ich sehe die Sache schon ganz lebhaft vor mir.«

»In dem kleinen Saal danebn sollt ma die Küch einricht'n, daß ma die Gäst' auch warme Speisen bieten kann...«

»Un Kaffee un Tee un Kakao nachmittags, nich wahr? Denn is es der richtige Ausflugsort, und denn können Se mal wirklich loslegen mit der Reklame. Lassen Se nur uns beide die Sache deichseln!«

»Herr Schnaase meinen, daß es eine Attraktion is als früheres Kloster?«

»Natürlich! So was sucht doch das Publikum! Das hat 'n prikkelnden Reiz. Donnerwetter ja! Da fällt mir was ein!«

Schnaase schlug sich auf die Stirne und schaute Natterer mit glückstrahlenden Augen an.

»Wissen Se was?«

Er machte eine Pause.

»Wir lassen die Kellner im richtig gehenden Mönchskostüm servieren! Was? Das gibt Stimmung! Denken Sie sich mal das ganze Miliöh! Der gewölbte Gang, der Saal, und dann kommen die Kellner rein, ganz wie die ollen Mönche...«

»Ja«, sagte Natterer zögernd, »romantisch wär' das freilich, und sozusagen ein Unikum, aber...«

»Was aber?«

»Wissen Sie, mir hamm halt Kellnerinnen...«

»I wo...«

»Es is so der Brauch hier, und die männliche Bedienung hat ma hier überhaupts nicht.«

»Na, denn nich! Aber schade is es, das kann ich Ihnen sagen. Der Trick hätte kolossal gezogen. Denken Sie mal, wenn wir das Restorang zum ›Fidelen Mönch‹ getauft hätten... was? Glauben Sie wirklich, daß es sich partout nich machen läßt?«

»Es geht wirklich net...«

»Na, also nehmen wir Abschied von der Idee. Vielleicht läßt sich mit der weiblichen Bedienung was Nettes arangschieren... Sagen Sie mal, wem gehört denn die Kommode?«

»Wie meinen Herr Schnaase?«

»Wem das Kloster gehört?«

»Ah so! Ja, ich glaub, dem Staat g'hört's.«

»So? Wissen Se was, dann setzen wir uns heute noch – nee, heute geht's nich mehr, aber morgen setzen wir uns auf die Hose und machen mal ne Bombeneingabe an das Ministerium. Wir machen ihm klar, daß es im Interesse der Hebung und der gesunden Entwicklung des Fremdenverkehrs liegt, daß hier 'n Etablissemang aufgemacht wird, verstehen Se? Und wir schreiben, daß die ganze Gegend emporblühen wird et cetera pp... Na wollen wir sehen, ob die Behörde nich zieht.«

Der Vorschlag war recht nach dem Herzen Natterers.

Ein Gesuch ans Ministerium richten, vielleicht gar in Audienz empfangen werden, und dann schildern, was geleistet worden war und noch geleistet werden sollte und geleistet werden wollte, das konnte ihm gefallen.

Der Gedanke beschäftigte ihn so, daß er nur mehr zerstreut

zuhörte, als Schnaase beim Anblick des langen, gewölbten Kreuzganges erklärte, es müsse hier unbedingt eine Kegelbahn eingebaut werden, damit die Kurgäste auch bei schlechtem Wetter eine Unterhaltung finden könnten. Der Herr Rentier führte die Idee weitläufig aus und sprach noch, als er mit seinem Begleiter wieder ins Freie kam und seine Damen mit Herrn Oßwald antraf.

Frau Schnaase schwärmte.

»Es war wunder-wundervoll. Die Kirche mit ihren Rokokoornamenten und mit ihrer feierlichen Stille hat mir so recht gezeigt, daß man hier wirklich von den Stürmen der Welt und ihrer Leidenschaften ausruhen konnte...«

Diese Sprache des Herzens richtete sie nicht an ihren Gatten, sondern an Konrad, der achtungsvoll zuhörte. So erhielt er auf dem Rückwege nach Altaich einen tiefen Einblick in das Gemüt einer Frau, die sich in der Großstadtwüste ein schönes Empfinden bewahrt hatte, dessen Reichtum sie vor ihm ausbreitete.

Hinter ihnen schritt der unzarte Gatte und summte einen Vers:

> »Ach Ernst! Ach Ernst!
> Was du mir alles lernst!«

* * *

Stine langweilte sich, als ihre Herrschaft nach Sassau ausgeflogen war und sie allein zurückgelassen hatte.

Sie setzte sich ans Fenster und schaute auf den Marktplatz hinunter, der im grellen Sonnenscheine wie ausgestorben war.

In der Brunnensäule, auf der ein heiliger Florian stand, waren vier Röhren, aus denen sich dünne Wasserstrahlen in das Becken ergossen. Das trübselige Plätschern wirkte einschläfernd, und wahrscheinlich lagen auch in allen Häusern ringsum die Menschen im Nachmittagsschlummer.

Um den Brunnen herum standen vier Kugelakazien, die zu dieser Stunde kurze Schatten warfen und die Langeweile noch erhöhten.

Einmal lief ein zottiger kleiner Hund aus einem Hause und versuchte über den Rand des Brunnens zum Wasser zu kommen; er lechzte mit heraushängender Zunge, aber er konnte nicht hinaufreichen und schlich mit eingezogenem Schweife zurück.

Dann war der Platz wieder leer.

Stine seufzte.

Was war das für ein abscheuliches S... städtchen, in das sie die Laune der gnädigen Frau geführt hatte! War es der Mühe wert, so lange mit der Bahn zu fahren, um in einen solchen Ort zu kommen?

Wenn es nach dem gnädigen Herrn gegangen wäre oder nach Fräulein Henny, dann wäre man nach Zoppot gefahren, wo sich's auf dem Strande so hübsch promenierte, wenn die Musik spielte, und der Mond romantisch über dem Meere aufging und ein Danziger Husar seine Begleitung anbot.

Ochott!

Sie hörte Stimmen vor ihrer Türe und sah auf den Gang hinaus. Das unfreundliche Zimmermädchen stand am Fenster und rief etwas in den Hof hinunter, und von unten rief jemand etwas herauf, aber man konnte es nicht verstehen, denn die S... sprache war zu gräßlich.

Da ließ sich auch nicht an eine Unterhaltung denken, selbst wenn das Mädchen umgänglicher gewesen wäre und nicht eine solche Feindseligkeit gegen die herrschaftliche Zofe zur Schau getragen hätte. Stine zog sich wieder ins Zimmer zurück, und als Frauenzimmer, das mit der Zeit nichts anzufangen wußte, stellte sie sich vor den Spiegel und bewunderte ihre feingeschnittenen Züge.

Sie lächelte sich an, spitzte das Mäulchen und schloß zu dreiviertel ihre Augen, dann zeigte sie sich wieder lachend die Zähne und schlug die Augen schmachtend auf. Als das Spiel eine Weile gewährt hatte, ging sie zu ihrem Koffer, öffnete ihn und holte aus einer Schachtel eine blaßrote Korallenkette. Die schlang sie sich um den Hals, und wieder vor dem Spiegel stehend, wandte sie den Kopf bald rechts, bald links und lächelte das holde Fräulein Stine Jeep aus Kleinkummerfelde liebreich an. Nachdem sich auch das so oft wiederholt hatte, als es sich wiederholen ließ, legte Stine das Korallenkettlein in die Schachtel zurück und klappte den Koffer zu.

Sogleich merkte sie, daß sie in ihren Träumen von Schönheit,

Liebe und Husaren den Schlüssel hineingelegt und mit verschlossen hatte.

Das Schloß war zugeklappt, und so traf sie nun gleich die zeitvertreibende Sorge, einen Schlosser herbeiholen zu lassen.

Sie mußte Fanny um den Gefallen ersuchen, und Fanny rief dem Martl, und Martl rief dem Sepp, und nach einer halben Stunde trat der Schlossergeselle Xaver Gneidel ins Zimmer.

Der war ein rescher Mensch, mit einem guten Mundwerk versehen, gedienter Piganier vom Münchner Bataillon, und also nicht verlegen, sondern wohlvertraut damit, wie man einem Frauenzimmer begegnen muß.

Hinter dem Eisenruß blitzten seine weißen Zähne und lachten seine braunen Augen, daß es ein Staat war, und seine Kappe hatte er verwegen zu hinterst auf dem Kopfe sitzen.

»Servus, schöns Fräulein!« sagte er beim Eintreten und war gleich angenehm berührt von dem Weiblichen, das er vor sich hatte.

Hochgewachsen, aber voll, wo es sich gehörte, schnurgerade und auch wieder rund, das Gesicht ein bissel langweilig, aber nett, die Augen gutmütig und ein bissel dumm, so, wie es der Kenner mag.

»Sackeradi!« dachte sich Xaverl und fragte:

»Wo fehlt's? Aufsperrn soll i was?«

Und das mußte einen lustigen Nebensinn haben, weil er lachte.

Stine fand, daß die bayrische Auss... sprache nicht mehr so gräßlich klang, da sie aus einem Munde kam, über dem ein kecker Schnurrbart saß, und mit einem wohlwollenden Blicke auf ihren Helfer klagte sie ihm ihren Unfall.

Wie sie den Schlüssel hatte binnen liegen lassen, und wie – ach neun! – das Schloß zugeklappt sei.

»Ja, was waar denn jetzt dös!« rief Xaverl. »Da kinna ma scho helf'n. Überhaupts, wenn's was zum Aufsperr'n gibt...«

Er lachte wieder und drückte das linke Auge zu und begann seine sachverständige Prüfung.

»Auweh, Muckerl! Dös is ein sogenanntes amerikanisches Patentschloß. Wenn i da net zuafälli an passend'n Schlüssel hab', muaß i 's Schloß auslös'n. Machet aber aa nix, i tat's scho wieder richt'n...«

Er probierte drei und vier Schlüssel; der fünfte paßte, und mit Siegermiene klappte Xaverl den Deckel zurück.

Da lagen aber so nette, blühweiße Sachen obenauf, daß Stine rasch nach dem Schlüssel griff und den Koffer wieder schloß.

»Derf i so was Saubers net sehg'n?«

»Ach neun! Es ist doch Unterwäsche...«

»Grad desweg'n! Daß ma'r a bissel an Begriff kriaget, du Gschmacherl, du liabs!«

Das war von einer derben, südlich der Donau üblichen Liebkosung begleitet.

»Ochott! Was glauben Sie?«

»Was i glaab? Daß du a nudelsaubers Madel bist...«

»Nun sagt er du zu mir!«

»Freili! Was denn?«

Xaverl wiederholte seine Liebkosung.

»Ochott!«

»Herrschaftseit'n! Du kunntst liab sei, wannst grad a bissel mög'st...«

»Ach neun! Sie dürfen nich keck sein!«

»Sag halt Xaverl zu mir, du G'schoserl, du saubers...«

»Das geht doch nich!«

»Leicht geht's. Probier's nur amal! Sackeradi, dös hätt i net glaabt, daß bei de Breiß'n so was herwachst!«

Wieder überzeugte sich Xaverl, daß Fleisch am Bein war, und Stine rief nicht zu laut und nicht zu unwillig:

»Ochott... Xaveer!«

»Jetza is ganga... Du Christkindl, du mollets!«

»Ach neun! Nun hast du mir die Nase ganz schwarz gemacht!«

»Dös geht all's wieda weg... Da hast no a Bussel...«

»Xa-veer!«

»Paß auf, G'schmacherl, heunt nach'n Feierabend genga mir a weng spazier'n mitanand...«

»Aber das geht doch nich!...«

»Warum denn net? Is ja 's schönst Weda... Paß auf!«

Er führte sie ans Fenster.

»Siehgst da links, wo der Platz aufhört, is a Gass'n... Da gehst außi, da kemman drei Baam, da wart i auf di. Um achti... gel?«

»Aber...«
»Sag no ja! Es reut di net...«
»Vielleicht...«

Der Blick, den sie auf Xaverl warf, wandelte die unsichere Zusage in die allerbestimmteste um.

Soviel verstand ein alter Münchner Piganier auch noch von den Sachen.

Und er ging fröhlich fort und setzte die Kappe um ein paar Linien schiefer auf.

Im Hausgang unterm Tor stand Fanny, der er aus Erbarmnis und Menschenliebe zulächelte.

Sie wandte sich hastig ab und sagte naserümpfend und sehr verächtlich:

»Allerweltsschmierer... greislicher!«

Xaverl ging unbekümmert weiter über den Marktplatz und summte vor sich hin:

>»Mei Deandl is kloa,
> Wia 'r a Muskatnussei,
> Und so oft als i 's bussel,
> Lacht's a bissei.«

Oben stand Fräulein Stine Jeep am Fenster und schaute nach links, dorthin, wo die kleine Gasse einmündete, und das Örtchen kam ihr nicht mehr so langweilig vor, seit der unges... stüme Mensch dagewesen war.

* * *

Auf den warmen Tag folgte ein schöner, langsam verglühender Abend, der sich gut auskosten ließ in der Ertlmühle, wo Martin neben der Frau Margaret vor dem Hause saß und die gewohnte Maß Bier trank.

Der letzte Vogel hatte sein Lied ausgepfiffen, und es war nichts mehr zu hören als ein leises Rauschen in den Baumkronen und das Murmeln des Baches.

Auch Konrad saß auf der Bank. Er lehnte den Kopf an die Mauer und schaute zu dem sich langsam verdunkelnden Himmel hinauf.

Der Abendstern blitzte auf, flimmerte ein wenig und brannte dann ruhig als feierliches Licht.

»Hast du heut was g'schafft?« fragte die Mutter.
»Ja... Das heißt eigentlich net viel.«
»Du warst doch den ganzen Tag drauß'n?«
Konrad setzte sich auf.
»In Sassau drüben. Ich hab' für den Natterer was ang'fangen.«

Er wollte wieder träumen und sich ein glockenhelles Lachen ins Gedächtnis zurückrufen, aber Mütter sind hartnäckig, wenn ihnen was auffällt.

Und der Frau Margaret fiel die Schweigsamkeit ihres Sohnes auf. Nach einigen Fragen, an die sich wieder Fragen reihten, wußte sie, daß Konrad in Sassau nicht allein gewesen war.

Eine Familie aus Berlin, die in der Post wohnte, war auch dort gewesen.

Ein Rentier mit seiner Frau und seiner Tochter. Die Frau hatte viel Interesse für das Kloster gezeigt, und Konrad hatte sie herumgeführt.

Die Frau?

Die Frau und die Tochter; die Mutter werde sie schon kennen lernen, weil sie gesagt hatten, daß sie einmal in die Ertlmühle kommen wollten, um Skizzen anzusehen und Bilder. Die Tochter wäre eigentlich gut zu malen.

Gut zu malen?

Ja. Sie habe hellblonde Haare und überhaupt so was Rassiges, was einen interessiere, so ein Rokokogesicht. Die Augen fast kornblumenblau.

Martin saß daneben und dachte sich nichts. Hie und da nahm er einen Schluck, was man in der Dunkelheit bloß am Klappern des Deckels merkte. Aber Frau Margaret dachte sich etwas.

Schau... schau... der Konrad! Jedes Wort muß man ihm rausquetschen, und auf einmal lauft das Rad, wenn er von der Tochter anfangt. Stroh in Schuhen und Liebe im Herzen gukken überall raus. Sollte das stimmen? Auf jeden Fall geh' ich morgen zum Natterer und hol' mir ein paar Schürzenbänder, und bei der G'legenheit geh' ich an der Post vorbei und probier's, ob ich die Familie nicht sehen kann, b'sonders das Mädel mit den kornblumenblauen Augen...

Der Wind rauschte stärker in den Baumkronen, und Konrad,

der sich wieder zurückgelehnt hatte, schaute zu dem Sterne empor, den man Venus nennt.

Durch die Stille klang laut und deutlich fröhliches Lachen über den Bach herüber. Ein helleres und ein tieferes.

»Da drüben sin noch Leut'...«, sagte Frau Margaret.

»Ach neun! Xa-veer!« tönte es herüber. Dann wieder Lachen, das sich entfernte. Von weitem her ein Aufschrei, und dann war es still.

»Das war auch kei hiesige...«, sagte Frau Margaret. »Aber jetzt kommt ins Haus! Es wird kühl.«

* * *

Zur gleichen Zeit, als am Himmel die Sterne aufblitzten, und der Bergwind von weitem her über die Ebene eilte und die schläfrigen Baumwipfel schüttelte, gingen drei Männer über den Marktplatz und schlugen den Weg ein, der um den Hügel herum aus dem Orte führte.

Obschon sie erdenschwere Absichten hatten und keine schwärmerischen Gedanken hegten, weil sie ihre Verdauung fördern wollten, erregte doch der Abend ihr Wohlgefallen, und von Zeit zu Zeit blieben sie stehen und schauten zum Nachthimmel auf.

»Ich bidde...«, sagte Wlazeck und deutete auf den leuchtenden Hesperus. »Kennen die Herren den Namen dieses Gestirnes?«

Der Kanzleirat meinte etwas unsicher, daß es vielleicht der Abendstern sein dürfte.

»Fä-nus!« rief der Oberleutnant mit starker Betonung. »Wann ich den Stern erblicke, ergreift mich jedesmal die wähmietige Erinnerung an die Jugendzeit, an die ersten Leitnantsjahre in Agram mit ihrer tollen, verrickten Seligkeit. Er heißt nach der Fänus, der Spenderin der Freide!«

»Geh, hör'n S' auf!« sagte Dierl.

»Wieso, Herr Kamerad?«

»San ma froh, daß ma unser Ruh hamm und nix mehr wiss'n von de fad'n G'schicht'n...«

»Aber bidde, wer kann froh sein, wann die Freiden einmal wirklich schwinden möchten?«

»Dös waar'n aa no Freid'n!«
»Herr Kamerad, das is ja ein Sakrilegium! Wann wir im Altertum wär'n, möchte sich sofort ein Faun aus dem Gebiesche auf Sie stierzen, um diese Schmähung der holden Göddin an Ihnen schwerstens zu rächen. Außerdem, gestatten Sie mir diesen Vorwurf, verleignen Sie Ihre zartesten Gefiehle...«
»Mit de zart'n G'fühl san mir Gott sei Dank fertig...«
»Verzeihen, Herr Kamerad, wann Sie wirklich bereits resigniert haben sollten, bidde ich, mich nicht einzubeziehen. Ich stehe hoffentlich noch sehr lange nicht auf diesem schmärzlichen Standpunkte. Was sagen Sie, Herr von Schitzinger?«
Der Kanzleirat räusperte sich und lachte.
»Ich? Ja no ... im Staatsdienst ... die Herren verstehen mich schon... im Bürodienst hat man nicht soviel Gelegenheit, Erfahrungen zu sammeln. Die Herren als Offiziere haben da natürlich schönere Erinnerungen. Übrigens fällt mir da eine Geschichte ein, das heißt, es ist eigentlich mehr eine Anekdote, die unser Ministerialrat Kletzenbauer auf der Kegelbahn zum besten gegeben hat. Der Regierungsdirektor Zirngiebl hat sich sehr darüber amüsiert. Die Anekdote steht in gewisser Beziehung zu diesem Thema betreff Verzicht. Nämlich ein älterer Herr, das heißt also ein Mann, der über gewisse Anfechtungen hinaus ist, begegnet einem Bekannten auf der Straße oder im Kaffee, kurz und gut, er trifft ihn also, und der Bekannte macht pikante Anspielungen. Da fragt der ältere Herr, ob sich vielleicht jemand aus dem Bekanntenkreis des andern beschwert habe. Er meinte natürlich, ob sich eine Dame beschwert habe. Ich finde den Witz ausgezeichnet...«
»Scheinbar«, sagte Dierl. »Sie erzähl'n ihn ziemlich oft.«
»Hab' ich ihn schon einmal erzählt?«
»Einmal net...«
»Da bitt' ich wirklich um Entschuldigung; mir war das nicht erinnerlich. Ich hab' nur g'meint, daß er sich auf dieses Thema bezieht und...«
»Von mir aus können S' ihn noch a paarmal erzähl'n... aber die Herren entschuldigen... es wird mir allmählich zu kühl.«
Dierl grüßte und ging.
»Ich hab' ihn doch hoffentlich nicht beleidigt?« fragte Schützinger betroffen. »Oder glauben Herr Oberleutnant?«

»Nicht die Spur! Was heißt denn beleidigen? Sie haben eine Anekdote erzählt...«

»Die doch harmlos ist! Das heißt, sie ist ja etwas pikanter Natur, aber unter Herren...«

»Sie können vollkommen beruhigt sein. Ich würde diesen Witz sogar in einem Damenpensionat zum besten geben. Aber wissen Sie, unser gemeinschaftlicher Freind Dierl ist keine zartbesaitete Natur...«

»Ich tät' mich ja selbstverständlich entschuldigen...«

»Aber nein, Herr Kanzleirat! Sie haben nicht die geringste Ursache dazu. Wann jemand ein Recht haben möchte, gekränkt zu sein, dann bin *ich* das. Dieser infernalische Haß gegen das zarte Geschlecht verlätzt mich... Ich versteh' so was nicht.«

»Glauben Herr Oberleutnant, daß er wirklich der Damenwelt so... ah... abgeneigt ist?«

»Ich bidde... rekapitulieren wir doch seine Eißerungen! Und das macht er bei jeder Gelegenheit so... nicht bloß heite... Wie gesagt, mir is das unfaßlich. Ich finde, daß jede zarte Erinnerung in uns das Gefiehl einer unausleschlichen Dankbarkeit wachrufen muß. Das verlange ich sogar von einem Aschanti. Aber ich muß allerdings gestehen – Sie entschuldigen meine Offenheit, Herr Kanzleirat! –, ich habe in Bayern schon öfter derartige robuste Naturen beobachtet. Mir is das eine Späzies Homo, für die ich nicht das geringste Verständnis habe...«

Die beiden schritten in der lauen Sommernacht weiter. Plötzlich blieb Wlazeck stehen und rief fast heftig:

»Wie kann man eine gewisse Genugtuung eißern, daß man fertig is mit seinen Gefiehlen? Das is doch der Abschied vom Leben! Was bietet mir denn das Dasein fier einen Reiz, wann ich wirklich schon apathisch werden möchte?«

»Herr Oberleutnant sind noch sehr jugendlich...«

»Bin ich auch! Und wann ich schon einmal der hilflose Greis werden sollte, dann bidde, nehmen Sie eine Reiterpistole und schießen mir ein Loch durch den Schädel! Aber sofort! Ich werde doch nicht den alten Hatscher spül'n! Ibrigens« – er hing sich vertraulich in Schützingers Arm ein – »haben Herr Kanzleirat die junge Dame bemerkt? Die Berlinerin? Ist sie nicht entziggend?«

»Sie is sehr nett...«

»Nett! Aber Verehrtester, das is doch kein Wort für einen derartigen Liebreiz! Dieses pikante G'sichtl! Diese Figur! *Fausse maigre*, Herr Kanzleirat! Verlassen sich auf das Auge des Kenners! Und die ganze Erscheinung! Das is Charme, das is Musik!«

»Herr Oberleutnant sind ganz weg...«

»Hingerissen bin ich, verschossen, enthusiasmiert. *Meine* Gefiehle sind noch nicht erloschen. Ich richte meinen Kurs noch immer nach diesem Sterne...« Wlazeck deutete mit dem Spazierstocke auf die Venus.

Schützinger bewunderte seine Lebhaftigkeit und schlug vor, nunmehr auch zum Abendtrunke heimzukehren.

Siebentes Kapitel

In Altaich sprechen sich seltsame Ereignisse schnell herum, und so wußte man schon ein paar Stunden nach ihrer Ankunft, daß die Hallberger Marie heimgekommen war als der fremdartigste Gast, den der Ort in diesem merkwürdigen Sommer aufgenommen hatte. Und doch war die Tochter des Schlossers Hallberger eine Einheimische, war in Altaich geboren, aufgewachsen und in die Schule gegangen, aber als Diseuse Mizzi Spera vom Chat noir in Berlin waren ihr fremde Federn gewachsen. Das zeigte sich gleich auffällig, als sie nun kam.

Ihr Kleid von schreiender Farbe war vielleicht nach der Mode gemacht, paßte aber so wenig fürs Haus wie fürs Freie.

Es trug sich salopp und war unordentlich, wie alles, was sie an sich hatte, mochte es auch neu sein und Geld genug gekostet haben.

Sie selber war als Nachtstern eines Kabaretts, der ausgelassenen Philistern und tollenden Ladenschwengeln zu scheinen hatte, ganz und gar nicht für Luft und Sonnenlicht geschaffen.

Das Gesicht war schlaff und fettig, trotz des aufgelegten Puders; die Augen waren müde und verschleiert; ihr Gang, dem alle Geschmeidigkeit fehlte, konnte verraten, daß sie keine weiten Wege in der freien Luft gemacht hatte, sondern auf einem Podium hin und her gestelzt war. An einer Leine führte sie ein unglückliches Tier, einen kleinen Seidenpinscher, der aus buschigen Haaren heraus dumm in die Welt schaute, und der als Abzeichen seines jämmerlichen Lebenszweckes ein rotes Band um den Hals trug, das zu einer großen Masche geknüpft war.

Fifi roch wie seine Herrin nach peau d'Espagne; als er losgelassen wurde und kläffend in der fremden Welt herumsprang, lief ein Schnauz auf ihn zu. Aber sobald er das sonderbare Wesen beschnüffelt hatte, hob er das Bein.

Ein durchdringender Schrei der Diseuse rettete Fifi, allein er durfte sicher sein, daß ihn jede Begegnung mit einem ehrlichen Altaicher Hunde dem nämlichen Attentate aussetzen mußte.

Denn in Altaich hat man nicht das rechte Verständnis für Geschöpfe, die nach peau d'Espagne riechen, und deswegen zog auch der Stationsdiener Simmerl die Nase auf, als Mizzi Spera auf Stöckelschuhen an ihm vorüberklapperte.

Wie man ihm hinterher sagte, daß das spaßige Weibsbild die Hallberger Marie gewesen sei, pfiff er durch die Zähne und drückte ein Auge zu.

Die Stütze des Chat noir schritt mißmutig dem Orte zu, der ihr, wie sich nicht leugnen ließ, bekannt, aber ganz und gar nicht vertraut war.

Es hatten schon recht unangenehme Dinge zusammentreffen müssen, um sie nach sechs Jahren zu einer Reise nach dem Neste zu zwingen.

Wäre in der Sommerzeit das Kabarett nicht eingetrocknet, hätte ihr Freund, das alte Ekel, nicht mit seiner Familie ins Bad reisen müssen, hätte er wenigstens groß gedacht und ihr genügend Geld – Putt-Putt hieß es Mizzi Spera – zurückgelassen, dann wäre sie doch nie auf die weinerliche Idee gekommen, heimzukehren.

Aber – –

Da mußte sie nun durch den Staub schlurfen, hatte ihre Not mit dem Hunde – »Fifi! Viens donc! Ici! Du willst wohl Bimse?«

Mizzi hob drohend eine ledergeflochtene Peitsche empor, was sie wie eine Tierbändigerin ausschauen ließ, und Fifi kam.

So zog sie mit wiegenden Hüften, den Hund, der wie ein rollender Muff aussah, an der Leine, in Altaich ein, und stand wenige Minuten später vor ihrer überraschten, glücklichen Mutter.

* * *

Es war einmal ein kleines Schulmädel, das mit zwei braunen Zöpfen, die kaum unter Schulterhöhe hinunterbaumelten, mit einer Stupsnase und etwas aufgeworfenen Lippen sich wenig oder nicht von den andern unterschied, die mit ihr gewichtig schwätzend über den Marktplatz gingen, oder mit klappernden Schulranzen am Kirchenweg Fangemanndel spielten, die an warmen Frühlingstagen ihre Schusser an die Hauswände warfen, oder auf der Schreinerwiese saßen und ernsthaft ihre Puppen pflegten. Das kleine Mädel lachte so froh wie die andern, flocht sich Kränze aus Schlüsselblumen und Schneeglöckchen, oder Ketten aus den Stengeln des Löwenzahnes und zählte lustig mit:

Eins, zwei, drei,
bicke, backe, bei,
bicke, backe Pfannastiel,
hockt a Manndl auf da Mühl.

Es horchte auf, wenn man ihm sagte, daß über den Wolken der Himmelvater throne, es sah zu Weihnachten das Christkind am Fenster vorüberhuschen und erschauerte ehrfürchtig, wenn am Karsamstagabend bei einfallender Musik der Heiland auferstand.

Es trippelte froh und glücklich in der Fronleichnamsprozession mit und war nicht stolzer auf seine gebrannten Locken als seine Gespielinnen.

Es konnte aufwachsen zu einem rechtschaffenen, nützlichen Frauenzimmer, das seine Pflichten kannte und erfüllte.

Warum wurde es nicht so wie die andern, und wurde die pikante Diseuse, die ausgelassene Philister und Ladenschwengel in Entzücken versetzte?

»Ui Kind ist a Unglück«, sagte der Allgäuer Mangold, der dazumal Geselle beim Hallberger war und recht wohl sah, wie die Marie von ihrer Mutter um so mehr verzogen wurde, je älter sie wurde.

Freilich blieb sie das einzige Kind, und für die dumme Hallbergerin war sie schöner wie andere, und vor allem zu was Besserem bestimmt.

Deswegen mochte die Schlosserin nicht, daß ihre Marie nach der Werktagsschule zur häuslichen Arbeit erzogen wurde; das feine Kind mußte zu den Englischen Fräulein nach Piebing geschickt werden, wo sie Klavier spielen und Französisch plappern lernen konnte.

Von den Schwestern nahm sie freilich nichts Schlimmes an, aber in dem Institute waren viele Mädeln; und die wenig taugten, schlossen sich an die Hallberger Marie an.

Sie hatte Heimlichkeiten mit ihnen, lernte das Faulenzen und erfand Lügen, um unbeobachtet seichte Romane zu verschlingen.

Als sie mit sechzehn Jahren heimkam, taugte sie schon zu keiner Arbeit mehr, selbst wenn es die Mutter übers Herz gebracht hätte, dem Fräulein eine zuzumuten.

Die sah aber mit Genugtuung, wie apart sich die Tochter gab und wie sie mit faulen Gliedern in die Feinheit hineinwuchs.

Der Hallberger hatte weniger Gefallen daran, aber er war daheim machtlos. Seine Agath konnte einen Streit ins Endlose ausspinnen, über viele Tage weg, so lang, bis er sich verspielt gab.

Dem schwerfälligen Manne war nichts unlieber als Streit und Maulfertigkeit und nichts lieber wie Ruhe nach Feierabend.

Es verdroß ihn wohl, wenn er das junge Ding unnütz herumstehen oder über Büchern hocken sah, und er fuhr Mutter und Tochter hart an.

Aber dann hielt die Alte in Gegenwart ihrer Marie Reden, die mehr verdarben, als seine Scheltworte nützen konnten, und das Ende war immer das gleiche.

Der Hallberger ging fuchsteufelswild in die Werkstatt, hämmerte drauf los und wußte, daß ihn abends der Zank daheim erwarte.

»Er ist so zornig, er kunnt a Nuß mit'm Hindre ufbiß'n«, sagte der Mangold. »Aber was nutzts? D' Wiber händ mea Gewalt as Schießpulver.«

Darum schwieg Hallberger zu vielem und half sich mit dem leeren Troste, daß es mit den Jahren besser werde.

Faulenzen ist aber eine wachsende Krankheit, die das Gemüt angreift. Marie sehnte sich immer mehr hinaus aus dem kleinen Orte, dem sie die Schuld an ihrem Unmute und ihrer Langeweile gab.

Wenn sie nicht las, träumte sie sich selber einen Roman zusammen, in dem sie als Heldin eine großartige Rolle spielte. Am liebsten sah sie sich als gefeierte Bühnenkünstlerin wichtige und reiche Männer abweisen, bis sie sich endlich einem mit allen irdischen Gütern ausgestatteten Prinzen ergab. Sie konnte sich alle Einzelheiten ihrer feierlichen Rückkehr oder Durchfahrt durch Altaich ausmalen.

Wie sie mißgünstige Nachbarn durch eisige Kälte bestrafte, besser Gesinnte durch ein Lächeln beglückte, wie sie ihren Eltern reiche Geschenke gab, dem Vater freilich mit bittern Worten.

Das Erwachen aus den Träumen war jedesmal schmerzlich, und die Wirklichkeit erschien ihr täglich grauer.

Es fehlte nicht bloß an Prinzen, sondern an allen Verehrern.

Sie spann mit der Mutter Pläne aus, wie sie doch auf einige

Zeit in eine passende Umgebung kommen könne, und die Hallbergerin fand einen Weg.

Eine Verwandte in München mußte ihr den Gefallen tun, die Marie zum Besuche einzuladen, und da sie so leicht eine Lüge fand wie die Maus ein Loch, erzählte sie dem Vater, daß es für ihre Tochter ein Glück sein könne, wenn die reiche Frau Wimmer Gefallen an ihr fände.

Der Hallberger hatte von dem Vermögen der Verwandten, die er kaum dem Namen nach kannte, noch nie was gehört, aber er gab seine Einwilligung ohne langes Reden.

Vielleicht glaubte er, daß Marie in der Stadt und fern von der Mutter sich eher zurecht finden werde, jedenfalls willigte er ein, und seine Tochter fuhr überglücklich nach München.

»In die weite Welt«, sagte sie, als sie in Piebing eingestiegen war.

Bei der Wimmerin fand sie zwar keine Anwartschaft auf ein künftiges Erbe, denn die Frau war selber froh um das Kostgeld, das ihr die Hallbergerin heimlich schickte, aber sie fand volle Freiheit, zu tun und zu lassen, was sie wollte.

Nach etlichen Wochen erhielt sie durch einen jungen Menschen Anschluß an einen Kreis angehender Literaten und Künstler und sah nun erst recht, wie schrecklich die Altaicher Zeit gewesen war. Jede Phrase fand ein Echo in ihrem Herzen, und das jauchzende Sich-ins-Leben-Stürzen hatte sie schnell heraus.

Als die halbwüchsigen Dichter zu der Einsicht kamen, daß die Welt nicht reif genug sei, um ihre Werke zu kaufen, beschlossen sie, das Bürgertum auf andere Weise ums Geld zu bringen.

Sie gründeten ein Kabarett.

Dabei kamen sie auf den Gedanken, das Mädchen, dem sie taufrische Natürlichkeit nachrühmten, mitwirken zu lassen.

Marie wurde rasch ausgebildet. Sie lernte die Kunst, mit unbefangener Miene Gedichte vorzutragen, die keck über bürgerliche Bedenken hinwegsetzten, und ein Erfahrener, der seine Zeit verstand, brachte ihr die originelle Note bei, das Verfänglichste im Tone eines Altaicher Schulmädels herzusagen.

Damit errang sie gleich begeisterten Beifall der Gründer, und sie konnte freudig an ihre Mutter schreiben, daß sie an dem und dem Tage bei der feierlichen Eröffnung des Kabaretts zum ersten Male öffentlich auftreten werde.

Die alte Törin sah ihr Kind auf dem Wege zu Ruhm und Glück und redete ihrem Manne die Ohren voll von einer glänzenden Zukunft, die sie immer vorausgeahnt habe.

Diesmal widersprach der Hallberger.

Er hatte keine Ahnung davon, wie taufrisch seine Tochter geworden war, und es war ihm unleidlich, daß sie aufs Brettl wollte.

Er schnitt alle Widerrede kurz ab und erklärte, daß Marie heim müsse.

Jetzt wurde die Hallbergerin emsig.

Sie sorgte dafür, daß herzbewegende Briefe aus München kamen; auch die Wimmerin mußte schrecklich klagen über die Zerstörung so schöner Aussichten, und in der Wohnstube des Schlossermeisters gab es keine Ruhe mehr. Das setzte dem Hallberger so zu, daß er in drei Teufels Namen nachgab.

D' Wiber händ mea G'walt as Schießpulver.

Am Ehrentage saß die Mutter als unscheinbare Altaicher Spätzin mitten unter den bunten Vögeln, die sich bei der Eröffnung des Kabaretts zusammenfanden.

Ihre Marie trat auf und sah gar so hübsch aus, und die Leute waren wie närrisch vor Begeisterung. Was die liebliche Person vortrug, verstand die Hallbergerin nicht. Es war vorbei, ehe sie jede Einzelheit an Putz und Flitter gemustert hatte.

Aber die Leute lachten und klatschten und warfen der Marie Blumen zu.

Ein feiner Herr mit langen Haaren unterhielt sich herablassend mit der Mutter über das große Talent ihrer Tochter und schenkte ihr gleich gar einen Veilchenstrauß.

Und wie das Mädel selber redete!

Wo sie nur bloß die Gabe her hatte?

Den andern Tag fuhr die Schlosserin heim, voll Freude über den Erfolg und über die Möglichkeit, allen hämischen Altaichern das Glück der Tochter unter die Nasen reiben zu können. Sie sparte auch daheim nicht mit begeisterten Berichten.

Der Hallberger hämmerte grimmig in seiner Werkstatt und

faßte jedes Eisenstück so zornig an, als wär's seine Alte, und er dachte bei sich, ob es nicht gut gewesen wäre, wenn er zuweilen im Hause eine harte Hand gezeigt hätte.

»Nui prügelt is wie nui verheiret«, sagte der Mangold, »und bei den Kindern is kui Streich verloare, as der danebe fallt.«

Marie machte ihren Weg, der für Talente von München nach Berlin führt.

Sie erhielt einen Ruf ins Chat noir und errang hier erst recht durch taufrische Natürlichkeit unbestrittene Erfolge.

* * *

Und nunmehr stand sie als Mizzi Spera vor ihrer überraschten Mutter, die durch so viel Vornehmheit beinahe befangen wurde.

»Ja, so was! Daß du auf oamal kummst und hast gar nix g'schrieb'n!«

Marie sagte, daß sie in künstlerischen Angelegenheiten nach München habe reisen müssen, und da habe es ihr gerade gepaßt, sich wieder einmal daheim umzuschauen...

»Dös is aber g'scheidt! Und der Vater werd schaug'n. Wart', i hol'n glei aus der Werkstatt...«

»Pressiert nich. Ich glaube, er ist immer noch eingeschnappt, weil ich zur Bühne gegangen bin, und dann wollen doch wir uns erst mal aussprech'n...«

»Na, die Sprach! Wer di hört, glaubt seiner Lebtag net, daß du a hiesige bist.«

»Bin ich auch nich.«

»Ich mein', hier geboren. Jessas na! Dös schöne Kleid! Und de Schucherln! Madel, wer hätt' si dös amal denkt!«

Die Hallbergerin kriegte es aber erst mit dem Wundern, wie der Koffer kam. Spitzenhöschen und Seidenstrümpfe und Hemden, so dünn, wie feines Papier, und andere Dinge, die noch keine Schlossermeisterin gesehen hatte. Da kriegte man einen Begriff, wie nobel das Madel geworden war. Und was es obendrein erzählte von seinen Triumphen, und von Baronen und Grafen, mit denen es umging wie mit seinesgleichen.

»Na, so was! Aber jetzt müaß ma do zum Vater in d'Werkstatt nunter, sunst verdrießt's 'n gar z' stark. Es is a so oft nimmer zum Aushalt'n damit. Allaweil schimpft er, allaweil fangt er auf a neu's o, wia ma sei Kind aus 'n Haus lass'n ko, anstatt daß ma's zu der Arbet aufziagt. I derf red'n, was i mag, und wann i hundertmal sag, daß du dei Glück g'macht hast, oder wenn i eahm de Zeitunga gib, de du gschickt hast, es hilft nix. Und Redensart'n hat er; ma moant, ma hört denselbigen grob'n Mangold red'n, der amal bei uns war. Er gang am liabern nimmer ins Wirtshaus, sagt er, weil 'n d' Leut nach dir frag'n. Und dahoam fangt er selm o. Neuli is er vor deiner Fotografie g'stand'n, woaßt scho, de, wos d' als Firmling drauf bist, und auf oamal hat er si fuchsteufelswild umdraht und hat mir de gröbst'n Nama geb'n... i möchts gar net sag'n, was für oa... Aber jetz mach, mir müass'n nunter...«

Es gab viel Aufsehen in der Werkstatt, als Mizzi Spera hinter der Hallbergerin eintrat.

Der Alte stand am Amboß und schlug auf ein glühendes Stück Eisen los, daß die Funken sprühten.

Xaver war am Feuer, und der Lehrbub trat den Blasbalg.

»Vater«, sagte die Hallbergerin, »da is an Überraschung. Kennst a s' net?«

Sie deutete auf Marie, die näher kam.

Dem Alten stieg eine dunkle Röte ins Gesicht.

»Du?« fragte er.

Dann legte er den Hammer weg und steckte das Eisen in einen Wasserkübel. Er wollte noch etwas sagen, aber da fiel ihm ein, daß sie Zuschauer hatten.

Er band sich den Lederschurz los.

»Geht's in d'Wohnung nauf! I kimm nach.«

Seine Augen blickten nicht freundlich. Hätte er noch das Stück Eisen in der Hand gehabt, dann wäre es dem vornehmen Hündchen Fifi schlecht gegangen.

Es schien beleidigt zu sein durch den Geruch von Ruß und Eisenstaub und kläffte den ordinären Schlosser wütend an.

Marie rief ihn mit Kommandostimme zu sich. Sie gab sich recht herrisch, um auf den saubern Gesellen, der sie unbekümmert ansah, einen stattlichen Eindruck zu machen. Dann verließ sie mit der Mutter die Werkstatt.

Hallberger räusperte sich etliche Male, denn der Kehlkopf war ihm trocken geworden, und schaffte dem Xaver allerhand an. Dann ging er.

Der Lehrbub schaute ihm nach und wollte ein Gespräch haben.

»Ah Herrschaft! Was is denn dös für oane g'wen?« fragte er und verzog das verrußte Gesicht zum Lachen.

Aber Xaver litt keine Vertraulichkeit.

»Dös geht di wenig o«, sagte er barsch. »Tua dei Arwat, Saubua nixiger!«

Und während er in einer Kiste herumkramte, um sich eine passende Schraubenmutter zu suchen, brummte er vor sich hin:

»Dös waar amal des richtige G'schoß...«

* * *

In der Wohnstube traf Hallberger nur die Alte.

»Wos is 'n de ander?« fragte er barsch.

»In ihran Zimma halt; sie werd si umziaghn.«

»So? In ihr'n Zimma? Hängt a Spiegel drin?«

»Du fragst aba g'spassi...«

»I moan g'rad, daß sie si neischaug'n ko und vielleicht a Bild damit vagleicht von da Kinderzeit...«

»Geh! Was hast denn?«

»M-hm. Du siechst freili nix...«

»Was soll i denn sehg'n? Daß s' a saubers Madel␣wor'n is?«

»Sauber? De kimmt dir sauber vor? Wia s' in der Werkstatt drin g'stand'n is, war's net anderst, als wenn s' aus an Zigeunawag'n rausg'stieg'n waar. So herg'laff'n, so... ah! I hab' gmoant, i muaß mi vaschliaff'n...«

»Jetzt du!«

»Is anderst? freili, du hast koane Aug'n für dös! Sunst waar's net so weit kemma...«

»Was is kemma? Is dös an Unglück, daß s' a Künstlerin worn is? Und hast as net selber scho g'les'n, wia s' g'lobt werd in de Zeitunga?«

»Laß mi mit dem in Ruah! Gel? I hab' Aug'n im Kopf und i woaß, was i siech...«

»Du werst as kaam bessa vasteh als wia de Zeitunga!«

»Waar s' dahoam blieb'n; brav, lusti, fleißi, hätt' s' g'heirat, hätt' s' Kinda, da brauchet nix in der Zeitung steh'. Auf dös Lob kunnt'n mir verzicht'n, aber glückli waar'n ma alle mitanand und...«

»Bst! Schrei net a so! Sie kimmt.«

Marie trat ein und ging auf den Vater zu, um ihm die Hand zu reichen.

Der Alte vergrub die seinige in der Joppentasche und schaute der Tochter ins Gesicht.

Ernst und forschend.

Es war, als suchte er etwas, und er schien es nicht zu finden, denn seine Züge verrieten eine tiefe Trauer.

Seine Stimme klang rauh, als er fragte:

»Was verschafft uns eigentli die hohe Ehr'?«

Mizzi Spera war schockiert über diese Behandlung. Glaubte man, einen Kabarettstern in diesem Neste schlecht behandeln zu dürfen? Nee! Nich in die la mäng!

Sie zog die Achseln hoch und sagte:

»Ich wollte euch besuchen, aber wenn ich hier nich angenehm bin...«

»Geh, Madel, was hast denn? Geh, Vater, sei do net a so...!«

Die Hallbergerin beschwichtigte nach beiden Seiten hin.

»Sie hat halt wieder amal nach uns schaug'n woll'n«, sagte sie.

»Ah so? Wia's mir geht? Dank der Nachfrag', ausgezeichnet. Wie's halt an Vater geht, der a solchene Freud dalebt am oanzig'n Kind. Kunnt ma gar net besser geh'...«

Der Alte stellte sich ans Fenster und trommelte an die Scheiben.

Mizzi Spera, der die Mutter begütigend zuwinkte, setzte sich schmollend aufs Kanapee und gab sich mit Fifi ab.

»Viens donc ici! Mach schön!«

Sie beherrschte mit großer Sicherheit die Situation.

»Erzähl' do an Vater, was der Graf neuling zu dir g'sagt hat!« bat die Hallbergerin.

»Was für n' Graf? Fifi! Is mein Hundchen artig?«

»No derselbige, wo dir a Bukett g'schickt hat...«

»Mir haben schon viele Grafen Buketts geschickt...«

Hallberger drehte sich um und schaute das begehrenswerte Geschöpf an, das einmal als harmloses Kind in dieser Stube gespielt hatte.

Ein dummes Weibsbild mit ausgebranntem Herzen hockte dort und kam sich in dieser kleinen Welt recht bedeutend vor.

Und nun holte es aus einer Ledertasche Puderbüchse und Spiegel und fuhr sich mit einer Quaste über Nase und Wangen und beschaute sein Bild.

Der Alte gab sich einen Ruck und ging zur Türe.

»I geh ins Wirtshaus. Brauchst ma nix herricht'n zum Ess'n... i kimm net hoam«, sagte er und schlug die Türe hinter sich zu.

»So is er die ganze Zeit«, seufzte die Schlosserin. »Ma ko mit eahm überhaupts nimma dischkrier'n.«

»Laß ihn doch. Ich kann gerne wieder gehen, wenn ich hier nich angenehm bin...«

»Was red'st denn, Madel? I sag' dir ja, er is überhaupts a so. De ganz Zeit her; net erst weil du da bist. I glaab, daß eahm gewisse Leut was ei'red'n. I kenn s' scho, de sell'n, dena da Neid koa Ruah laßt, und vo dem G'red stammt si sei schlechter Humor her...«

»In Gegenwart von Damen läßt man sich aber nich in der Weise gehen. Finde ich wenigstens...«

»Ärger di net, Madel. Er moant's net a so...«

»Ich bin den Ton nich gewöhnt«, sagte Mizzi Spera und steckte Puderbüchse, Spiegel und Quaste in die Tasche zurück.

Sie sah dabei so vornehm und abweisend mit halbgeschlossenen Augen um sich, daß ihre Mutter sie aufrichtig bewundern mußte.

Achtes Kapitel

Eines Nachts überkam den Kaufmann Natterer ein allerwichtigster, den Altaicher Fremdenverkehr fördernder Gedanke.

Man mußte ein Komitee gründen, in dem zwei hervorragende Vertreter der Kurgäste neben ihm als Präsidenten wirken sollten.

Gab es etwas Klügeres?

Was für ein inniger Zusammenschluß zwischen Einheimischen und Fremden war damit zu erreichen! Welche Fülle von Anregungen mußte aus den Beratungen hervorgehen!

Natterer hielt im Bette mit halblauter Stimme Selbstgespräche.

Eine Rede, die er an die Gäste richten wollte.

Meine Herren! Oder meine Damen und Herren, denn warum sollte man das weibliche Element nicht heranziehen?

»Meine Damen und Herren! Es liegt im Interesse eines verehrlichen Publikums, das unser liebliches Tal aufsucht, es liegt im Interesse all derer, die in unserm lieblichen Tale Erholung finden wollen, daß die Wünsche deponiert werden, welche...«

Frau Wally wachte durch das steigende Pathos auf und sah erstaunt auf ihren heftig bewegten Ehemann.

»Was hast d'denn, du Lattierl?« fragte sie besorgt.

Natterer kehrte dem stimmungsarmen Weibe den Rücken und faßte den Entschluß, das weibliche Element nunmehr doch nicht heranzuziehen. Er tat so, als ob er schliefe, und setzte seine Rede im stillen fort, bis sich seine Gedanken verwirrten und er in Schlaf verfiel.

Beim Morgenkaffee wiederholte Frau Wally ihre Frage.

»Was hast d' denn heut nacht für a Gaudi g'macht?«

»Was woaß denn i, wenn i schlaf'?«

»Als wennst a Red' halt'n tatst, so laut hast aufg'red't. I glaab, daß di der Kas druckt hat, den wo du auf d' Nacht gessen hast...«

Das war die Erklärung eines Frauenzimmers für eine durch Gedanken verursachte Erregung. Natterer gab lieber keine Antwort, trank seinen Kaffee aus und ging.

Seine Frau war das einzige Wesen, gegen das er verschlossen sein konnte.

Er eilte zur Post hinüber und sagte sich auf dem Wege, daß er zuerst Herrn Schnaase ins Vertrauen ziehen müsse.

Der hatte Eifer und Rednergabe. Aber er war noch nicht aufgestanden. Vor einer Stunde dürfe sie den gnädigen Herrn nicht wecken, sagte Stine. Ob sie was ausrichten solle? Nein, oder doch das eine, daß Herr Natterer dem Herrn Schnaase eine sehr wichtige Mitteilung zu machen habe, und daß Herr Schnaase das Haus nicht verlassen möge, vor ihn Herr Natterer getroffen habe.

Damit eilte der rührige Mann die Stiege hinunter.

Im Hausgange stieß er auf Martl in einem überaus nachlässigen Aufzuge. Der Herr Hausknecht hatte nur eine lange Lederhose an und stand barfuß in den Pantoffeln. Natterer blieb stehen und schüttelte den Kopf.

Wie der Mensch in seinem karierten Hemd, ohne Kragen, sich unters Tor stellte, ja, mit einem nackten Fuß aus dem Pantoffel schloff und die Zehen spielen ließ, das konnte nicht in einem Kurort geduldet werden.

Er sagte in gütigem Tone:

»Martl, im Sommer, in der Hochsäson sollst so was net machen!«

»Was?«

»Du verstehst mi scho. Daß di a so herstellst, bloßfuaßet und überhaupts...«

»Im Winter geht's net«, sagte Martl, »da frierat mi in d' Zecha.«

»Spaß beiseit'! Das is dem Herrn Posthalter auch net recht...«

»Was geht denn dös di o, du Kramalippi? Du Salzstößla, du trapfter, du – – –«

Grobe Menschen sind in frühen Morgenstunden noch gröber. Martl sagte etwas so Hausknechtliches, daß ein Mann, der seit Stunden über feine Redewendungen nachgedacht hatte, angewidert werden mußte.

Natterer ging schweigend weg; und da zog Martl auch den andern Fuß aus dem Pantoffel und ließ die Zehen spielen.

Den Kaufmann überkam ein bitteres Gefühl, als er nun an dem schönen Morgen den Kirchenweg entlang schritt. Es war nichts in ihm von der Fröhlichkeit, die alle Vögel pfeifen und zwitschern ließ.

Dieses Altaich!

Ob man auch anderwärts dem Wohltäter eines Ortes so roh begegnen durfte?
Ob es anderwärts ein gemeiner Hausknecht wagen durfte?
Hier freilich war nicht dagegen anzukämpfen.
Wenn er sich beim Posthalter beschwerte, sagte der seelenruhig: »Dös is halt an Martl sei Spruch...«
Natterer gab sich seiner schmerzlichen Stimmung hin, als er, um eine Ecke biegend, vor Herrn von Wlazeck stand, der schon von einem Morgenspaziergange zurückkehrte.
»Särvus, Herr Kommerzialrat!« rief der Oberleutnant jovial. »Haben Sie sich zu meiner Kur bekehrt? Is sie nicht großoartig?«
Natterer erwiderte, daß er noch keine Zeit gefunden habe...
»Zur Gesundheitspflege hat man ganz einfach Zeit, Verehrtester! Jedes Verseimnis rächt sich, muß sich rächen...«
»Ich werde Herrn Oberleutnant demnächst folgen...«
»Tun Sie das! Woher habe ich denn meine Elastizität? Vom Karlsbader. In der Fruh das Quantum zu sich nehmen, alsdann eine Stunde spazieren laufen, das macht dinnes Blut. Das ist das ganze Geheimnis. Wie belieben?«
»Ich meine, ich habe das schon von ärztlicher Seite gehört...«
»Schon möglich. Auch Ärzte besitzen zuweilen Einsicht. Militärärzte natürlich ausgenommen. Aber ich behaupte: Alles, was den Menschen bedrickt, kommt vom dicken Blut. Ich habe einmal in Wien zu einem sehr bekannten Dichter gesagt: Ich bidde, Herr von..., na, der Name tut nichts zur Sache..., ich bidde, was wollen Sie eigentlich mit Ihrem Wöltschmerz? Der ganze Wöltschmerz is bloß mangelhafter Stuhlgang. Wann der Lenau Karlsbader getrunken haben möchte, hätte er humoristische Gedichte gemacht. Mit einem Pfund Glaubersalz reinige ich die gesamte Poesie vom Wöltschmerz... Aber wirklich!«
Natterer hörte mit so düsterer Miene zu, daß Herr von Wlazeck besorgt ausrief:
»Sie haben höchste Zeit, Verehrtester! Wie kann man an einem so entziggenden Morgen so melancholisch sein? Sie haben dickes Blut...«
»Ich fühle mich ganz wohl. Bloß, natürlich, man hat auch seine Gedanken und seine Sorgen...«
»Das is ja! Sorgen, Schwärmut, Wöltschmerz, sogar Ver-

zweiflung, alles miteinander is nix wie Verstopfung. Verlassen Sie sich drauf!«

Die Teilnahme des Oberleutnants tat dem verbitterten Manne wohl, und es kam ihm der Gedanke, daß er den gewandten Offizier ins Vertrauen ziehen könnte. Nicht über die Schande Altaichs, sondern über sein Vorhaben.

»Wenn Herr Oberleutnant erlauben, dann möchte ich Ihnen etwas unterbreiten...«

»Aber bidde...«

»Es handelt sich sozusagen um den Ausbau unseres Marktes in seiner Eigenschaft als Kurort. Herr Oberleutnant kennen die Leute hier und wissen vermutlich, daß sich nur wenige ein Bild von den Erfordernissen machen können, die wo unerläßlich sind...«

»Ich verstehe vollkommen. Sie wollen sagen, daß diese Kanadier à la Blenninger, net wahr, die übertinchte Höflichkeit nicht kennen...«

»Ich meine überhaupt im allgemeinen, daß die Sache hier zu neu is, und daß folgedessen die Leute also die Erfordernisse eines Kurortes nicht kennen...«

»Aber das dirfte gerade der Vorzug dieses buen retiro sein!«

»Wie meinen Herr Oberleutnant?«

»Ich will Ihnen was sag'n, Herr von Natterer; wir wollen uns da ganz offen aussprechen. Unsere Winsche sind konträr, missen es sein. Ihr Ideal ist die Frequenz, mein Ideal ist das lauschige Versteck...«

»Natürlich, die Herrschaften lieben die Ruhe, aber wir müss'n doch etwas bieten...«

»Das kenn' ich, lieber Freind! Man sagt bieten und meint fordern. Die Teierung is die Tochter der Frequenz! Geraten Sie nicht auf diese schiefe Ebene!«

»Ich habe gehofft, Herr Oberleutnant würden mir zur Seite stehen...«

»Wieso, zur Seite stehen?«

»Nämlich, ich habe doch sozusagen die Sache ins Leben gerufen, und leider bin ich der einzige, der in dieser Beziehung sich betätigen kann. Aber diese Last is für meine Schultern zu schwer... Folgedessen möcht' ich Hilfskräfte finden unter den Herrn Kurgästen...«

»Ah so! Warum sagen Sie das nicht gleich? Sie wollen mir die Leitung übertragen? Aber gerne!«
»Ich habe gemeint...«
»Bedarf keine Begriendung, lieber Freund! Die Idee ist glänzend...«
»Ich hab' also gedacht...«
»Sie hab'n als Mann von Erfahrung und Kenntnissen die Beobachtung gemacht, daß verschiedene Kurorte unter der Leitung alter Militährs ausgezeichnet florieren. Diese Beobachtung ist durchaus richtig, Verehrtester, und Sie soll'n sich auch in mir nicht geteischt haben. Was zunächst die Hauptsache anlangt, so sage ich: ja. Alsdann...«
Natterer war überrascht über die Schnelligkeit, mit der die Soldateska sich des Regimentes bemächtigen wollte, und hielt es für angezeigt, die ausschweifenden Wünsche zu zügeln.
»Entschuldingen, Herr Oberleutnant, es handelt sich nicht um die Direktion, sondern...«
»Sondern?!«
»Betreff einer mehr beratenden Stellung. Nämlich insoferne zwei Herren, die aus freier Wahl hervorgehen, mit mir ein Komitee bilden, wo die allenfallsigen Wünsche deponiert werden und die Maßnahmen begutachtet werden.«
Herr von Wlazeck war enttäuscht.
»Nehmen S' mir die Bemärkung nicht übel, aber das scheint mir schon im Prinzip verföhlt zu sein. Was heißt denn: Wahl? Muß denn alles nach dieser Schablone gehen? Is jemals in der Wölt aus einer Wahl was G'scheites rausgekommen? Cliquenwirtschaft kommt raus, weiter gar nichts. Und warum denn zwei?«
»Indem, wenn wir drei sind...«
»Zwei den andern majorisieren können, net wahr? Da haben wir wieder diesen fatalistischen Glauben an das Allheilmittel der Majorität. Einer, Herr von Natterer, einer ist immer derjenige, der das Gute schafft...«
»Entschuldingen, Herr Oberleutnant, aber es sind da bereits Schritte geschehen, betreff eines dritten Herrn...«
»Wer ist denn der Glieckliche?«
»Der Herr Rentier Schnaase...«

»So?«

Wlazeck lächelte.

Der Vorschlag schien ihm nicht ganz zu mißfallen.

»So? Der Herr von Schnaase? Und Sie haben ihm bereits die Angelegenheit unterbreitet?«

»Die einleitenden Schritte habe ich gemacht, betreff dieses Ersuchens...«

»Alsdann will ich nicht opponieren. Ich habe zwar gegriendete Ursache zu der Annahme, daß Herr von Schnaase die richtige Berliner Bradlgoschen hat und die Beratungen sehr lebhaft gestalten wird, aber...« Wlazeck lächelte vielsagend... »aber der Vater einer so entziggenden jungen Dame is mir heilig.«

»Ich will ihn jetzt betreff dieser Sache aufsuchen...«

»Schön, und damit gleich der geschlossene Wille des Komitees zum Ausdrucke gelangt, werde ich Sie begleiten...«

* * *

Gustav Schnaase war schnell gewonnen, und Natterer begriff zu spät, daß sich's auf einem Throne besser allein als zu dritt sitzt.

Er sah, daß sich die beiden andern sogleich heftig bemühten, ihm das Zepter zu entwinden.

Der Berliner war eine Herrennatur, die keine Ideen neben der ihrigen aufkommen ließ, und die ältere österreichische Kultur war zwar anschmiegender, aber zäh und klebrig.

Es wurde Natterer klar, daß er selbst keine Einfälle mehr zu haben brauchte.

Er mußte vielmehr die sich überstürzenden Vorschläge der Mitregierenden bekämpfen und sein Werk vor unbedachten Neuerungen schützen.

Es war ein tragisches Schicksal für ihn, daß er so mit seinen eigenen Waffen bekämpft wurde und ganz wider seine Natur handeln mußte.

Auch Schnaase wies den Gedanken einer Wahl schroff ab.

»Mumpitz!« sagte er. »Warum soll ich mir von den beiden Münchner Knautschenberjern erst noch 'n Mandat übertragen lassen? Nee! Das machen wir von alleene. Hiemit konstituieren wir uns als Altaicher Fremden-Komitee. Halten Sie mal! Afko... Jawollja. Das is wie Bugra un Bedag. Ganz famos! Also nich wahr: Afko. Das kommt auf Briefbogen, Kuverts, das wird so inseriert. Afko. Das Publikum merkt sich so was leichter, als wenn es heißt: Altaicher Fremden-Komitee...«

»Eine vorziegliche Idee, Herr von Schnaase. Das Wort allein verrät schon die gewisse Routine und erweckt gespannte Erwartungen...«

»Man sagt sich, die Leute sin nich von gestern. Also: Wir bilden hiermit das Dreimänner-Komitee und nehmen die Sache in die Hand. Wir bestimmen die Kurtaxe, wir arrangschieren Feste, Ausflüge, Wasserpartien... Apropos, wir müssen einige Gondeln haben für den See, na, wo wir letzte Woche waren...«

»Sassau, meinen Herr Schnaase?«

»Richtig. Sassauer See. Sagen Sie mal, kann hier jemand Gondeln bauen?«

Natterer, dem es schwül wurde, schüttelte verneinend den Kopf.

»Nich? Aber hören Sie mal, das is doch das erste, wenn ich 'n Wasser in der Nähe habe! Da müssen von irgendwoher Gondeln beschafft werden... Warten Sie mal! Ich kenne 'n Hamburger Reeder, der weiß sicher Bescheid und dem schreibe ich noch heute...«

»Ans Ministerium haben wir noch immer nicht g'schrieben...«

»Ministerium? Was soll ich mit'm Ministerium?«

»Betreff der Umwandlung oder des Einbaues einer Restauration im Kloster...«

»Ach so, richtig. Na, das eilt nich so. Erst mal Gondeln her und...«

»Darf ich mir submissest die Frage erlauben, um welche Restauration es sich handelt?«

»Darauf komme ich noch zu sprechen, Herr Oberleutnant. Es war 'n Vorschlag von mir, den ich Ihnen gelegentlich mal mitteilen werde... Was sagte ich eben? Gondeln... jawoll und Brief nach Hamburg. M. W.!«

»Ich bewundere Sie«, rief Wlazeck. »Gestatten, daß ich Ihnen das unumwunden ausspreche. Aber das is eben das großoartige, preißische Organisationstalent, das uns Österreichern leider föhlt; dieses schnelle sich Entschließen und sofort Eingreifen, nicht lange hin und her. Ich gratuliere uns zu der bedeitenden Kraft, die wir in Ihnen gewonnen haben...«

»Wir werden das Kind schon schaukeln«, sagte Schnaase.

Es war ein Glück, daß dem Afko keine gefüllte Kasse zur Verfügung stand.

Natterer konnte gegen den Ideenhagel einen Schirm aufspannen, indem er die traurige Wahrheit mitteilte, daß man nicht ganz fünfzehn Mark Betriebskapital habe.

Gegen die Einführung einer Kurtaxe sträubte er sich hartnäckig, und Wlazeck unterstützte ihn. »Bidde zu bedenken, Herr von Schnaase, mit wölchen Elementen, daß wir es gegenwärtig zu tun haben. Die zwei Minchner sind erbitterte Gegner derartiger Reformen. Und der Professor? Es wirde uns kaum gelingen, ihm den Begriff Kurtaxe klarzumachen.«

»Aber hören Sie mal, mit fufzehn Reichsmärkern! Damit läßt sich doch nischt anfangen!«

»Ein schwacher Fundus, allerdings! Aber bidde, Herr von Schnaase, sollen wir vielleicht diesen sogenannten Dichter besteiern? Schenken wir ihm doch lieber Strimpfe im Interesse des Ansehens unseres Kurortes! Ich habe die Bemärkung gemacht, daß er keine anhat. Das soll wahrscheinlich Bohämm sein...«

Natterer beschwichtigte, wehrte ab, ernüchterte und wahrte die Gebote der Besonnenheit.

Als er sich entfernte, war er in sehr gedrückter Stimmung.

»Finden Sie nich auch«, fragte Schnaase, »daß der Mensch einen merkwürdigen Mangel an Begeisterung gezeigt hat? 'n Flunsch hat er gemacht, wie ich ihm die paar Direktiven gab...«

»Ein bläder Kerl, Herr von Schnaase. Verzeihen Sie das harte Wort!«

»Wenn man so'n Menschen uf'n Trab bringen will, kommt immer die süddeutsche – ich meine natürlich die bayrische – Gemütlichkeit raus...«

»Auch die österreichische! Bidde, bleiben nur bei dem Sammelbegriff süddeitsch... auch bei uns ist sehr vieles mangelhaft... Dieses beriehmte Mocht nix... Was habe ich für Kempfe gehabt beim Militähr! Das war ja der Grund, warum ich meinen Abschied genommen habe, weil ich diese Sisyphusarbeit nicht mehr leisten mochte. Ich ging lieber. Allerdings hat mir der Graf

Kielmannsegge – nicht der Max Kielmannsegge, sondern der Georg, der gölbe Schurl, wie ich ihn tauft hab' – beim Abschied gesagt: Alsdann, was is jetzt, Franzl? Du gehst, aber die Zustende bleiben... No ja, das war ja richtig in gewisser Beziehung, aber man trägt nicht alles, was man nicht ändern kann...«

Schnaase sah den Oberleutnant unmerklich von der Seite an. Wächst mir hier 'ne Pommeranze?

Aber Wlazeck sah es nicht, und der Rentier ergriff das Wort: »Ich sage immer, der erste Eindruck is der richtige. Wie ich hier ankam, und der Schlummerkopp von Posthalter sich so demlich anstellte, wußte ich allens. Hier is kein Zeitgeist. Und dieser Natterer is zwar in gewisser Beziehung 'n gerissener Junge, der harmlose Reisende mit seiner Reklame betimpeln kann, aber weiter reicht's nich... Nee, Herr Oberleutnant, die Sache müssen wir beide deichseln. Da wollen wir mal Nord und Süd vertreten und, wenn ich so sagen soll, von entgegen gesetzten Polen her auf die Sache wirken. Aber nu entschuldigen Sie mich! Ich höre meine Frau...«

»Gehorsamster Diener, Herr von Schnaase, und bidde, Handkuß der Gnädigen und dem reizenden Fräulein Tochter!«

* * *

»Also«, sagte Schnaase, wie er neben seinen Damen aus der Post schritt, »also ich muß Noblenz-Coblenz den Eltern des hoffnungsvollen Künstlers einen Besuch machen? Wie komme ich dazu?«

»Diese schreckliche Last kannst du am Ende noch auf dich nehmen«, antwortete Frau Karoline.

»Es handelt sich nich um die Last; es handelt sich ums Prinzip. Wie komme ich dazu, in Altaich gesellschaftliche Verpflichtungen zu haben? Das is doch das, was ich nich haben will; weswejen wir in die Einsamkeit geflohen sind...«

»Du kannst ausnahmsweise mal Rücksicht auf uns nehmen...«

»Uns? Also Henny mit inbegriffen? Da möchte ich doch 'n ernstes Wort sprechen.«

»Sprich es lieber nich! Ich möchte wirklich keine unzarten Bemerkungen hören...«

»Aber 'n paar zarte. Ich finde, der junge Mann is 'n bißchen sehr aufmerksam...«

»Das fällt dir unangenehm auf?«

»Angenehm, Karline, wenn er *dir* den Hof macht. Aber ich kann diesen schwerwiegenden Verdacht nicht fassen. Ich bin gezwungen, Henny für den Gegenstand seines schmeichelhaften Interesses zu halten, und...«

»Du kannst dir natürlich nich vorstellen, daß ein junger Mann ohne jede Nebenabsicht froh ist, wenn er sich mal wieder gebildet unterhalten kann?«

»Nee!«

»Nachdem er das monatelang entbehren mußte?«

»Nee! Den Bildungsdrang kenne ich, wenn 'n hübsches Mädchen mitten mang is...«

»Am Ende ist es kein Verbrechen, wenn er auch Henny in zarter Weise...«

»*Auch?* Karline?«

»Ich verbitte mir deine Witze!«

»Is keen Witz... im Gegenteil... also um wieder darauf zurückzukommen...«

»Darf ich bitten, daß ich dabei aus dem Spiel bleibe?« unterbrach Henny ihren Vater. »Warum darüber reden? Es lohnt sich nich.«

»Eben, weil die Sache keinen moralischen Hintergrund hat, will ich nich haben, daß du mit ihm kokettierst.«

»Wieso kokettiere ich?«

»Oder sagen wir, daß du nich genügend Distanxe hältst. Er setzt sich Raupen in den Kopp, und das is bei 'nem jungen Mann in der Provinz ne andere Sache als in Berlin...«

»Aber wirklich, Papa! Die Predigt ist gräßlich...«

»Es muß mal sein, und...«

»Gar nich muß es sein. Ich unterhalte mich hier, so gut es geht; ich würde viel lieber in Zoppot Tennis spielen, als hier von Natur und Heimat quasseln. Aber *ich* bin doch nich schuld, daß wir in dem schauderhaften Nest sitzen...«

»Du wirst das auch kaum zu bestimmen haben«, sagte Mama Schnaase mit Schärfe.

»Ruhe im Saal! Dieses Thema wollen wir nich schon wieder

behandeln. Mamas Wunsch war maßgebend, da is nich daran zu tippen. Du kannst wohl 'n paar Wochen leben ohne Bälleschmeißen?«

»Ich komme ganz aus der Übung...«

»Du kommst schon wieder rin.«

»Aber ich muß Rücksicht nehmen auf meine Partie, nich wahr? Wenn James erfährt, daß ich den halben Sommer keinen Ball geschlagen habe, sucht er sich eine andere Partnerin. Muß er doch!«

»Laß ihn man! Den James Dessauer mit seine Seebelbeene!«

»Gott!«

»Überhaupt so 'n Keesekopp! Sein Vater handelte noch mit alten Kledaschen uf'n Mühlendamm, und der Bengel hat sich was als James und Tennisfatzke...«

»Jedenfalls hat er in Wiesbaden die Meisterschaft gewonnen...«

»Was ich mir dafür koofe! Wir werden uns trotzdem erlauben, aufs Land zu gehen, ohne Rücksicht auf Tennis un den Lord vom Mühlendamm. Übrigens, Karline, das muß ich doch sagen, du, mit deiner Sehnsucht nach Ruhe und Schweigen im Walde, solltest dich nich so ins Altaicher Gesellschaftsleben stürzen...«

Die Familie Schnaase hatte sich der Ertlmühle genähert. Konrad eilte ihr entgegen und führte sie über den Hof in den Garten, wo seine Eltern die Gäste freundlich empfingen.

Für Frau Margaret waren die Berliner keine unbekannten Erscheinungen mehr; sie hatte sie zweimal von einem Laden aus gesehen und so genau betrachtet, wie es einer in Mitleidenschaft gezogenen Mutter zukam.

Von dem, was sie dabei herausgefunden hatte, redete sie nicht. Das Mädel war aus einer andern Welt und gehörte in eine andere Welt, und das war so ausgemacht und sicher, daß sie fast ein wenig lächeln mußte über ihren Konrad. Aber darüber sprechen nützte nichts; es war besser, wenn er selber zu der Einsicht kam.

Darum hatte sie geschwiegen, und als sie jetzt die Familie begrüßte, tat sie es ohne Befangenheit, als rechte Herrin in ihrem Reiche.

Sie stand über der Situation, hätte Schnaase gesagt, wenn er die kleine Bürgersfrau beachtet hätte.

Martin bewunderte wieder einmal seine Margaret, die sich in alles schickte und so sicher auftrat, als hätte sie jeden Tag Gäste aus Berlin.

Auch Konrad war froh über den Verlauf der ersten Begegnung, die ihm, er wußte nicht warum, Sorge gemacht hatte.

Man setzte sich an den gedeckten Tisch, auf dem ein leuchtend brauner Gugelhupf, ein auf grünen Blättern ruhender Butterwecken und etliche Gläser voll Honig ländliche Wohlhäbigkeit verrieten.

Frau Schnaase ließ ihre Blicke in der Runde schweifen und rief:

»Wie hübsch es hier ist! Das ist also eine wirkliche Mühle im kühlen Grunde, und der Bach rauscht, wie man sich's nach dem Liede vorstellt. Hier müßte man immer leben!«

»Du kannst ja das Experiment machen«, sagte ihr Mann. »Aber ich wette 'ne Stange Gold, nach vierzehn Tagen kehrst du reumütig in die Hedemannstraße zurück.«

»Ich aus einer solchen Stimmung in die Hedemannstraße...?«

»Denk an den Fünfuhrtee, Karline, und ans Theater und an die Vorstellungen, wo die Dingsda, die Mannekänks mit den neuen Kleidern, herumspazieren. Nee, in acht Tagen haben wir dich wieder...«

»Gott! Wenn du wüßtest, wie schal mir das alles vorkommt!«

»*Den* Zahn lass' dir man ausziehen! Du kannst es nich entbehren, und Mannekänks, das is nu mal die Poesie, die für dich Bleibe hat. Nämlich« – Herr Schnaase sagte es zu Margaret – »nämlich meine Frau hat 'n Schwarm für den reinen Naturjenuß. Aber ich sage, das is Phantasie. Das wirkliche Landleben kannste nich verknusen, Karline; das is nischt für unsereins, das muß von Jugend auf gelernt sein.«

»Das ist vielleicht deine Ansicht...«

»Es is die Macht der Gewohnheit; was ich dir immer sage. Natur is ja hübsch und kann sogar sehr hübsch sein, aber wir Großstädter vertragen nur ne Dosis davon, und hinterher brauchen wir wieder Nachtleben un Radau...«

Konrad kam der Frau Schnaase zu Hilfe.

»Ich glaube, daß man die Stadt schnell vergißt...«

»Nee...«

»Das heißt...«

»Nee, verehrter Herr Kunstmaler, nehmen Sie mir's schon nich übel, das kann einer nich wissen, der nich mitten drin war, so nach zwölfe in der Friedrichstraße. Diese Ruhe hier erträgt man auch, wenn man in Stimmung is. Aber ich behaupte, sogar die paar Wochen auf dem Lande sind nich unjemischte Freude...«

»Du mußt eben opponieren«, sagte Frau Schnaase und wandte sich an Margaret. »Er hat das so. Er muß partout das Gegenteil behaupten...«

»Ich muß nur ab und zu mal was richtig stellen, denn ihr Damens seid nich konsequent und nich aufrichtig. Sag mal selbst, wie wir hier mit der Zottelbahn ankamen, wer wollte da gleich wieder weg?«

»Aus andern Gründen, das weißt du gut, und übrigens mußte ich doch erst die Gegend kennen lernen...«

Konrad kam wieder zu Hilfe und sagte, daß die Landschaft nicht sofort einen starken Eindruck mache. Aber wenn man sie länger kenne, würde sie einem lieb...

»Das ist gerade das, was ich sagen wollte«, rief Frau Schnaase.

»Nanu! Es ist genau das, was ich gesagt *habe*. Man muß es gewohnt sein...«

Er unterbrach sich, als das Dienstmädchen den Kaffee auftrug.

Der duftete so köstlich, und Butterbrot und Gugelhupf schmeckten so gut dazu, daß über Schnaase eine milde Stimmung kam.

Frau Margaret, die nach altbürgerlicher Art glaubte, daß sich gleich zu gleich halten müsse, knüpfte ein Gespräch mit Frau Schnaase an. Durch kluge Fragen erfuhr sie, wie diese Mitschwester ihr Leben führte, und sie erkannte ihr Wesen und die Ursache ihrer Seufzerlein. Zeit totschlagen ist eine Arbeit, bei der man selten lustig bleibt, und auf weichen Pfühlen sitzt man sich bald müde.

Karoline Schnaase, die ihre Liebe zu stimmungsvollen Mühlen noch eine Weile aufrecht hielt, schenkte dem bescheidenen Weiblein neben ihr ein wohlwollendes Gehör, und fand Vergnügen daran, vor ihm den Vorhang über der gleißenden Pracht ihres Berliner Lebens aufzuziehen. Sie merkte nicht, wie sie durch staunende Teilnahme immer weiter herausgelockt wurde.

Frau Margaret erfuhr also, wie hilfreich sich eine große Gesellschaft gegenseitig unterstützt, um die Zeit zu vertreiben, wie viele Sorgen das Vergnügen macht, und was für einen erbitterten Kampf man gegen die Langeweile zu führen hat.

Sie sah, daß es für diese Leute nicht Regen noch Sonnenschein gibt; daß Frühling, Sommer, Herbst und Winter ihnen nichts bringen als neue Kleider und Hüte und eine Abwechslung im Zeitvertreib, die wieder Gewohnheit wird und dann schmeckt wie abgestandenes Bier. Sie sah diese Menschen sich abmühen im Nichtstun, und der Blick in eine Arena, darin einer hinterm andern zwecklos im Kreise herumlief, machte sie so ernsthaft aussehen, daß Frau Schnaase glaubte, sie habe in dem bescheidenen Wesen Sehnsucht nach der großen Welt erregt.

Weil sie aber gutmütig war, wollte sie ihm das Unerreichbare nicht gar zu verlockend erscheinen lassen und sagte: »Aber wissen Sie, gute Frau Oßwald, es is nich alles Gold, was glänzt, und unsereinen trifft manche Sorge, und man sehnt sich nach der schönen Ruhe, die Sie genießen.«

Da nickte Frau Margaret nachdenklich mit dem Kopfe und streifte mit einem Blicke das Mädchen, mit dem sich ihr Konrad unterhielt.

Henny beklagte sich darüber, daß sie in Altaich so gar keine Möglichkeit zum Tennisspielen habe.

Ein Brief von ihrer Partnerin Dolly Hirsch hatte sie lebhaft an ihre Pflicht erinnert. Es war zu gefährlich, wenn sie so ganz aus der Übung kam. Sie mußte bei den Wettspielen im Herbste schlecht abschneiden. Eigentlich durfte sie gar nicht daran teilnehmen, weil sie die Chancen ihrer Partie gefährdete, aber wenn sie ihre Unterlassung eingestand, mußte sie ausscheiden, und dann wußte sie nicht, wo eine neue Partie zu finden war. Das ging nicht so einfach...

Konrad nahm Anteil an ihrem Kummer. Wenn er nur dem hübschen Mädchen hätte helfen können! Konnte man nicht doch so eine Art Tennisplatz anlegen und konnte nicht er als Spieler aushelfen?

Das fragte er ganz ernsthaft eine Siegerin in zwei Schöneberger Turnieren, und dabei gestand er, daß er noch nie ein Rackett in der Hand gehabt habe!

Junge Herren, die Eindruck machen wollen, müssen in ihren Äußerungen ungeheuer vorsichtig sein, denn ein Mangel kann andere Mängel beleuchten oder aufdecken.

Konrad hatte ahnungslos peinliche Zusammenhänge hergestellt. Sein naives Anerbieten stimmte zu dem Mangel an Schick, der ihm anhaftete, zu der schlecht geschnittenen Kniehose, die er statt Breeches trug. Ein Lächeln, das keine Hochachtung ausdrückte, huschte um die Mundwinkel Hennys, so flüchtig, daß es niemand bemerkte als Frau Margaret, die schnell und gründlich, wie es Mütter können, eine Abneigung gegen das Mädchen faßte.

Konrad hatte nichts gesehen. Er ahnte nicht, daß er blitzartig mit einem tiptop gekleideten James Dessauer verglichen und in unabsehbare Weite hinter ihn gestellt worden war.

Herr Schnaase hatte derweil dem zerstreuten Martin anerkennende Worte über bayrische Süßrahmbutter gespendet, aber der Mensch saß ja mit verträumten Augen da und bewies durch keine Antwort, daß er bei der Sache war!

Da wandte sich Schnaase von ihm ab und lenkte doch lieber die Aufmerksamkeit der andern auf sich.

»Richtig ja! Das habe ich ja noch gar nich erzählt... Da is doch hier der Dichter mit den großen Horchlappen, der so unmenschlich viel essen kann... na... der Pfünzli... Pünzli... über den is doch 'n Artikel in der Zeitung gestanden...«

»Wie interessant!« rief Frau Schnaase.

»In so ner literarischen Rundschau, und das Käsblatt, was drüben in Piebing erscheint, hat es abgedruckt...«

»Warum erzählst du das erst jetzt?«

»Natterer hat mir's gezeigt, vor ner Stunde...«

»Wie interessant! Und was sagt die Kritik?«

»Ich habe mir nich allens gemerkt, aber es heißt, er is der Erotiker der Zukunft... Na! ich muß sagen, das wird wohl sehr theoretisch sein...«

»Man muß ihn einladen«, sagte Frau Schnaase.

»Den gräßlichen Kerl?« fragte Henny.

»Wieso gräßlich?« verwies sie die Mutter.

»Herr von Wlazeck behauptet, daß er nich mal Socken an hat. Ich habe natürlich nich darauf geachtet...«

»Wenn er geistig bedeutend ist, und wenn man von ihm

spricht, kann er Eigentümlichkeiten haben. Ein pensionierter Leutnant hat nicht das Recht dazu...«

Frau Schnaase wandte sich wieder an ihren Mann. »Erotiker der Zukunft, sagst du? Das is wohl Lyriker?«

»Ich weiß nich. Wahrscheinlich, denn was mit Theater zusammenhängt, kennst du ja... Übrigens das mit den Socken hat mir Wlazeck auch anvertraut. Eigentlich sonderbar! n' Erotiker stelle ich mir mit durchbrochenen Strümpfen vor...«

»Nun fang du nicht auch damit an!«

»Es is 'n interessanter Fall, Karline. Is das nu Erotik aus Erfahrung oder aus Unmöglichkeit? Das is hier die Frage...«

»Vielleicht wirst du dich über dieses Thema nicht mit deiner gewohnten Gründlichkeit verbreiten?« sagte Frau Schnaase sehr strafend. »Jedenfalls müssen wir mit dem Manne bekannt werden!«

»Aber Mama!«

»Ja, sage ich dir. Er kann dann im Winter zu meinem jour fixe kommen...«

»Vielleicht ist er gar nicht in Berlin...«

»Dann kommt er hin. Als Dichter, der genannt wird...«

»Sehen Sie!« rief Schnaase, indem er sich an Konrad wandte. »Hier haben Sie's! Was ich Ihnen immer sage, es geht nu mal nich ohne Berlin. Meine Frau sagt das ganz unwillkürlich, mit der weiblichen Selbstverständlichkeit...«

»Was is mit Berlin?« fragte Frau Margaret.

»Liebe, verehrte Frau Oßwald! Reden Sie um Gottes willen Ihrem Sohne nich ab! Es is unerläßlich, daß er nach Berlin geht, denn es is nu mal Metropole, und wenn München noch so gemütlich ist...«

»Er geht ja gar net nach München...«

»Ich bleibe im Winter hier«, ergänzte Konrad.

»Hier?! Aber Verehrtester, Sie brauchen doch Anregung! Hören Sie mal, als Künstler!«

»Herr Oßwald wird das besser beurteilen können...«

»Nee, Karline, da gibt's nu wirklich keine Meinungsverschiedenheit. Der Künstler gehört ins Zentrum der Kultur. In künstlerisches Miliöh. Das sagt uns die Erfahrung. Nee! Machen Sie so was nich! Hier müssen Sie ja versauern...«

Um Konrads Mund spielte ein Lächeln, das ihm gut stand, aber einem erfahrenen Weltmanne nicht gefallen konnte. Dabei erzählte er, als ob er's besser wüßte, daß er sich allerlei vom Aufenthalt verspräche.

Er wolle nach langer Zeit wieder einmal die Heimat verschlafen und verschneit sehen, Wald und Hügel und die Bauernhäuser, die sich unterm Schnee zusammenduckten und bloß durch den Rauch, der aus den Schornsteinen kräuselt, verrieten, daß behagliches Leben in ihnen stecke...

»Alles sehr schön«, erwiderte Schnaase. »Meinswejen sogar poetisch. Aber das ändert nischt an der Devise: Der Künstler muß hinein ins volle Leben. Er muß wissen, was los is. Glauben Sie mir altem Praktikus: Mit den Idealen alleene macht man's nich. Davon raucht der Kamin nich, weil Sie schon von Schornsteinen sprechen. Der Künstler muß wissen, was die Mode will, was gefällt. Das erfahren Sie in Berlin; hier erfahren Sie's nich!«

Konrad wollte gegen so viel Erfahrung nicht ankämpfen und schwieg.

Herr Schnaase aber vervollständigte seinen Sieg.

»Es handelt sich nich bloß darum, daß Sie sehen, sondern auch darum, daß Sie gesehen werden. Die Leute mit dem großen Portemonnaie müssen von Ihnen sprechen, der Kunsthändler muß Sie lanxieren, denn können Sie sagen: Es ist erreicht...«

»Vielleicht urteilst du doch zu nüchtern, Gustav? Es hat auch große Künstler gegeben, die nur ihren Idealen dienten...«

»*Hat*, Karline. Dadruff lege mal den Nachdruck! *Hat* gegeben, gibt's nich mehr...«

»Warum soll die Welt mit einemmal so prosaisch geworden sein?«

»Is se nich. Aber praktisch is se geworden. Wenn man die nötigen Moneten hat, denn kann man sich's so poetisch machen, wie man will. Sehen Sie, da is mein Freund, der Professor Waschkuhn, von dem Sie doch wohl gehört haben... *Der* hat's erfaßt. Der malte un malte drauf los; immer die Damen vom Theater, immer die Säsonggrößen. Lange war's nischt. Aber mein Waschkuhn sagte sich, mit Geduld un Spucke und ließ nich locker. Auf einmal, mit 'n Bild von... von...«

»Lolo Hillmers«, sagte Henny.

»Ganz richtig! Mit 'n Bild von der Hillmers machte er's. Nu kamen die Damen von der Finanz, die mit das ville Geld, un jede wollte so aussehen wie die Hillmers. Nach dem Rezept malte er nu und verdiente aasig, denn wenn's mal so weit is, darf's auch was kosten. Das wollen die Leute sogar. Ich habe oft mit Waschkuhn darüber gesprochen, und er sagte mir: ›Alter Freund, der künstlerische Erfolg is und bleibt das ewige Geheimnis. Er is das große Los; un die Hauptsache is, daß man immer wieder setzt...‹«

»Zum Beispiel Dessauer!« rief Henny.

»Richtig ja! Der Bruder von deinem Tennisfatzke... das is auch so 'n Fall...«

»Kennen Sie Teddy Nabob von Dessauer?« fragte Henny.
Konrad verneinte.

»Den Roman der Saison kennen Sie nicht?«

»Er ist wunder-wundervoll!« fiel Frau Schnaase ein. »Vielleicht habe ich das Buch hier...«

»Aber Sie haben doch davon gehört?« fragte Henny wieder.

»Nein«, sagte Konrad schlicht.

Da wunderte sich auch die gutmütige Frau Schnaase darüber, wie lange die Kultur braucht, um über die Donau zu dringen.

»In Berlin sprach man von nichts anderm. Man mußte Teddy Nabob gelesen haben. Es ist wunder-wundervoll!«

»Jedenfalls ist es riesig geschickt«, erzählte Henny.

»Letztes Jahr hat kein Mensch von Lulu Dessauer gesprochen, und heute ist er obenauf. Er hat mir gesagt, wie er auf die Idee gekommen ist. Es mußte was Amerikanisches sein, weil da die ganz großen Verhältnisse sind; da läßt sich noch mit den Millionen phantasieren, sagte er. Und denn schilderte er einen Mann, der über Nacht Milliardär wird. Es ist wahnsinnig spannend...«

»Wunder-wundervoll!«

»Das is ja, was ich sage!« fiel Schnaase ein. »Wäre der Mann in Ruppin gesessen, dann wäre er nie auf die Idee gekommen. Aber in der Großstadt hat der fixe Bengel herausgefunden, daß der moderne Mensch, wenigstens in der Phantasie, mit den Millionen schmeißen will...«

Die kleine Welt, die um den Tisch saß und so viel Staunenswertes aus der großen hörte, blieb ungerührt.

Martin hatte nicht aufgemerkt, und Margaret hatte ungemein viel von ihrem Wohlwollen verloren.

Aber auch Konrad fühlte sich von Kellerluft angeweht. Er urteilte über den Geschmack Hennys gewiß nachsichtiger, wie sie über seine Kniehosen, aber, was er gehört hatte, war so fremd und so trennend und stimmte ihn nachdenklich.

Stille war nicht das, was Schnaase liebte.

»Haben Sie schon was gehört von Afko?« fragte er den jungen Mann und seine Eltern, die ja nun ordentlich breitgeschlagen waren.

»Afko?«

»Nich wahr, das kennen Sie nich! Altaicher Fremden-Komitee. Ich habe es mit Ihrem Natterer gegründet, damit wir den Verkehr hier in Schwung bringen. Übrigens, Frau Oßwald, Ihr vortrefflicher Kaffee bringt mich auf einen Gedanken. Wie wär's, wenn Sie hier so 'n kleinen Nachmittagsbetrieb aufmachen würden? Kaffee, Schokolade ... in einem kühlen Grunde? Ich sehe hier schon alle Tische besetzt mit guter Gesellschaft...«

Frau Margaret sah das nicht, aber sie bemerkte, daß ihre Liese beim Wäscheaufhängen war, und sie eilte nach ein paar entschuldigenden Worten weg.

Mama Schnaase wandte sich freundlich an Martin.

»Ich finde Ihre Frau entzückend; sie hat so was Ausgeglichenes, Nervenloses... ach ja! das kommt doch wohl von dem Aufenthalte in dieser friedlichen Natur...«

»Na! Da haben wir ja Aussicht, daß du auch...«

»Gott, Gustav! Wenn *ich* den wahren Seelenfrieden finden sollte, müßte auch sonst noch manches anders sein. Was soll mir der vorübergehende Landaufenthalt nützen, wenn ich hinterher wieder von dem Hasten und Treiben aufgewühlt werde?«

»Ich will dir 'n Vorschlag machen, Karline. Wir fragen unsern verehrten Gastgeber, ob du nich 'n Winter hier bleiben kannst?«

»Mußt du immer solche Späße machen?«

»Nee, wirklich! In allem Ernste gesprochen. Du könntest diesem aufstrebenden Kurorte 'n kolossalen Gefallen erweisen. Denke dir, wenn du hier so die richtig gehende Wurstigkeit, den Seelenfrieden finden würdest, dann könnten wir's in die Zeitung bringen. Wunderbare Heilung oder fabelhafter Erfolg der Altaicher Höhenluft. Was?«

Frau Schnaase gab keine Antwort, und Henny erinnerte Konrad daran, daß er ihr Bilder und Skizzen zeigen wollte.

Als die jungen Leute ins Haus gingen, blickte Schnaase ihnen kopfschüttelnd nach.

»Sagen Sie mal, Herr Oßwald, wie kommt nu Ihr Sohn dazu, ausgerechnet Maler zu werden? Wenn ich mir so Ihr Etablissemang betrachte, is es mir offen gestanden schleierhaft.

»Er hatte eben den Drang in sich...«

»Karline, du bist fürs Sangtimang, ich bin fürs Reale, un hier sind Realitäten, angesichts deren meine Frage berechtigt ist...«

Martin lächelte.

Aber es war eine Saite angeschlagen, die in ihm fortklang und ihn zum Reden brachte.

Er erzählte, wie Konrad als Bub still und besonders gewesen sei und wie er immer Freude an Bildern gehabt habe. Die sei mit ihm gewachsen und groß geworden, und weil sie ernsthaft gewesen sei, hätten Margaret und er eingewilligt...

»Das is ja sehr schön und anerkennenswert, und ich möchte Ihren Entschluß selbstverständlich nich kritisieren. Ich sage nur, ich verstehe es nich...«

»Was ist dabei zu verstehen?« sagte Frau Schnaase. »Er hatte das in sich, und ich finde es wunderschön, wenn Eltern ihren Kindern das Recht auf Selbstbestimmung zugestehen...«

»Das is die ächte weibliche Inkonsequenz. Erst biste ganz Mühle und Bach und Natur, und denn findest du es wundervoll, daß 'n junger Mensch das alles im Stiche läßt...«

Henny, der Konrad seine Skizzen aus der Altaicher Gegend zeigte, fragte unvermittelt: »Waren Sie schon mal in Italien?«

»Ich hab's ein paarmal im Sinn gehabt, aber es ist nie was geworden...«

»Da müssen Sie unbedingt hin. Wir waren auch letzten März in Florenz und Rom. Es war herrlich... Und für Sie als Maler ist das notwendig...«

»Es kommt mir jetzt nicht mehr so notwendig vor...«

»Nanu! Da sollten Sie mal Waschkuhn hören! Er sagt, er verdankt Italien alles...«

Da Konrad wieder so merkwürdig lächelte, schloß sie ungnädig: »Und überhaupt gehört das zur Kultur!«

Beinahe hätte sich der junge Mann angemaßt, einer großstädtischen Dame lehrhaft zu kommen, als ihn ein ungeduldiger Zug in ihrem Gesichte davon abhielt. Er zeigte ihr sein letztes Bild, auf das er viel hielt. Durch hohes Kornfeld führte ein schmaler Weg, und man sah es ihm an, daß er heimführte zu guter Rast.

Henny warf einen flüchtigen Blick darauf und fragte lebhaft: »Was denken Sie, Herr Oßwald, soll ich mich in ganzer Figur malen lassen?«

»In...«

»Oder Kniestück? Waschkuhn will mich porträtieren. Er is für ganze Figur.«

»Er soll Sie doch so malen... in einer Laube mit spielenden Lichtern...«

»In dem Kleide? Nee!«

Da sah man wieder die Provinz. Porträt in weißer Bluse! Doch in Gesellschaftstoilette und mit dem Kollier von Mama!

»Ich bin auch für ganze Figur«, schloß Henny. »Es ist immer schick, und wenn man schlank ist, soll es doch zur Geltung kommen...«

»Ja... ja...«, sagte Konrad. »Das werden Sie wohl mit Herrn Professor Waschkuhn vereinbaren...«

»Ich freue mich wahnsinnig darauf, wenn erst mein Bild in der Ausstellung hängt... Die Eröffnung ist immer todschick. Man sieht die neuen Frühjahrstoiletten... Alles ist da... Man trifft viele Bekannte und dann die Überraschung, wenn sie mein Bild sehen... Es wird einfach süß...«

Konrad stellte seinen Feldweg an die Wand und ging mit Henny zurück. Auch Frau Margaret hatte sich wieder an den Tisch gesetzt.

Man wechselte noch einige freundliche Worte, und dann gab Frau Schnaase mit der Versicherung, daß es sehr, sehr schön gewesen sei, das Zeichen zum Aufbruch.

* * *

»Was hat er denn?« fragte Martin, als Konrad verstimmt und nach wortkargem Abschied weggegangen war.

»Weiß man, was junge Leut haben?« erwiderte Frau Margaret.

Als wenn er einen Zusammenhang gesucht oder gar gefunden hätte, sagte Martin unvermittelt:

»Ein schönes Mädel is sie... das muß wahr sein...«

»Was nutzt die schönste Schüssel, wenn nix drin is?«

Das klang feindselig.

Wie die Margaret nur in der kurzen Zeit zu ihrer Abneigung gegen das hübsche Fräulein gekommen war?

Martin war doch dabei gesessen und hatte nichts gehört und nichts gesehen, was ihm aufgefallen wäre. Die Weiber haben ihre Mucken.

Auf dem Heimwege blieb Schnaase bald hinter der Ertlmühle stehen, stützte sich auf den Stock und holte zu einer längeren Rede aus:

»Nu will ich euch mal was sagen. Die alten Leute sind ganz nette Kleinbürger, der Kaffee war famos – aber der junge Mensch gefällt mir nich. Der hat 'n Frost in Kopp, und ich will euch sagen, was mit dem seiner Malerei un Kunst wird. Nischt wird es. Da is kein Ernst in der Sache, wenn einer bei Muttern bleibt un bloß die Leinwand bekleckert und von Schnee und Schornsteinen quasselt.«

Herr Schnaase war im rechten Fahrwasser und benützte den günstigen Umstand, daß seine Karoline beim Steigen außer Atem kam und ihn nicht unterbrechen konnte.

Hinter der Kirche hörte er plötzlich zu reden auf und brach seinen Satz mit einem erstaunten »Nanu!« ab.

Eine aufgeputzte Dame rauschte an ihm vorbei, ein betäubender Duft von peau d'Espagne umschmeichelte seine Nase.

Er wandte sich um und sah die merkwürdige Erscheinung im Hause des Schlossermeisters Hallberger verschwinden.

Nanu?

* * *

Als Henny in ihr Zimmer kam, sah sie einen Brief auf dem Tische liegen. Er trug den Poststempel Altaich. Überrascht und neugierig nahm sie ihn, hielt ihn gegen das Fenster und roch daran.

Er war nicht parfümiert.

Sie riß den Umschlag auf und fand zwei grobgezackte Blätter, die mit großen, genialischen Schriftzügen bedeckt waren.

Sie las:

An das Mädchen mit den hellen Nägeln.

Belangreiche unter den Belanglosen!

Ich pflanze Dir meine Blicke ins Gesicht. Mein Blick reißt deine Augenlider auf. Der völlig Entzündete fängt von der Entflammenden Feuer. Du siehst mich geschwungener Braue an und sprengst meine gedämpfte Existenz.

Ich schäume über und rase; mein Gefäß ist zersprengt. Mädchen mit den hellen Nägeln!

Der Entzündete.

Henny sah mit Vergnügen, daß sie angedichtet worden war von einem ganz Modernen.

Sie hatte die Heroen öfter gesehen, die im Café tote Wände anglotzen und mit blutenden Seelen darüber klagen, daß andere Leute arbeiten.

Von so einem angedichtet zu werden, das war doch rasend interessant!

Wie er sie duzte, frech wie Oskar!

Natürlich waren die Verse von dem Jüngling mit den dunkeln Nägeln, von dem Erotiker ohne Socken.

Am Ende war er wahnsinnig echt Boheme?

Jedenfalls konnte man ein bißchen mit ihm kokettieren, denn mit irgend etwas mußte man sich in dem langweiligen Neste die Zeit vertreiben.

Sie verschloß den Brief in ihrem Koffer.

Ob Tobias Bünzli mehr erhofft hatte?

Ob er geglaubt hatte, daß seine Worte wie züngelnde Schlangen das Mädchen anspringen würden?

Vermutlich nicht.

Denn in Bünzli steckte noch ein starker Rest von solider Winterthurer Nüchternheit.

Eine mäßige Erbschaft und eine hinter der Ladenbuddel aufgequollene Sehnsucht hatten ihn auf die Abwege der neuen Dichtkunst geführt, in der er gleich Meister wurde, ohne Lehrling gewesen zu sein.

Sein Erbteil schwand dahin, und er sah sich im Geiste wieder im Laden stehen.

Aber es war seltsam, wie wenig ihn der Gedanke erschreckte. Ja, manchmal ertappte er sich auf dem Wunsche, es wäre schon so weit.

Vorerst mußte er aber noch gewaltige Werte schaffen und Worte bilden, die junge Mädchen wie züngelnde Schlangen ansprangen.

Neuntes Kapitel

Es war ein ruhevoller Sommerabend. Die Häuser auf dem Marktplatze schlürften durch offene Türen und Fenster frische Luft ein, nach der sie den langen Nachmittag geschmachtet hatten.

Die Uhr auf dem Kirchturme glühte noch unter den letzten Sonnenstrahlen, aber dunkle Schatten, die langsam hinaufkrochen, versprachen ihr erquickende Kühle. Der Brunnen plätscherte lauter, und den Bürgern unter den Haustüren war eine stille Freude auf den Abendtrunk anzusehen.

Vor der Post ging Herr Dierl mit dem Kanzleirate unter ernsten Gesprächen auf und ab.

»Ich muß sagen, ich hab' eigentlich nichts g'merkt. Bis jetzt wenigstens is mir nix aufg'fallen«, sagte Schützinger.

»Sie wern's ja sehg'n, daß i recht hab'. Der Berliner hat was im Sinn, und der fade Kerl da drüben« – Dierl deutete mit dem Stocke nach dem Kaufhause Natterer hin –, »der wepsige Kramer is natürli mit dabei...«

»Was wollen s' denn machen?«

»An Fremdenschwindel ei'führ'n, d' Leut verderb'n, alles in d' Höh treib'n... Ich kenn' de G'schicht'n, weil i s' scho a paarmal erlebt hab'...«

»Vielleicht sehen Sie doch zu schwarz...«

»Na! Na! Verlassen S' Ihnen auf mich!... Ah, gut'n Abend, Herr Posthalter! Sind S' heut recht fleißig g'wes'n?«

»Hat scho sei müass'n ...'s letzte Fuada Korn hamm ma rei...«

Blenninger schnaufte in der Erinnerung an die Anstrengung und wischte sich mit seinem blauen Sacktuche über die sonnenverbrannte Stirne.

Man hörte ein Horn tuten.

Die Altaicher Kühe wurden über den Marktplatz heimgetrieben. Geduldig trotteten sie übers Pflaster; ab und zu sonderten sich etliche vom Haufen ab und bogen in Seitengassen ein.

Dann blies der alte Hüter fest ins Horn zum Zeichen, daß die Stalltüren geöffnet werden sollten.

Dierl sah mit freundlicher Miene auf das Treiben.

»So was tuat oan wohl«, sagte er. »Dös is no was aus der guat'n alt'n Zeit...«

»Ja... ja...«, meinte der Posthalter, »aber...«

»Was aber?«

»Der Zuastand paßt nimmer recht her...«

Blenninger wies auf eine Kuh, die stehen blieb, und indes sie nachdenklich vor sich hinschaute, ein stattliches Andenken fallen ließ.

»No... was is nacha?« fragte Dierl.

»So was paßt si nimmer her...«

»Auweh! Dös hätt' i liaba net g'hört.«

Dierl wandte sich unwillig ab und entfernte sich etliche Schritte mit dem Kanzleirate.

»Spanna S' was? Dös san scho de erst'n Anfäng'. Jetzt hätt' der Lalli aa scho an Graus'n vor'm Landleb'n. A Kurort werd's halt, dös Altaich...«

»Eine Änderung in dem speziellen Punkt wär' ja net so schlimm«, entgegnete Schützinger, den der Vorgang nicht so stark angeheimelt hatte.

»Net? I will Ihna was sag'n. Wenn d' Leut amal de Sprüch' macha vom Ändern und vom Fortschritt, wenn eahna dös Alte ordinär vorkimmt, nacha is's scho g'fehlt...«

»Ich bin ja auch fürs Romantische, aber ich meine, Herr Oberinspektor, es laßt sich auch vom hygienischen Standpunkt aus...«

»Nix! I kenn' d' Leut und i hab' meine Erfahrunga g'macht. Wenn amal de Redensart'n ei'reiß'n von zeitgemäß und Fortschritt, nacha verschwindet der solide Geist...«

Die Kühe waren weiter getrottet, und aus der Ferne hörte man zuweilen den Hüter blasen. Die verklingenden Töne erregten in Dierl eine wehmütige Ahnung, daß es bald aus sein werde mit alten Bräuchen und alter Biederkeit.

Über den Platz herüber kam Martl und schlenkerte einen leeren Maßkrug, daß der Deckel auf- und zuklappte. Er pfiff vor sich hin und schritt daher wie das Sinnbild des altbayrischen Feierabends.

In Dierls Gemüt fiel ein Sonnenstrahl, als er den von aller Neuzeit unberührten Hausknecht sah, und er fingerte in der

Westentasche an einem Markstück herum. Doch er gewann seine Besonnenheit wieder und zog die Hand leer zurück.

Martl hatte den Seelenkampf bemerkt, denn Hausknechte sind scharfblickend, und ihre Beobachtungsgabe ist nicht gering.

Er wunderte sich auch nicht über den kläglichen Ausgang, denn er und sein Freund Hansgirgl betrachteten den Inspektor als notigen Hund. Deswegen achtete er nicht auf die landsmännische Freude Dierls und schlurfte ohne Gruß ins Haus.

»Wie lang' is der Martl schon bei Ihnen?« fragte Dierl den Posthalter.

»Da Martl? A vierz'g Jahr g'wiß. Er is scho als Bua herkemma...«

»Das is noch einer von der alt'n Garde. Solchene gibt's nimmer viel.«

»... Ja ja ... ko scho sei«, sagte Blenninger trocken und schenkte seine Aufmerksamkeit einem aufgedonnerten Frauenzimmer, das gerade auf dem Bürgersteige daher kam.

Als wollte es ihnen die ganze Verdorbenheit der neuen Zeit vor Augen führen, so rauschte es an den kernigen Altbayern vorüber und warf aus untermalten Augen verächtliche Blicke auf sie.

Der Kanzleirat schaute ihm verblüfft nach, und Dierl rief: »Ja, was waar denn jetzt dös! Wia kimmt denn so was hieher?«

»Is ja a hiesige...«, sagte der Blenninger.

»De...?«

»Von hier?« fragte Schützinger. »Das kann man ja gar net glaub'n...«

»Wenn i's Eahna sag'! D' Hallberger Marie is; an Schlosser Hallberger sei Tochta...«

»In an solchan Aufzug?« staunte Dierl.

»Sie is beim Theata oder halt bei so a 'ra Gaudi und Schlawinag'sellschaft in Berlin drob'n. Seit etli Tag is s' dahoam. Wahrscheinli is ihr der Diridari ausganga, sonst waar de wohl net hergroast...«

Der Kanzleirat war nachdenklich geworden.

»Eine Dame vom Theater is sie? Das is eigentli sehr merkwürdi, wenn ma denkt, aus Altaich... Und ein Schlosser is ihr Vater...? Is er vielleicht der Schlosser grad gegenüber von der Kirch...?«

»Ganz richti... der is. Der Hallberger...«

»M... hm...«, machte Schützinger. »Ich find', es is eigentlich sehr merkwürdi...«

»Und des merkwürdigst is, daß anständige Bürgersleut eahna Tochter zu a 'ra Gaudig'sellschaft geh' lass'n...«, sagte Dierl. »Dös hätt's früher all's net geb'n. Da hamm S' Eahna geliebte Neuzeit!« wandte er sich an Blenninger.

»I? Was geht denn mi d' Neuzeit o?«

»Sie san aa scho o'g'steckt... Wia S' voring daher g'redt hamm weg'n de Küah...«

»Ah so...«

»Was sind denn diese Hallberger für Leut?« fragte Schützinger.

»Der Hallberger? Ja, er is amal a ganz a richtiger Mensch und hat an Ansehg'n hier. Da fehlat nix. Aber *sie* halt! Sie is a verruckte Heubod'nspinna; als Muatta scho gar nix wert. De hat dös Madl so dumm herzog'n. Zu der Arbat is s' z' nobl g'wen von kloa auf, und all's hat sie dem Fratz'n hi'geh' lass'n... no ja, jetza siecht ma's scho...«

»Also! Was sag' i denn? Da hat ma den Beweis, was rausschaugt dabei, wenn ma dös Alte, dös Solide nimma reschpektiert... Dös is der Zeitgeist! I bin froh, daß i net no mal jung sei muaß... Was is, Herr Kanzleirat? Genga ma nei zum Ess'n?«

»Ich hab' no kein recht'n Appetit und möcht' noch a bissel spazier'ngeh'n...«

»Viel Vergnüg'n! I geh' zu meiner Hax'n...«

Dierl ging ins Haus, und Schützinger schlenderte über den Platz und schaute angelegentlich in die Auslage des Kaufmanns Natterer, bis er sich durch die Spiegelung in der Fensterscheibe überzeugt hatte, daß auch der Posthalter weggegangen war.

Nun eilte er mit rascheren Schritten den Platz hinunter und bog in die Kirchgasse ein.

Eine süßliche Witterung von Parfüm zeigte ihm an, daß er auf der rechten Fährte war.

Kurz vor der Kirche nahm er die gemächlichste Gangart an und spielte zierlich mit seinem Stocke.

Er betrachtete das Portal aufmerksam, wie ein gewiegter Kenner von Barock und Rokoko; er trat zurück, um das Gesamtbild auf sich wirken zu lassen, und trat wieder näher, um die Einzelheiten zu mustern.

Dabei verlor er das Hallbergerhaus nicht aus den Augen, und er sah, daß die Dame vom Theater an ein offenes Fenster des ersten Stockwerkes trat und mit hochgezogenen Brauen zur Turmuhr hinaufschaute, um die Zeit auf ihrer Armbanduhr damit zu vergleichen.

Er bemerkte, daß ihr Blick den Turm herunter auf einen jugendlichen Kanzleirat glitt und auf ihm ein wenig haften blieb.

Er hörte sie ein Lied trällern.

Viens poupoule, viens poupoule, viens!

Er kannte es nicht, aber es kam ihm ansprechend frivol vor.

Die Dame lächelte und trat vom Fenster zurück.

Das rußige Lehrbubengesicht, das hinter einer Fensterscheibe zur ebenen Erde auftauchte und aus dem zwei lustige Augen sich auf ihn richteten, sah der Herr Rat nicht. Ihm genügten seine anderen Beobachtungen, die so stark auf ihn wirkten, daß seine Beine die auf Kanzleistühlen verlorene Beweglichkeit wiedergewannen und jugendlich tänzelten. Sie behielten das bei, als der Herr Rat heimkehrte und in die Gaststube trat, so daß Dierl erstaunt aufsah und fragte:

»No... no! Was hamm denn Sie heut für an Schwung?«

»Ich sag' Ihnen, Herr Oberinspektor, so ein Spaziergang erfrischt ungemein«, antwortete Schützinger und setzte sich quecksilbern lebhaft auf seinen Platz.

* * *

Ja, es ist schön, in einer lauen Sommernacht durch hochstehende Ährenfelder zu gehen. Die Halme streifen das Gewand, und nichts ist zu hören als das Geräusch der eigenen Schritte. Weite Flächen liegen im bleichen Mondlicht, und daneben sind tiefe, dunkle Schatten.

Drohend ragen gewaltige Massen vor einem auf, und sind harmlose Bäume, wenn man näher kommt.

Seitab vom Wege liegt zusammengekauert und verschlafen ein Bauernhaus; kein Licht brennt mehr darin.

Alles ist müde von Arbeit in tiefe Ruhe versunken.

Die Schritte knirschen über Kies, hallen lauter über hölzerne

Stege. Aus dem Dunkel führt der Weg über flutendes Licht wieder ins Dunkle und Ungewisse. Allmählich werden die Formen von Baum und Strauch vertrauter; ein Geländer, ein Feldkreuz sind alte Bekannte und zeigen die Nähe der Heimat an.

»Gut'n Abend, Herr Konrad!« sagte freundlich ein Mädel, das auf einer von den neuen Ruhebänken gesessen war und nun aufstand.

»Guten Abend!« wünschte er zurück und ging weiter.

»Genga S' scho hoam?« fragte das Mädel und folgte ihm.

Konrad blieb stehen. »Wer sind Sie denn?«

»Kenna S' mi nimmer?«

»Nein, in der Dunkelheit nicht.«

»I bin do d' Noichl Kathi...«

»Ah so! D' Fräul'n Noichl!«

Er sagte es so, als wäre er nun ganz im reinen, und doch wußte er wenig oder nichts von der rundlichen Tochter des Konditors Noichl.

Es fiel ihm auch nicht weiter auf, daß sie so spät noch um den Weg war.

»Ah gengan S', sagen S' doch net Fräulein zu mir! Wissen S' nimma, wie ma no mitanand' in d' Schul ganga san?«

Konrad erinnerte sich an ein dickes, gutmütiges Mädel, das immer die Taschen voll Eiszucker und Himbeerbonbons gehabt und freigebig ihre Schätze verteilt hatte. Es war kein vorteilhaftes Bild, das er im Gedächtnis trug, denn dem Mädel waren von vielem Naschen die Zähne schlecht geworden, und seine kleinen Augen waren zwischen dicken Backen eingeklemmt gesessen. Ob sich daran was geändert hatte, ließ sich beim Mondlicht nicht unterscheiden.

»Dann sag' ich Kathl, wie früher.«

»Ja, dös tean S'!« Fraulein Noichl schmiegte sich voll Freude an Konrad, der merken konnte, daß sie die Rundlichkeit erhalten und weiter entwickelt hatte.

»Kommen S' g'wiß vom Mal'n?«

»Ja. Ich war in Riedering. Aber, wo kommen eigentlich Sie her?«

»I? Von dahoam.«

»Da sind S' aber spät d'ran.«

»Jessas! Geln S'? Aber i ko nix dafür. I bin nach'n Ladenschluß spazier'n ganga, und so müad bin i g'wen, und so hoaß is g'wen, und da hab' i mi auf a Bank g'setzt und bin ei'g'schlaf'n. Auf oamal bin i aufg'wacht, wia Sie kemma san. I bin fei beinah' derschrock'n.«

»Vor mir?«

»Ah, gengan S'!« Kathl schmiegte sich an. »Na, i bin derschrock'n, weil's so spat g'wen is. Jessas! Was müass'n Eahna Sie am End' denk'n?«

»Nix.«

»Sie sagen's halt net. Vielleicht denken S' Eahna, daß i auf wen g'wart' hab'?«

»Na. Ich glaub's Ihnen schon, daß Sie eing'schlafen sind.«

»Aba g'wiß? Dös is des erstemal im ganz'n Summa, daß i auf d' Nacht spazier'n ganga bin. Weil's so hoaß war im Lad'n.«

Konrad ging weiter, ohne zu antworten.

»Gengan S' oft nach Riedering ummi?«

»Hie und da.«

»I tat Eahna gern beim Mal'n zuaschaug'n. Derf i net?«

»I kann's Ihnen net verbiet'n.«

»Ah geh, Sie müassen ma's extra verlaab'n.«

»I erlaub's Ihnen schon, wenn's Ihnen Spaß macht.«

»I möcht's halt gern sehg'n. Vielleicht malen S' morgen in da Näh'?«

»Morgen? Da will ich nach Sassau nüber.«

Kathi überlegte. »Vielleicht, wenn d' Muatta im Lad'n bleibt. I müaßt halt an Ausred' find'n.«

»Am End' is doch g'scheiter, Sie wart'n, bis ich in der Näh' arbeit'.«

»Ah gengan S'! Eahna is net recht, wenn i kimm.«

»Ich hab' nix dageg'n, Kathl.«

»Da müassen S' mir aber a Botschaft schick'n, sunst woaß i 's ja net, wann i zuaschaug'n derf.«

»Schön. Also, wenn amal G'legenheit is...«

»Amal!« rief Kathi schmollend. »I siech scho, Sie wollen's net hamm und sag'n grad a so.«

Konrad wußte nichts Rechtes zu antworten, und da wurde auch Kathi still.

Vielleicht kam es ihr so vor, daß Gefühle nicht so leicht anzubringen waren wie ehedem Eiszucker und Himbeerbonbons. Sie dachte darüber nach, warum denn ihr alter Schulkamerad gar nichts spannen wollte, und sie konnte bloß den einen Grund finden, daß sich schon eine andere einloschiert habe.

Darum sagte sie offenherzig, wie einmal ihre Natur war:

»I woaß scho, Eahna g'fall'n g'rad die Berlinarinna.«

Konrad lachte.

»Wie kommen S' denn auf so was?«

»I woaß 's halt. D' Postfanny hat's aa g'sagt.«

»Die muß 's ja wiss'n.«

»Weil s' Eahna scho öfter g'sehg'n hat mit de Summafrischla.«

»So?«

»I hab' Eahna scho aa g'sehg'n, wia S' auf und ab spaziert san damit.«

»Hamm Sie so gute Aug'n, Kathl?«

»Dös hat ma scho sehg'n müass'n. Sie san ja lang' gnua damit ganga.«

»Mir gehen ja auch miteinand'. Noch dazu bei der Nacht.«

»Ah gengan S'!«

»Is 's net wahr?«

Kathi kicherte.

»Wer woaß, was Sie von mir denk'n? Am End' glauben S' gar was!«

»Was?«

»Daß i mit Fleiß auf Eahna g'wart' hab'. Sie san scho so ei'bilderisch...«

Leider war Konrad nicht einbilderisch. Über die Bachbrücke ging er voran, ohne etwas zu sagen.

Da mußte es Kathi wieder an einem andern Zipfel anfassen.

»Mir g'fallt fei de Berlinarin gar net«, sagte sie.

»Net?« lachte Konrad.

»Na! Gelbe Haar hat s', und so mager is. An dera is gar nix dro. Und i glaab, daß s' recht stolz is. D' Fanny hat aa g'sagt, daß s' so g'schupft is. Mit dera gehet i fei net...«

»So, Kathl«, sagte Konrad, »da bin ich daheim. Gut' Nacht!«

»Begleiten S' mi net no a bissel?«

»Es geht net, meine Leut' wart'n auf mi.«

»Mitt'n bei da Nacht?«

»Grad desweg'n, d' Mutter hätt' am End' Angst.«

»Sie san oana! Jetzt soll i in da Dunkelheit alloa geh'!«

»Sie kennen doch den Weg. Und da vorn is glei wieder mondlicht. Also gute Nacht!«

»Gut' Nacht!« sagte Kathi kleinlaut. Eigentlich hätte sie bös sein müssen, aber das brachte sie nicht fertig. »Herr Konrad!« rief sie dem ungalanten Menschen nach.

»Was?«

»Wann schicken S' ma denn a Botschaft, daß i zuschaug'n derf?«

»In de nächst'n Tag'.«

»Aba g'wiß!«

»Jawohl. Gut Nacht!«

Seine Schritte verhallten, und Kathi mußte sich entschließen, allein heim zu gehen.

Der Weg war recht einsam, und es kamen ihr alle möglichen Gedanken. Ängstliche und andere. Busch und Strauch warfen tiefe Schatten über den Weg. Überall hätte man unbemerkt stehenbleiben können, und kein Mensch wäre einem um die Zeit begegnet.

Aber es war schon so, daß sich der junge Maler die g'schupfte Berlinerin einbildete. Und es war abscheulich, daß eine Schulkameradin, die vor vielen Jahren ihre Taschen ausgekramt hatte, um dem Konrad liebreich zu sein, wegen einer zugereisten Person hintan gesetzt wurde.

Ach! Und so lau und schön war die Nacht, und Johanniskäfer flogen herum, daß es wie Lichterschein in den Haselnußstauden aufblitzte.

Kathi seufzte wieder und noch etliche Male und eilte auf dem Staffelweg hinter den Häusern zum Marktplatz hinauf.

Alle Fenster waren dunkel. Bloß beim Natterer hinten hinaus brannte ein Licht.

Sie eilte vorbei und schlich daheim über die leise knarrende Stiege in ihr Zimmer.

Sie schaute noch eine Weile zum offenen Fenster hinaus in die stille Nacht.

Irgendwo schrie eine Katze.

Wenn es ein Kater war, dann hatte er mehr Gefühl wie ein gewisser Maler.

* * *

Das Licht, das noch bei Natterer brannte, stand auf dem Tische, um den die Familie Hobbe saß. Es mußte etwas Bedeutendes geschehen sein, denn Vater, Mutter und Tochter hatten leuchtende Augen, und jedes drückte auf seine Art die gehobenste Stimmung aus.

Der Professor strich seinen Bart und sah zur Decke empor, als könnte sein Blick durch sie hindurch zu fernen Höhen dringen. Frau Mathilde blickte verklärt den Gatten an, und das Töchterchen sah so aus, als wäre der Geist der Kunstgeschichte über es gekommen.

»Horstmar, – also wirklich?«

»Ja, Mathilde.«

»Laß sehen, wieviel Uhr es ist! Zehn durch, du glaubst, in einer halben Stunde?«

»Längstens in einer halben Stunde. Ich werde nur mehr die beiden Schlußsätze niederschreiben.«

»Dann also wirklich! Altaich am letzten Juli, nachts halb elf.« Frau Mathilde sprach es halblaut vor sich hin, und ein stolzes Lächeln spielte um ihren Mund. Sie stand auf und trat ans offene Fenster. Da unten lagen im Dunkeln die Häuser Altaichs. Menschen schliefen hinter ihren Mauern unter dicken Bettdecken, Menschen schnarchten in ihnen, Menschen träumten in ihnen irgend etwas Kleinliches, etwas unsäglich Bedeutungsloses. Ihnen war es eine Nacht wie jede andere. Wenn sie erwachten, gingen sie wieder an ihre unsäglich bedeutungslose Arbeit. Hier oben aber brannte ein Licht und leuchtete weit hinaus über die gebildete Menschheit.

»Horstmar, ob jemand in diesem S...städtchen jemals erfahren oder wissen wird, welches Buch hier vollendet wurde? Am 31. Juli, nachts halb elf Uhr?«

»Ich glaube es nicht, Mathilde. Es liegt doch der Gedankenwelt dieser Menschen zu ferne.«

»Die Armen! Man fühlt unwillkürlich Mitleid mit Menschen, die immer im Dunkel leben.«

»Gewiß, Schatz. Das ist ein natürliches Gefühl. Wir dürfen uns aber der Hoffnung hingeben, daß in einer fortgeschrittenen Epoche die quantitativen wie die qualitativen Bestrebungen zum Geistigen größer werden, und daß die geistigen Gesamtströmungen auch über diese Dämme treten werden.«

»Glaubst du?«

»Gewiß! Die Grenzen jeder Epoche werden weiter hinausgeschoben oder, wie man vielleicht richtiger sagen sollte: jede Epoche schiebt ihre Grenzen weiter hinaus.«

Frau Mathilde atmete tief auf und sagte zu ihrem Töchterchen: »Komm! Nun wollen wir Papa gute Nacht sagen. Und merke dir als Erinnerung für das Leben, er vollendet in dieser s ... stillen Nacht sein Werk: Über die Phantasie als das an sich Irrationale.«

»Ja, Mama!« sagte Tildchen und hüpfte zum Vater. Es hauchte einen Kuß auf seine große, bleiche Denkerstirne.

»Gute Nacht, Papa!«

»Gute Nacht!« sagte er schon etwas zerstreut, denn die Schlußsätze arbeiteten mächtig in ihm.

Seine Frau, mit dem Zustande vertraut, strich ihm über das Haar und entfernte sich lautlos.

Eine Weile brütete Hobbe vor sich hin, dann erhob er sich mit einem raschen Entschlusse und schöpfte tief Atem.

Nun trat er auch ans Fenster.

Der volle Mond hatte sich über das Dach der Nachbarscheune heraufgeschoben und schaute mit stumpfer Neugierde in die Stube des Gelehrten hinein.

So, als wollte er fragen: »Was machen denn Sie eigentlich?«

Dabei sah er nicht aus wie ein geistspendender Himmelskörper, sondern wie ein Spießbürger, der mit breitem Lachen Geheimnisse beobachtet und sich an Geschehnissen in Mägdekammern mehr ergötzt, als an der Vollendung eines großen kunstgeschichtlichen Werkes.

Kein Wunder, wenn man Jahrtausende hindurch Gemeinheiten sieht, die mit aufdringlicher Deutlichkeit geschehen, während sich das hohe Geistige im Verborgenen vollzieht.

Verzerrte nicht der alte Kenner der Menschen und ihrer Torheiten höhnisch sein Maul?

Hobbe hatte genug von seinem Anblicke und schob den Vorhang vor.

Er legte feierlich einen Bogen Papier vor sich hin, den letzten von so vielen, denen er sein Tiefstes anvertraut hatte.

Er tauchte die Feder ein und schrieb mit markigen Zügen:

»Das zum Minimum gebrachte Künstlerische ist das stärkste Abstrakte, das zum Minimum gebrachte Gegenständliche ist das stärkste Reale. Das quantitative Minus des Abstrakten ist gleich seinem qualitativen Plus!«

Darunter schrieb er mit großen Buchstaben: Finis, und machte einen mächtigen Schnörkel daran.

Nun holte er aus der Kommode das ganze dickleibige Manuskript hervor und ließ die tausend Blätter liebkosend durch seine Finger gleiten.

Das Quantitative entzückte ihn. Es war viel Papier und alles eng beschrieben.

Zwischen dem ersten Worte und dem Finis lagen acht Jahre, achtmal dreihundertfünfundsechzig Tage, von denen jeder ausgefüllt war mit den Gedanken an dieses Werk.

Zwischen dem ersten Worte und dem Finis lagen schmerzliche Wehen, frohe Entbindungen, Blutleeren im Gehirne, Störungen der Assoziationszentren, verzagte Stunden und jauchzende Erfüllungen.

Und was lag nun vor ihm?

Die Umwälzung der Kunstbegriffe.

Hobbe stand wiederum auf und lüftete den Vorhang.

Aber der Mond war weggezogen.

Er hatte den historischen Moment nicht abgewartet, sondern war auf die Suche nach irgendeiner Banalität gegangen.

Mochte er!

Hobbe horchte hinaus. Die Nacht war feierlich still, in der dieses die Grundfesten des Alten erschütternde, die Welt demnächst mit Lärm erfüllende Werk vollendet worden war.

So berührte ihn die Ruhe beinahe seltsam.

Aber horch! Das klang wie Menschenstimmen. Von dem Bauernhause neben der Scheune schien der Klang herzukommen.

Wer mochte es sein, der in dieser weihevollen Stunde so nahe der geistigen Geburtsstätte weilte?

Hobbe beugte sich aus dem Fenster und lauschte.
Ein leiser Piff.
»Liesei!«
»Was?« fragte eine weibliche Stimme.
»Schmeiß ma mei Schiläh oba! I hab's drommat lieg'n lass'n!...«
»Da! Host as?«
»Jawoi. Guat Nacht, Liesei!«
»Guat Nacht, Flori! Kimmst morg'n wieda?«
»Ko leicht sei. Pfüad di!«
Hobbe trat zurück.
Er verstand den Dialekt zu wenig, um den ganzen, ungeheuerlichen Kontrast, in dem das Gespräch zu seiner Welt und zu diesem Erfüllungsmoment stand, würdigen zu können.
Er merkte nur, daß etwas Bedeutungsloses, etwas niedrig Irdisches gesprochen worden war.
Durch so etwas wollte er sich nicht in seiner Stimmung stören lassen. Er löschte langsam und feierlich die Lampe aus und ging ins Schlafgemach.
»Horstmar, ist es soweit?«
»Ja, Mathilde.«
Dann schliefen auch diese Glücklichen.

Zehntes Kapitel

Als Gustav Schnaase in die Gasse einbog, um ganz von ungefähr beim Schlosser Hallberger vorbeizukommen, sah er den Kanzleirat Schützinger vor der Kirche stehen.

»Sie hier?« fragte er ihn mit schlauem Augenzwinkern, das der würdige Beamte nicht zu verstehen schien, denn er sagte:

»Wissen Sie, dieses Portal is nämlich sehr interessant. Ich möcht' bloß wissen, ob unser Münchner Asam in gewisser Beziehung dazu steht...«

»Das is mir schnurz un piepe, Herr Kanzleirat. Für olle Klamotten habe ich für meine Person nischt übrig. Und vielleicht interessieren Sie sich auch 'n bißchen für so was?...« Er plinkerte nach dem gegenüberliegenden Hause, wo Mizzi Spera am offenen Fenster in einem Buche las.

»Wieso?« fragte Schützinger.

Aber seine Zurückhaltung hielt nicht stand vor dem humorvollen Augenspiele Schnaases, und er verzog den Mund zu einem vielsagenden Lächeln.

»Die Dame soll beim Theater sein. In Berlin...«, sagte er.

»Aha! Auch schon Erkundigungen eingezogen! Spiegelberg, ich kenne dir! Und mir wollense was erzählen von ollen Portalen!«

»Ich hab' durch einen bloßen Zufall...«

»Jawollja...«

»Glauben Herr Schnaase, daß eine Annäherung überhaupts im Bereich der Möglichkeit liegt?«

»Bereich der Möglichkeit? Hören Sie mal, verehrter Herr Kanzleirat, Sie sind das, was ich ne komplizierte Natur nenne, und Sie haben starke Hemmungen, wie man zu sagen pflegt. Glauben Sie zum Beispiel, daß die junge Dame wirklich liest, oder sind Sie nich auch davon überzogen, daß sie uns aufs genaueste beobachtet?«

»Herr Schnaase scheinen ein gewiegter Kenner zu sein?«

»Man hat manches erlebt und gesehen und is mit Spreewasser getauft...«

»Es wär' vielleicht sehr int'ressant, wenn man mit dem Fräulein in ein Gespräch kommen könnt'.«

»Na, sprechen Sie sie doch an... Sehense nur, sie lächelt...«
»Ich hab' das auch schon in Erwägung gezogen, aber – erstens, man weiß halt doch nicht g'wiß, ob die Dame selbst... net wahr... eine derartige Freiheit hinnimmt, und zweitens, ob nicht die Eltern... net wahr... einen solchen Schritt übel auffassen...«
»Was ich Ihnen sage, Herr Kanzleirat, Sie leiden an Hemmungen. Denn erstens, nich wahr, is es klar, daß sich das Mädchen langweilt, und Langeweile is jut für unsere Pläne... un zweitens is es ausgemacht, daß sie keine zarten Rücksichten auf ihre Familie nimmt, sonst wäre sie vermutlich nich zum Bummstheater gegangen. Überhaupt: Familie spielt keine Rolle bei so was.«
»Man sollte es allerdings glauben...«
»Und Ihre letzten Zweifel werden bald behoben werden. Ich will mal das Terräng erkundigen...«
»Herr Schnaase, wollen wirklich...?«
»Ja, *ich* studiere hier nich Portale. Ich gehe jetzt in den Laden und werde schon sehen. Kommen Sie mit?«
»Ich weiß net, ob...«
»Herr Kanzleirat! Unter meiner Führung können Sie noch ganz andere Expeditionen unternehmen... sehense, sie lächelt... Ich kann doch im Laden 'n Vorhängeschloß kaufen oder so was. Immer rin ins Vergnügen!«
Schnaase ging flott voran; Schützinger folgte zögernd. Die Ladenglocke läutete schrill, und eine dicke Frau kam, die freundlich lächelte und die fremden Herren begrüßte.
»Sagen Sie mal, kann ich mir'ne Eisenspitze an meinen Spazierstock machen lassen? Hier geht das immer so bergauf und ab, und da is mir die Beinzwinge doch zu schwach...«
»Eine Eisenspitz' woll'n der Herr?«
»Ne tüchtige Spitze, daß man in diesem sogenannten Voralpenlande sich ornd'lich drauf stützen kann...«
»Ich glaub' schon, daß ma dös mach'n kann.«
»Glauben Sie? Bong! Und wie lange dauert das wohl?«
»Leider is mein Mann g'rad heut' net daheim, aber i kann ja an G'sell'n frag'n...«
»Ihr Mann is nich zu Hause?«
»Leider net. Er hat a G'schäft in Piebing beim Klaiberbräu...«
»So? Na, dann komme ich 'n andersmal vorbei...«

»Aber da G'sell wisset dös scho auch...«
»Nee, so pressant is die Sache nich. Ich spreche nächstens wieder vor... ja... was ich noch fragen wollte! Wohnt nich bei Ihnen eine Dame aus Berlin?«
»Eine Dame aus...«
»Ich bin nämlich selbst Berliner, und ich hörte zu meinem freudigen Erstaunen, daß hier 'ne bekannte Künstlerin...«
»Dös is ja mei Marie! Der Herr meinen mei Tochta!« rief die Hallbergerin freudestrahlend... »Am End' kennen der Herr mei Tochta?«
»Persönlich habe ich leider nich den Vorzug... aber darf ich fragen, wie is denn nu gleich der Name?«
»Marie Hallberger.«
»Hallberjer... Hallberjer... ich muß doch den Namen gehört haben...«
»Als Künstlerin hoaßt si mein Marie net a so... do hoaßt sa si Mizzi Schpera...«
»Na also! Na natürlich! Unsere Mizzi Spera!«
Schnaase rief es so laut, als feierte er ein freudiges Erkennen.
»Wenn da Herr an Aug'nblick wart'n woll'n, nacha ruf' ich ihr...«
»Sehr verbunden.«
Die Hallbergerin eilte aus dem Laden, und Schnaase lächelte dem Kanzleirate zu.
»Na – was sagense nu?«
»Sie haben scheinbar eine große Übung in solchen Affären.«
»'n Schlummerkopp war ich nie, da könnense ruhig Gift druff nehmen. Übrigens unter uns. Die Bummsdiwa hat doch auf den Momang gewartet! Oder glaubense wirklich, sie hat Schillern gelesen?«
Mizzi Spera trat ein. Das heißt, sie trat auf.
Ihr Gesicht hatte einen hoheitsvollen, abweisenden Ausdruck; die Brauen waren zusammengezogen, eine Falte stand senkrecht über der Nasenwurzel. Man sah, daß eine Künstlerin nicht so mir nichts dir nichts zu sprechen war.
Der strenge Zug milderte sich, als Mizzi in Herrn Schnaase den echten Vertreter einer Lebensfreude erkannte, die nach Mitternacht im Friedrichstraßenviertel unter schiefsitzenden Zylin-

derhüten aufblüht. Er verschärfte sich wieder, als sie den Kanzleirat ansah.

Ungebügelte Hose, Banausenschuhe; Buchhalter – Beamter.

»Sie wünschen?« fragte sie eisig.

»Ich konnte es mir nicht versagen, unserer berühmten Mizzi Spera meine Aufwartung zu machen, und meine Huldigung darzubringen. Ich bin nämlich aus Preußisch-Berlin und begrüße den glücklichen Zufall, der mir hier in dieser verlassenen Ecke eine Gelegenheit bietet, nach der ich in Berlin vergeblich geschmachtet habe... übrigens gestatten Sie... Rentier Schnaase... nee wirklich, ich mußte ausgerechnet nach Altaich kommen, um endlich die Freude zu erleben...«

Schnaase hätte seinen Satz noch so lang gezogen wie flüssigen Zuckersaft, aber sein Gefährte trat vor und verbeugte sich, wie er es vierzig Jahre vorher in der Tanzstunde gelernt hatte.

»Erlaube mich vorzustellen, Kanzleirat Schützinger, im Ministerium des Innern aus München...«

»Nehmen Sie bitte Platz!« sagte Mizzi Spera mit einem müden Augenaufschlage. »Ach ja... es sind wohl keine Stühle hier?«

Die Hallbergerin, die entzückt daneben stand und sich innerlich fragte: »Jessas! Wo 's no g'rad dös Madl her hat?« sagte dienstbeflissen: »I hol' glei a paar Sessel eina.«

»Nicht in den Laden!« entschied Mizzi. »Man muß den Banausen nicht Anlaß zu törichten Reden geben. Wir wollen ins Gartenhaus gehen...«

»Wie Gnädigste befehlen...«

»Ich woaß net«, fiel die Hallbergerin ein, »da sechat ma von da Werkstatt aus nei, und da hätt' bloß der Lehrbua allaweil d' Nas'n am Fensta. Mir gengan ins Wohnzimmer nauf, wenn de Herr'n Zeit hamm...«

»Gut! Begeben wir uns in den ersten Stock!« sagte Mizzi mit einem einladenden Verneigen des Hauptes.

Man begab sich ins Wohnzimmer, und der noch unverdorbene Schützinger hatte in dem bürgerlichen, sauberen Zimmer doch das Gefühl, daß sein Abenteuer nicht recht in die Umgebung passe.

Das große Lederkanapee, auf dem er neben Schnaase Platz nahm, seufzte unter den leichtsinnigen Besuchern, denn es gehörte zum Ausrasten nach ehrlicher Arbeit. Über der Kommode hingen Bilder von alten Hallbergern, die aus hohen Krägen ihre geröteten, ehrbaren Gesichter hoben und ihn ebenso strafend anschauten wie die alten Hallbergerinnen, die Riegelhauben trugen und gewiß kein Verständnis hatten für fremde Männer und ihre Lüderlichkeiten.

Dazwischen hing ein Spiegel, der dem Kanzleirate das Bild eines erhitzten alten Herrn zurückwarf, der für Dummheiten nicht mehr jung genug war. Er rutschte unbehaglich vor und wischte sich mit dem Taschentuch über die Stirne.

Aber was war dieser Schnaase für ein gewandter Großstädter! Die Rede floß ihm von den Lippen, und er wußte nichts von Bedenken, die langjährige Bürovorstände am richtigen Sichausleben verhindern.

»Nu sagen Sie mal bloß, Gnädigste, was machen Sie hier? Haben Sie sich hieher zurückgezogen, um in Einsamkeit und Stille die Sachen zu studieren, mit denen Sie uns Berlinern die Köppe verdrehen? Ich hätte Sie doch nur in 'nem Seebad gesucht. In Norderney oder auf Westerland...«

»Seebäder liebe ich nicht«, erwiderte Mizzi. »Der Ton ist mir, aufrichtig gestanden, zu frivol, und gerade als Künstlerin ist man peinlichen Aufmerksamkeiten zu sehr ausgesetzt.«

»Ach ja... Sie denken an Badekostüm, aber sehen Sie mal...«

»Ich finde es genant, in dem Kostüm beobachtet zu werden. Diese Herren mit Feldstechern finde ich unausstehlich.«

»Aber Gnädigste, das is doch nich so schlimm!« sagte Schnaase flehend. »Warum soll man nich ein ganz kleines bißchen die Nixen bewundern dürfen, die...«

»Chacun à son goût! Ich kann es nun mal nicht ertragen.«

Es lag soviel Hoheit in ihrem Tone, daß sich die Mutter wiederum wundern mußte.

»Jessas! Jessas! Wo 's no g'rad dös Madl her hat?«

»Ich gebe zu«, sagte Schnaase, »daß Gnädigste hier ungestörter leben, aber die Menschheit hat doch 'n Recht darauf, die mondänen Schönheiten zu sehen.«

»Vielleicht. Aber wir haben auch das Recht, uns von den Anstrengungen der Säson zu erholen. Ich wollte sogar ursprünglich nach Zoppot...«

»Zoppot! Da schlag eener lang hin! Das is doch mein gewohnter Aufenthalt! Das wäre nu wirklich Pech gewesen, Sie an der Ostsee und ich hier am Ufer des... na, wie heißt der Tümpel?«

»Sassauer See«, half der Kanzleirat aus.

»Am Ufer des Sassauer Sees... nee, da hat mich nu doch der Zufall nich so aufsitzen lassen.«

»Zufälle spielen oft seltsam«, sagte Mizzi. »Aber Mama, könnten wir den Herren nicht mit Kaffee aufwarten?«

»Nur keine Störung, meine Damen! Wir kommen Ihnen da hereingeschneit...«

»Wegen mir wirklich nicht!« rief auch Schützinger.

Die Hallbergerin war aber schon Feuer und Flamme.

»Na... na! Die Herr'n kunnt'n ja glaab'n, mir wiss'n net, was si g'hört! I mach gschwind an Kaffee, und an Lehrbuabn schick i zum Noichl nüber um a Tort'n...«

»Nee, verehrte Frau Hallberjer...«

»Mir wiss'n do, was si g'hört...«

Mizzi warf der Alten einen so fürchterlichen Blick zu, daß sie rasch in die Küche wegeilte.

Als sie draußen war, fühlte Schnaase sich verpflichtet, ein wenig unternehmend zu werden, damit der Kanzleirat merken könnte, was ein Lebemann sei.

Er sprang vom Kanapee auf und drückte feurige Küsse auf die ringgeschmückte Hand der Bummsdiwa.

»Mein Herr!«

»Nur bewundernde Verehrung, Gnädigste!«

»Behalten Sie, bitte, Platz!«

»Wie Sie befehlen. Aber Sie glauben ja gar nich, wie ich von diesem Zusammentreffen entzückt bin. Ich sage mir, das is nich Zufall, das hat so kommen müssen. Glauben Sie nich?«

»Das Schicksal führt uns oft eigene Wege«, erwiderte Mizzi.

Aber Konversation war nicht das, was Schnaase wollte. Und dem Knautschenberger, der neben ihm saß, mußte er doch ein Licht aufstecken.

»Liebes Kind«, sagte er zärtlich, »nu sagen Sie mal aufrichtig, was Sie in dieses schauderhafte Nest geführt hat? Dalles – was?«

Blitzschnell streifte ihn ein Blick.

»Ich verstehe nicht, was Sie meinen...«

»Na, Kleine, tun Sie man nich so!«

»Mein Herr!«

»Sehen Sie, wenn ich das Glück gehabt hätte, Sie in Berlin kennen zu lernen, dann wären wir ganz bestimmt nich hier...«

Mizzi verstand nicht, aber Schnaase sprang wieder lebhaft auf und bedeckte ihren Arm bis zum Ellenbogen mit Küssen.

Dem Kanzleirat wurde es peinlich zumute. Er fürchtete, daß die Dame in starke Entrüstung geraten werde, aber sie wies den stürmischen Berliner bloß auf seinen Platz zurück.

Freilich mit tiefem Ernste.

Und um ihn zur Besinnung zu bringen, erzählte sie, daß sie kurz vor ihrer Abreise von Berlin einen peinlichen Auftritt mit dem Fürsten Walewski gehabt habe.

Er war mit ihr und dem Grafen Planitz und Olly Hannsen im Kaiserhofe gesessen, beim five o'clock, und man hatte sich gut unterhalten, wie man sich eben in solchen Kreisen unterhält.

Mit einemmal, die Musik spielte gerade einen Turkey-Trott, mit einemmal kniff sie Walewski ins Bein.

Was glaubt so 'n Mensch? Weil er Fürst ist?

»Walewski!« sagte ich, »wenn Sie sich in meiner Gesellschaft befinden, dann betragen Sie sich auch darnach!«

Und dann war sie aufgestanden, und nur dem Zureden von Planitz war es gelungen, sie zurückzuhalten.

Aber Walewski konnte sich darauf verlassen, daß sie das letztemal mit ihm ausgegangen war.

Auf Schützinger machte die Erzählung starken Eindruck. Wenn nur sein Begleiter die rechte Nutzanwendung daraus zog und seine Begierde zügelte!

Schnaase dachte nicht daran. Er beugte sich lächelnd vor.

»Wo hat Sie nu Walewski gekniffen? Hier... oder hier?«

»Mein Herr!«

»Aber liebes Kind!«

»Ich finde, Sie werden keck.«

»Oder hier... kss!«

»Es ist schrecklich«, sagte Mizzi Spera ganz unvermittelt, »ich habe hier zwei Pfund zugenommen.«

»Aber so was Reizendes kann doch gar nich genug zunehmen!«

»Eigentlich einunddreiviertel Pfund«, verbesserte sich die Künstlerin. »Man hat hier keine Bewegung, keinen Sport. Wenn ich meinen gewohnten Morgenritt machen könnte...«

»Im Tiergarten? Was? Aber nächstes Jahr müssen Sie unbedingt an die See! Und passen Sie mal Obacht! Wir treffen uns in Zoppot...«

»Vielleicht...«, sagte Mizzi lächelnd.

»Nee! Todsicher! Die Sache wird gemacht!«

Und wieder sprang Schnaase auf und wurde stürmischer als vorher. Seine Küsse auf Hand und Arme folgten sich schneller und wurden von Wonnelauten begleitet.

Er hatte wirklich mehr Erfolg, als der Fürst Walewski. Kein strenges Wort scheuchte ihn zurück.

Allerdings, man saß nicht im Kaiserhof in zahlreicher Gesellschaft, sondern in einer stillen Wohnstube.

In Schützingers Brust stritt sich leises Unbehagen mit dem anerkennenden Staunen über so viel Mut und Festigkeit im Umgange mit Damen. Wie er so neben Erfolg und Glück mit verlegener Miene da saß, kam es ihm zum Bewußtsein, daß er eigentlich zeitlebens daneben gesessen war, und ein bitterer Ernst verdüsterte sein Gesicht.

Aber nun kam die Hallbergerin mit Kaffee und Kuchen zurück.

Schnaase mußte ruhig auf dem Kanapee sitzen, und man war wieder im Banne gesellschaftlicher Vornehmheit.

»Ihr verehrtes Fräulein Tochter erzählte uns eben so interessant von ihren Studien«, log der gewandte Großstädter. »Ich muß sagen, ich bewundere nu erst recht ihr Künstlertum, nachdem mir 'n Einblick vergönnt war in die kolossale Energie... in das rastlose Schaffen, das dazu notwendig ist...«

»I woaß überhaupts net, wia si dös Madl alles a so mirka ko! Wia s' dös erstmal auftret'n is in Minga, i hab g'rad a so g'schaugt. Is scho wahr! Jetzt i hätt dös nia z'sammbracht. I hab' mi scho hart to, wenn i in da Schul a G'setzl hab auswendi lerna müass'n...«

Schnaase nickte beistimmend und schob ein Stück Torte in den Mund.

»Sagen Sie mal... Sie müssen mir die Indiskretion verzeihen,

Gnädigste,... sagen Sie mal, verehrte Frau Hallberjer, wie kam das nu eigentlich, daß 'n solches Talent in dieser Zurückgezogenheit erblühen konnte?«

Mizzi Spera wollte abwehren. Aber da wurde Schnaase eifrig.

»Ich muß dringend um Entschuldigung bitten, Gnädigste, aber so 'n bißchen was von Ihrem Werdegang zu erfahren, is 'n Genuß, den Sie uns nich verkümmern dürfen. Nich wahr, Herr Kanzleirat?«

»Jawohl«, sagte Schützinger etwas zu trocken.

Die Hallbergerin, in so dringender Weise aufgefordert, ihr Lieblingsgespräch zu beginnen, war nicht mehr im Zaume zu halten.

Das sah Mizzi ein und deswegen ließ sie ihre Mutter gewähren.

»Wia dös ganga is, daß ihra Talent aufkemma is? O mei! Wissen S', dös Madl hat ihrer Lebtag den Drang in ihr g'habt. Und mit die Büacha is sie überhaupts ganz narrisch g'wen... was sagst d'?«

»Du sollst dich doch nicht so ausdrücken, Mama!«

»Ja so... i muaß halt mei Sach sag'n, wia'r i ko, schau! Und de Herrn wer'n mi scho entschuldinga. Also wia sie z'ruckkomma is vom Institut, bei de Englisch'n Freilein in Piebing is s' g'wen, weil i g'sagt hab, sie soll a Buidung kriag'n, obwohl mei Mo... no ja, es hat a jed's seine Ansicht'n... also wia sie von de Englisch'n Freilein hoam kemma is, da hat's an ganz'n Tag g'les'n und is oft ganz tramhappet g'wen...«

»Aber Mama!« flehte Mizzi.

»No ja... ma sagt halt a so. Dös hoaßt, sie is g'wen, als wenn s' traamet. Was machst d' denn für a traurige Papp'n? hab' i s' oft g'fragt, und nacha hat sie g'sagt, daß der betreffende Liabhaba in dem Büachi g'storb'n is, oder ihr is was passiert, net da Marie, sondern dem betreffenden Liabhaba seina Braut oda Geliebten. No, und nacha is sie auf Minga nei, d' Marie, verstengan S', weil ihra Drang allawei größer wor'n is, und da hat sie Leut an da Seit'n g'habt, de wo ihra Begabung bessa kennt hamm als mir... freili, weil ja unseroans mit de Sach'n eigentli nia was z' toa g'habt hat, und diese betreffenden Leut hamm s' nacha so weit bracht, daß s' auftret'n is...«

»In München?« fragte Schnaase mit geheuchelter Teilnahme.
»Freili. In so an Kinstlakawaräh. I war drin, wia sie 's erstmal auftret'n is... Dös war schö! Wia s' ihra Gedicht aufg'sagt hat... Kannst as nimma, Marie?«
»Ich werde das alte Zeug noch können!«
»Is aber schad, weil's so lusti g'wen is, und d' Leut hamm klatscht und g'schrian, und a Herr hat zu mir g'sagt, daß sie geboren is zu dera Kunst, und durch dös is sie halt dabei blieb'n...«
»Gott sei Dank!« rief Schnaase. »Wir haben allen Grund, verehrte Frau Hallberjer, Ihnen dankbar zu sein, daß Sie unserer Mizzi Spera die Wege geebnet haben...«
»Gel? Sag'n Sie's aa? Aba sehg'n S', hier gibt's so Leut, de si g'äußert hamm, weil d' Marie zum Theata ganga is...«
»Laß sie doch!« sagte die Diva.
»Ma sagt bloß, weil de feina Herrschaft'n vui mehra Vaständnis hamm als wia de g'scheert'n Depp'n, de Altaicher Büffi. Is ja wahr! Wia kinnan denn de übahaupts mitred'n? De hamm ja ihra Lebtag no koa Kawaräh g'sehg'n! Aba g'schimpft werd. Natürli, wenn 's nach dena ganga waar, hätt' d' Marie dahoam hocka müass'n, bis amal Gnad'n da Herr Schuasta oder da Herr Nagelschmied ihr an Antrag g'macht hätt'...«
»Die Idee berührt einen komisch... Mizzi Spera und so 'n Altaicher Schuhmachermeister...«
»Ja, aber dös glauben S' net, was i da für Kämpf' g'habt hab' und no hab'... denn mei Mann, wissen S'... no ja... er is tüchtig in sein G'schäft, aber da is nix z' richt'n mit eahm. Und alleweil voll Zorn geht er umanand...«
»Das interessiert uns aber doch wirklich nicht«, sagte Mizzi und warf wieder einen fürchterlichen Blick auf die gesprächige Hallbergerin.
»Ma sagt bloß, weil 'n d' Leut' aufhetz'n. Und gar so oafach is net, dös muaß i dir scho sag'n. Es is ja oft a so, als wenn er mit der ganz'n Welt s' raffa o'fanga möcht und dreischlag'n...«
»Schenk' den Herren lieber Kaffee nach, als daß du solche Familiengeschichten erzählst«, unterbrach sie die Tochter, die ernstlich böse wurde.
»Ja so... dös hätt' i bald vergess'n...«

»Nee, danke wirklich... verehrteste Frau Hallberjer...«
Auch Schützinger wehrte ab.
Die Erwähnung des grimmigen Schlossermeisters hatte ihm Unbehagen verursacht.
Er warf einen Blick auf die alten Hallberger, die jetzt noch drohender auf ihn herunterschauten. Ihre Gesichter erschienen ihm röter, und jeder sah so aus, als ob er sich nichts daraus machte, einen frivolen Eindringling, und wenn er zehnmal Kanzleirat im Ministerium des Innern wäre, recht windelweich herzuschlagen und rücksichtslos über die Stiege hinunterzuwerfen.
Wenn der Nachkomme die Anlage von den wütenden alten Herren geerbt hatte, dann war von seiner Rückkehr das Schlimmste zu befürchten.
Das Frauenzimmer da versicherte freilich, daß er abends mit dem letzten Zuge heimkommen werde; aber waren nicht Zufälle möglich? Konnte er mit seinem Geschäfte nicht früher fertig geworden sein und jetzt schon die Kirchgasse heraufeilen?
Eine peinigende Unruhe befiel den würdigen Mann, und er sah sich der Möglichkeit eines Skandales ausgesetzt. Hastig stand er auf.
»Ich muß jetzt gehen«, sagte er. »Entschuldigen die Damen vielmals, aber...«
»Meine Zeit is leider auch um. Wenn ich 'ne Ahnung gehabt hätte, daß mich hier das Glück mit unserer verehrten Mizzi Spera zusammenführen werde, hätte ich mir selbstverständlich den Nachmittag frei gehalten. Heißen Dank, verehrte Frau Hallberjer, es war sehr, sehr schön, und gestatten, Gnädigste, daß ich der Hoffnung Ausdruck verleihe, daß ich Sie recht bald wiedersehen darf...«
Die Künstlerin erlaubte hoheitsvoll, daß ihr Herr Schnaase mehrmals die Hand küßte.
Sie war innerlich wütend über Mama, die mit ihren dämlichen Redensarten die Stimmung getrübt hatte, und sie hatte wirklich Mühe, ihre Haltung zu bewahren. Sie wies die Hallbergerin, die auch die Gäste hinausbegleiten wollte, mit dolchartigen Blicken zurück und ging allein bis zur Treppe.
Schützinger eilte die Stufen hinunter; er sehnte sich von un-

ziemlichen Abenteuern und Gefahren weg nach frischer Luft und sah sich nicht mehr nach Schnaase um, der noch etwas länger bei Mizzi Spera verweilte und flüsternd mit ihr Verabredungen traf.

Er atmete auf, als er wieder vor der Kirche stand und sich vergewissert hatte, daß kein wutentbrannter Schlossermeister die Gasse heraufstürmte. Er wäre noch froher gewesen, wenn er Xaver gesehen hätte, der in der Werkstatt eine biegsame Vorhangstange durch die Luft pfeifen ließ und vor sich hinbrummte: »Eigentli sollt ma de alt'n Schöps'n g'höri umanand lass'n... ziahget dös G'schoß gar de alt'n Böck eina, weil da Moasta net dahoam is! I vertreibet eahna schon 's Speanzeln...«

Schnaase eilte hinter Schützinger her und rief: »Hallo, Herr Kanzleirat! Immer sachte!«

Als er ihn eingeholt hatte, zwinkerte er vielsagend mit den Augen.

»Was is denn los, daß Sie mit einemmal wegliefen, als wenn Sie das Donnerwetter regierte? Ich mußte doch noch 'n Rangdewuh deichseln...«

»Ich sag' Ihnen aufrichtig, mir hat die G'schicht' nicht mehr paßt. Man könnte da in Situationen geraten...«

»Erlauben Sie mal, was heißen Se Situation? Sie haben mit mir und in meiner Gesellschaft und auf meine Veranlassung einer zufällig hier weilenden Künstlerin im Beisein ihrer Frau Mutter 'ne Anstandsvisite gemacht. Wo ist da die Situation?«

»Allerdings, wenn man die Sache von dieser Seite betrachtet...«

»Betrachten Sie sie und sagen Sie ruhig, die Initiative ging von Gustav Schnaase aus Berlin, Hedemannstraße siebenundzwanzig aus... Übrigens mache ich Ihnen den Vorschlag, wir kehren um und gehen um den Berg rum. Dann kommen wir von der andern Seite heim...«

Schützinger war damit einverstanden.

Er hatte wieder mehr Sicherheit gewonnen; und als sie am Hallbergerhause vorbeikamen und die Künstlerin zufällig am Fenster stand und ihren Gruß erwiderte, setzte er sogar zu einem frivolen Lächeln an.

»Herr Schnaase bemerkten vorhin was von einem Randewuh?«

»Bst! Diskretion Ehrensache! Ich kann mich doch darauf verlassen, verehrter Herr Kanzleirat, daß Sie nich 'n Ton...?«
»Selbstverständlich! Aber is es so weit...?«
»Möglich... möglich auch nich! Sie dürfen es mir nich verübeln, daß ich die erste Kavalierspflicht befolge...«
»Natürlich net! Ich ehre Ihren Standpunkt durchaus. Ich meine nur, wissen Sie, ich hab' eigentlich nicht den Eindruck, daß die Dame... ah... wie soll ich sagen?... daß die Dame da entgegenkommt...«
Schnaase lächelte. »Haben Se nich den Eindruck?«
»Aufrichtig g'sagt, nein. Zum Beispiel, was sie da erzählt hat von dem Fürsten in dem Kaffee. Das läßt doch gewisse Schlüsse zu...«
»Das läßt zunächst mal den Schluß zu, daß uns das gute Mächen was vorpinnen wollte. Das war kalter Aufschnitt.«
»Sie kann natürlich übertrieben haben, aber direkt erfunden scheint es mir nicht zu sein...«
»Nich?«
Schnaase blieb stehen und legte die Hand auf die Schulter seines Begleiters und blickte ihm tief in die Augen.
»Lieber, guter Herr Kanzleirat, das Leben is nich ganz so, wie Sie sichs vorstellen, und das große Leben, wissen Se, das is nu schon ganz anders...«
»Ja, natürlich in Berlin erlebt man wahrscheinlich mehr...«
»Erlebt man ooch. Das kann ich Ihnen versichern... Aber Sie, nehmen Se mir das harte Wort nich übel, scheinen mir in solchen Affären nich gerade die größte Erfahrung zu haben...«
»Das will ich net g'rad sagen...«
»Nanu!«
»Ich hab' zum Beispiel seinerzeit in München eine Schauspielerin gekannt, das heißt, sie war eigentlich nicht beim Theater, sondern bei einer Singspieltruppe als Tirolerin; eine sehr pikante Erscheinung, sehr üppig, wissen Sie. No ja... da hat man ja auch seinen Teil erlebt...«
»Ei wei Backe! Üppig, sagen Sie?«
»Auffallend sogar. Ja... und in der Westendhalle, die jetzt nicht mehr existiert, war eine Coupletsängerin aus Wien. Die war anerkannt fesch...«

»Hören Sie mal! Das hätte ich Ihnen nu gar nicht zugetraut. Denn aufrichtig gestanden, wie Sie heute so da saßen, wie 'n Topp voll Meise, da sahen Sie nich gerade aus wie'n Dong Schuang...«

»Die Sache is doch von Ihnen ausgegangen...«

»Ging se auch; aber Sie konnten so 'n bißchen akkompanjieren...«

»Ich weiß net. Da hab' ich so eine gewisse Abneigung dagegen in Gegenwart von andern, und dann dürfen Herr Schnaase auch nicht vergessen, daß ich gewisse Rücksichten nehmen muß...«

»Das ist ja, was ich sage. Sie leiden an Hemmungen, verehrter Herr Kanzleirat...«

Unter diesen Gesprächen erreichten sie den Marktplatz.

Schützinger konnte noch einmal die Gewandtheit des Großstädters bewundern, der seiner Frau erzählte, daß er auf dem erquickenden Spaziergange seine starken Kongestionen reineweg verloren habe.

* * *

Herr von Wlazeck sah ein, daß er die Aufmerksamkeit der Berliner Damen etwas stärker auf sich lenken mußte. Das hübsche Fräulein schenkte ihm wenig Beachtung und überhörte in geradezu auffallender Weise seine ritterlichen Komplimente.

Auch die alte Urschl – so nannte der Oberleutnant in Selbstgesprächen Frau Karoline Schnaase – tat merkwürdig fremd; besonders in den letzten Tagen, seit sie dem unappetitlichen Federfuchser eine sehr merkwürdige Beachtung schenkte.

Wie die Familie dazu gekommen war, diesen nägelbeißenden Dichterling an ihrem Tische Platz nehmen zu lassen, das war schon unbegreiflich.

Das war vermutlich der Berliner Schwarm für sogenannte Interessantheiten.

»Aber bitt' Sie, wenn *der* Mensch auch noch eine Interessantheit vorstellt, dann möchte man schon am guten Geschmack verzweifeln. Mit nackete Füß in abgelatschte Schuh hineinschliefen, das beruht am Ende nicht auf dichterischer Begabung, sondern auf dem Mangel an Strimpfen ... bloß dreckig sein is noch lange nicht genial... Der Grüllparzer hat Socken angehabt, und der Herr von Gäthe auch. Sogar sehr elegante, wann er doch schon in Karlsbad in allerersten Kreisen verkehrte...«

Wlazeck hoffte, daß ein stärkerer Hinweis auf seine militärische Vergangenheit Wandel schaffen könne. Er beschloß, vor den Damen einmal hoch zu Roß zu erscheinen.

»Gestatten mir eine Anfrage, Herr Posthalter, Sie haben doch Pferde?«

»Fünfi«, erwiderte der Blenninger Michel.

»Alsdann möchte ich gebeten haben, daß mir eines zur Verfügung gestellt wird. Ich muß wieder einmal ein Pferd besteigen. In mir erwacht der alte Reitergeist. Wollen Sie mir einen Cavallo gegen angemessene Bezahlung leihen?«

»Was is? Reit'n möchten S'?«

»Aber ja! Natierlich will ich keine Parforcejagd reit'n; was ich möchte, is ein kurzer Spazierritt zur Wiederbelebung...«

»Dös glaab i kaam, daß dös geht...«

»Wieso?«

»Von meine Roß is no koans g'ritt'n wor'n... Dös hoaßt, daß i 's recht sag, an Handgaul, der wo in der Karriolpost geht, den hat da Hansgirgl amal beim Georgiritt g'habt.«

»No also!«

»Dös is aber aa scho vier Jahr her.«

»Für meine Zwecke wird der Gaul geniegen. Sie kennen beruhigt sein; ich werde ihn aufs eißerste schonen...«

»I wer amal mit 'n Hansgirgl red'n.«

»Wann Sie nichts dagegen einwend'n, will ich selber mit dem Mann red'n. Hat er gedient?«

»Schwoli war a.«

»No schauen S' her! Da werden wir sehr schnell einig sein. Zwei alte Soldatten verstehen sich leicht.«

»Vielleicht, wenn S' a paar Markl ei'reib'n...«

»Lassen Sie nur mich mach'n! Alsdann, Ihre Einwilligung hab' ich?«

»Vo mir aus«, sagte Blenninger.

Wlazeck eilte über den Hof, um den Postillon aufzusuchen.

Der Stallbub sagte ihm, daß der Hansgirgl im Kutscherstübl sei.

Als der Herr Oberleutnant dort eintraf, schlug ihm ein anheimelnder Duft entgegen.

Leder, Schmieröl, Bier, Rettiche und qualmende Stinkadores halfen zusammen, um ihn an alte Zeiten und Wachtstuben zu erinnern.

Auf dem Kanapee lag Hansgirgl. Seine nackten Füße, die über den Rand hinausstanden, verdeckten ihn in der Perspektive.

Gegenüber saß Martl. Auf dem Tische stand ein Maßkrug, daneben ein Teller, auf dem ein eingebeizter Rettich lag und weinte.

Niemand sprang auf, als der Oberleutnant eintrat. Niemand stand in Habtachtstellung. Insofern war der Unterschied von einer Wachtstube sehr merklich.

Martl wandte den Kopf halbschief gegen den Besucher; Hansgirgl rührte sich überhaupt nicht.

»Särvus!« rief Wlazeck sehr herzlich. »Lassen S' Ihnen, bidde, ja nicht stören!«

Sie ließen sich nicht stören.

»Ich möchte mit dem verehrten Herrn Postillon was besprechen.«

An den zwei nackten Füßen krümmten sich die großen Zehen.

Das war ein Lebenszeichen und konnte die Erlaubnis zu weiteren Mitteilungen bedeuten.

Wlazeck fuhr fort:

»Die Sache is nämlich folgende. Ich habe mich mit dem Herrn Posthalter darüber geeinigt, daß ich demnächst mit Ihrem Handgaul ausreiten werde. Es handelt sich also darum, daß Sie die nötigen Vorbereitungen treffen.«

Hinter den Füßen tauchte langsam ein Kopf empor, aus dem zwei unfreundliche Augen auf den Eindringling blickten.

»Han?« fragte Hansgirgl.

»Ich habe mit dem Herrn Posthalter verabredet, daß ich nächstens Ihren Handgaul reiten werde...«

»An Schimmi? Mein Stutz!«

»Selbstredend werde ich den Gaul nicht strapazieren. Es handelt sich nur um einige wenige Spazierritte in die nächste Umgebung.«

Der Kopf verschwand wieder.

»Alsdann, Postillon, ich erwarte, daß Sattel und Zaumzeug in Ordnung sind, wenn ich ausreiten will...«

Hansgirgl gab keine Antwort, aber Martl, der seinen Freund kannte und zu ihm stand, wie es sich gehörte, sagte feindselig:

»Da wern S' net recht viel Glück hamm.«

»Was heißt Glück haben? Wann Ihnen Ihr Herr, der Posthalter, den dienstlichen Auftrag erteilt, dierfte die Sache erledigt sein...«

Herr von Wlazeck war ärgerlich. Diese grobschlächtige Art des passiven Widerstandes empörte den alten Offizier, und er vergaß, daß er jovial und kameradschaftlich hatte sein wollen.

»Ich möchte mich nicht wiederholen. Ich übermittle Ihnen hiemit einfach den strikten Beföll Ihres Dienstherrn, mir zum Zwecke des Ausreitens den Gaul sowie alles Notwendige in Bereitschaft zu stellen. Ich werde Ihnen Tag und Stunde bekannt geben, beziehungsweise, Sie werden das von kompetenter Seite erfahren...«

Die Zehen Hansgirgls verkrampften sich; wahrscheinlich deutete es den Eigensinn dieses verschlossenen und finsteren Charakters an.

Martl übersetzte die Gebärdensprache.

»Dös werd si scho aufweis'n«, sagte er.

Und um anzudeuten, daß er die Audienz für aufgehoben erachte, nahm er einen starken Schluck aus dem Maßkrug und schnitt sich bedächtig einige Blätter von dem weinenden Rettich ab.

Wlazeck schlug die Türe zornig hinter sich zu.

Er traf den Blenninger noch an seinem gewohnten Platze unterm Torbogen.

»Aber bidde, Herr Posthalter, was haben denn Sie für Leite? Was is denn das für eine Disziplin in Ihrem Hause? Ich erkläre Ihrem Postknecht, daß ich in Ihrem Auftrag', also gewissermaßen als Ihr Beföhlsträger, den Wunsch eißere. Glauben Sie, er findet es der Mühe wert, mir eine Antwort zu geben? Nicht die Spur!«

Der Posthalter lächelte breit und gemütlich.

»Ja... ja... Der Hansgirgl! Der hat seine Sekt'n.«

»Traurig genug, wann er sie haben darf! Ich möchte den obstinaten Burschen in meinem Zug gehabt haben, ich garantiere, daß er in acht Tagen aus der Hand gefressen hätte. Und dann dieser Azteke, der Martl!«

»War der aa dabei?«

»Aber ja! Sitzt daneben und verlautbart die Willensmeinung des Herrn Postknechtes!«

»Da glaab i 's freili, wenn der dabei war! Wissen S', wenn de zwoa beinand hock'n, red't ma si hart damit.«

»Gestatten mir die submisseste Bemärkung, daß ich das einfach nicht verstehe. Untergebene haben meines Erachtens keine Eigentiemlichkeiten zu haben, viel weniger hervorzukehren, sonst schwindet eben jeder Begriff von Subordination...«

»Lassen S' as no guat sei! I wer an Hansgirgl scho rumkriag'n...«

»Hoffentlich! Mir möchte das an Ihrer Stelle sehr wenig Schwierigkeiten bereiten...«

* * *

»Was sagst d' jetzt da dazua?« fragte Hansgirgl, der sich gleich, nachdem Wlazeck das Stübl verlassen hatte, aufrichtete und an den Tisch setzte.

»Was ko ma sag'n?« antwortete Martl. »Dena Luada fallet alle Tag was anders ei.«

»An Stutz möcht' er reit'n, und bal er'n krummb daher bracht, hätt' i 's G'frett. Daß an Posthalta nix G'scheidters ei'fallt?«

»Dem? Dös is aa 'r a Neumodischer wor'n.«

»Is ma da Stutz nach Liameß drei Wocha im Stall g'stand'n! Dös muaß do da Blenninga wiss'n...«

»Neumodisch is er wor'n mit lauta Summafrischla. Was sagt a net gestern zu mir? Daß si dös Berliner G'steck beschwert hätt' bei eahm, i hätt' ihre gelb'n Schuah mit da schwarz'n Wichsbürst'n aufg'arbet. Hätt' s' halt schwarze, wia 's da Brauch is, dös Weibsbild, dös boanige!«

»Sei' tuat's was!« brummte Hansgirgl.

»Trink' aus, na laß ma 'r ins no a Maß kemma.«

Als er ans Fenster trat und dem Seppl pfiff, kam Fanny über den Hof.

»Is da Martl bei dir drin?« fragte sie.

»Ja.«

»Sei Wasch hätt' i.«

»Geh' eina damit!« rief Martl, und Fanny kam in die Stube. »Drei Paar Söckeln, an Unterhos'n und zwoa Hemmada...«, zählte sie auf und legte die Wäsche aufs Bett.

»Dank' da schö; da hast a Halbi Bier«, sagte Martl, und schob ihr ein paar Nickelstücke über den Tisch hin.

Er merkte aber, daß sie verweinte Augen hatte, und weil er sie als ein richtiges Frauenzimmer leiden mochte, erkundigte er sich gutmütig.

»Was hast d' denn?«

»I? – Nix.«

«Für was hast nacha g'heant?«

»Ah! Was fallt da denn ei? I hab' do net g'woant. Ös waart's as scho wert?«

»Mir? Wußt net, daß mir dir was to hamm...«

»I sag' net vo dir. D' Mannsbilder überhaupts. Is oana so schlecht wia der ander...«

»So? Hat 's was g'habt?«

»Was frag' denn i danach? I brauch' überhaupts koan...«

Aber wie sie es sagte, rollten ihr ein paar Tränen die Backen herunter, und sie hockte sich schluchzend auf den Bettrand.

»Was gibt's denn?« fragte Hansgirgl vom Fenster herüber.

»Woaß net«, antwortete Martl.

»Es san halt so Weibsbildag'schicht'n.«

»Ja... Weibsbildag'schicht'n...«, schluchzte Fanny. »Wann ma so an Mensch'n glaabt und a ganz Jahr mit eahm geht, und all's is eahm recht, und er gibt oan de schönst'n Wort, und auf oamal vergißt er all's, weil de breißische Bohnastang', de miserablige, mit eahm speanzelt... da ko ma was sag'n von an Charakta...«

»Ja... ja... so geht's auf da Welt«, sagte Martl, dem kein anderer Trost einfiel.

Hansgirgl schaute zum Fenster hinaus nach dem Seppl. Solche Sachen waren ihm zuwider.

Da sprang Fanny vom Bett auf und wischte sich die Tränen ab.

»Vo mir aus lafft er dera Heugeig'n nach. I lach' ja dazua! Aba wenn s' furt is, und er moant, er kannt wieda schö toa mit mir, na sag' i 's eahm, was er is... So a gemeina Mensch! Überhaupts a Mannsbild is was gräuslich's!«

Damit lief sie hinaus und ließ ihr Trinkgeld liegen.

Martl nahm es und legte es bedächtig in seinen Zugbeutel zurück.

Hansgirgl stellte die frische Maß auf den Tisch und setzte sich.

»Was is denn mit dera?« fragte er.

»De Berlinerin hat ihr ihran Schatz ausg'spannt.«

»Auweh! Da wern s' belzi, d' Weibaleut.«

»Da Schlosser Xaverl is, da G'sell vom Hallberger. Der hat 's jetzt mit dera Breißischen...«

»Mit dera langg'stackelt'n?«

»Ja... mit de gelb'n Schuah...«

Hansgirgl schaute tiefsinnig in den Maßkrug und trank.

»Dös best' is«, sagte er... »bal ma sein Ruah hat von de Weibsbilda...«

»Magst d' as aa net, gel?« fragte Martl.

»Jetza nimma. Aba früherszeit'n hat's mi umtrieb'n. Was i z'weg'n dena Malafizkramp'na Schläg' kriagt hab', da ko'st da nix denga!«

»Geh?«

»An öft'n bin i hoamg'scheitelt wor'n, bei jeda zwoat'n Tanzmusi hon i g'rafft, 's G'wand hamm s' ma z'riss'n, Löcha hon i im Kopf g'habt, und all's z'weg'n dena Saggeramentsweibsbilda...«

Martl, der seinen Freund immer bewunderte, schaute ihn erstaunt an.

»Dös hätt' i gar net glaabt vo dir...«

»Ah, mei Liaba! Mi hat's schiach umtrieb'n.«

»Geh? Jetzt i ho mi ganz weni bekümmert um d' Weibaleut.«

»Dös is halt vaschied'n. Bal oan dös ins Bluat ei'g'schoss'n is, ko ma nix macha. Oft oan rührt's gar net o, und an andern laßt's koa Ruah. Da muaßt ans Kammafensta, ob 's d' magst oda net, und bal 's d' aa woaßt, daß dir oa aufpass'n, und daß d' Schläg' kriagst, es helft da nix. Wia 's Nacht werd, laffst do wieda zuawi...«

»Da hon i nia nix g'spürt«, sagte Martl. »Plagt hon i mi übahaupts net um a Weibsbild. Waar ma scho g'nua g'wen!«

»Sei froh! Dös sell is a hart's Leb'n. Dei Arwat beim Tag

muaßt do macha, sinscht valierst dein Platz, und bei da Nacht umanand gambs'n, da kimmt oana oba...«

Hansgirgl sagte es ernst; ganz so, als wenn er von einer schweren Krankheit erzählte.

Und Martl schob ihm mitfühlend den Maßkrug hin, damit er sich nachträglich stärken sollte.

»Hat's di lang g'habt?« fragte er.

»Bis in die Dreißgi eini. Nacha hat si de Hitz' g'legt.«

»Aba jetzt g'spürst d' nix mehr?«

»Na, mei Liaba! Jetza is zuadraht. Jetza schaug i 's gar nimma o, de Malafizkrampna, de vadächtig'n...«

* * *

Stine Jeep saß unter den großen Kastanien am Ende der Kirchgasse und schaute ins Tal hinunter, das in tiefer Dämmerung lag. Ein leichtes Rauschen kam näher, und da schüttelte auch schon der Abendwind die Blätter über ihr, und sie schlang fröstelnd ihr Tuch um die Schultern.

Jemand kam näher und pfiff einen altbayrischen Schleifer.

»Xa–veer?«

»Jawoi! Grüaß di Good, G'schmacherl.«

»Ochott, ich hätte nu beinah nich kommen können. Das ordinäre Mädchen s... spioniert doch im Hause herum und s... steht vor meinem Zimmer, und wenn ich die Türe aufklinke, s... steht sie vor mir und sieht mich zornig an...«

So sind die Männer!

Xaver litt es ohne Widerspruch, daß Fanny als das ordinäre Mädchen bezeichnet wurde.

»Was will denn de damische Lall'n?« fragte er.

»Sie kann sich nu mal nich ans... ständig benehmen. Das sah ich schon gleich am ersten Tage, aber nu ist sie ganz unauss... stehlich. Vielleicht hast du ihr schöne Worte gegeben, und sie ist nu eifersüchtig?«

»Ah, was glaabst denn? De hab' i do überhaupts net o'-g'schaugt...«

»Vielleicht hast du...«

»Nix hab' i, bal a da 's sag...«

Xaver nahm Stine um die Mitte, und indem er mit einem derben Griffe ihren Kopf festhielt, schmatzte er ihr etliche Küsse auf.

»Och neun – Xaver! Du mußt mich nich so am Kinn fassen... Da habe ich immer schwarze Flecken vom Eisens... staub...«

»Dafür bist d' da Schatz von an Schlossa...«

»Das sagst du nu so... ich bin dein Schatz. Aber wenn ich fort bin, denkst du nich 'n lütten Augenblick an mich...«

»Allawei denk' i an di...«

»Du mußt mir auch jeden Tag eine Postkarte schreiben.«

»Jed'n Tag?... Also... is recht! Nacha schreib i dir jed'n Tag. Aba jetzt genga ma an Berg abi. Da herob'n kunnt wer daher kemma.«

Sie gingen eng verschlungen den Weg hinunter, und wo es dunkler und heimlicher wurde, ließ sich Stine Jeep schwarze Flecken am Kinn und auch sonst wo Quetschungen gefallen.

»Ooch neun!« sagte sie aber, »du darfst nich denken, ich bin wie die Mädchen hierzulande. Die s... stehen doch auf einer so niedern Bildungss... stufe!«

»Da hock di her auf d' Bank, du Gschoserl, du liabs!«

»Xa–veer!«

»An ganz'n Tag hon i Zeitlang g'habt nach dir. Allaweil hon i denkt, wenn 's no scho Feierabend waar! Hast d' aa 'r an mi denkt, du Mollete?«

»Och... wie du s... sprichst!«

»I sag da 's pfeigrad, so hat ma no koani g'fall'n als wia du.«

»Du darfst mich aber nich verwechseln mit den Mädchen hierzulande!«

»I vawechsel di scho net...«

So wie Stine ihren Mund frei hatte, wollte sie immer wieder ihre bessere Art beweisen.

»Die Mädchen hier sind so leichtsinnig«, sagte sie. »Die denken sich gar nichts bei, wenn sie in Schande kommen. Ochott, wenn ich denke, wenn das bei uns geschieht! Rieke Petersen, die mit Schmitts Karl ging, bekam ein Kind. Da war Unglück im Hause, das kann ich dir nur sagen.«

»Is aa z'wider...«

»Aber die Mädchen hier denken sich gar nichts bei...«

»Ja – mei!«

»Wenn ich denke, wie doch meine Mutter s... strenge mit uns war! Ich durfte nich auf der Straße mit den Jungens tollen. Gleich kam sie und rief immerzu: ›Stinchen!...Stinchen! Nich so wild!‹ Da wurde man doch ganz anders erzogen...«

Xaver hörte unter der Haselnußstaude nicht auf die Stimme der Bildung. Er war so keck und siegermäßig, daß auch das Mädchen von dortzulande liebreich wurde.

Auf dem Heimweg hing es sich in den Arm des Trauten und redete vernünftig darüber, wann und wo man wieder Gelegenheit finden könne, so leichtsinnig zu sein, wie die Mädchen hierzulande.

Viele Frösche quakten hinter ihnen her, und in den Büschen hinter der Mühle lachte ein Waldkauz.

Elftes Kapitel

Es traf sich an diesem Abend, daß der Ertlmüller mit dem Bäckermeister Staudacher ein Geschäft abzumachen hatte. Darnach verhielt er sich noch etwas unter der Ladentüre, weil gerade etliche Leute von der Bahnstation hereinkamen, unter ihnen der Schlosser Hallberger, der stehen blieb und mit ihm ein paar freundliche Worte tauschte.

Martin redete noch mit ihm, als ganz zuletzt ein sonderbarer Mensch daher kam, den man wegen seines schwankenden Ganges für betrunken halten konnte.

Er blieb zuweilen stehen und drehte sich schwerfällig nach allen Seiten um, als kämen ihm in seinem Zustande die gewöhnlichsten Dinge seltsam vor.

Mit der rechten Hand trug er einen mit Ölflecken beschmierten Koffer, über den drohend ein großes Harpuneneisen hinausragte, das mit derben Stricken darauf verschnürt war. In der linken trug er ein mit Wachsleinwand umwickeltes Paket, an dem zwei riesige Boxerfäustlinge baumelten. Der Mann war hochgewachsen, hager und hatte fast übermäßig breite Schultern; aus seinem verwitterten Gesichte blitzten ein paar scharfe Augen den Schlosser Hallberger an und blieben auf dem Ertlmüller haften. Dabei verzog sich sein Mund, in den eine Stummelpfeife geklemmt war, zu einem verlegenen, gutmütigen Lachen, und Martin fühlte sich bei dem Anblick sonderbar bewegt.

Der Fremde stellte den Koffer auf die Straße und lüftete seinen Schlapphut.

»Hallo!« sagte er mit einer Baßstimme, die auch im leisen Anschlag dröhnte... »Ist das nicht der Martin Oßwald?«

Der Ertlmüller trat näher und wußte nicht, warum sein Herz schneller klopfte. »Der Oßwald bin ich«, sagte er.

»Kennst du deinen Bruder Michel nicht mehr?«

»Den...«

Aber da lag er schon an seiner Brust und schlang den Arm um seinen Hals.

Michel ließ das Paket und die Boxerhandschuhe fallen und nahm den Stummel aus dem Mund, denn er mußte dem alten Kerl einen Kuß geben.

Wie's geschehen war, nahm er die Pfeife wieder zwischen die Zähne und faßte den Bruder an den Schultern und hielt ihn vor sich hin, um ihn richtig anzuschauen.

Da fand er Zug um Zug den Vater, und doch wieder den schmächtigen jungen Mann, von dem er Abschied genommen hatte. Das Gesicht treuherzig wie je, und doch wieder verändert, ein Zeichen, daß auch in der Heimat die Jahre ihre Arbeit getan hatten.

Michel mußte eine starke Rührung niederkämpfen, denn sie zu zeigen, stand einer alten Blaujacke nicht an.

Er ließ seinen Bruder los und rief ein paarmal mit heiserer Stimme »Hallo!« und spuckte kunstgerecht im weiten Bogen aus.

Dabei zog er bald das eine und bald das andere Bein in die Höhe, schob seinen Hut zurück und rieb sich heftig die Stirne.

Martin war von tiefer Erregung blaß geworden.

Er wiederholte immer die Worte: »Der Michel! Wie kann's sein?«

Jetzt trat Hallberger heran.

»Kennst d' dein alt'n Schulkameraden nimmer? An Schlosser Karl?«

»Der Karl? Der in Mühlbach g'fallen is?«

»Und den du rauszog'n hast... freili...«

»Und der dem alten Lehrer Sitzberger das Fenster...«

»Eing'schmissen hat. Jawoi, dös bin i...«

Da kam Michel über seine weiche Stimmung weg. Er lachte laut und schüttelte Hallberger die Hand; und so hart die Finger des Schlossers waren, dem Michel seine waren härter.

»Als wenn ma d' Hand in an Schlageis'n drinna hätt'«, erzählte Hallberger hinterher.

»Komm jetzt heim...«, sagte Martin.

Und das Wort ging Michel an wie eine Liebkosung!

Heim!

Er hatte sichs oft gesagt in schlechten Tagen, er war damit eingeschlafen und war damit aufgewacht.

Es war ein Wort, das Schmerzen linderte und wieder alle Freuden in der Welt draußen leer erscheinen ließ. Es tat einem so wohl, als striche einem Mutterhand die Haare aus der heißen

Stirne, und als verspräche einem die liebste Stimme auf Erden Ruhe und Sicherheit.

Michel nahm Koffer und Paket auf; er litt es nicht, daß ihm der Bruder half.

Sie gingen weg, und der Hallberger und der neugierige Bäck schauten ihnen nach.

»A Bruder vom Ertlmüller?« fragte Staudacher. »Ja, was sagst da? Vo dem hab' i no nia nix g'hört...«

»Du bist aa no net lang hier...«

»No, allawei scho neun Jahr; aber daß koa Mensch davo g'red't hat?«

»Is halt d' Sprach' net drauf kemma... und glaabt hamm ma so scho lang, daß da Michel tot und begrab'n is.«

»So was! Und daß so oana, der wo do in guate Vahältnis war, weggeht? Auf a Schiff! Und wia 'r a ausschaugt!«

»Älter halt...«

»Na... na! Der hat was an eahm, was zum Fürcht'n is... wia 'r a Seeräuber oder a Gschlafenhandler...«

»Da Michi? Du red'tst scho g'scheit daher!«

»I sag' ja g'rad, wia 'r a mir vorkimmt. I hab' a Büachi, da san so G'schicht'n drin von Gschlafenhandler, de wo de Schwarzen g'fangt hamm und hamm s' auf Amerika übri bracht... und Bilder san dabei. De schaug'n g'rad a so aus...«

»Laß da sag'n, bessa woaß 's koana wia 'r i, was dös für a braver Kamerad is. Von selbigs mal her, wia 'r i als Bua in Mühlbach einig'fall'n bi. Koa Mensch umadum, bloß da Michi. Aba der springt nach, dawischt mi bei die Haar, und koane zwoa Zimmaläng' vom Rad weg kimmt er a Staud'n z' packa und ziahgt mi raus. Und wia mei Vata mit mir in d' Mühl' abi is zum Bedank'n... hat da Michl gar net dergleich'n to. A weng g'lacht hat a in da Verlegenheit, und wia 'r i 'n voring g'sehg'n hab, da hat er aa a so g'schmunzt, genau so... daß mir d' Erinnerung kemma is an de selbige Stund'...«

»No freili... Du woaßt ja da mehra, aber unseroans hat bloß den Eindruck a so... Wild schaugt er scho aus, mei Liaba!«

* * *

Auch auf dem Marktplatze staunten die Leute, als sie neben dem Ertlmüller den breitspurig schreitenden Mann erblickten, und dazu die hin und her baumelnden Boxerhandschuhe und die drohende Harpune.

Natterer, der vor seinem Laden stand, vergaß vor Überraschung zu grüßen.

Er ging den beiden etliche Schritte nach.

»...Herr Oßwald! Entschuldingen an Aug'nblick, Herr Oßwald!«

Martin hörte ihn nicht. Er schaute seinen Bruder an, der mächtige Rauchwolken links und rechts hinaus blies und die alten Häuser musterte, die genau so behäbig aussahen wie vor vielen Jahren, unbekümmert um Zeit und Geschehen und um die Menschen, die als Kinder Schusser an ihre Mauern warfen, als Heranwachsende tuschelnd hinter den Ecken standen und später mit Gepränge herein kamen, neue Möbel aufstellten und wiederum Kinder kriegten. Die einen kamen, die andern gingen, und so oft auch ein Sarg hinausgetragen wurde, es waren immer wieder Leute da, und alles war immer das gleiche.

Einmal lag Schnee auf den Fenstergesimsen und auf den steinernen Kugeln der Treppensäulen; ein andermal zerging er, und das Wasser schoß gurgelnd aus den Dachrinnen, und wieder einmal wirbelte der Wind dürre Blätter von den Bäumen am Marktbrunnen herüber.

Wenn man das lange genug gesehen hat, weiß man, daß sich nichts ändert. Bloß die Menschen glauben, es komme und gehe und wachse und zerfalle alles mit ihnen.

Aber der Michel war doch so froh um diese Dauerhaftigkeit!

Wenn man große Inseln, auf denen man war, hinterdrein nicht mehr gefunden hat, weil sie im Meere versunken waren, wenn der Erdboden unter einem ins Wanken gekommen ist, dann sieht man mit Wohlgefühl, daß der Prellstein am Sattler Scheuerlhause noch genau dort ist, wo er war, und daß in der Auslage beim Konditor Noichl immer noch die bunten Schachteln mit Mandeln und Feigen liegen und die Apfelkuchen auf zierlich gerändertem Papiere.

Das läßt einen glauben, daß man nur geträumt habe und daß man nun aufgewacht sei im weichen Federbette der Heimat.

Als sie den Berg hinuntergingen und das Wasser rauschen hörten, blieb Michel stehen.

Sein Gesicht, in das scharfe Falten wie mit dem Messer geschnitten waren, wurde ernst, als er sagte: »...Unser Bach!« Er setzte sich aufs Geländer und horchte auf die Musik, die sein Singen in Kindertagen begleitet hatte.

Aus dem Brüllen der Brandung, aus den Tierstimmen im Tropenwald hatte er sie herausgehört, aus weiter Ferne herüberklingend. Nun war sie da; so nah wie in der glücklichen Zeit.

Martin stand schweigend neben ihm.

Nach einer Weile gingen sie weiter. Es war dunkel geworden, und als sie zur Brücke kamen, blinkte ihnen ein Licht entgegen.

»Unser Wohnstuben«, sagte Martin.

Da blieb Michel stehen und setzte den Koffer nieder.

»Ich hab' zwei Meinungen«, sagte er. »Es ist schon Nacht, und dei Frau weiß nix... es wär' g'scheiter, wenn i erst morg'n in der Früh'...«

»Was fallt dir denn ei? D' Margaret freut sich g'rad so wie ich...«

»Wenn i beim Tag komm und sag' grüß Gott und so... aber in der Nacht...«

»Komm!« sagte Martin und wollte den Seemann, der es mit der Angst kriegte, vorwärts drängen.

Aber der Michel war nicht leicht von seinem Platz wegzurükken.

»I hab' zwei Meinungen«, sagte er. »Jetzt bei der Nacht...«

»Was soll denn d' Margaret denk'n, wenn du wegen ihr wegbleibst?«

»Ich komm ja morg'n früh...«

»Geh, Michel! Sie is herzensgut und brav...«

»Grad die Braven... schau! Die wollen Ordnung hamm... Was is denn dabei? I hab' viele Jahr lang in kein Bett g'schlaf'n...«

»Komm!« drängte Martin.

Michel schob den Hut zurück und rieb sich die Stirne.

»Mit den Frauenzimmern«, sagte er, »muß man Obacht geb'n. Wie ich in Australien war, bei Cooktown herum, ich hab's auf den Goldfeldern probiert, aber es war nix, und da bin ich so noch im Land blieb'n zum Wallabieschieß'n und so, aber dös g'hört net daher... Und da war der Tom Scanlan, ein Irischer. Mit dem war ich drauß'n, und mir jag'n da auf die Skrub Wallabies, die sin so wie kleine Känguruh, aber das g'hört net daher. Und der Scanlan sagt zu mir, daß ein Freund von ihm, der Tom Duffie, in der Näh' seinen Camp hat, und wir können hingehen, sagt er, und so. Und wir geh'n hin, und Duffie sagt zu seiner Frau, sie soll noch zwei Gäns abtun, und sie tut sie ab und war alles recht. Aber in der Nacht wach ich auf und hör, wie die Alte über den Tom Duffie hergeht und ein langes Garn spinnt, ob das eine Manier is, wenn zwei bei der Nacht daherkommen...«

Michel redete nicht fließend in einem hin; er saugte an seiner Pfeife und stieß Rauchwolken aus, und wenn er sagte, daß es nicht her gehöre, ging seine Stimme in undeutliches Murmeln über, und er spuckte in weitem Bogen aus.

Wie er fertig war, legte er seine Hand auf Martins Schulter, um durch einen festen Druck seine zwei Meinungen zu bekräftigen.

Martin war es beim Zuhören eigen zu Mute.

Er horchte mehr auf die Stimme wie auf die Worte; und weckte manches mit seiner Treuherzigkeit die Erinnerung an vergangene Zeit, dann kam wieder Ungewohntes dazwischen, und diese Mischung von vertraut und fremd sein griff ihm seltsam ans Herz.

Nun sagte er:

»Michel, glaubst du denn, ich könnt' am Tisch sitzen unterm Bild von der Mutter, wenn ich denken müßt, daß du vor der Tür draußen bist?«

»Jo... die Mutter...«

Michel räusperte sich, als er die Worte sagte.

Sein Entschluß war nicht mehr so fest, und nach etlichem Hin- und Widerreden gab er nach.

Aber Martin mußte versprechen, daß er ihm ein Zeichen geben wolle, wenn eine Bö einfalle.

Als auf dem Kieswege ihre Schritte vernehmlicher wurden, rief eine helle Stimme vom Hause her:

»Martin, bist du's?«

»Jawohl...«

»Wo bleibst d' denn? Ich hätt' beinah Angst kriegt...«

»Ach – geh...«
»Is wer bei dir?«
»Ein B'such, Margret...«
»B'such?«

Die Frage klang so erstaunt, daß Michel beinahe wieder stehen geblieben wäre. Aber da war schon eine weibliche Gestalt dicht an ihn herangetreten.

»Ein B'such?«

»Ja... Margret...«, sagte Martin, und in seiner Aufregung fiel er der erstaunten Ertlmüllerin um den Hals. »Mein Bruder – der Michel...«

»Der Michel? Wie geht das zu? So kommt doch rein!«

Das war freilich zum Erstaunen, und wie sich nun die Türe auftat und ein heller Schein über den Ankömmling fiel und über den Koffer mit der Harpune und über das Paket mit den Boxerfäustlingen, da gab es erst recht was zum Wundern. Aber die Ertlmüllerin erschrak nicht über den riesigen Mann, den sie nicht mehr erkannt hätte.

Und wild kam er ihr auch nicht vor. Sie sah, wie sich aus dem verwitterten Gesicht ein paar gutmütige Kinderaugen in seltsamer Verlegenheit auf sie richteten.

An ihrem Händedruck konnte Michel merken, daß bestes Wetter war, und daß die Ertlmüllerin keine Ähnlichkeit mit Sara Duffie hatte.

* * *

Wie haben es aber die Mannsbilder leicht in Freude und Schmerz! Sie geben sich ihren Gefühlen hin oder beherrschen sie, und sie wissen es nicht anders, als daß auf heftige Gemütsbewegungen ein gutes Mahl zu folgen habe.

Sie überlassen es den Frauen, für die kleinen Sorgen des Lebens Kraft zu behalten.

So traf es auch jetzt Frau Margaret, an das Nächste zu denken, und sie lief aus der Küche in die Speisekammer und aus der Speisekammer in den Keller, sie holte Eier und Mehl und ein Stück Geräuchertes und besann sich darauf, daß es zu wenig sei, und holte noch eins.

Bald zischte das Schmalz in der Pfanne, und ein lieblicher Duft zog den Hausgang entlang und zwängte sich durchs Schlüsselloch in die Stube.

Drinnen saß Michel auf dem Kanapee, auf dem alten Ehrenplatze des Vaters; und Tisch und Stuhl, die Bilder an den Wänden, der Ofen in der Ecke stellten sich seiner Erinnerung so eindringlich dar, daß ihm zuletzt auf die wunderlichste Art ein Jahrzehnt ums andere in Unwirklichkeit versank.

Er redete nichts.

Aber wenn sein Blick auf einen Gegenstand fiel, mit dem er ein frohes Wiedersehen feierte, brummte er ein paar Worte vor sich hin.

»Die alte Kommod'! Der alte Of'n!«

Dann streckte Martin die Hand über den Tisch und legte sie auf die Hand des Bruders.

Konrad saß dabei und freute sich über den Prachtmenschen, der trotz allem, was in seinem Äußern an einen kantigen Eichenklotz erinnerte, wie ein Kind unterm Weihnachtsbaum da hockte.

Als Frau Margaret ihre Gaben auftrug, wurde es lebhafter, und Michel wandte sich der Gegenwart zu und zeigte, wie tauglich der Seewind einen Mann zum Essen macht.

Alle redeten ihm zu, bald im Chor, bald einzeln, und als die andern schon lange fertig waren, schnitt Michel immer noch mit Ruhe, ohne unschöne Hast, Stück für Stück ab.

»No, Gott g'segn' dir die Mahlzeit! G'schmeckt hat's dir!« sagte Frau Margaret fröhlich, als Michel Messer und Gabel weglegte und sich mit dem Handrücken den Mund abwischte.

Ob's ihm geschmeckt hatte!

So gut wie daheim war es nirgends, und dem Besten, was man draußen kriegte, fehlte das Eigentliche und die Hauptsache.

Und damit kam Michel ins Erzählen.

Er berichtete aber nicht von großen Reisen und von Abenteuern oder Gefahren.

Er hatte viel bessere Geschichten auf Lager, mit denen er seine Zuhörer erfreuen konnte.

Wie George Downie und Patrik Sgean und Fim Walker, der bei Nymagie einen guten Platz hatte mit ziemlich viel Schafen, und der von einem Deportierten abstammte, nämlich von einem englischen Sträfling, aber das gehörte nicht daher, und wie also George Downie und Fim Walker und Patrik Sgean, der ein Irländer war und mit Harry Dan einmal eine harte Sache hatte, aber das gehörte nicht daher, also wie sie vor einem Kaninchenbau standen, und jeder hatte einen Prügel in der Hand, einen guten Prügel aus Hartholz, und sie paßten auf Kaninchen, weil der Hund im Bau war, und auf einmal sauste ein Kaninchen heraus, und Patrik Sgean schlug zu und traf den George Downie und gab ihm eins über den Kopf, daß ihm die Sterne vor den Augen tanzten.

Die Erinnerung an dieses prachtvolle Erlebnis packte Michel so, daß ihm über seinem herzlichen Lachen die Pfeife ausging.

Und dann gab es eine Geschichte, wie er in der Lavender Bai lag auf einem Hamburger Schiff, auf der »Berta Schmitz«, und sie hatten Häute geladen, und da war ein Kerl aus Queensland, der verdammt frech war, und Michel kriegte einen Handel mit ihm und gab ihm einen guten Schlag zwischen die Augen.

Und andere Geschichten gab es von Haifischen und von Wallabies und Känguruhs und von Eingeborenen, die den Korroborri tanzen, und zwischenhinein kamen immer Dinge, die nicht hergehörten.

Martin horchte aufmerksam zu, aber viel merkwürdiger als jedes Geschehnis kam ihm der Umstand vor, daß sie sein Bruder erlebt hatte, der aus der Ertlmühle einen Weg in den australischen Busch gefunden hatte.

Immer wieder mußte er ihn anschauen und daran denken, wie leise ihm die Zeit verronnen war, indessen der andere Sohn seiner Mutter, unbehütet auf sich gestellt, in harten Umständen ein Mann geworden war.

Frau Margaret gab lange nach Mitternacht das Zeichen zum Aufbruch, und sie führte den Michel über die Stiege hinauf in ein kleines Zimmer.

Ja, wirklich in das gleiche Zimmer, aus dem er vierzig Jahre vorher als frischer Bub in die Welt hinausgegangen war.

Noch immer senkte sich die Decke schief über das Bett, das sich in die Ecke hineinschmiegte; auf dem Fensterbrette standen noch immer Blumentöpfe, und an der Wand hing das gleiche Bild, die Schlacht bei Wörth. Der Kronprinz Friedrich deutete mit der Tabakpfeife vorwärts, und die bayrischen Soldaten schwenkten die Helme. Etliche Turkos standen links in der Ecke und schauten stumpfsinnig vor sich hin. Wenn Michel als Bub aufgewacht war, hatte er mit verschlafenen Augen zu dem Bild hinübergeblinzelt und die Schrapnells angestaunt, die in der Luft platzten. Alles war, wie vor vielen Jahren. Nichts hatte sich geändert.

Der Kronprinz deutete vorwärts mit der Pfeife, und die Soldaten schwenkten die Helme.

Grüß Gott, Michel!

Aber damals stand kein Koffer mit einer Harpune darauf neben dem Waschtisch, und keine Boxerfäustlinge hingen vom Stuhle herunter.

Es lag doch allerlei zwischen damals und heute.

Alle schüttelten Michel die Hand und wünschten ihm gute Nacht. Er legte sich aber nicht nieder, als er nun allein war.

Es setzte sich auf den Bettrand und rauchte und dachte über viele Dinge nach.

Gerade so wie Martin, dem es auch nicht ums Schlafen war.

Margaret verstand sein Schweigen, und sie sagte zu ihm:

»Wer reist, weiß wohl, wie er ausfahrt, aber nicht, wie er heimkommt. Der Michel ist ehrlich und brav blieben, das kennt man ihm an, und das ist die Hauptsach', und alles andere wird recht wer'n. Ich weiß, was du denkst, Martin. Aber du mußt's jetzt net anders anschauen. Du hast ihm nix g'nommen und hast ihn nicht vertrieb'n. Er ist gangen, weil er gehen hat wollen. Drum denk nicht, was sein hätt' können, und freu' dich, daß er wieder daheim is...«

Und dann kam der Morgen nach der unruhigen Nacht.

Ein Sonnenstrahl schlich zwischen den Geranienstöcken durch und huschte dem Michel neugierig übers Gesicht.

Bist du wieder da?

Und drunten krähte ein Hahn; er hielt den Ton genau so wie sein Urahne, der einst den Buben aufgeweckt hatte. Er krähte auf gut Deutsch und ganz anders wie die Gockel in der Fremde.

Grüß Gott, Michel!

Zwölftes Kapitel

»Ich muß mir darüber klar sein«, sagte Tobias Bünzli, der in der Unterhose vorm Spiegel stand und sich im Selbstgespräche ernsthaft ins Auge faßte, »es kann eigentlich kein Zweifel darüber obwalten, daß ich bloß als Dichter bei dieser Familie Aussichten habe...«

– – »wenn von reellen Aussichten überhaupt die Rede sein kann...«, fügte er hinzu und betrachtete etwas mißtrauisch sein Spiegelbild.

Mit raschem Entschlusse ging er zum Waschtische, tauchte ein Handtuch in die Schüssel und fuhr sich mit dem nassen Zipfel übers Gesicht. Das hatte ihm stets genügt; oft hatte er sogar darauf verzichtet. Gleich stellte er sich wieder vor den Spiegel und zog sich einen Scheitel. Eine Haarwelle, mit dem angenetzten Kamme in die Stirne gelegt, wirkte so ansprechend, daß sich Bünzli anlächelte.

...»Warum sollten auch reelle Aussichten gänzlich fehlen?« Man hatte doch schon öfter gehört, daß vermögliche Leute ihre Töchter an geistige Kapazitäten sehr gerne hingegeben hatten. Im Bekanntenkreise der Bünzlis von Winterthur allerdings nicht. Im Kreise der Bünzlis war man eher geneigt, das Gewerbe der Schriftstellerei für verlumpende Zeitvertuerei zu halten. Aber in Berlin sollte doch die Dichtkunst im höchsten Ansehen stehen, wie man vernahm. Einige ihrer Jünger sollten sich dort sogar mit sehr reichen Mädchen verheiratet und ihre Existenz auf die allersolideste Basis gestellt haben. Ja, man hörte von Leuten, die es wissen mußten, daß reich gewordene Familien im Westen der Großstadt eine förmliche Jagd auf Berühmtheiten machten.

Und bestätigte nicht das Benehmen dieser Frau eigentlich dieses Gerücht?

Gleich nach der Verkündung seines Ruhmes im Piebinger Blatte überschüttete sie ihn mit Aufmerksamkeiten.

Er mußte an ihrem Tische Platz nehmen und dem lebhaftesten Interesse an seinem Schaffen begegnen.

Sie war ihm beinahe lästig geworden, und er hatte sie für eine entsetzliche Schneegans erkannt, als sie ihm empfohlen hatte, auch einen Roman wie Teddy Nabob zu schreiben.

Aber der Bünzlische Familiensinn für Kapital und Zinsen hielt ihn ab, ungeduldig zu werden, und ließ in ihm den Entschluß reifen, aus den Schwächen dieser dummen Person Vorteile fürs Leben zu ziehen.

Mit dem Mädchen kannte er sich noch nicht so recht aus. Es hatte ein schnippisches Wesen an sich und war mit den gewöhnlichen Mitteln nicht sogleich zu betören.

Tobias strich die Haarwelle etwas tiefer in die Stirne und probierte einen schwermütigen Blick, der zu den gewöhnlichen Mitteln zu gehören schien.

Diese junge Person machte zuweilen vorlaute Bemerkungen, die einen erheblichen Mangel an Ehrerbietung verrieten.

Aber sie hatte auch wieder andere Zustände.

Sie war doch verändert, seit er ihr die Seufzer des Entzündeten geschickt hatte, und sie lächelte manchmal herausfordernd, wenn er ihr seine Blicke ins Gesicht pflanzte.

Wer weiß?

»Jedenfalls ist es klar«, wiederholte Bünzli im Selbstgespräche, »jedenfalls kann kein Zweifel darüber obwalten, daß ich den Versuch machen muß, solange ich noch ... hm ...«

»Solange ich noch Dichter bin«, wollte er sagen.

Der letzte Bericht der Handelsbank, bei der er sein kleines Erbteil hinterlegt hatte, war betrübend gewesen und hatte ihm die Rückkehr in die Gemischtwarenbranche vor Augen gestellt.

»Jetzt wäre der Zeitpunkt ...«, sagte Bünzli nachdenklich und schaute in den Spiegel.

Er zog die Mundwinkel abwärts und ließ die halbgeschlossenen Augen in die Ferne schweifen, – Träumerei.

Er kniff die Lippen zusammen und öffnete die Augen sehr weit, – Sehnsucht.

Er spitzte den Mund und setzte zu einem lieblichen Lächeln an ... da klopfte es zweimal ziemlich laut.

Herein!

Die Türe wurde beinahe ungestüm aufgerissen, und da – als hätten ihn die so stark auf seine Familie gerichteten Gedanken hergezogen – stand Herr Schnaase im Zimmer.

Mit einem raschen Blicke umfaßte er die Gestalt und Erscheinung des Dichters. Unterhose von vorvoriger Woche, Hemd ähnlichen Datums, außerdem ohne Manschetten. Mit einem zweiten Blicke überflog er die kleine Stube, Waschschüssel, nasses Handtuch, verknüllten Anzug auf dem Sofa, Bücher auf einem Stuhl, Papier auf dem andern, Hemdkragen und Krawatte auf dem Tisch, daneben ein Kamm.

»Schmierfinke«, dachte sich Schnaase und sagte zugleich herzlich und wohlwollend: »Lassen Se sich ja nich stören und machen Se sich unscheniert fertig. Ich bin etwas zu früh gekommen, wie ich sehe...«

»Mit was kann ich dienen?« fragte Bünzli etwas beklommen, denn auch die freie Dichterseele fühlt sich befangen in einer alten Unterhose vor einem Manne, der als Schwiegervater ins Auge gefaßt ist.

»Mit was Sie mir dienen können?« fragte Schnaase zurück. »Tja... das läßt sich nich so einfach sagen. Das müssen wir schon eingehender besprechen. Aber wie gesagt, erst ziehen Se sich mal in Gemütsruhe an.«

»Darf ich Sie einladen, Platz zu nehmen?«

»Gerne, aber wo?«

Bünzli stürzte sich auf einen Stuhl, warf die Papiere herunter und bot ihn Herrn Schnaase an, der nun mitten in der Stube saß und mit Neugierde allerlei Intimes beobachtete.

»Es tut mir leid, daß ich mich in diesem Aufzug vor Ihnen präsentiere.«

»Präsentieren Se sich ruhig, junger Mann. Ich bin nich schenierlich.«

Bünzli schloff in die Hose und knöpfte hastig die Hosenträger ein; der rechte war sehr schadhaft und ausgefranst. Den Hemdkragen, der auch nicht mehr blühweiß war, hatt er bald an, und die Krawatte schlang er lieblos, wie einen Strick, zu.

Nanu?

Bünzli nahm Weste und Rock, aber er war immer noch barfuß.

Und richtig, da lief er zur Türe und holte von draußen Stiefeletten mit Gummizügen und steckte die Pedale hinein, wie sie Gott geschaffen hatte.

»Hören Se mal und nehmen Se mir die Frage nich übel. Is das so 'ne Art Naturmethode von Ihnen?«

»Wie meinen Sie?«

»Ich meine, weil Sie Ihre Gebrüder Beeneke so ohne Strümpe lassen?«

»Es ist bedeutend kühler so...«

»Sehen Se mal, – kühler. Ich dachte gleich, es is so was wie Kneippkur ... natürlich, Jeschmäcker sind verschieden... und nu zu meinem Anliejen. Aber nich wahr, selbstmurmelnd bleibt die Sache in de Familie?«

»Es liegt nicht in meiner Natur, ein Vertrauen zu mißbrauchen...«

»Bong! Denn lobe ich die Natur. Aber wenn ich sage, in de Familie, so meine ich unter uns zwei beide. Meine Frau bringt Ihnen als Dichter das gewohnte grenzenlose Interesse entgegen, und da könnten Se ganz zufällig in den vielen Gesprächen über Poesie auf mein Anliegen zu sprechen kommen. Das darf natürlich nich passieren...«

»Ihr Vertrauen ist mir heilig«, sagte Bünzli.

»Heilig is jut. Die Sache is ja harmlos, aber jeder Mensch hat nu mal seine Geheimnisse und muß se haben, denn wenn allens rauskommt, wird die Ehe verungeniert. Das können Se sich für Ihr späteres Leben merken, junger Mann, und nu sagen Se mal, Sie machen so hübsche Verse, wie ich höre?«

Über Tobias kam eine leichte Verlegenheit.

Sollte der Vater Kenntnis haben von den entzündeten Zeilen?

Er räusperte sich.

»Es ist naturgemäß«, sagte er, »daß man für stärkere Empfindungen gewagte Bilder sucht, und das ergibt sich eigentlich von selbst. Man ist gewissermaßen der Vollstrecker einer höheren Gewalt...«

»Jawollja... Sie machen also Verse, und zwar so'n bißchen pikant, was? So fürs Jemüt?«

Schnaase drückte das linke Auge zu und lächelte vielsagend.

»Ich weiß nicht, was Sie damit sagen wollen...«

»Na, Sie unschuldsvoller Engel ... ich meine so 'n bißchen stark dekolletiert.«

»Ich kann mich nicht erinnern, daß ich etwas Derartiges geschrieben habe...«

»Hören Se mal, Sie sin doch der gewaltige Erotiker!«

Bünzli atmete auf. Er wurde also doch nicht zur Rede gestellt von einem entrüsteten Vater.

Übrigens sah Herr Schnaase auch so vergnügt und lebensfroh aus, daß man ihn nicht für einen strafenden Richter halten konnte.

Und Tobias lächelte geschmeichelt.

»Ich bin allerdings in einem Blatte als Erotiker der Zukunft bezeichnet worden...«

»Habe ich gelesen, und ich sagte mir sofort, dann sind Se auch der Erotiker der Gegenwart, und Sie werden sich den ehrenvollen Titel wohl richtig verdient haben...«

»Es bezieht sich auf eine größere Dichtung von mir, das violette Chaos...«

»Na ebend! Und daneben machen Se wohl so gepfefferte Schansongs? Was?«

»Nicht im entferntesten! Ich bin offenbar bei Ihnen verleumdet worden...«

»I wo! Das is doch gerade das, was ich will...«

»Es ist eine böswillige Verleumdung...«

»Was heißt Verleumdung? Kein Mensch hat 'n Ton zu mir gesagt. Das is doch nur die einfache, logische Schlußfolgerung aus Ihrer anerkannten Eigenschaft als Erotiker...«

»Ich verstehe aber nicht...«

»Passen Se mal Obacht! Haben Se schon die kleine Bummsdiwa gesehen, die sich hier aufhält?«

»Die Tochter von dem Schlossermeister?«

»Jawollja... Sie sind im Bilde. Na also, ich protegiere die Krabbe 'n bißchen. Sie brauchen sich niscbt dabei zu denken; in allen Ehren und als der geborene Theateronkel. Nu hört die junge Dame, daß wir nächstens 'n Feez veranstalten, sonne venezianische Nacht am See, und da kam sie auf die Idee, daß sie sich bei der Gelegenheit mal den Altaichern zeigen könnte. Verstehen Se, ne Art Rehabilitation, damit die Banausen, sagt se, doch mal sehen und begreifen, wer und was se is. Na, Sie wissen ja, wenn sich mal 'n Frauenzimmer was in Kopp setzt. Und nu die Hauptsache. Sie will etwas vortragen, verstehen Se, was die Situation beleuchtet, was eigens dafür gedichtet is. Ne Satire auf muffige Spießbürger und 'n Sang an die goldene Freiheit, und das Ganze orntlich gesalzen und gepfeffert... Na also, wollen Se das machen?«

»Ich?«

»Jawollja. Ich sagte mir, Sie sind der Mann dazu...«

»Ich soll ein Gedicht machen...«

»Das war meine Idee. Ich kann es nich anders leujnen. Ich habe sofort zu dem Mächen gesagt: wissen Se was, hier is zufällig der berühmteste Erotiker als Kurgast anwesend. Das trifft sich ausgezeichnet! Der macht Ihnen das, sagte ich, mit 'n Wuppdich. Wenn Se bereit sind, junger Mann, mein Vertrauen zu rechtfertigen, so sprechen Se: ja!...«

»Ich bin doch überhaupt nicht in der Lage, eine solche Aufgabe zu übernehmen...«

»Sie sin nich in der Lage? Erlauben Se mir die Randbemerkung, daß ich mich natürlich erkenntlich zeigen werde...«

»Ich denke nicht an die pekuniäre Seite der Angelegenheit. Aber es ist nicht mein Genre...«

»Na, hören Se mal, wenn Se schon Dichter und Erotiker sind, dann kann Ihnen doch so was nich schwer fallen. Das Mächen legt nur Wert darauf, daß der Kontrast rauskommt, verstehen Se, zwischen das Schwerfällige und das Leichtbeschwingte...«

»Ich kann Ihnen da wirklich nicht dienen...«

»Machen Se keene Menkenke, Verehrtester! Ich komme ja in die allergrößte Verlegenheit. Ich habe nämlich der jungen Dame die Sache bestimmt versprochen, weil ich mich auf Ihr bewährtes Talent verließ...«

»Ich kann es nicht übernehmen...«

»So versuchen Se's wenigstens! Den Gefallen können Se mir tun, und wenn's auch nich eins a wird, das schadet doch nischt. Für die hiesige Bevölkerung wird's wohl noch langen...«

»Ich muß Ihnen sagen, Herr Schnaase, daß ich in einer solchen Aufgabe eine Entweihung erblicke...«

»Is 's de Menschenmöglichkeit! Entweihung! Nu will ich Ihnen aber doch was sagen, Verehrtester! Entweder es is eener 'n Dichter, denn soll er dichten, oder es is eener keen Dichter, denn soll er sich nich dicke tun als Erotiker...«

Herr Schnaase sah sehr verärgert aus, als er sich bei den Worten vom Stuhle erhob, und Bünzli verstand, daß man erhoffte Schwiegerväter nicht zu erbitterten Feinden machen dürfe.

»Wenn Sie es absolut wünschen«, sagte er, »dann könnte man die Sache noch in Erwägung ziehen.«

»Ziehen Se! Was is denn schon dabei? Ich sage Ihnen ja, es braucht nich eins a zu sein, und wenn Se mit Pegasussen nich zurecht kommen, denn rufen Se mich. Ich habe zwar im Leben nich gedichtet und bin keen Erotiker, wenigstens keen schriftlicher, aber 'n paar Ideen können Se immer von mir haben...«

»Ich will es versuchen...«

»Wie lange brauchen Se dazu?«

»Ich muß erst abwarten, ob die Stimmung über mich kommt.«

»Verdudeln Se nich die Zeit! In acht Tagen is der Feez, und das Mächen muß Ihre Verse erst noch auswendig lernen. Zu was brauchen Se denn Stimmung? Machen Se Hopsassa, Trallala und 'n bißchen was drum rum!«

»Es ist mir so ungewohnt...«

Schnaase fürchtete neue Bedenken und verabschiedete sich rasch.

Vor dem Hause blieb er stehen und bohrte den Stock in den Boden.

»Haste Worte for sonne Sorte? Entweihung sagt der bocksdemliche Bouillonkopp! Was der macht, das wird Murks. Aber meinswejen, gut oder schlecht, denn hat doch das Mächen seinen Willen...«

Oben am Fenster stand Tobias Bünzli, in Nachdenken versunken.

»Eigentlich ist er ein frivoler Lumpenhund«, sagte er.

Denn die Winterthurer lieben starke Worte.

* * *

Herr von Wlazeck stand vor der verschlossenen Stalltüre und klopfte heftig mit dem Spazierstocke an.

»Sie, ich mach' Sie aufmerksam, daß sich dieser Widerstand gegen Ihren Brotherrn richtet. Wenn Sie nicht sofort öffnen und die Befehle ausführ'n werden, können Sie sich auf das Schlimmste gefaßt machen. Was fällt Ihnen denn ein? Was erlauben Sie sich denn? Einfach die Stalltüre zu schließen!«

Hansgirgl saß drinnen auf der Haberkiste und ließ den Oberleutnant klopfen und schimpfen.

»Sie, ich mach' Sie aufmerksam, treiben Sie die Sache nicht auf die Spitze! Man wird Sie mit Brachialgewalt deloschieren, wenn Sie die Autorität Ihres Dienstherrn verhöhnen!«

Wlazeck horchte.

Es blieb zuerst still, und dann hörte er die leisen Töne eines Posthorns. Hansgirgl probierte einen Schleifer. Allmählich schwollen die Töne an, und zuletzt schmetterte es lustig und altbayrisch im Stalle, daß die Gäule munter wurden und in ihren Ständen scharrten.

»Also das is der Gipfelpunkt der Unverschämtheit!«

Herr von Wlazeck eilte in grimmiger Entschlossenheit über den Hof, ins Haus, in die Gaststube.

»Wo is der Herr Posthalter?«

Die Kellnerin wußte es nicht. Er stürzte in die Küche.

»Ich bidde, wo is der Herr Posthalter?«

»Ich weiß wirkli net. Aber was hamm S' denn, Herr Baron?«

»Was ich habe?«

»Sie san so aufg'regt...«

»Bin ich auch! Ich bin wietend. Ich bin außer mir!«

»Ja, was waar denn net dös? So a gmüatlicher Herr!«

»Es gibt Dinge, liebes Freilein Josefa, die mich in einen wahren Daumel der Wut versetzen; die ich einfach nicht ertrage. Und dazu gehört die Flegelhaftigkeit eines untergeordneten Subjektes. Aber wo kann ich denn den Posthalter finden? Ich muß ihn sofort sprechen...«

»Vielleicht is er beim Dings drüben, beim Bader Möhrl...«

»Das is nebenan? Also ich danke bestens. Ein andersmal komm' ich schon zum Plauschen in Ihre Kuchel...«

Wlazeck eilte hinaus und prallte im Hausgang auf den Blenninger Michel.

»Herr Posthalter, ich appelliere an Ihre Autorität. Ich lege Beschwerde ein bei Ihnen, und ich verlange die unnachsichtliche Bestrafung dieses Menschen, der Ihren Befehlen Hohn spricht...«

»O – hö – hö! Was is denn?«

»Was is? Bidde, kommen Sie! Gehen Sie mit zum Stall! Sie werden die Türe versperrt finden trotz Ihrer ausdriecklichen Anweisung, daß ich heute morgen Ihren Gaul ausreiten soll...«

»Herrschaftseit'n! Hat der Malafiz Hansgirgl...?«
»Zug'sperrt hat er. Posthorn blast er. Pfeif'n tut er. Auf Sie, verehrter Herr Posthalter, und auf Ihre Befehle.«
Blenninger schob seine Hauben nach vorne und kratzte sich hinter den Ohren.
»Jetzt, da schau' her! Es is aber scho wirkli a Kreiz mit de bockboanig'n Luada!...Zuagsperrt hat a? Ja, was tean ma'r jetzt da?«
Die treuherzige Frage erregte bei Wlazeck neue Entrüstung.
»Was *wir* tun? Bedauere, darüber keine Auskunft geben zu können. Wann Sie überhaupt noch im Zweifel sind, alsdann bin ich nicht in der Lage, Ihnen Direktiven geben zu können. Was *ich* täte, wenn ich Dienstherr wäre, das weiß ich. Ich möchte diesen obstinaten Flegel mit Brachialgewalt über den Hof herüberbefördern und bei jener Öffnung hinausschmeißen. Sie scheinen aber duldsamer zu sein.«
»Ja no, dös san so Sach'n...«
»Gewiß. Aber jedenfalls darf ich annehmen, daß Sie mir die versprochene Benützung des Pferdes ermöglichen. Was Sie sonst für Maßnahmen gegen die eklatante Verhöhnung Ihrer Autorität ergreifen, und ob Sie überhaupt die Verpflichtung fühlen, in Ihrem Hause die Gesetze der Disziplin aufrechtzuerhalten, das ist Ihre Sache. Mich geht das, Gott sei Dank, nichts an.«
»Jessas na! Solchene Zwidrigkeit'n in aller Fruah! Ja, was sagt er denn eigentli, warum er net mag?«
»Nix sagt er. Posthorn blast er. Hohnsprechen tut er Ihnen.«
»Passen S' auf. I geh amal num und red damit. Na, wer' ma's scho sehg'n...«
»Ich möchte Sie begleiten. Ich finde, daß Sie ihn in meiner Gegenwart zur Abbitte zwingen müssen.«
»Na... na! Dös is nix. Da machet 'n mir an Krach bloß irga. I geh num dazua, und Sie wart'n daweil. Na wer'n Sie 's Roß scho kriag'n. Gar so pressiert's ja net!«
»Wie Sie meinen. Am Ende haben Sie recht. Es ist wirklich besser, wann ich bei dieser Art von Auseinandersetzung nicht präsent bin. Mir mangelt das Verständnis für diese Art des Umganges mit obstinaten Untergebenen...«
Wlazeck wollte noch einiges sagen, aber der Blenninger

schritt schon gemächlich zum Stalle hinüber. Vor der Türe pfiff er.

»Hansgirgl!«
»Was is?«
»Mach amal auf! I hätt' mit dir was z'red'n...«
Der Schlüssel kreischte im Schloß, und die Türe ging langsam auf. Blenninger trat ein und schaute kopfschüttelnd seinen rauhhaarigen Hansgirgl an.
»Was machst d' ma denn da für a Gaudi her?«
»I mach koa Gaudi.«
»Net? Wenn ma der ander den größt'n Krach hermacht!«
»Von dem lasset i mir scho nix sag'n...«
»Ja no, i hab's eahm halt amal vasprocha, schau! Was liegt denn dro? Laß den spinnat'n Deifi reit'n, wann er scho reit'n muaß.«
»Und an Stutz hab i nacha krummb im Stall.«
»Von oamal werd a net krumm, und a zwoatsmal kriagt er 'n nimma. Dös vasprich i dir.«
Der grimmige Hansgirgl schaute noch immer finster vor sich hin.
»Für mi waar's a Blamaschi...«, bat der Posthalter.
»Na soll er'n halt nehma, der Hanswurscht, der dappige! Aber dös is ausg'macht. I sattel eahm an Stutz net. Vo mir aus, wer mag!«
»Hast wenigstens 's Sach herg'richt?«
»Da hint' flackt's.«
»No also«, sagte der Blenninger aufatmend. »Nacha is ja all's recht. Da Polizeideana hat g'sagt, er sattelt 'n scho.«
»Da Muckenschnabl? Der werd was vasteh'!«
»No, er war do lang gnua bei de schwar'n Reita.«
»M–hm. Weil 's de so guat kinnan! Na... da satt'l i an Stutz liaba selm. Aba da herin im Stall, und bal er firti is, führt 'n der Sepp außi. Sehg'n mag i 's net, wia der Gschwollkopf aufsitzt.«
Der Posthalter lächelte, aber verstohlen.
Denn sehen durfte es der Hansgirgl nicht, sonst hätte er die Haare wieder aufgestellt.
»I woaß ja, du bist ganz recht«, lobte ihn der Blenninger. »Mit dir muaß ma bloß richtig dischkrier'n. Der ander werd di halt in d' Höh trieb'n hamm?«

»Der? Ja! In da Fruah waar er alle halbe Stund daher kemma, befehl'n hätt' er mög'n, mit 'n Stecka hätt' er an d' Tür hi' g'schlag'n. Schlag no zua, hon a ma denkt, du damischa Ritta, du gschwollkopfata! Moanst d' vielleicht, du bist in da Kasern. Erst recht net, hon a ma denkt...«

Der Posthalter nickte beistimmend mit dem Kopfe.

»Was si so a Mensch ei'bild't?« sagte er. »Du bist do net für eahm do! Waar scho guat! Aba jetza, gel, tuast d' mir den G'fall'n und machst de G'schicht firti...«

Hansgirgl knurrte was vor sich hin, und der Blenninger ging erleichtert ins Haus zurück und sagte zu dem ungeduldig wartenden Wlazeck:

»No also! Es feit si ja nix! Sie kriag'n an Gaul, und de G'schicht hat si g'hob'n. Wenn i amal was sag, nacha g'schiecht's aa; da hätten S' koan Zweifi net z' hamm braucht...«

»Wirklich? Da darf man also gratulieren, daß Sie dieses Entgegenkommen doch noch erreicht haben.«

»Da hat's gar nix braucht. I kenn an Hansgirgl, und da Hansgirgl kennt mi...«

»Sehr schön, aber in Ihrem eigenen Interesse wäre es, daß sich dieser unverschämte Kerl bei mir entschuldigen mießte...«

»Na... na! De G'schicht'n mag i net. I möcht jetzt mein Ruah, und Sie kriag'n an Gaul...«

Damit drehte sich der Posthalter gleichmütig um und ging ins Gastzimmer.

* * *

Nach einer Viertelstunde führte der Stallbub den Stutz in den Hof. Hansgirgl ließ sich nicht sehen. Er stand hinter der Türe und schaute durch einen Spalt zu, wie der Gschwollkopfete aufsaß, und wie der Stutz unwillig seine Ohrwaschel zurücklegte. Bäumen mochte er sich nicht; dazu war er viel zu faul, aber er wieherte laut und klapperte langsam durch den Torweg.

Draußen blieb er wieder stehen.

Herr von Wlazeck preßte die Oberschenkel an, aber auf solche Geschichten ließ sich der Stutz nicht ein. Erst wie ihm der Posthalter mit der Hand eins hinten hinauf klatschte, ging er weiter.

Der Plan des Herrn Oberleutnants war, bis zur Einmündung

der Sassauer Straße zu reiten, dort umzukehren und dann den Platz in vornehmer Haltung zu überqueren. Vor der Post wollte er die Schnaaseschen Damen ritterlich grüßen und in schlankem Trab nach links abreiten.

Der Plan war gut, und das Geschick war günstig, denn die Schnaaseschen Damen standen oben am offenen Fenster.

Aber am Stutz fehlte es.

Er war als bayrischer Postschimmel rauh und kratzbürstig geworden, und wie alle älteren Staatsdiener beherrschte ihn die Einbildung, daß er übers Gewohnte und Hergebrachte hinaus zu nichts verpflichtet sei.

Als er an die Sassauer Straße kam, auf der er seit sechs Jahren Tag für Tag den Postwagen zog, mußte er glauben, daß er als Reitpferd den gleichen Weg zu gehen habe.

Herr von Wlazeck, der umkehren wollte, faßte die Zügel kürzer und zog.

Es half ihm nichts.

»Dummer Kerl«, dachte der Stutz. »Ich muß doch besser wissen, wo es nach Sassau hinausgeht.«

»Bästie!« murmelte der Oberleutnant, der ahnte, daß viele Augen auf ihn gerichtet waren. Oben waren die Damen, unterm Tore stand der Blenninger, drüben ließ sich Herr Natterer sehen, an verschiedenen Fenstern zeigten sich Leute.

»Schinderviech!«

Hätte er gewußt, daß hinterm Blenninger der Martl und der Hansgirgl standen und grinsend alles beobachteten, wäre sein Unwille noch gewachsen.

Der Seppl lief herbei.

»An schön' Gruaß vom Posthalter, ob Sie umkehrn möcht'n?«

»Aber ja! Ich wäre schon umgekehrt, wann dieses Viech nicht eine Haut hätte wie ein Rhinozeros... Dreh den Heiter um!«

Seppl tat es.

»Gegen zwei kann man nix mach'n«, dachte der Stutz. »Wenn er net nach Sassau will, was will er dann nachher?«

Quer über den Platz zur Fensterpromenade wollte Herr von Wlazeck; ritterlich grüßen wollte er und links abreiten.

Der Stutz ging mürrisch etliche Schritte vorwärts. Die Geschichte gefiel ihm gar nicht. Was waren denn das für neumodische Sachen? Überhaupt gehörte der Hansgirgl zu ihm. Der verstand ihn und blies ihm auf dem Posthorn schöne Lieder vor, bei denen sich's gemütlich traben ließ.

Und jetzt saß ein fremder Mensch auf ihm, der einmal riß und einmal zog und ihm die Beine an die Rippen preßte, und der in unbekannte Gegenden reiten wollte.

»Das ist nichts«, dachte der Stutz, und er versuchte es einmal mit seinem probaten Mittel, das er immer anwandte, wenn der Hansgirgl zu lange Trab haben wollte.

Er blieb stehen und schützte eine Notwendigkeit vor, die man achten muß. Als alter Schimmel hatte er das so los, daß man ihn nicht leicht als Betrüger entlarven konnte.

Der Hansgirgl war dabei immer voller Rücksicht und pfiff für ihn eine anregende Weise.

Herr von Wlazeck pfiff aber nicht, sondern wollte zornig das Geschehnis verhindern.

»Bästie elende!« fluchte er und riß am Zügel und schaute verstohlen zum Fenster hinauf.

Er mußte den Schinder an seinem Vorhaben verhindern.

Aber das gab es beim Stutz nicht.

Erst recht nicht, weil man ihm den Absatz in die Seite stieß.

Er streckte sich in die Länge und auf einmal hörte er die anregende Weise.

Der Hansgirgl pfiff sie unterm Tore.

Martl lachte. Der Posthalter schmunzelte.

Oben am Fenster tauchte Herr Schnaase auf.

»Sieh mal, Karline«, sagte er, »was man dir für ne pompöse Fensterpromenade abhält…«

»Du bist taktvoll, wie immer«, erwiderte sie und zog sich unmutig zurück. Auch Henny verschwand. Sie warf sich auf einen Stuhl und lachte so laut, daß man sie auf dem Platze unten hören mußte.

Es war eine infame Situation.

Bog nicht der Stutz den Kopf zurück und lächelte zum Hansgirgl hinüber?

Und Herr von Wlazeck saß unbeweglich hoch zu Roß wie ein Denkmal auf dem Altaicher Marktplatze.

Dreizehntes Kapitel

»Es is mir grad' recht, daß unser Konrad mit dem Michel fort ist«, sagte Frau Margaret, als sie mit ihrem Manne im Gartenhause Kaffee trank. »Denn ich muß dir's endlich sagen, so geht's nicht weiter. Ihr schleicht um die Sach' herum, wie die Katz' um den heißen Brei, und ihn drückt was, und dich drückt was. Und warum? Weil ihr nicht offen miteinander redet, über was geredt sein muß.«

»Ich weiß schon, was du meinst...«

»Freilich weißt du's, und der Michel weiß 's auch. Was soll werden? Er ist kein Bub, der in die Vakanz heimgekommen ist, und Gast sein, wo man daheim ist, das tut einem weh. Aber wie kann's anders gelten, und wie soll er bleiben? Darüber müßt ihr ins reine kommen, er, und du erst recht, Martin. Denn dich kenn' ich. Du hast am ersten Tag geglaubt, daß von Rechts wegen der Michel hergehört, und du nicht mehr. Red' net! Ich seh' dir's an. Aber es is net wahr, denn er hat's aufgegeben und hint'lassen, und du hast's übernommen und rechtschaffen geführt. Die Wehleidigkeit hinterdrein hat keinen Wert, und du sollst net mit ihm umgehen, wie mit an g'schürft'n Ei. Offen reden, das muß jetzt sein...«

»Was soll ich denn sagen, Margret? Wenn ich anfang', könnt' er meinen, er wird uns zu viel...«

»Sag' ihm schnurg'rad, daß er dableiben muß. Was soll er denn sonst tun? Daß er nimmer zum Wallubischießen und zum Herumboxen taugt, sieht ma doch. Wenn er auch die größt'n Fäustling dabei hat. Das alte Leb'n kann er nimmer führ'n, und in der Welt drauß' was Neu's anfang'n, dazu is er zu alt und zu müd'...«

»Daß er dableib'n muß, sagst du?«

»Was denn? Oder hast du geglaubt...? Geh! Ich könnt' doch dir net so weh tun, und ihm gönn' ich 's Ausrast'n. Er hat sich lang g'nug 'rumtrieb'n. Aber einen Sinn muß die Sach' hab'n, und wie und was muß er wiss'n. Sonst kann ihm net wohl sein...«

Martin streckte ihr die Hand über den Tisch entgegen.

»Wie mich das freut, Margret, daß du so red'st. Freilich hat's mich druckt, wenn ich mir's so vorgestellt hab', daß er wieder gehen müßt', und dann g'wiß zum letztenmal...«

»O ihr Mannsbilder! Sagt ma immer von de Weiber, aber ihr seid tausendmal zimpferlicher und könnt herumgehen mit euern Kümmernissen. Nur ja net reden und frischweg die Sach' anfass'n...«

»Recht hast. Wie allaweil, Margret. Und weißt was, das best' is, wenn du mit dem Michel red'st...«

»Nein...«

»Schau, dann sieht er gleich...«

»Nein. Das mußt schon du tun, denn es g'hört sich. Wenn ich red', schaut's so aus, als hätt' ich die Genehmigung hergeb'n. Das paßt sich net für mich und net für dich...«

»Ja... ja... na red' schon ich...«

»Sagst ihm: Michel, schau, du mußt dei G'wißheit hamm. Fortlass'n tu' ich dich net, sagst, und wo willst auch in dei'm Alter hingehen? Und, sagst, du kannst mir an die Hand geh'n; es gibt allerhand z' tun, wo man Leut' braucht, auf die man sich verlass'n kann...«

»M... hm... ja... das werd' ich sag'n...«

»Heut' noch, Martin.«

»Heut'? Aber es soll sich halt von selber geb'n. Meinst net?«

»Bei euch zwei gibt sich so was net von selber. Wenn ihr zwei beinand' hockt, verschluckt jeder das Beste, was er sag'n möcht.«

»Wenn ich nur wüßt'...«

»Fang nur an, Martin, hernach gibt ein Wort das andre.«

Und dann ging es doch von selber.

Als Michel heim kam, erzählte er, wie ihn das gefreut hätte, etliche Bauernhäuser so wiederzufinden, wie er sie in der Erinnerung gehabt habe. Ganz unverändert, und sogar einen Birnbaum hätte er wiedererkannt, auf den er mehr wie einmal heimlich gestiegen sei. Das Kleinste freue ihn, und er könne sich's kaum mehr vorstellen, wie er das Heimweh ausgehalten habe...

»Warum du nie mehr g'schrieb'n hast? Das hab' ich dich schon oft frag'n woll'n«, sagte Martin.

»Jo... g'schrieb'n. I hab' kein Grund g'habt, g'wiß net. Amal übersieht ma's, und nachher kommt harte Zeit, und ma will net, und es kommt bessere Zeit, und ma kann net, und auf amal is 's so lang' her, daß ma g'schrieb'n hat, und da find't ma kein Anfang mehr...«

»Mir hamm allaweil g'wart' und an dich denkt...«

»Net öfter, wie ich daher denkt hab'. Amal, da war ich in den Darling downs, und das is der beste Platz für d' Schaf, und der Mac Lachlan hat drei oder vier Paddoks g'habt mit Platz für acht- oder zehntausend Schaf, und sei Schwester, sie hat Ruth g'heiß'n, die war a richtig's Frauenzimmer, nimmer jung oder so, aber dös g'hört net da her. Und da war i a paar Monat beim Mac Lachlan, weil er mi halt'n hat wollen und die Ruth auch, und i war gern dort, und wenn's in der Woch' oanazwanzgmal Schaffleisch geb'n hat, war's mir gleich, aber dös g'hört net da her. Und da is Weihnacht'n g'wes'n, aber net Winter, wie bei uns, sondern verdammt heiß, und ma war froh um an jed'n Schatt'n, und da hat der Mac Lachlan mit mir g'redt wegen der Ruth, weil sei Frau tot war, und Kinder hat er net g'habt, und da sagt er, es wär' ihm ein Ding, wenn ich die Ruth heirat'n möcht, und ihr wär's auch recht und so. Aber da is mir eing'fall'n, wie's daheim is, wenn überall Schnee liegt und der Christbaum anzündt is, und da hab' i g'wußt, daß i net bleib'n kann, und hab's ihm g'sagt, warum. Der Mac Lachlan hat mich net verstand'n und hat g'meint, wenn ich gute Zeit hab', denk i nimmer dran und so. Aber i hab' net können...«

»Und jetzt weiß ich erst recht«, sagte Martin, »daß d' nimmer fortdarfst, und daß d' dableib'n mußt.«

»Jo... dableib'n. I hab' zwoa Meinunga...«

»I hab' bloß eine, und mir müssen das tun, was der Mutter und dem Vater recht wär'. Was tät'n die sag'n, wenn i di nochmals geh'n lasset?«

»Aber schau, i kann net da sitz'n...«

»Mithelf'n kannst. Da find't sich leicht was; und wie lang' dauert's, dann geh' ich in Austrag, und nachher schau'n wir den Jungen zu...«

Michel rieb sich mit dem Handrücken die Stirne, aber Martin war jetzt lebhaft und beredt.

»Du mußt dir die Sach' net lang' überleg'n. Es geht, und i bin froh, daß 's geht. I wär' net da, wenn du net gangen wärst.«

»Du bist verheirat und hast Kinder, schau...«

»D' Margret war die erst', die g'sagt hat, daß du nimmer weg darfst, und sie hat g'sehn, daß mir die G'schicht' im Kopf 'rumgangen is und dir auch, und sie hat g'sagt, ich müßt' mit dir red'n...«

»Wenn ein Frauenzimmer schon amal gescheit is«, sagte Michel, »hernach is s' aber g'wiß g'scheiter wie mir.«

Er gab dem Bruder die Hand, und dann war's abgemacht, und wie es das gescheite Frauenzimmer vorausgesehen hatte, wurden nun die zwei gesprächig, wie Leute, die was vom Herzen weg haben.

Sie machten Pläne, wo Michel wohnen sollte, denn im Haus war's doch zu eng, und was Eigenes haben, war besser; auch hatte der Schreiner Harlander ein Zuhäusel, das leer stand und für billiges Geld zu mieten war. In der Mühle war gleich Beschäftigung für Michel zu finden. Getreide abnehmen und Mehl ausliefern und das Lager in Ordnung halten. Dazu gehörte nicht viel Schreiben und Rechnen, aber Ehrlichkeit.

Die Aussicht, daß er arbeiten und nicht unnütz herumhocken werde, stimmte Michel froh, und er malte sich mit dem Bruder eine tätige, schöne Zukunft aus.

Wie Margaret dazu kam, erfuhr sie, daß nun alles in Ordnung sei. Man hätte es ihr nicht zu sagen brauchen, denn wie Michel übers ganze Gesicht lachte und ihr beinahe die Hand zerquetschte, wußte sie's gleich.

»Und denk' dir grad'«, erzählte Martin nach einer Weile, »in Australien drüben hätt' der Michel ein nettes Mädel heiraten können, und hätt' eine Farm kriegt mit zehntausend Schaf...«

»Zwischen acht- und zehntausend«, verbesserte Michel. »Amal waren's mehr, amal weniger. Aber nettes Mädel kann ma net sag'n. Die Ruth war schon hoch in die Dreißiger und ziemlich mager und boanig...«

»Schau! Schau!« dachte Frau Margaret. »So sind die Mannsbilder. Es kann ihnen noch so schlecht gehen, heiklig wären s' doch...«

* * *

Der Hallberger hämmerte an einer Eisenstange herum, als ein breiter Schatten über den Boden der Werkstatt fiel und Michel unter der offenen Türe stand.

»Je… der Michel…«

»Grüß Gott, Karl. I hab' amal herschauen woll'n zu dir.«

»So is recht; geh' no eina…«

Die zwei begrüßten sich, und Xaver, der hinten an einem Schraubstock stand, stellte sachverständig und bewundernd fest, daß der Bruder vom Ertlmüller, von dem er schon allerhand gehört hatte, weitaus die größeren Pratzen hatte, wie der Meister, und daß er überhaupts, wie er so dastand, schon ein teuflisches Mannsbild war.

»Dei Haus is no grad' so, wie's war, Karl…«

»Hab' nix umbaut; bloß der Lad'n hat um a Fensta mehra, aber sunst is 's beim alt'n blieb'n… hätt' aa koan Wert net g'habt… no ja… und wie g'fallt's nacha dir dahoam?«

Ein behagliches Lachen ging über Michels Gesicht. »Gut, Karl. So gut, daß ich meiner Lebtag nimmer furtgeh'…«

»Ja, was sagst da? Dös is amal recht. Werst auf de alte Tag do wieder an Altaicher.«

»I hab' a bissel lang' braucht dazu…«

»Spat is besser, wie gar net. Aba woaßt was? Auf dös nauf trink' ma 'r a Maß, bals dir recht is, im Blenninger Keller.«

Der Hallberger band sich die Schürze los.

»Gern«, sagte Michel. »Aber i hab' dei Frau no net g'sehg'n, und a Tochter hast auch?«

Über den braven Schlossermeister kam eine Verlegenheit, die er nicht recht verbergen konnte.

Er warf einen raschen Blick auf den Gesellen, der unbekümmert drauflos feilte.

Den Lehrbuben ertappte er dabei, wie er neugierig über eine Kiste wegblinzelte.

»Was suachst denn du da?« fragte er ihn barsch.

»A Ding… a… Schraub'nmuatta…«

»Net so lang suacha, gel! Sunst hülf i dir. Kohl'n san aa wieder koa herob'n… muaßt du umanandsteh' und faulenz'n?«

Er schloff in seinen Janker und holte eine verrußte Mütze vom Nagel herunter.

»Kumm!« sagte er zu Michel und ging voran zur Türe hinaus.

Der Seppl schaute ihnen nach.

»Hast'n g'hört?« fragt er Xaver.

»Nix hab' i g'hört, und Saubuab'n, de gar so vui hör'n und aufpass'n, nimmt ma bei de Ohrwaschl, bei de windig'n...«

Zwischen Lehrbub und Gesellen kommt es nie zu netter Vertraulichkeit.

Auf der Straße sagte Hallberger, nachdem er sich nochmal geräuspert hatte:

»Mei Frau... de siehgst scho an andersmal, und... ah... mei Tochta... de bleibt net lang da, und wenn'st as net siehgst, is aa'r a so.«

Michel merkte, daß er eine wunde Stelle berührt hatte, und nichts hätte ihn vermocht, noch eine Frage zu stellen, die dem alten Kameraden weh tun konnte. Er blieb stehen und suchte in seinen Taschen umständlich nach dem Tabakbeutel und fand ihn lange nicht, und dann klopfte er seine Pfeife leer, obwohl sie kaum halb ausgeraucht war, und stopfte sie wieder, denn das gab ihm Zeit, sich auf was anderes zu besinnen.

»Wie geht's eigentli an Blenninger?« fragte er.

»Guat. Wia's eahm allaweil ganga is, plagt und kümmert hat den seiner Lebtag nix.«

»I kann mi no gut erinnern, wie er als Bua war. Staad und faul, und wenn mir g'spielt hamm, hat er net mittun mög'n. ›Es is mir z' fad‹, hat er allaweil g'sagt.«

»So is er blieb'n. D' Lebhaftigkeit mag er heut' no net.«

Sie kamen im Sommerkeller an, der noch beinahe leer war.

Nur zwei Leute saßen neben der Schenke; der Martl und der Hansgirgl, die es erfahren hatten, daß frisch angezapft war.

Hallberger und Michel setzten sich unter eine mächtige Linde, und als ihnen die Kellnerin zwei überschäumende Krüge gebracht hatte, stießen sie miteinander an.

»So... so... also jetzt bleibst bei uns? I glaab, es hätt' dir nix Bessers eifall'n kinna.«

»I bin froh über dös, Karl, daß i richtig dableib'n ko. Denn i hätt' eigentli net g'wußt, wo i sunst was find'n hätt' soll'n.«

Und Michel erzählte, wie er wohl vom ersten Tag an den Gedanken und den Wunsch gehabt, aber wie er sich's doch kaum gehofft habe.

Wie dann der Martin so brüderlich gewesen sei und ihm obendrein zu leichtem Verdienst geholfen habe, so daß er seinen Leuten nicht auf der Suppenschüssel hocken müsse.

Der Hallberger hörte ihm zu, und da fiel ihm ein, was er zuerst vom Staudacher als dumme Meinung gehört hatte, und was dann auf einem Umwege durch den ganzen Markt wieder als fest verbürgtes Gerücht zu ihm gedrungen war, daß der Michel Oßwald sich in fernen Weltteilen als Sklavenhändler viel Geld zusammengerafft habe und als steinreicher Mann heimgekehrt sei.

Da saß der schreckhafte Mensch vor ihm und freute sich auf Arbeit und Wochenlohn.

* * *

»Der da drent«, sagte Martl, »dös is der Bruada vom Ertlmülla, der wo jetzt auf oamal hoam kemma is.«

»Vo dem hört man allerhand«, antwortete Hansgirgl. »A Gschlaf'nhandler soll er g'wen sei.«

»Ja, und a Kist'n g'häuft voller Goldstückl hat a mitbracht, und a eiserne Lanz'n hat er a dabei g'habt auf da Roas, daß eahm koana übers Geld kimmt...«

Hansgirgl schaute tiefsinnig vor sich hin.

»Was 's all's gibt auf dera Welt!« sagte er.

Der Martl aber kam ins Erzählen.

»I woaß net, wia de G'schicht' aufkemma is, ob 'n 's G'richt überschrieb'n hat, oda ob er sei frühers G'schäft beim Bürgermoasta o'geb'n hat müass'n, obwohl daß wieder oa sag'n, dös hätt' er g'wiß net to, weil er strafmaßi waar durch dös, aber wiss'n tuat ma's g'nau, und d' Leut' sag'n, daß 's da koan Zweifi überhaupts net gibt. Da Lenzbauer is neiling extra vo Riadering eina g'fahr'n in d' Ertlmühl, g'rad daß a den Gschlafenhandler siecht, hat er g'sagt, weil dös eppas Seltsams is, sagt a, und er hätt'n gern g'fragt, hat er g'sagt, wia's bei dera Handelschaft zuageht, daß ma d' Leut' vakafft als wia's Vieh, und was ma da für Preis' löst und a so, aba, sagt a, traust di halt do net, daß d'n pfeigrad fragst, aber amal werd si scho a G'leg'nheit geb'n...«

»A Gschlafenhandler«, sagte Hansgirgl. »Saggera! Dös waar was für mi g'wen!«

»Was sagst d'?«

»Für mi waar dös was g'wen. In frühere Jahr. Da hätt' mi oana glei hamm kinna zu dem G'schäft.«

»Ja freili...«

»Bal a da 's sag'. Was moanst denn, wia so oana lebt, mei Liaba!«

»Bei de Wild'n?«

»Da hätt' i nix danach g'fragt. Bei de Wild'n gibt's aa sauberne Madel. Dös derfst glaab'n. I hon amal z' Minga drin bein Oktobafest so a Negerbandi beinand' g'sehg'n... Da san etla dabei g'wen.«

»Sauberne?«

»Ja. Feste Brocka, mei Liaba! G'rad daß s' net extri g'haxt war'n, aber sunst hat si nix g'feit.«

»Ah?«

»Und so a Gschlafenhandler, laß da sag'n, der tuat si leicht. Vorgestern is da Staudacher in Sassau drent g'wen. Der hat ma all's g'nau vazählt.«

»Woher woaß 's denn nacha der?«

»Aus an Büachi, wo all's beschrieb'n is. Freunderl, so a Gschlafenhandler hat a schö's Leb'n! Da ko'st da nix denga...«

»Geh'?«

»Siehgst, da is zum Beispiel a Dorf, wia bei ins, bloß daß Schwarze drin san. Jetzt kimmt da Gschlafenhandler mit seina Kumpanie und stellt Post'n auf, daß vo de Schwarz'n koana außa ko. Vastehst? Nacha geht's los. D' Mannsbilda wer'n außa zarrt und auf de oa Seit'n aufg'stellt. Auf de ander Seit'n kemman d' Weibsbilda. Jetza kimmt da Gschlafenhandler und schaugt si 's o. De, wo eahm g'fall'n, de g'hör'n eahm. Da werd überhaupts nix g'red't...«

»Grad' nehma, sagst d'?«

»Freili. Weil er da Kommadant is, da hat er sei Recht auf dös.«

»Herrschaft! Da muaß 's wild zuageh'!«

»Schö geht's zua. Was moanst denn, bal de Weibaleut' aufg'stellt san in Reih und Glied, und koan Schwindel gibt's net, weil s' nix o'hamm, und bal dir oani g'fallt, deut'st drauf hi. Is scho abanniert.«

»Da mög'st du dabei sei?«

»Jetza nimmer a so. Aba früherszeit'n waar dös a Post'n g'wen für mi.«

»Da bin i scho liaba dahoam g'wen.«

»Ah, was hat ma denn gar so Schö's g'habt? Bal s' oan am Kammafensta dawischt hamm, hamm s' oan über d' Loata oba g'schmiss'n oda mit an buachan Prügel übern Kopf übri g'haut..., und mit de Weibaleut' hast de längst' Zeit dischkrier'n müass'n und schö toa. I hätt' halt paßt für an Gschlafenhandler...«

Hansgirgl trank und wischte sich mit der Hand den nassen Schnurrbart ab. Dann versank er in Schweigen und ließ seine liederliche Phantasie in ferne Länder schweifen.

* * *

Derweil war es dämmerig geworden, und die Altaicher Bürger kamen zum Abendtrunke. Sie setzten sich unweit von Hallberger und Michel an etlichen Tischen zusammen und unterhielten sich geheimnisvoll mit geflüsterten Worten und bedeutsamen Blicken.

Die zwei achteten nicht darauf, denn der Hallberger Karl schüttete vor seinem alten Kameraden sein Herz aus, freilich nicht in langen Sätzen, oft nur mit halben Worten und unwilligen Gebärden, aber doch so gründlich, daß Michel sah, wie sich auch in einem stillen Winkel Geschehen und Werden zu einem unklaren Knäuel verwirren konnten.

»Es is aa dahoam net all's schö«, hatte der Hallberger gesagt. »Oft hab' i mir scho denkt, wia guat 's g'wen waar, wennst mi selbigsmal net aus 'n Bach außazog'n hätt'st... Waar mir allerhand derspart blieb'n... wisset i allerhand net, was ma net gern woaß... na... na! Brauchst d' nix sag'n... dös is amal a so. S' Leb'n is g'spassi, mei liaba Michl, und oft geht's dumm und geht verdraht, und kunnt do all's so oafach und richtig geh'. Wenn überall Verstand dabei waar. Aber a so! Ja! 's Leb'n ko g'spassig sei!«

Und dann erzählte er, wie leer ihm das Haus geworden war, und wie unnütz das Leben, die Arbeit, alles. »Für wen plag' i mi? Und für was? Rein für gar nix, umadum gar nix. Da bild't si da Mensch ei, wenn ma sei Sach macht und rechtschaffen is, nacha ko si nix fehl'n. Moant ma. Jawohl! Ah was! Nix is...«

Da hätte wohl niemand Trost gewußt, und der Michel wußte schon gar keinen. Er streckte nur öfter die Hand über den Tisch.

»...No...no...Karl...schau! Am End' is besser, du denkst net drüber nach.«

»Net nachdenk'n? Dös Kunststück wenn mir oana lernt, dem gib i viel. Mitt'n in der Arbet fallt's oan ei, und der Hammer schlagt nimmer auf. Siehgst, von der Alt'n hat sie's. 's Lüag'n is dös schlechtest auf da Welt. Mit dem fangt all's o, all's, was drekkig is. Und de Alt' lüagt und blinzelt net mit de Aug'n dabei. Ko di o'schaug'n, als wenn s' nomal d' Wahrheit saget, und lüagt mit jed'n Wort. Jetzt woaß i 's freili. Aba es hat a Zeit geb'n, da hab' i 's net g'wußt und hätt's aa net glaabt. D' Leut' sag'n, i war z' guat, oder z' dumm, wern s' moana. Du werst as scho no hör'n, wennst länger da bist. Hast as vielleicht scho g'hört...«

»Koa Wort davo hab' i g'hört, Karl. Schau, sonst hätt' i heut wohl net d' Red' drauf bracht...«

»No ja... na werd's net lang hergeh', und es verzählt dir oana de G'schicht vom dumma Hallberger. In Altaich is jeder g'scheit für mi; jeder hätt's besser g'macht und anderst. Koana hätt' si 's g'fall'n lass'n. Aber i war z' guat. Und is do net wahr, Michl. Derfst ma 's glaab'n. Ma schlagt nix nei, ma schlagt nix raus bei an Kind... is all's net wahr. Dös steckt drin, z' tiafst, wo's d' net hi'kimmst und wannst no so viel Steck'n abschlagst. Es steckt im Bluat. De Alt' lüagt, und vo dem kummt 's...«

»Bst, Karl! Es sitz'n Leut' hinter uns...«

»Und spitz'n d' Ohr'n, moanst. Ja...ja...sie hamm s' lang gnua, aba sie hör'n nix Neu's. Ah was! De wissen's scho lang und wissen all's besser wia'r i... Zahl'n ma und genga ma, wenn's dir recht is.«

Sie brachen auf, und alle Blicke folgten ihnen oder folgten dem Seeräuber und Sklavenhändler Michel.

Es dunkelte schon, als sie auf den Marktplatz kamen, und von der Wetterseite her schoben sich schwere Wolken über das Vilstal.

Hallberger blieb stehen.

»Geh' ma hint rum; i geh' mit dir über d' Ertlmühl. Hoam mag i jetzt net.«

»Is recht, Karl...«

»An Ekel hab' i, wann i bei da Haustür nei geh'...«
»Schau, wer woaß? Vielleicht werd no all's besser...«
»Besser wer'n? Na, Michl, dös is nimmer mögli, net amal, wenn der Will'n dazua da waar. De Alt' lüagt, und de Jung' hat's von ihr. I denk' oft über dös nach, derfst ma 's glaab'n, und i woaß: was hin is, is hin...«
Sie gingen schweigend zum Orte hinaus und hätten nun sehen können, wie sich die dunkle Wolkenwand immer höher schob und hinterm Sassauer Wald schon von Blitzen zerrissen wurde. Aber Michel achtete nicht darauf in seinem Mitleid mit dem armen Manne, der neben ihm herging und zuweilen undeutlich vor sich hinmurmelte. Bei einer Bank blieb Hallberger stehen.
»Hock' ma'r uns a weng her! I hab' Jahr und Jahr net g'red't über dös und hab's in mi neig'fress'n. Jetzt tuat's ma schier wohl, daß i amal all's sag', und zu dir is guat g'sagt. Bei an andern bracht i 's net z'samm, weil i mir allaweil denk', der laßt di red'n und hat no sei Untahaltung von dein Lamentier'n. Aber bei dir is anderst, und du glaabst ma 's aa, was i sag'...«
»Freili glaub' i dir's...«
»Ja... Michl... gel? Hätt'st dir aa net denkt, daß d' heut' no an Dischkurs z' hörn kriagst? Derf di net vadriaß'n, woaßt. I wollt, i kunnt dir was Schöners verzähl'n...«
Nach einer Weile sagte er:
»Siehgst, jetzt hab' i dreiviertel Leb'n hinter meiner, und wann i d' Rechnung mach', kimmt a Nuller raus. Es is für nix g'wen. Für gar nix...«
»Karl, so kunnt i aa denk'n...«
»Du? Weil's d' ledi bist und in da Welt umanandkugelt bist? Weil's d' koa Hauswes'n hast? O mei Mensch, dös hoaßt gar nix. A Famili hamm, all's drauf setz'n, und nacha... verlier'n, verschmeiß'n... so hundsdumm kaputt geh' sehg'n... ah was! Genga ma! I begleit' di hoam, und nacha geh' i zum Schlaf'n. Schlaf'n – arbet'n – arbet'n – schlaf'n... Amal werd's scho gar wer'n, und jetzt laß ma 's guat sei... es hat koan Wert net, drüber red'n... Aber es war halt heut' so a Tag. 's erstmal, daß mir beinand' war'n nach der langa Zeit. Da is mir all's eig'fall'n. 's jung sei', dös lustige jung sei', und 's Glaab'n und 's Hoff'n... und dös ander.«

Sie gingen wieder schweigend nebeneinander her und beeilten sich auch nicht, als ein heftiger Wind auffrischte und schwere Regentropfen fielen.

An der Brücke nahm Hallberger Abschied.

»Also Michl, guat Nacht! Und nix für unguat weg'n der Jammerei!... Paß auf, no was. Gel? Wenn dir oana so was vorred't, wia 's *er* g'macht hätt' statt meiner, glaab's eahm net. Mit 'n Schlag'n is nix g'richt'... Ma schlagt nix raus aus an Kind, wann's amal tiaf sitzt... Guat Nacht!«

Michel ging langsam und nachdenklich heim.

Es gab Stunden, in denen er dachte, daß alles sich besser und schöner gestaltet hätte, wenn er nicht in die Welt hinausgegangen wäre.

Aber da konnte nun einer auch daheim die Rechnung so bitter abschließen: dreiviertel Leben vorbei, und war für nichts.

Der Hallberger ging mißmutig weiter.

Die Aussprache hatte ihn doch nicht erleichtert.

»Für was eigentli?« sagte er vor sich hin. »Dös Red'n hat aa koan Wert; nix hat an Wert. Is all's a Schmarr'n...« Und grimmig wiederholte er lauter: »All's a Schmarr'n!«

Da fiel ihn mit wütendem Bellen ein kleiner Hund an. Er kannte das giftige Gekläff.

Und er kannte auch die Stimme: »Fifi! Viens donc!«

»De? Um de Zeit und da herunt'n?«

Hastig schritt er darauf zu. »Heda!«

»Jessas! Der Vata...!«

Hallberger sah, wie ein Mann die Böschung hinuntersprang durchs Gesträuch, daß die Zweige krachten.

Dann war's still, und er stand vor seiner Tochter, dem Fräulein Mizzi Spera vom Chat noir.

Vierzehntes Kapitel

Tobias Bünzli ließ den ersten und zweiten Tag nach dem Besuche des Herrn Schnaase seinen Pegasus immer noch ruhig im Stall stehen; er schüttete ihm nicht einmal Haber vor. Als Winterthurer wollte er sein Gewisses haben, bevor er dichtete, denn nur guter Lohn macht hurtige Hände. Er dachte aber an etwas anderes, als an Honorar und Geld. Es war eine Hoffnung in ihm erwacht; indessen, wie seine Mutter immer gesagt hatte, wer mit der Hoffnung fährt, hat die Armut zum Kutscher, und deswegen beschloß er, geraden Weges auf sein Ziel loszugehen.

Er wollte von Karoline Schnaase, die er für eine genügend dumme Person hielt, erfahren, ob ein in Zeitungen gerühmter Erotiker einer Berliner Familie als Schwiegersohn und sensationeller Zuwachs passen konnte. Am dritten Tage konnte er das, wie er meinte, harmlose Weibsbild zu einem Spaziergange verleiten. Sie gingen den Vilsfluß entlang, und nach den üblichen Seufzerlein über Schönheit, Natur und Frieden war Frau Schnaase dabei, über Literatur zu plaudern.

»Ich stellte es mir wunder-wundervoll vor«, sagte sie, »wenn Sie nach Berlin kämen. Wir würden Sie in sehr gute Kreise einführen, und vor allem müßten Sie an meinen Besuchstagen zu uns kommen. Ich habe den Mittwoch.«

»Ich danke Ihnen bestens für die freundliche Einladung«, erwiderte Bünzli. »Es könnten allerdings Verhältnisse eintreten, die mir eine Übersiedlung nach Berlin als wünschenswert erscheinen ließen...« Wenn ein Winterthurer hochdeutsch kommt, spricht er gewählt.

»O bitte! Kommen Sie wirklich! Ja?« flehte Karoline. »Ein Mann, wie Sie, muß ins volle, rastlose Leben...«

Bünzli war erfreut, daß das Gespräch die gewünschte Richtung nahm. Er verhielt sich aber zurückhaltend und kühl, wie bei einem Handel. »Ich habe mir schon öfter gesagt, daß man eigentlich in Berlin leben sollte. Ich finde dort auch einen Kreis von Gleichgesinnten...«

»Und Verehrern, zu denen Sie uns zählen müssen. Und bei mir würden Sie die crème de la crème treffen. Auch Lulu Dessauer kommt regelmäßig...«

Tobias verzog das Gesicht, als wenn er auf was Hartes gebissen hätte. Immer redete die Person von Dessauer und Teddy Nabob, aber vorerst durfte er selbst als freier Schweizer der Wahrheit nicht die Ehre geben und sagen, daß Karolinens Lieblingsroman ein lausiges Gelump sei.

Sage nicht alles, was du weißt; es ist nötiger, den Mund zu bewahren, denn die Kiste und – Geld vor, Recht hernach.

»Auch Waschkuhn ist immer da, von dem ich Ihnen erzählte, und junge Leute mit literarischen Interessen. An Schriftstellern habe ich, wie gesagt, Dessauer und...« – Karoline dachte nach – »und Arnemann ... und Schweckendieck von der Rundschau. Aber ein ganz Moderner fehlt mir noch. Sie sind doch Expressionist, nich?...«

»Allerdings, ich bin neo-kosmisch...«

»Sehen Sie! Und das wär' nu gerade das! Nein, wirklich, Herr Bünzli, Sie müssen mit dabei sein...«

»Wie gesagt, unter Umständen läßt es sich ermöglichen. Ich bin dem Gedanken, nach Berlin zu gehen, bereits näher getreten, aber...«

»Was ist dabei zu überlegen? Ist es nicht eigentlich selbstverständlich?«

»Es ist vielleicht ratsam und förderlich«, sagte Tobias. »Allein, um es zu ermöglichen, müßte man seine Existenz auf eine solide Basis stellen. Es haben schon manche den Versuch gemacht und sind dabei gescheitert.«

»Ihnen kann es doch nich schwer fallen, wenn Sie doch schon 'n Namen haben.«

»Die Welt ist oft sonderbar und nimmt keineswegs immer Notiz von unserm Können...«

»Wissen Sie was?« rief Karoline. »Schreiben Sie doch 'n gangbares Stück! Das ist immer ein gutes Geschäft.«

»Der Begriff gangbar ist sehr unbestimmt. Oft ist der lumpigste Kitsch gangbar, und das Literarische versagt vollständig beim Publikum. Da hat man keine sicheren Chancen...«

»Ich kenne doch so viele, die mit einem einzigen Erfolge berühmt wurden, und sehr, sehr viel Geld verdienten. Sie glauben ja nicht, wie dankbar man in Berlin für alles Neue ist!«

»Es mag einigen gelungen sein, aber viele sind unbekannt geblieben und in schlechte Verhältnisse geraten. Das ist keine solide Basis..."

"Könnten Sie nicht bei einer Zeitung...?"

"Nein! Das ist die absolute Sklaverei. Man verkauft seine Begabung und seine Phantasie. Oft um einen Hungerlohn..."

Karoline streifte ihren Begleiter mit einem mißtrauischen Blicke. Wohlhabende Leute sind in einem Punkte sehr feinfühlig und hören einen Pumpversuch nahen, auch wenn er noch so leise auf Socken heranschleicht.

Sollte der junge Mensch ----?

Jedenfalls lebte er nicht in Überfluß, und sie wollte auf ihrer Hut sein.

"Es ist ja nicht für immer", sagte sie. "Und ich denke mir, in einem großen Blatte..."

"Nein! Daran denke ich nicht im entferntesten. Selbst unter den günstigsten Verhältnissen ist es eine Sklaverei. Man wird gezwungen, auf die Instinkte des Publikums zu achten..."

"Wie schade!"

"Es gäbe wohl auch anderes", sagte nun Bünzli mit alpenländischer Offenheit. "Ein Bekannter von mir ist in die Lage gekommen, sich sorglos seinem dichterischen Berufe hinzugeben. Er hat einem wohlhabenden Mädchen die Hand zum Bunde gereicht und lebt nun als freier Mann..."

"Die Glückliche!" rief Karoline.

Sie rief es mit wirklicher Empfindung, denn sie atmete auf bei der seltsamen Wendung, die das Gespräch nahm.

Selbst wenn das Schlimmste eintrat, konnte man doch viel leichter einer Werbung als einem Pumpversuche entrinnen.

"Die Glückliche!"

"Ich glaube auch, daß sie die beste Wahl getroffen hat", sagte Tobias. "Sie ist in einen geistig bedeutenden Kreis eingetreten, und auch ihre Familie ist dadurch aus einer gewissen Alltäglichkeit herausgehoben worden..."

"Das ist es doch!"

Bünzli fuhr im trockenen Tone eines Berichterstatters weiter.

"Wenn der Mann, woran wohl nicht zu zweifeln ist, infolge seiner freien Stellung bedeutende Werke schafft, so partizipieren auch die Eltern der Frau an der allgemeinen Achtung, die ihrem

Schwiegersohne entgegengebracht wird. Man wird eben sagen, daß sie die ersten waren, die seine Bedeutung erkannt haben, und man wird ihnen dankbar sein, weil sie den Dichter finanziell unabhängig gestellt haben...«

»Und dann die junge Frau! Ich denke es mir wunder-wundervoll, wie sie einem Genie die Wege ebnen darf, wie sie der Mann mit fortreißt in die Welt seiner Ideen...«

»Allerdings. Auch das muß in Betracht gezogen werden...«

»Denn es ist ja das Schönste!« sagte Karoline, die nach der überwundenen Beklemmung in wortreiche Begeisterung geriet. »Was kann es Herrlicheres geben, als in einer Ehe gemeinsame Ideale pflegen? Und wie anregend das sein muß, am Schaffen des Mannes teilnehmen zu dürfen! Ich denke es mir als das allerallergrößte Glück, das einer Frau widerfahren kann...«

»Es ist mir sehr sympathisch, daß Sie diese Auffassung vertreten...«

»Man muß doch eine harmonische Ehe für das größte Erdenglück halten... Es gibt nichts Schlimmeres, als die Ungleichheit der Seelen...«

Tobias räusperte sich.

»Würden Sie diese Ansichten auch auf die Praxis übertragen?« fragte er.

»Ob ich was?«

»Ob Sie diese Meinung von dem Glücke eines Bundes mit einem Schriftsteller in die Praxis übertragen würden, wenn zum Beispiel der Fall einträte, daß man Sie ernstlich fragen würde...«

»Daß man *mich* fragen würde, ob ich eine harmonische Ehe...? Aber Herr Bünzli!«

Karoline warf ihm einen vorwurfsvollen, aber doch auch kokenten Blick zu, allein Tobias bemerkte ihn nicht. Er war jetzt im rechten Fahrwasser und steuerte weiter.

»Nehmen wir den Fall an, daß diese Frage allen Ernstes an Sie gestellt würde...«

»Das alles liegt hinter mir...«

»Ich meine, insoferne an Sie heranträte, als...«

Karoline legte die Hand milde auf den Arm ihres Begleiters.

»Herr Bünzli, wenn man mich gefragt hätte, als...«, sie stockte, – »nun ja, als es noch denkbar war, dann hätte manches anders kommen können. Das Leben hat mir gezeigt, was Harmonie bedeuten müßte..., aber es ist leider nicht von Poesie verklärt worden... Dort kommt ja Henny mit Herrn von Wlazeck! Wir wollen das Gespräch nicht weiterführen. Man darf so etwas nicht einmal denken. Nein... nein...«

Frau Schnaase trippelte rascher, als gereifte Damen sonst auf Stöckelschuhen zu gehen pflegen, auf die Ankommenden zu und schloß sich ihnen mit auffälliger Hast an.

»Herr Bünzli hat mich begleitet«, sagte sie zu Henny. »Wir haben uns sehr, sehr interessant über Literatur unterhalten. Aber nun darf ich Ihre kostbare Zeit nicht länger in Anspruch nehmen... vielen, vielen Dank!«

Der Sohn der Alpen verstand, daß man ihn entbehren wollte. Er schaute den Enteilenden mit zornigen Gefühlen nach und sagte laut vor sich hin: »Bygott! Ist mir so was schon vorgekommen? Hat man so was schon erlebt? Diese alte Schneegans...«

Aber es dämmerte in ihm die Ahnung auf, daß die Person nicht ganz so stupid war, wie er als geistig höher Stehender angenommen hatte, und daß sie ihn, den Überlegenen, aufs Eis geführt hatte. Er köpfte mit seinem Stocke Grashalme und schimpfte: »Diese infame alte Schachtel! Diese chaibe, alte Schneegans!« Er hörte nicht, wie Herr Schnaase herankam, und fuhr erschrocken zusammen, als ihm der joviale Mann die Hand auf die Schulter legte.

»Endlich allein? Nu wird wohl feste drauflos gedichtet?« fragte Schnaase.

»Was wollen Sie?« fragte Tobias rauh.

»Bloß mich erkundigen, was unser Schansong macht? Morgen is letzter Termin. Das haben Sie hoffentlich nich vergessen?«

»Machen Sie Ihr Gelump selber!«

»Wie... was?«

»Ich verbitte mir ein für allemal derartige Zumutungen. Wenden Sie sich gefälligst an andere Leute mit Ihren liederlichen Absichten...!« Und damit ging Tobias Bünzli.

Schnaase erholte sich nur langsam von seiner Überraschung. »So 'n Flegel!«

*　*　*

Herr von Wlazeck schritt neben den Damen her, und da er zu bemerken glaubte, daß Frau Schnaase erregt war, brachte er seine Ritterlichkeit in empfehlende Erinnerung.

»Darf ich fragen, gnädige Frau, ob Ihnen von Seite dieses Menschen was Unangenehmes widerfahren ist?«

»Wieso Unangenehmes?«

»Ich dachte nur, weil Gnädige verstimmt sind, und offen gestanden, ich traue dem Kerl eine Verletzung der Kavalierspflichten zu.«

»Ich habe mich mit ihm über Theater unterhalten; ich verstehe nich, wie Sie zu der Vermutung kommen...«

Karoline hatte eine entschiedene Abneigung gegen den diensteifrigen Mann.

»Alsdann pardon! Ich bidde, meine Frage nicht als indiskret aufzufassen. Sie war vom besten Willen diktiert, weil ich gegebenen Falles den Menschen gezichtigt haben möchte...«

»Gott, sind Sie noch temperamentvoll!« rief Henny lachend. Aber Wlazeck war schmerzlich berührt.

»Noch!« rief er. »Aus dem Munde einer jungen Dame ist dieses ›noch‹ ein Todesurteil!«

»Ich meinte nur...«

»Es *is* ein Todesurteil. Aber gestatten mir Gnädigste, zu versichern, es is auch ein Justizmord. Das Urteil beruht auf falschen Voraussetzungen.«

»Ja?«

»Gnädigste verallgemeinern und berücksichtigen das Individuelle nicht. Allerdings, es gibt Menschen, die mit vierzig Jahren alt sind...«

»Ich dachte wirklich nicht so tief darüber nach...«

»Nicht? Aber ich bin unglücklicherweise in das allgemeine Urteil einbezogen worden...«

»Ich finde Sie sehr gut konserviert«, unterbrach ihn Karoline.

»Ich weiß nicht, is das ein Kompliment oder...?«

»Noch sehr agil...«

»Ah so! Alsdann besten Dank, gnädige Frau... obwohl man ja über Konserven nicht immer günstig urteilt. Aber Scherz beiseite, ich gebe sofort zu, daß man mit vierzig Jahren alt sein *kann*. Es gibt sogar Leute, wie zum Beispiel dieser Inspektor

Dierl, die sich vorzeitig alt fühlen. Das ist Faulheit. Aber ich wahre mich leidenschaftlich gegen diese Empfindung.«

»Da haben Sie recht. Man ist nie älter, als man sich fühlt«, sagte Karoline und hinderte Herrn von Wlazeck grausam daran, sich ausschließlich an Henny zu wenden.

»Man hat nicht bloß das Recht, man hat die Pflicht, sich die Elastizität zu erhalten. Gestatten die Damen, wie könnte man es sonst in einer kleineren Stadt, wie in Salzburg, aushalten?«

»Ich verstehe nicht, was das...«

»Mit der Größe einer Stadt zu tun hat, wollen Gnädigste sagen. Aber sehr viel! In kleineren Orten wird einem die Energie bedeitend erschwert, weil man immer wieder diesen früh alternden Bürgern begegnet, die dickes Blut haben, weil sie Tag für Tag frühschöppeln und abendschöppeln. Man hat immer das Menetekel vor Augen. Ich bidde, wann ich jeden Tag konstatieren muß, ob ich will oder nicht, daß der Herr Swoboda schon wieder zugenommen hat, oder daß dem Herrn Plachian schon wieder mehr Haar ausgangen sind. Ich hasse diese Feststellungen, und ich hasse diese Menschen...«

»Könnten Sie nicht auch in Wien leben?« fragte Henny.

»Warum sagen Gnädigste ausgerechnet Wien? Warum nicht Berlin?«

»Ich glaube nicht, daß Ihnen Berlin gefallen würde...«

»Aber großartig! Ich schwöre...«

»Sie sagten doch, daß Sie noch nie dort waren...«

»War ich auch nicht. Aber Berlin besitzt für mich eine unbeschreibliche Anziehungskraft...«

Er warf einen feurigen Blick auf Henny, der sie belustigte.

Aber Frau Schnaase, die ihn auch bemerkt hatte, lenkte ab. Ihre Klugheit, die sich nun schon zum andern Male bewährte, ließ sie einen Köder finden, auf den der Oberleutnant biß. Sie fragte ihn nach der österreichischen Aristokratie, für die sie sich immer sehr interessiert habe.

Man sah die Herrschaften sonntags vor der Hedwigskirche, und es waren so schicke Erscheinungen darunter.

Wlazeck antwortete zuerst etwas zögernd, aber bald wurde er wärmer, und er kannte so viele Komtessen Steffi, Mizzi und

Vicky, und so viele Grafen Maxl, Franzl und Ferdl, daß er damit noch nicht zu Ende war, als man vor der Post anlangte.

»Der Mensch ist gräßlich«, sagte Frau Schnaase, als sie sich in ihrem Zimmer erschöpft niedersetzte. »Das fehlte gerade noch, daß der auch davon anfing.«

»Auch? Also war doch was los mit dem Barfüßer? Bitte…«

»Henny, laß doch diese Ausdrücke!«

»Bitte, bitte! Erzähle!«

»Was ist dabei zu erzählen. Der junge Mann dachte sich das wohl so…«

»Nein! Wie süß!« jauchzte Henny, die sich aufs Kanapee warf und mit den Beinen strampelte. »Hat er angehalten? Glatt wie 'n Aal?«

»Nee! Das wußte ich schon zu verhindern; Redensarten hat er natürlich gemacht. Ich muß dir aber sagen, ich finde solche Taktlosigkeiten gar nich amüsant.«

»Ich schon. Denk mal: zwei Anträge! Und der dritte kommt nach. Wetten, daß?…«

* * *

»So 'n Ekel!« sagte Schnaase und sah dem entschwindenden Bünzli nach. »Wie kann sich der Lauselümmel das rausnehmen, daß er mir so grob kommt? Und ich kann ihm nich mal den Kopp waschen vonwejen … na ja! Machen Sie Ihr Gelump selbst! So 'n Kühjunge! Un liederliche Einfälle, sagt er. Was der bloß hatte? Aufgeregt un grob un flegelhaft. Und nu sitze ich da mit meine Kenntnisse, und mit dem Schansong is es Essig. Selbstgelegte Eier? Nee! Ich werde dem Mächen sagen, der Dichter kann nich. Der Knabe, der das Alphorn bläst, hat Frost im Koppe. Was muß se auch ausgerechnet Gedichte gegen die Altaicher Spießbürger vortragen? Wenn't nich is, denn is 't nich. Ich muß ihr das heute noch schonend beibringen. Liederliche Einfälle, sagt der Lümmel…«

Es ging schon auf den Abend zu, als Herr Schnaase durch die Kirchgasse heimging und einen Blick nach dem Fenster Mizzi Speras warf. Sie war oben, und nun deutete er unauffällig mit dem Stocke gegen die Kastanien hin. Mizzi nahm einen Blumentopf in die Hand, zum Zeichen, daß sie verstanden hatte.

Die Zeit war immer die gleiche. Nach Dunkelwerden. Ort – der Dammweg.

Aber nun war es nicht so leicht, nach dem Abendessen wegzukommen, denn Frau Karoline wollte mit ihrem Manne über die seltsamen Ereignisse sprechen, die sie doch sehr erregt hatten. Und dann die Hauptsache. Tante Jule hatte geschrieben, daß Giesekes ernstlich an eine Verlobung ihres Fritz mit Henny dächten. Nelly Gieseke hatte mit Tante Jule gesprochen, und dann war Fritz zu ihr gekommen, und die Sache war eigentlich im reinen, wenn sich Schnaases einverstanden erklärten, und wenn Henny wollte. Frau Karoline sah bloß Vorteile in der Verbindung, und was Henny anlangte, die war nicht gerade in heller Begeisterung, aber warum nicht?

Also stand nur mehr die Entscheidung Papa Schnaases aus, und die mußte gleich erfolgen, denn wenn er einwilligte, sollte sofort ein Telegramm an Tante Jule abgehen.

Karoline sagte zu ihrem Manne, daß sie ihm etwas sehr Wichtiges mitzuteilen habe. Gleich nach Tisch.

»Lieber morgen«, meinte Schnaase. »Das muß alles seine gehörige Konfusion haben. Und nach dem Essen, du weißt doch, muß ich nu mal 'n bißchen spazieren gehen. Auch mit Natterer habe ich zu konferieren. Wegen dem Fez. Morjen aber bin ich ausgeschlafen, und denn kannste loslegen.«

»Ich sage dir doch, daß es eilt.«

»In Altaich eilt nischt.«

Karoline bestand unwillig auf der Unterredung.

»Ich verstehe überhaupt nich, warum du dich weigerst.«

»Also gut! Heute. Aber *nach* dem Verdauungsbummel. Den bin ich meiner Gesundheit schuldig.«

Einen peinlichen Moment erlebte Schnaase noch, als Bünzli ins Gastzimmer kam. Wenn sich der Lümmel zu ihnen setzte, und er so tun mußte, als wenn nichts gewesen wäre... Aber nein, er ging, ohne zu grüßen, vorüber, und setzte sich in die hinterste Ecke.

Und merkwürdig! Karoline schien es gar nicht zu bemerken.

Glück muß der Mensch haben.

Schnaase war rascher wie sonst mit dem Essen fertig, und er nahm sich nicht einmal die Zeit zum zweiten Glase Bier.

»Damit ich nur rasch wieder zurück bin, Karoline.«

Im Hausgange sprach ihn der komplizierte Kanzleirat an. »Auch noch ein bissel ins Freie? Wenn 's Ihnen net unangenehm is, schließ ich mich an.«

Das ließ sich, weil der Blenninger natürlich wieder unterm Tore stand, nicht ablehnen.

Aber draußen auf dem Marktplatze faßte Schnaase Herrn Schützinger bei der Hand und sagte leise:

»Verehrtester, tun Se mir den einzigsten Gefallen und schließen Se sich nich an. Sie erinnern sich wohl an unsere gemeinsame Expedition von damals, und nu wissen Se alles...«

»Ah so! Spielt die Sache weiter? Meine Gratulation!«

»Scht!«

Ein bedeutsamer Wink verwies Schützinger zur Ruhe. Er kehrte um und lächelte so geheimnisvoll, daß jeder Menschenkenner auf schlimme Vermutungen gekommen wäre.

Aber der Blenninger Michel faßte keinen Verdacht, denn die Nachdenkerei war eine Arbeit, die sich nicht auszahlte.

* * *

»Kleine Maus, schon da?« sagte Schnaase, als er Mizzi Spera auf dem Dammwege nahe der Ertlmühle traf. Sie war übel gelaunt.

»Ich bin nich gewohnt, daß man mich warten läßt«, sagte sie.

»Vorhin ging 'n Angestellter von uns mit Ihrer Zofe vorbei.«

»Und sie haben Sie gesehen?«

»Mich nich; ich konnte mich noch verstecken. Aber vielleicht Fifi.«

»Deibel noch mal! Die haben vielleicht was gemerkt?«

Mizzi zuckte hochmütig die Achseln.

»Die müssen sich doch was denken«, sagte Schnaase ängstlich.

»Was er sich denkt, is mir egal. Aber man will sich doch nicht von 'nem Angestellten überraschen lassen. Wären Sie eben früher gekommen! Haben Sie das Gedicht?«

»Das Gedicht –– Deibel noch mal, wenn ich nur wüßte, ob das Mädel was gemerkt hat –, ja so, das Gedicht. Nee, das hab' ich nich.«

»Was soll ich dann hier?«

»Sind Se friedlich, Mizzichen! Eben wegen dem Gedichte

mußte ich Sie sprechen. Nämlich mit dem Literaturfatzke is es nischt...«

»Er will nicht?«

»Er kann nich. Es übersteigt seine Kräfte, un ich habe ihn stark im Verdachte, daß er überhaupt nischt fertig bringt.«

»Und deswegen muß ich den Weg herunterlaufen und hier stehen? Obwohl 'n Gewitter kommt?«

»Es wird schon nich kommen.«

Ein heftiger Windstoß, der die Erlen schüttelte, gab der kleinen Maus recht.

»Gott, wie dämlich!« rief sie und stampfte mit dem Fuße auf. Schnaase wollte beschwichtigen.

»Ich hab' mich doch gefreut, mit Ihnen so 'n bißchen zu plaudern...«

»Quatsch!«

»Nich ungerecht sein, Mizzichen! Ich habe alles getan, was ich tun konnte. Glauben Se, es war mir angenehm, dem Schmierfinken auf die Bude zu steigen und so 'n Kerl ins Vertrauen zu ziehen? Nee! Schön is anders. Un denn, was wollen Sie? Ich habe den Schansong richtig bestellt, er hat zugesagt. Kann ich dafür, daß er 'n Schieber is?«

»Das hilft mir gar nichts. Erst quälen Sie mich, ich soll und muß auftreten, und lassen mich nich in Ruhe, und dann sage ich ja, und nun?«

»Hm!« machte Schnaase, der sich erinnerte, daß der Vorschlag von Fräulein Spera ausgegangen war.

»Es ist nur gut, daß ich mir mein grünes Kostüm nich schicken ließ. Ich wollte schon depeschieren. Aber nu tret' ich überhaupt nich auf!«

»Mizzichen!«

»Nein! Fällt mir nich ein. Ich pfeife auf das ganze Fest.«

Schnaase machte ein sehr betrübtes Gesicht, obwohl ihm ein Stein vom Herzen fiel.

Es war ihm schon lange nicht wohl gewesen bei dem Gedanken an das Auftreten des heimatlichen Talentes.

»Aber das is ja unmöglich!« sagte er und griff nach seinem Hute, den ihm ein neuer Windstoß beinahe entführt hätte. »Unser Fest is gefährdet, wenn Se nich auftreten.«

»Was kümmert das mich? Überhaupt will ich jetzt heimgehen.«

»Aber kleine Maus!«

Schnaase wollte seinen Arm um die Taille der Erzürnten legen, aber sie machte sich unwillig los.

»Hören Sie nich, daß es donnert? Ich will nicht ins Unwetter kommen.«

Sie ging ein paar Schritte vorwärts. Da sprang ihr Hund mit wütendem Gekläffe einem Manne entgegen, der in der Dunkelheit nicht zu erkennen war.

»Fifi! Viens donc!«

Eine rauhe Stimme rief zurück: »Heda! Was is?«

Und Mizzi Spera erschrak so heftig, daß sie die Sprache ihrer Jugend wiederfand.

»Jessas! Der Vata!«

Schnaase sprang ohne Besinnen die Böschung hinunter; brechende Zweige knackten, und Steine kollerten hinter ihm drein.

Er machte ein paar Sprünge bachabwärts und geriet mit einem Fuße bis über den Knöchel in Schlamm. Dann blieb er regungslos stehen und horchte.

»Du bist's? Treibst di scho bei da Nacht umanand?«

»Aber hör doch! Ich war doch...«

»Wer bei dir war?«

»Niemand.«

»Lüag du Herrgott...«

»Laß mich doch reden und faß mich nich so an! Niemand von hier. Ein Herr, mit dem ich sprechen mußte wegen dem Fest, weil ich doch was vortragen sollte...«

Hallberger schaute seiner Tochter ins Gesicht.

Der Wind hatte ihre Haare zersaust, und die Angst eines ertappten Mädels paßte schlecht zu den verlebten Zügen.

Angeekelt ließ er sie los.

»Geh zua und lüag, soviel als d' magst! Is ja do all's gleich!«

Er ging und achtete nicht darauf, daß sie hinter ihm drein lief und redete von einem Gedicht und einem Herrn, und daß sie sich zuerst erregt und dann weinerlich gegen einen solchen Verdacht und gegen jeden Verdacht verwahrte.

Der Hallberger ging seinen Weg weiter.

Mizzi Speras Klagen verwehte der Wind und übertönte der Donner, und ein prasselnder Regen zerstörte ihre mit Pudermehl hergestellte Schönheit so gründlich, daß sie häßlich und verwaschen vor der entsetzten Mutter stand.

»Um Gottes will'n, wie schaust denn du aus?«

Aber die Tochter gab ihr keine Antwort. Sie eilte die Stiege hinauf und schlug wütend die Türe hinter sich zu.

»Was is denn mit 'n Madl?« fragte die Hallbergerin ihren Mann, der schweigend seinen nassen Rock über eine Stuhllehne hing.

»Laß di selber von ihr o'lüag'n!« sagte er. »Von dir hat sie 's ja g'lernt.«

Er ging aus dem Schlafzimmer und legte sich in der Wohnstube aufs Kanapee. Auf alles Klagen und Fragen erhielt die Alte wochenlang keine Antwort mehr.

Und wenn sie zu wortreichen Gesprächen ansetzte, ging er und sagte nur grimmig:

»Red zua! Is ja do alles g'log'n...«

* * *

Schnaase stand am Bachrande und horchte ängstlich.

Der Sturmwind rauschte so stark in den Baumkronen, daß er nicht merken konnte, wie sich die Stimmen entfernten, und er blieb lange in seinem Versteck, und wenn sich die Zweige heftiger bewegten, fuhr er erschrocken zusammen und glaubte, der zornige Vater breche durchs Gebüsch, um ihn zu suchen. Seinen Hut hatte er beim Sprunge verloren, und der Platzregen peitschte sein kahles Haupt.

In den rechten Schuh war schlammiges Wasser eingedrungen; bald klebten ihm Rock und Hose patschnaß am Körper, und dabei wagte er es noch immer nicht, sich zu rühren. Endlich kletterte er vorsichtig die Böschung hinauf, glitt aus, hielt sich am Gesträuch fest und zwängte sich durch. Wieder horchte er und überzeugte sich, daß der Dammweg frei war. Zurückgehen hieß dem Feinde in die Hände laufen; er mußte an der Mühle vorbei, um den Ort herum einen großen Umweg machen.

Bei dem Wetter!

Seufzend tappte er vorwärts. Es war so finster, daß man die

Hand nicht vor den Augen sah, und der Regen fiel ihn wütend von hinten an und weichte ihm den Hemdkragen durch.

Hoppla! Ein Ast fuhr ihm unsanft über die Glatze.

Und immer so weiter in die dustre Nacht hinein, und nich Weg und Steg wissen?

Nee! Da war's am Ende doch klüger, umzukehren und sich am Hause des Schlossermeisters vorbeizudrücken.

Er blieb aufatmend stehen. Das Regenwasser lief ihm unterm Kragen den Rücken hinunter, und dabei schwitzte er vor Aufregung.

Ein Blitzstrahl beleuchtete taghell den Weg.

Da war ja ne Brücke! Und von drüben her blinkte Licht hinter ein paar Fenstern.

Das war doch die Mühle, wo er damals war; wo er die Eltern von dem jungen Menschen besucht hatte.

Gott sei's getrommelt und gepfiffen! Dort konnte er unterstehen. Die Leute waren doch nett gewesen, und man hatte sich gut verstanden.

Schnaase tastete sich am Geländer über den Steg, ging auf das Licht zu, stolperte über Baumscheiben und stand endlich vor der Haustüre, die verschlossen war.

Er klopfte.

Frau Margaret kam gerade aus der Küche und hörte es.

»Wer is da?«

»Ich bin's.«

»Wer?«

»Rentier Schnaase aus Berlin. Bitte, lassen Sie mich nur 'n Momang unterstehen!«

Margaret öffnete und sah mit herzlichem Mitleid den barhäuptigen, ganz aus dem Leim gegangenen Mann vor sich stehen.

Das Wasser lief an ihm herunter und rann über den Fußboden.

»Mahlzeit, verehrte Frau Oßwald! Sie wer'n sich denken...«

»Is Ihnen was passiert?«

»Nee, das heißt: ja. Ich bin so 'n bißchen aus der Fassong geraten, wie Sie sehen. Ich wollte meinen gewohnten Abendbummel machen, und denn kam das heillose Wetter... hören Se nur, wie's plantscht!«

»Aber so können S' doch net bleib'n in die nass'n Kleider! Martin!«

Die Türe der Wohnstube ging auf, und Konrad kam heraus. Die Mutter ließ ihm keine Zeit zum Fragen.

»Führ an Herrn Schnaase zu dir nauf und gib ihm was zum Anzieh'n. So dürfen S' net bleib'n, da müßten S' ja krank wer'n!«

»Sie sind zu liebenswürdig, aber das kann ich doch nich annehmen...«

»Na... na... gehen S' no gleich nauf und ziehen S' was Trokkens an!«

Im Zimmer oben erzählte Schnaase dem teilnehmenden jungen Manne, wie er nach seiner Gewohnheit abends noch 'n bißchen ins Freie ging, und wie er das drohende Gewitter nich weiter beachtete, und plötzlich, wie er schon weit außen in den Feldern war, ging's los, aber nich zu knapp! Und denn Nacht un Dunkelheit, da kam er vom Wege ab. »'n wahres Glück, daß es nich hagelte. Denken Se sich, ohne Hut! Den hatte der Wind genommen, bei dem Feldkreuz, in der Nähe, und denn ging's druff, Donnerkiel! Na, weil ich nur unter Dach un Fach bin. Hören Se mal, Ihre Mutter is aber wirklich ne famose Frau! So was Liebenswürdiges! Und daß Sie mir nun trockne Kleider geben, das is alles mögliche... so... na, die Hose is 'n bißchen knapp. Mit den Jahren kommt das Ambopoäng... Wie ich so alt war wie Sie, war ich schlank wie ne Tanne... ah! Und frische Socken! Das is 'n großartiges Gefühl... das kennt nu allerdings der große Erotiker nich... Verkehren Se übrigens viel mit dem Schenie?«

»Mit wem?«

»Na, mit dem Menschen mit den Kulleroogen, der sich hier fälschlicherweise als Dichter ausgibt. Is nämlich gar keener, kann ich Ihnen nur sagen. Meine Frau hat ihn protegiert, weil se alles, was nach Literatur riecht, protegieren muß... aber ich wer' den Schieber rausschmeißen... Sind Se froh, wenn Se ihn nich kennen... So... Nu den Rock. Zuknöppen kann ich 'n nich... meine Frau wird kieken, wenn ich in den Kledaschen ankomme...«

»Sie müss'n noch wart'n, Herr Schnaase, bis der Regen aufhört.«

»Ja? Karline wird sich allerdings ängstigen... aber es gießt immer noch wie mit Kannen.«

Sie gingen in die Wohnstube, wo Herr Schnaase seine Erlebnisse auf freiem Felde mitten im entfesselten Sturme schilderte, mit stärkeren Worten, als sie Michel, der rauchend in einer Ecke saß und zuhörte, all sein Lebtag für die grimmigsten Taifuns gefunden hatte.

Der Regen ließ nach, und Konrad erbot sich, den Gast auf dem kürzesten Wege über die Sattlerstiege heimzuführen.

Schnaase nahm die Freundlichkeit gerne an und verabschiedete sich wortreich von den braven Leuten.

»Da wären wir nu glücklich«, sagte er aufatmend zu Konrad, als sie auf den Marktplatz kamen und die gastfreundliche Laterne der Post sahen.

»Sie haben mir einen großen Dienst erwiesen, nee wirklich! Und so was vergesse ich nich, und wenn Se mal nach Berlin kommen und irgendwie, es kann ja mal vorkommen, in ne Situation geraten, dann wenden Se sich vertrauensvoll an mich! Das verlange ich ganz einfach von Ihnen.«

Er schüttelte dem jungen Manne väterlich die Hand und schritt, aus so dringenden Gefahren gerettet, sehr erleichtert, sehr gehoben, dem Eingange der Post zu.

Freilich, oben im Schlafzimmer brannte Licht, und das bewies, daß man ihn erwartete; vermutlich mit einer Mischung von Angst und Empörung, und er sah ein strenges Examen voraus.

Aber das konnte Gustav Schnaase nicht erschrecken. Was Examina anlangte und forschende Fragen, da konnte ihm nichts Schlimmes passieren. Da war er gefeit, denn im Schildern, Ausmalen und Erfinden tat es ihm keiner zuvor.

Von Stine erfuhr er schon an der Türe, daß seine Frau Herzkrämpfe habe.

Das Mädchen sah ihn seltsam an. War's wegen des Anzugs – – oder?

Na, wenn Stine schon was wußte, würde sie nicht petzen. Dagegen gab's Mittel.

»So... so... Herzkrämpfe?«

Das war das stärkste Hausmittel, um ihn zu zerschmettern, aber es war nicht mehr neu.

Er schlich sich auf den Zehenspitzen ans Bett.

Karoline sah starr zur Decke empor und stöhnte; eine Hand

hatte sie an die Herzgrube gepreßt, mit der andern krallte sie über die Decke, um ihre Schmerzen anzudeuten.

»Karlineken!« flüsterte Schnaase.

Die Kranke verriet durch keine Bewegung, daß sie sein Kommen bemerkt hatte.

»Warum haste keinen heißen Umschlag? Das ist doch immer das Beste! Henny könnte es wirklich wissen. Stine!«

»Laß das!« sagte Frau Schnaase knapp und bestimmt.

»Na, wenn du nich willst, aber du weißt doch, der Arzt hat dir heiße Umschläge empfohlen. Ist dir schon etwas besser?«

Keine Antwort.

Er setzte sich auf einen Stuhl ans Bettende und drehte die Daumen übereinander. Mal vorwärts, mal rückwärts.

»Tja... ja...«, sagte er.

Ein starkes Verlangen nach einem Glase Bier und einer Zigarre überfiel ihn.

»Hör mal, Karline, es is doch besser, ich schicke dir Stine mit 'n heißen Umschlag...«

Keine Antwort.

»Außerdem«, sagte Schnaase, »muß ich was zu mir nehmen. Ich bin total erschöpft...«

Die Kranke wandte sich fast ungestüm gegen ihn.

»Das sähe dir ja ähnlich, diese Rücksichtslosigkeit. Nicht genug, daß du mich in die tödlichste Angst versetzt hast, willst du nu wieder gehen und kneipen...«

»Na! Denn nich...«

Er fiel auf seinen Stuhl zurück und mußte ein paarmal heftig niesen.

»Da haben wir die Bescherung. Ich krieg 'n Schnuppen.«

Karoline fühlte kein Mitleid. Sie sagte ohne krankhafte Schwäche im Tone:

»Ich reise morgen ab.«

»Wie meinste?«

»Ich reise morgen ab.«

»Schön. Ich habe doch nischt dagegen. Reisen wir eben. Hoffentlich hast du dich bis morgen so weit erholt...«

»Auf meine Gesundheit hast du wohl noch nie Rücksicht genommen. Aber... wie siehst du denn aus?«

Sie musterte mit entsetzten Blicken den fremden Anzug, der die Fülle ihres Mannes zusammengepreßt hielt.

»Wie man eben aussieht, wenn man auf freiem Felde vom Gewitter überrascht wird, und wenn die Blitze rechts und links einschlagen, daß man betäubt is un sich gerade noch in ein fremdes Haus flüchtet und von mitleidigen Menschen 'n trockenen Anzug bekömmt. Es waren übrigens die Eltern von dem jungen Maler, und ich muß sagen, sie haben sich tadellos benommen und waren von einer Nettigkeit... Tja... Karline... ich hätte den Tod davon haben können, aber du bist ja nich in der Laune oder nich in der Lage, mich anzuhören, und wenn ich dir sage, daß ich erschöpft bin und was zu mir nehmen muß, denn findest du mich rücksichtslos...«

»Du kannst dir von Stine etwas heraufbringen lassen, denn wieder warten, bis es dir gefällig ist, endlich zu kommen, das fällt mir nich ein. Vielleicht erinnerst du dich, daß ich dir schon beim Abendessen sagte, ich habe mit dir über eine sehr wichtige Angelegenheit zu sprechen?«

»Also, dann rasch 'n Glas Bier und kalte Platte, und ich hätte zu gerne... aber Rauchen kannste wohl nich vertragen?«

»Wie du nur fragen magst! Im Schlafzimmer und wenn ich Herzkrämpfe habe!«

»Immer noch?«

»Du weißt, daß es nich so schnell vorübergeht ... ich sollte überhaupt nicht sprechen ... aber die Angelegenheit ist so dringend...«

Nachdem Stine Bier und geräucherte Zunge gebracht hatte, erzählte Karoline, daß Tante Jule geschrieben habe, daß Fritz Giesecke um Henny anhalten wolle, und daß Gieseckes einverstanden seien, und daß man sich also entscheiden müsse...

Sie trug das meiste lebhaft und wie eine gesunde Frau vor; nur manchmal dämpfte sie die Stimme und griff sich mit einer schmerzlichen Gebärde ans Herz, um Schnaase nicht ganz von dem Bewußtsein der Schuld abzubringen.

Das war ratsam, denn er aß mit sichtlichem Wohlbehagen.

»Ich bin ganz mit einverstanden«, sagte sie. »Henny auch, und ich denke, du wirst nichts dagegen haben, denn die Partie ist gut, und was noch mehr ist, sie ist passend. Die jungen Leute harmonieren in ihren Neigungen, was ja doch die einzige Gewähr für eine glückliche Ehe bietet...«

Karoline seufzte bei diesen Worten.

»Er hat jedenfalls Pinke«, sagte Schnaase mit vollem Munde. »Un Pinke gibt die richtige Harmonie.«

»Also, wenn du keine Bedenken hast...«

»Nee, hab' ich nich. Im Gegenteil. Fritz is 'n tüchtiger Bengel, un Gieseckes Häuser in der Jakobstraße unterstützen den Antrag. Ich finde auch, es is höchste Zeit, daß mal Ernst wird, denn die zärtlichen Blicke von dem James Dessauer und den andern Ballschmeißern sin mir schon lange über...«

»Es kann noch Schlimmeres an einen herantreten«, sagte Karoline. »Also, dann schicke ich morgen früh 'n Telegramm an Tante Jule, und morgen mittag reisen wir ab...«

»Morgen?«

»Ja. Ich finde, die Sache muß sofort ins reine kommen, und dann – ich habe auch sonst meine Gründe. Abgesehen von deiner Rücksichtslosigkeit...«

»Na, Karlineken, als angehende Schwiegereltern könnten wir ja in dem Punkt mal Frieden schließen. Du hast keine Ahnung, was ich bei dem schauderhaften Wetter zu leiden hatte, sonst wärste froh, daß ich überhaupt noch heimgekommen bin. Und was die Abreise betrifft, – meinswejen. Sie kommt zwar etwas plötzlich, und ich hätte eigentlich Verpflichtungen wegen dem Feez, den wir doch vorhatten...«

»Das kommt wohl nich in Betracht...«

»Lassen wir's schießen und fahren morgen. Wir sind hiehergekommen, weil du es wolltest, und wir gehen, weil du es willst. Und ich muß sagen, der Abschied fällt mir nich schwer...«

Er hatte auch seine besonderen Gründe, aber er erwähnte nichts davon.

»Du sprichst so, als wäre das eine Laune von mir«, sagte Karoline. »Und doch bist du schuld, daß sich die Leute das herausnehmen...«

»Wer – was – herausnehmen?«

»Wenn du immer den Ernst wahren würdest, käme keiner auf die Idee, daß er sich auf Henny Hoffnungen machen darf...«

»Wer macht se?«

»Das ist es ja, daß du's nicht mal siehst! Herr Bünzli hat mir heute ganz unverblümt zu verstehen gegeben...«

»Daß er Henny zu Frau Bünzli machen möchte? Is die Möglichkeit? Und du? Was hast du gesagt?«

»Nichts. So was überhört man...«

»Ich hätt's nich überhört. Hurrjott, daß mir das entgehen konnte! Junger Mann, hätt' ich gesagt, Sie sin an die falsche Adresse gekommen. Für Sie gibt's nischt wie die Tochter von 'nem Strumpfwirker oder von 'nem Trikotagengeschäftsinhaber. Was Ihnen fehlt, hätt' ich gesagt, sind Socken... Und wann, Karoline, hat er den Überfall gemacht?«

»Heute nachmittag... er begleitete mich doch...«

Schnaase pfiff leise durch die Zähne. 'n Seifensieder ging ihm auf.

Also deswegen hatte der Lümmel seine Einfälle liederlich gefunden, weil es ihm mit den soliden Einfällen nich geglückt war?

»So 'n Flegel!« sagte er laut.

»Reg dich nich weiter auf!« sagte Karoline.

»Übrigens hat auch dein Oberleutnant Andeutungen gemacht...«

»Mein is er nich. Und bei dem is es nich Ernst; da is es nur die angeborene österreichische Liebenswürdigkeit.«

»Na... ich weiß nich. Wenn wir noch länger hier wären. Und dann glaubt Henny, daß auch der dritte noch kommen würde, der junge Maler...«

»Das glaub' ich nich. Ich muß sagen, er is 'n netter Mensch, und er hat sich heute famos benommen...«

Karoline zuckte die Achseln.

»Kann man's wissen?«

»Merkwürdig!« sagte Schnaase, als er schon im Bette lag. »Wie Henny auf die Süddeutschen wirkt. Ausgerechnet in dem Nest müssen wir die Flucht ergreifen vor Heiratsanträgen. In Zoppot, wo doch Betrieb war, hab' ich nie was gemerkt. Oder du?«

»Geflirtet hat man dort auch...«

»Eben. Das is es ja! Dort flirten se, und hier gehen se aufs Ganze. Is das nu ernstere Lebensauffassung oder Mangel an Kleingeld? Aber du willst wohl schlafen? Gute Nacht, Karline!«

Fünfzehntes Kapitel

Das Gewitter hatte schwere Wolken zusammengeschoben, die sich am andern Morgen träge über Altaich hinwälzten.

Flatternde Fetzen hingen von ihnen herunter, streiften den Knauf des Kirchturms und die Wipfel der Tannen im Sassauer Walde.

Wenn der Regen kurze Zeit aussetzte, fiel er gleich wieder mit verstärkter Wut über den Ort her.

»Brav! So mag i's...«, sagte Dierl, der griesgrämig zusah, wie es von oben goß, von unten spritzte, aus Dachrinnen gurgelte und in vielgeteilten Bächen den Marktplatz hinunterfloß.

»Bravo! Aber dös Wetter kann mi net lang tratzen. Wenn's net bald aufhört, fahr' i in d' Stadt und spiel' mein Tertl.«

Der Kanzleirat, der neben ihm stand, gähnte. Das trübselige Wetter zeigte ihm wieder einmal, daß Landaufenthalt und Ruhe recht eingebildete Werte waren. Man lügt sich selber an mit diesem Aufatmen nach der Last des Dienstes. In Wirklichkeit bildet eine geregelte Beschäftigung den Inhalt des Lebens, und wo sie fehlt, tritt peinliche Leere ein.

Wäre der Urlaub nicht eine staatliche Einrichtung gewesen, von der man Gebrauch machen mußte, um den Schein der Übermüdung zu wahren, dann hätte sich Herr Schützinger nie von seiner Kanzlei, seinen Akten und dem anheimelnden Geruche des handgeschöpften Papiers getrennt.

Jedes Jahr hatte er das gleiche Gefühl, als stände er im Urlaub außerhalb der kreisenden Staatsmaschine und entbehre die gewohnte rotierende Bewegung.

Und immer wieder verlockte ihn das Beispiel der Vorgesetzten, sich von seinem Behagen loszureißen, um einige Wochen Strafhaft auf dem Lande auszuhalten.

Er war gerade dabei, von seiner Rückkehr in die Kanzlei zu träumen, und er hörte im Geiste den alten Oberschreiber Schmiedinger sagen: »Gott sei Dank, daß S' wieder da san, Herr Rat!«, als ihn ein seltsames Ereignis in lebhafte Unruhe versetzte.

Fanny kam mit einem umfangreichen Pack die Stiege herunter und hielt verdrossen Ausschau nach dem Wetter. Dabei murrte sie darüber, daß man sie und nicht die preußische Hopfenstange bei dem Regen in die Ertlmühle hinunterschicke. Dierl, der immer und überall für unterdrückte Dienstmädchen Partei ergriff, stellte Fragen an sie, und da hörte nun der Kanzleirat, daß Herr Schnaase spät in der Nacht heimgekehrt war, und daß es was gegeben haben müsse, denn die Berliner hätten ihre Rechnung verlangt und wollten auf Schnall und Fall abreisen.

Schützinger wurde von einem heftigen Schrecken ergriffen.

Schnaase war von ihm weg zum Stelldichein gegangen. Das stand fest, denn er hatte das eigene Geständnis des Mannes gehört. Ein Stelldichein hält man während eines scharfen Gewitters nicht im Freien ab; man läßt sich dabei nicht bis auf die Haut durchnässen, so daß man bei fremden Leuten einen Anzug borgen muß. Da lag etwas vor. Da war etwas Peinliches geschehen.

Hatte Schnaase fliehen müssen? War er entdeckt worden?

Die schnelle Abreise sprach dafür. Hatte ihn am Ende der wütende Schlosser in den Bach geworfen?

Die Angst, daß er als Mitschuldiger in die Geschichte verwikkelt werden könnte, stieg riesengroß im Kanzleirat empor.

Es gab einen Skandal. Es hatte wahrscheinlich schon einen gegeben, denn Schnaase floh.

Noch gestern hatte er kein Wort vom Abreisen verlauten lassen, noch gestern hatte er – ja, das fiel ihm siedheiß ein – noch gestern hatte Schnaase von dem Sommerfeste gesprochen, das er arrangieren wollte – und heute reiste er ab!

Wenn es einen Skandal gab, kam alles an den Tag, auch der Besuch bei dem zweifelhaften Frauenzimmer, und es wurde publik, daß ein höherer Beamter mit dabei gewesen war.

Schützinger wollte Fanny ausfragen und ganz unbefangen ein Gespräch beginnen.

Aber er schnitt bloß eine Grimasse und brachte keinen Ton aus der vertrockneten Kehle hervor.

Da hatte er es jetzt!

Seit jenem Besuche war er eine innerliche Unruhe nie mehr losgeworden. Er hatte sich's immer wieder gesagt, daß es töricht und verwegen gewesen war.

Er hatte sich auch vorgenommen, unter keinen Umständen die kompromittierende Bekanntschaft fortzusetzen.

Jetzt war es ohne sein Zutun doch noch zum Krach gekommen.

Die Haut prickelte ihn, aber er zwang sich zur Ruhe, um noch mehr zu erfahren.

Dierl machte ihn nervös mit seinen grobschlächtigen Vermutungen über die Ursachen des Kleiderwechsels. Er konnte das nicht mehr mit anhören. Nach einem flüchtigen Gruße schlich er die Treppe hinauf und schloß sich in sein Zimmer ein. Niedergeschlagen setzte er sich ans Fenster und versuchte, seine Gedanken zu ordnen.

War es nicht das richtigste, Herrn Schnaase zu bitten, daß er, komme, was wolle, keinesfalls von jenem Besuche etwas sage?

Er verließ sein Zimmer und kämpfte noch mit seinem Entschlusse, bei Schnaase anzuklopfen, als der Ersehnte auf den Gang heraustrat.

»'n Morgen, Herr Rat! Haben Se schon gehört, daß wir reisen?...« Er unterbrach sich, weil ihn Schützinger erschrocken anstarrte und ihm sonderbare Zeichen machte.

»Nanu, was is?«

»Ich weiß alles...«, flüsterte der Herr Rat.

In diesem Augenblicke öffnete Frau Karoline die Türe und rief erregt:

»Gustav! Henny weiß bestimmt, daß du die Schlüssel gehabt hast...«

»Denn sind se im Nachttisch«, erwiderte er.

Er war etwas verwirrt.

Karoline konnte doch was merken, wenn sie den Knautschenberger so geheimnisvoll tun sah.

Was wollte denn der? Ihn ausfragen?

»Entschuldigen Sie«, sagte er kurz. »Sie sehen, ich habe wirklich keine Zeit, 'n Morgen!«

Damit drehte er ihm unwillig den Rücken.

Schützinger sah betrübt, daß er auf eine Aussprache mit dem begreiflicherweise erregten und verstörten Manne nicht rechnen konnte.

Er faßte einen raschen Entschluß, ging in sein Zimmer und packte. Nur fort von hier! So schnell als möglich!

* * *

Bei Hobbes machte sich reges Treiben bemerkbar.

Natterer, der im Laden stand, hörte über der Decke schwere, gleichmäßige und eilende, leichte Tritte. Die schweren rührten vom Professor her, der in seiner Studierstube auf und ab schritt und das Werk der letzten Wochen überdachte.

Es war gut, und mußte so, wie es war, stehen bleiben und in die fernste Zukunft wirken.

Die eilenden Schritte machte Frau Mathilde, die alles Mitgebrachte in zwei große Koffer packte.

Eine lederne Handtasche stand auf dem Tische; sie gehörte für das Manuskript, das für sich allein und ja nicht mit anderen Dingen vermengt nach Göttingen geschafft werden mußte. Es ging auf die elfte Stunde.

Man mußte noch die Miete bezahlen, dann in der Post zu Mittag essen, und kurz nach zwölf ging der Zug.

Mathilde schloß die Koffer ab und kam in den Laden herunter, wo sie die Rechnung prüfte und die Miete, wie den ausstehenden Betrag für Kieler Sprotten beglich.

»Es is wirklich schad'«, sagte Natterer, »daß die Herrschaften wegfahren und unser schönes Fest net mitmachen.«

»Zu schade«, erwiderte die Frau Professor. »Aber Horstmar drängt, denn Sie vers...stehen, nachdem nun doch sein Werk fertiges...stellt ist...«

»Gel'n S' das Werk! I hab' zu meiner Wally g'sagt – Wally, geh außa, d' Frau Professa is da! –, i hab' zu ihr g'sagt, da wer'n mir no öfta dran denk'n, daß da Herr Professa bei uns a Werk g'schrieb'n hat.«

Mathilde lächelte. Der gute Mann sagte in seiner naiven Art eine Wahrheit, die größer war, als er sich's wohl träumen ließ.

Was er heute so nebenher und zufällig wußte, erfuhr morgen die ganze gebildete Welt, und die vergaß es nie mehr, daß in einem bescheidenen Hinterstübchen zu Altaich an der Vils die »*Phantasie als das an sich Irrationale*« beendet worden war.

Aber wer konnte die Bedeutung dieses Geschehens den Leutchen klarmachen?

Mathilde schwieg und lächelte.

»O mei!« rief die eintretende Wally. »Is 's wirkli wahr? Gengan S' heut scho? No natürli, bei dem Weda...«

»I sag' grad' der Frau Professa, wie schad' 's is, daß de Herrschaft'n unser Fest net mitmach'n.«

»Freili, enker Fest... Hätt' 's as denn net früher halt'n kinna? Na hätt' da Herr Professa no was g'habt davo...«

»Ich hätt's ja auf 'n Samstag scho ang'setzt, aba da Herr Schnaase hat's net zulass'n. Er hat drauf bestand'n, daß 's um acht Tag verschob'n werd, weil er a b'sonderne Nummer fürs Programm hätt', hat er g'sagt...«

»Daweil gengan de Herrschaft'n«, jammerte Wally. »Aba natürli, da Herr Professa werd halt Schul' halt'n müass'n...«

»Sei Werk hat er aa firti«, sagte Natterer.

»Ahan... 's Werk. No ja, da werd er froh sei, daß er dös weg hat. Dös laßt si denga. Er is ja so fleißi g'wen, und oft hab' i zu mein Mann g'sagt, wenn's Liacht brennt hat bis zwölfi, wia 's eahm no net z' fad werd, de lange Schreiberei, hab' i g'sagt... no ja... jetz is er Gott sei Dank firti, und Sie möcht'n hoam und Eahna Ordnung hamm, und da Herr Professa werd Schul' halt'n müass'n... dös laßt si denga...«

Mathilde lächelte wieder.

Es ließ sich noch anderes denken. Unendlich Höheres, aber es ließ sich nicht darüber s... sprechen.

»Also nich wahr, Sie sorgen dafür, daß Ihr Mädchen die Koffer pünktlich an die Bahn bringt? Wir sehen uns noch, bevor wir zur Post hinübergehen...«

Mathilde nickte freundlich und ging hinauf, in die Studierstube.

Der feierliche Augenblick war gekommen, da man das Manuskript einpacken mußte. Horstmar nahm es aus der Kommode und wog es beglückt in den Händen.

Die Frau Professor schlug es in starkes Papier ein und wickelte eine Schnur darum.

Tildchen hielt die Ledertasche geöffnet, und dann wurde das Manuskript langsam und sorgfältig versenkt. Mathilde klappte zu und reichte dem Gatten die Hand.

Er stand mitten im Zimmer und blickte ängstlich auf den ledernen Schrein, der sein Köstlichstes barg.

»Nu wollen wir aber gehen«, drängte Mathilde.

Sie steckte ihren versonnenen Horstmar in einen Mantel,

drückte ihm einen Regenschirm in die Hand, und indes sie die Ledertasche in die Linke nahm, hing sie sich mit der Rechten in seinen Arm ein. Sie gingen.

Aber unter der Türe wandten sich Herr und Frau Hobbe und Tildchen noch einmal um und umfaßten mit einem Blicke den stillen Raum, der die Wiege einer neuen kunstgeschichtlichen Epoche geworden war. Dann erst schritten sie die Treppen hinunter. An der Haustüre standen Natterer und seine Wally.

»Glückliche Reise!« sagte der Hausherr. »Schad, schad, Herr Professa, daß Sie unsa Fest nimmer mitmach'n... Vielleicht kommen S' im nächst'n Jahr wieda und schreib'n a neu's Werk...«

»Eahna Ruah hamm S' ja bei uns, und dös Zimma hint naus lass'n ma tapezier'n«, sagte Frau Wally.

»Wir werden ja sehen«, erwiderte Mathilde.

Hobbe aber hörte nicht, was die Leute sprachen.

Unruhig fragte er seine Frau: »Hast du es?«

»Ja, Horstmar«, sagte sie und hob die Ledertasche in die Höhe.

»Und nun Adieu!«

»Adjö! Adjö!« jauchzte Tildchen.

Natterer verbeugte sich, Wally nickte freundlich, und beide blickten der Familie Hobbe nach.

Von drüben kam Fanny mit hochgehobenen Röcken herüber. Sie trat in den Laden ein und legte ein Paket auf die Buddel.

»An schön Gruaß von Herrn Schnaase, und da schickt er Eahna de Programm und die Schreibereien...«

Natterer öffnete die blauen Aktendeckel und sah erstaunt die Protokolle, Entwürfe und Festprogramme des Altaicher Fremdenkomitees.

»Zu was bringen S' denn dös?« fragte er.

»Da Herr Schnaase schickt's Eahna, weil er heut abreist...«

»Wer reist ab?«

»De Berliner Herrschaft...«

»Der Herr Schnaase?«

»Ja. Heut z' Mittag.«

»Das is ja der höhere Blödsinn!« rief Natterer. »Wenn mir 's Fest am Samstag hamm!«

»Frag'n S' 'n halt selber, wenn S' as net glaab'n. Für was san nacha d' Koffa packt, und z'weg'n was muaß i den ganz'n Vormittag umanandlaffa? Ja... also... Eahnere Papier' hamm S'... b'füad Good! I hab' koa Zeit net zum Hersteh'...«

Sie eilte hinaus.

»Das is ja der höhere Blödsinn!« wiederholte Natterer. »Wally! Geh in Lad'n rei! I muaß zum Blenninger nüber... das is ja der höhere...«

»Was hast denn?«

»Nix hab' i. Laß ma do du mein Ruah!« Er stülpte seinen Hut auf und lief ohne Schirm im strömenden Regen zur Post hinüber.

Er traf den Blenninger Michel in der Küche, wohin er sich vor dem Lärm der Berliner geflüchtet hatte.

»Was hat denn da enker Fanny für an Unsinn daher bracht?« fragte Natterer ungestüm. »Daß da Herr Schnaase heut furtfahrt?«

»Ja.«

»Was ja?«

»Furt fahrt er.«

»Das is ja a Mist! Das is der reinste Blödsinn. Gestern war er bei mir, und mir hamm mitanand beschloss'n, daß unser Fest am Samstag stattfind'n soll. Da werd er heut wegfahr'n.«

Der Blenninger zerlegte ruhig seinen Leberknödel.

»Red' do! Woher habt's denn ös den Schmarrn, den einfältig'n? Wer sagt denn dös überhaupts?«

»Er.«

»Wer er?«

»Da Schnaase.«

Natterer sah, daß er von dem phlegmatischen Menschen nichts Rechtes erfahren konnte.

»Wo is der Herr Schnaase?«

»Drin.«

»In der Gaststub'n?«

»Ja.«

»Nacha geh' i nei... oder na, geh' du nei und sag' eahm...«

»I geh' net nei.«

»Den G'fall'n, moan i, kunntst d' mir erweis'n, für dös, daß i dir 's Haus voll Fremde herbracht hab'...«

»I mag dös G'surrm net«, sagte der Posthalter und blieb sitzen. Die Kellnerin kam gerade ans Fenster, und Natterer wandte sich an sie.

»Passen S' auf... sagen S' dem Herrn Schnaase, er möcht' an Aug'nblick in Gang raus kommen... ich muß'n dringend sprechen, sagen S' ihm...«

Die Kellnerin richtete es aus, und Schnaase folgte etwas unwillig dem Ersuchen.

Er kam mit vollen Backen kauend, die Serviette vorgebunden, in den Hausgang.

»Brr! Donnerwetter, das zieht abscheulich! Mit was kann ich dienen, Herr Präsident?«

»Sie entschuldingen, Herr Schnaase, daß ich Sie da belästigen muß. Aber die Fanny, 's Zimmermädel, bringt so a dumms G'red daher, daß Herr Schnaase heut abreisen...«

»Stimmt.«

»Ja... i...«

»Das dumme Gerede stimmt, verehrter Herr Präsident. In ner Stunde fahren wir ab.«

»Ja, jetzt weiß i net, was i sag'n soll... Was is denn nacha mit unsern Fest?«

»Mit *unserm* Fest – nicht. Soweit ich in Betracht komme. Aber *Ihr* Fest können Se ruhig abhalten.«

»Aber Sie hamm 's doch selber verschob'n! Weg'n der bsondern Nummer, die wo Sie in *petto* hamm.«

»Hatte, müssen Se sagen, Herr Natterer. Die Nummer liegt nu wirklich im *betto*. Die Primadonna is unpäßlich. Tut mir leid, aber das kommt bei den besten Ensembles vor... Es is nu mal nich zu ändern.«

»Jetzt weiß i nimmer, was i sag'n soll. Es war do all's ausg'macht...«

»Und wär' auch fein geworden, lieber Natterer. Wir hätten das schon gedeichselt. Aber die Pflicht ruft, und da is nischt gegen zu machen. Auf jeden Fall wünsche ich Ihnen viel Vergnügen un besten Erfolg... Nu entschuldigen Se mich aber, es zieht verdeibelt, un ich habe sowieso 'n Schnuppen, un meine Leute warten. Also auf Wiedersehen! Meine Stimme im Afko trete ich hiemit feierlich an Sie ab. Mahlzeit!...«

Natterer sah dem freundlichen Manne ingrimmig nach.

Mit Wut im Herzen ging er aus der Post.

»Sprecher, miserabliger! Spruchbeutel, nixnutziger!« murmelte er vor sich hin.

Daheim packte er die Statuten, Gründungsprotokolle, Sitzungsprotokolle, die Programmentwürfe und Briefe samt dem blauen Aktendeckel, der die Inschrift Afko trug, zusammen und eilte in die Küche.

Er drängte Wally vom Herde weg und warf die Arbeit vieler Stunden, die Beweise seiner Mühen ums öffentliche Wohl, zornig ins Feuer.

»Was tuast denn?« rief die erschrockene Frau.

»Aus is und gar is, und g'redt werd gar nix...«

»San dös de Papiera von...«

»Aus is, hab' i g'sagt, und koa Frag' gibt's net.«

Er ging hinaus und warf die Türe schmetternd hinter sich zu.

* * *

»Siehste«, sagte Schnaase, als er sich wieder neben Karoline setzte, »nu hätten wir doch noch ne Woche hier bleiben sollen. Die italienische Nacht kann ohne uns nich stattfinden...«

»Hat man dich deshalb hinausgerufen? So ne Zumutung!«

»Rege dich nich unnütz uff! Ich habe natürlich abgewunken. Und ich muß sagen, wie der Mann klein wurde, das hat mir ne gewisse Befriedigung verschafft. Denn nu biste gerächt, Karline. Weil er dich doch wirklich unerhört betimpelt hat mit seine Voralpen und Höhenluft. Nu wollen wir zahlen...«

Die Familie brach geräuschvoll auf. Fanny mußte kommen, und Stine wurde noch mal hinaufgeschickt, um die kleine Tasche zu holen, und die Handschuhe und... »Stine! Stine! Fräulein Henny hat ihren Schleier auf dem Sofa liegen...« Was die Person bloß hatte?

Den ganzen Morgen ging sie mürrisch herum, und rot geweinte Augen hatte sie, und als man so und so oft nach ihr gerufen hatte, fand man sie in ihrem Zimmer weinend beim Briefschreiben.

Ach ja! Was wußte die Familie Schnaase von einem gebrochenen Herzen oder von dem Liebreiz eines altbayrischen Schlossers und Piganiers, den Stine Jeep aus Kleinkummerfelde – ochott! – nu so ganz ohne Abschied und letzte Zärtlichkeit verlassen mußte, und den sie nur mehr brieflich ermahnen konnte, treu zu bleiben und jeden Tag eine Postkarte zu schreiben?

Die Familie Schnaase wußte nicht, wie Scheiden und Meiden der armen Stine so weh tat.

Doch hörten auch Karoline und Henny schwere Abschiedsseufzer.

Herr von Wlazeck sagte ihnen, daß er fassungslos sei.

»Ich bidde, meine Damen, das is doch ein Schlag aus heiterm Himmel! Wie ich heite herunter gekommen bin und diese schlimme Nachricht erfahren habe, war ich färmlich beteibt. Man fühlt die Greße des Glickes erst, wenn es entschwindet. Ich kann jetzt mit dem bekannten Dichter sagen, daß die schönen Tage von Aranjuez vorieber sind. Sie gehen und ieberlassen den Armen der Pein, das heißt der Gesöllschaft des Herrn Dierl. Das ist grausam! Gestatten wenigstens diese Blumen. Es war alles, was hier aufzutreiben war...«

Schnaase suchte derweilen den Posthalter Blenninger, von dem er noch nicht Abschied genommen hatte. Aber er war nirgends zu finden, und als Fanny zuletzt den Hansgirgl fragte, wo denn der Herr bloß sein könne, wurde sie mit auserlesener Grobheit abgewiesen.

Der Blenninger saß aber im Stalle auf der Futterkiste, und er hatte dem Hansgirgl befohlen, das Geheimnis zu wahren, weil er verborgen bleiben wollte, denn das Gesurrm konnte er nicht anhören.

»Das is wieder mal echt!« sagte Schnaase, der selbst im Hofe Umschau hielt.

Da trat der Kanzleirat heimlich und rasch an ihn heran und drückte ihm einen Zettel in die Hand. Bevor sich Schnaase von der Überraschung erholt hatte, war Schützinger weggeeilt.

Er schlich auf Seitenwegen zum Bahnhofe. Seinen Koffer hatte er dem Martl gegeben.

Schnaase öffnete den Zettel und las: »*Schonen Sie mich!*«

»Nanu! Verrückt un drei macht neine. Der hat 'n Triller.«

* * *

»Nischt zu machen. Der Posthalter bleibt unsichtbar«, sagte Schnaase. »Dieses Gegenteil von einem Europäer is wenigstens konsequent.«

»Mach' endlich zu!« rief Karoline ungeduldig. »Hobbes sind schon an die Bahn, und du stehst noch hier und wartest.«

»Also los! So leb denn wohl, du stilles Haus, un Fräulein Fanny, sagen Sie dem Posthalter, ich hätte mir zu gerne noch mal seine ansprechenden Züge ins Gedächtnis geprägt, aber es hat nicht sollen sein. Und sagen Se ihm, ich werde ihn rekommandieren als Gasthof zum bair'schen Hiesel oder zum Kanadier ohne übertünchte Höflichkeit, und, paßt mal Obacht, denn fängt's erst an mit de Fremden aus preußisch Berlin! Au reservoir! Adchees, Kinner!...«

Er winkte fröhlich mit der Hand und eilte seinen Damen nach, die mit Herrn von Wlazeck schon vorausgegangen waren.

Am Bahnhofe kam noch ein herzlicher Abschied vom Martl, der die Koffer hingefahren hatte.

Zuerst erhielt er ein Trinkgeld, und es fiel so aus, daß er zufrieden brummte und die Haube rückte.

Und dann sagte Schnaase: »Sehen Se, verehrtester Herr Urbaier, das mit 'm Gepäck haben Se nu schon raus, daß man's bringt un holt. Mit der Zeit werden Se auch noch begreifen, daß man für schwarze Stiebel schwarze Wichse un für gelbe Stiebel gelbe Wichse nimmt, und wenn Se das erst richtig intus haben und von Ihrem Herrn Posthalter noch 'n Happen Liebenswürdigkeit abkriegen, denn werden Se 'n großartiger Hotelportier, und wenn der Posten bei Adlong frei wird, will ich Sie gerne empfehlen. Leben Se wohl und grüßen Se die andern Indianer!«

Martl zog die Oberlippe in die Höhe, und sein Schnurrbart sträubte sich. Aber er fand keine rasche Antwort, und zum Überlegen ließ ihm der damische Hund keine Zeit, denn er stieg gleich ein.

Kurz bevor der Zug abfuhr, schlich der Kanzleirat heran, nahm seinen Koffer von Martl in Empfang und setzte sich abseits in den zweiten Wagen.

Ängstlich spähte er durchs Fenster, ob nicht doch noch der wütende Schlosser herbeieilte und auch von ihm Rechenschaft verlangte.

Er atmete auf, als sich der Zug in Bewegung setzte, und als sich Täler und Hügel zwischen ihn und die Stätte seiner Verfehlung legten.

Es war eben doch etwas anderes, einem Ministerialrat frivole Geschichten nachzuerzählen, als sie selbst zu erleben. Indessen Martl seinen Karren mißmutig heimschob und darüber nachdachte, was er den Berliner alles heißen hätte müssen, und indessen Herr von Wlazeck sich über die entsetzliche Leere klar wurde, die ihn angähnte und die einem Manne, der die Venus zum Leitstern erkoren hatte, so fühlbar sein mußte, indessen Stine mit umflorten Augen den Kirchturm, der so nahe bei einer gewissen Schlosserei stand, verschwinden, noch einmal auftauchen und wieder verschwinden sah, faßte Herr Schnaase das Gesamtergebnis zusammen.

»Und nu gib mal zu, Karline, eigentlich war's doch 'n Reinfall. Ich habe ja dir zuliebe geschwiegen, aber wenn ich an allens denke, dann frage ich mich, wie konnten wir auf das Schwindelinserat fliegen, und wie sind wir uns in diesem hinterbaierschen Neste vorgekommen?«

»Du hast mir zuliebe noch nie geschwiegen«, erwiderte Karoline. »Und wenn du schon nich imstande bist, den Zauber der Einsamkeit und des tiefen Friedens zu empfinden, so mußt du doch nich bei andern die gleiche Gefühllosigkeit suchen.«

»Aber nu biste doch gründlich entzaubert?« fragte Schnaase.

Da wandte sich Karoline von ihm ab und seufzte.

Denn schon auf der Fahrt nach Berlin war sie dabei, die Altaicher Tage zu einem entschwundenen Märchen zu gestalten und sich in Sehnsucht nach dem fernen Glücke einzuleben.

In der andern Ecke des Wagens saßen Horstmar und Mathilde Hobbe; Tildchen ihnen gegenüber.

Sie sahen zum Fenster hinaus.

Äcker, Wiesen, Wälder huschten vorüber. Braune Flächen, grüne Flächen, Bäume. Hier hausten Menschen im trostlosen Einerlei, gingen hinterm Pfluge, trieben Tiere, gingen zum Essen, gingen zum Trinken, Tag um Tag, Woche um Woche. Einmal in ihrem Leben fiel Helligkeit in dieses Dunkel.

Ein hoher Geist war unter sie getreten, aber sie wußten es nicht. Sie ahnten es nicht.

Horstmar fuhr aus tiefem Sinnen auf.

»Hast du es?« fragte er ängstlich.

»Ja, Liebster«, antwortete Mathilde und deutete auf die Ledertasche an ihrer Seite.

Und dann blickte sie mißbilligend auf das große, hübsche Mädchen, das an einem Fenster stand und unweiblich vor sich hin pfiff.

An was Henny dachte?

An Altaich oder an Berlin?

An stilwidrige Beinkleider oder an Breeches?

Oder an einen Bräutigam und an eine große Wohnung in Charlottenburg, die man modern möblieren konnte?

Übrigens war es sonderbar, daß der dritte doch nicht gekommen war, nicht mal zum Abschiednehmen.

Und der Zug rollte weiter.

* * *

In Altaich aber kamen nach einer Regenwoche stille Spätsommertage. Es lag wie Feierabend über den abgeräumten Feldern, und was geblüht und Früchte getragen hatte, schien sich behaglich auszuruhen.

Wer es recht verstand, für den war's eine schöne Zeit.

Und Konrad verstand es und gewann die Heimat von einem Tag zum andern lieber.

Daheim aber, wo sich's an den langen Abenden noch behaglicher saß, war ihm Michel ein guter Kamerad.

Der ging nach und nach aus sich heraus und erzählte bessere Geschichten als die vom Patrik Sgean, der am Kaninchenbau dem George Downie eins über den Kopf gegeben hatte. Und erzählte Geschichten von drangvollen Tagen, in denen es sich so nebenher zeigte, was er für ein furchtloser deutscher Mann gewesen war.

Aber das gehörte nicht daher.

Er fühlte sich glücklich bei der Arbeit und lachte fröhlich, wenn zuweilen ein Bauer kam, der einen leibhaftigen Gschlafenhandler sehen wollte.

In der Post war es wie vor dem Gesurrme der Fremdenzeit.

Laut und geschäftig am Schrannentag, schläfrig an den andern.

Alle Kurgäste und merkwürdigen Erscheinungen waren fortgezogen. Der Dichter Bünzli schied einen Tag nach der Familie Schnaase; er fuhr mit dem gleichen Zuge wie Mizzi Spera, die sich auf dem Bahnhofe recht kurz von der weinenden Hallbergerin verabschiedete.

Bünzli soll in Winterthur wieder Gerstenschleim und Bärenzucker verkaufen und als ehemals lüderlicher Dichter in einem anreizenden Rufe bei den Mädchen stehen. Herr von Wlazeck kehrte tief verwundet nach Salzburg zurück, wo er an Swoboda und Plachian immer unangenehmere Feststellungen zu machen hat.

Als letzter zog Herr Inspektor Dierl von Altaich ab. Auch als der einzige, der wiederkommen wollte. Der Blenninger Michel steht an guten und schlechten Tagen unterm Haustor mit den Händen in den Hosentaschen, und wenn ihm Natterer unterkommt, verfehlt er nie, zu fragen:

»Was is na g'wen mit dein Summafest?«

Und jedesmal gibt es dem rührigen Manne einen Stich und erinnert ihn an die schlimmste Enttäuschung seines Lebens.

Für die Hebung des Fremdenverkehrs wollte er nie mehr einen Finger rühren.

Was hatte ihm seine Mühe eingebracht?

Spott und Undank.

Und dazu den unausrottbaren Haß des Hausknechts Martl. Der vergaß es dem hundshäuternen Kramer nie, was der ihm hatte antun wollen, und er sah nie ohne Ingrimm die damische Mütze am Nagel hängen mit der Aufschrift: »Hotel Post«. In ungetrübter Freundschaft aber lebte er mit Hansgirgl, der von Altaich nach Sassau und von Sassau nach Altaich fuhr und seinem Stutz zuweilen eins aufblies. Bald ein trauriges, bald ein lustiges Lied. Am liebsten einen Landlerischen:

»Zum Deandl bin i ganga
De ganze Wocha,
Am Samstag auf d' Nacht
Is ma d' Loata brocha.
Dudel-dudel-dudel-duduliäh
Dudel-dudel-duliäh!«

Und dann ereignete sich noch was Merkwürdiges.

Am Kirchweihmontag saß in Riedering draußen beim Wirt der Xaver einträchtig mit der Fanny beisammen.

Es ist was Spaßiges um ein Mädel und seinen ewigen Zorn. Aber es ist auch was Spaßiges um einen Piganier und seine ewige Treue.

NACHWORT

von Karl Pörnbacher

I

»Die Gegenwart ist dazu angetan, uns die Vergangenheit schöner erscheinen zu lassen«[1], schrieb Ludwig Thoma am 14. März 1917 an Maidi von Liebermann. Die schwierige Lage Deutschlands im dritten Kriegsjahr ließ ihn in die sorglose Idylle einer vergangenen Zeit flüchten, zu der er in den ersten Monaten dieses Jahres auf zehn Blättern Personen und Ideen unter dem bezeichnenden Titel »*Die Idylle* (Berthenau)«[2] notierte:

Papa, Mama, Tochter in Dornstein.
Angelockt durch Inserate. Fremdenverkehrs-Verein.
Seine Vorstände und Stützen.
Veranstaltungen à la Kurort.
Kappelle; Reunions; Wandelhalle.
Das große Hotel, das immer jemand plant.
Papa Kommerzrath, großer Plänemacher, benützt
das zum Waifen u. Plaudern. [...]
Die ersten Fremden sind:
Ein Notar mit Frau und Tochter.
Ein Univ. Professor mit seinem Sohne (12j.)
u. seiner Schwester.
Eine merkw.[ürdige] alte Dame mit einer ebenso
merkw. Tochter. (?)
Oder: Eine Schauspielerin, die ahnen läßt,
daß sie auf großen Bühnen war oder sein
könnte. Mit ihrer Duenna.
(Der Weg zum Hofth. geht durch mein Schlafgemach)
Alle fallen auf sie herein.
Auch der kluge Kommerzienrath. Reinhold Schnaase
»Nanu, ich kenne deine Schwäche, und
ich bin ... wie du weißt ... nicht eifersüchtig ...

aber...
Ein pensionierter Oberleutnant von der Kavallerie.
Es gelingt ihm, ein Pferd vom Bräu zu erhalten
u. er zeigt sich einmal hoch zu Roß auf
dem dicken Wallach.
Er findet eine gleichgestimmte Seele in einem
Versicherungsinspector.
Mischung von Kavalier u. Commis voyageur.
Konzertabend.
Eine Dame singt. Die Schauspielerin trägt vor.
Die Wahl der »starken Stücke« läßt auf
Tingeltangel, Überbrettl schließen.
Frage: ob es zu stark war. Ob das nicht
eben gerade high life ist.
Der alte Oberl. u. der Inspektor spielen die
Ritterlichen.
Der Notar ist ete-petete.
Weitere Gäste:
Der große Unbekannte. Das interessante Geheimniß.
Künstler? Locken; Singen. Tenor.
Bezaubernd.
Ein Postadjunkt, der eine kleine Erbschaft
gemacht hat und sie durchbringt.

Literar. Gespräche des schönen Unbekannten
mit dem Oberltn.
Mit dem Komm. Rath, der die Großstadt hier, wie überall herausstreicht.
[...]

Ein ehrlicher, netter Kerl ist
Hans Krell, Maler,
oder Studierender der Akademie, der Sohn
des braven Schreinermeisters Tobias Krell,
der ihn nach seinem verschollenen Bruder Hans
so genannt hat.
Der ist als zartes Büblein übers Wasser; die
ersten 10 Jahre hat man noch zuweilen von

ihm gehört.
Den letzten Brief, voll Oelflecken, verknittert
u. mit englischen Ausdrücken durchsetzt
aus Neu-Guinea betrachtet Tobias ohne
rechten Grund als Abschiedsbrief, »gewissermaßen als ein Gruß aus dem Jenseits«
Er ist auf geheimnißvolle Weise in seine Hände
gekommen; die Adresse war fast
unleserlich; er scheint ins Wasser gefallen zu sein.
Er ging durch mehrere Hände, durch verschiedene
Städte, abgestempelt hier und dort u. kam doch noch
an den Rechten. Das is net mit rechten Dingen
zu gangen. Seit der Zeit weiß i, daß mein
armer Hans nüberganga is… no ja…

Also der Sohn des Tobias ist nun unser Hans.
Der hat so viel Freud zum Künstler, hat Anlagen
dazu; ein wenig was hat man verdient.
Warum also nicht?
Es is genug Unglück in einer Familie, wenn
einer aus Gram in die weite Welt geht.
Denn der alte Hans, der hätt' Schullehrer
werden soll[n]. Der Zwang hat ihn fortgetrieben
Na ja…
Drum hat der junge Hans Erlaubniß, Künstler
zu werden.
Hans verliebt sich in Nelly.
Sie flirtet ziemlich unverschämt mit ihm.
Er versteht das nicht und macht sie zum
Ideal, das er anschmachtet.
Sie ist ächte Berlinerin. Nicht verdorben, aber
kalte Schnauze; amüsiert sich über den grünen
Bengel und Mondscheinritter, den sie als
ächte Provinz erkennt; setzt i[h]n 100mal
in Verlegenheit, kokettiert, kommt entgegen,
stößt ab. Denn ihr ists natürlich Unsinn.
Fällt ihr doch gar nicht ein, an Ernst zu
denken.

[…] »Nee, ich will auch meine Unterhaltung;
wenn Ihr Euch schon in das verzweifelte Nest [setzt]
dann will ich doch wenigstens auf meine Art
mich amüsieren.
Sie haben eine Zofe. Stine
Die erlebt Wunder an den Bayern, die für
sie eine Art Indianer sind.
Ich glaube, die Leute sind auf einer
niedern Bildungsssstufe.
[…]
Die Männer sprechen so ungebildet un erst die
Frauen, ochott, ochott!
[…]
Nebenbuhlerin *Liesl*
Ein gutmütiges, dickes Mädel; die Tochter vom
Konditor Noichl. Hat etwas schlechte Zähne vom
vielen u. frühzeitigen Naschen.
Geht Hans zu lieb oft am Haus vorbei, kokettiert
auf ihre arme Art, macht sich schön und liebreich,
aber hat so gar keinen Erfolg.
Sie wählt das schlechteste Mittel, das dumme Mädel
wählen, und will Hans überzeugen, daß die
»Berlinerin« gar nicht so schön sei, wie er sichs einbilde.
Daß sie ihn bloß auslache.
Sie hat es gesehen, wie sie gelacht hat.
Es thut ihr so leid, daß Hans auf sie hereinfällt
u. so blind ist.
Sie macht es doch mit allen so.

Der Oberleutnant ist Österreicher.
Vorbildlicher Damenfreund und Kavalier.
Kommerzienrath Schnase sagt von
ihm: Man weiß nie recht Bescheid.
[…]
Ein älterer Beamter. Junggeselle. Mit den ihm
zukommenden Ansichten über Ehe, Frauen.
Unterdrückte Sinnlichkeit.
[…]

Er hat die Sucht Anekdoten erzählen zu wollen;
er leitet sie aber derart weitschweifig ein,
daß sie nie zu Ende kommen.
[...]
Herr Kanzleirath, ich will Ihnen was sagen. Sie sind
das, was ich eine komplizierte Natur heiße.

Es gibt darüber einen sehr saftigen Witz. Das
heißt es ist eigentlich ein Wortspiel, das aber mit
einer Wendung eben das ausdrückt. Wie lange
ein gefallener Engel braucht... nein wie weit es
vom Himmel bis zur Erde ist... respective wie lange
man braucht, um vom H.[immel] z.[ur] E.[rde] zu kommen...
aber
in Damengesellschaft kann man natürlich den Witz
nicht erzählen. Er ist aber in seiner Art famos.
[...]
Hallberger ([in Stenographie:] Schlosser) kriegt Streit wegen
seiner Tochter. Viell. mit Natterer?
Haut ihm etliche herunter
Man war nicht entzückt über das Auftreten
der Mizzi Spera.
[...]

In den folgenden Monaten arbeitete Thoma an dieser »heiteren
Sommergeschichte«, die er am 8. April 1917 im Brief an Josef
Hofmiller ankündigte, nachdem er zunächst seinen »moralischen Katzenjammer« wegen der seiner Überzeugung nach während des Krieges unnötigen Verfassungsreform beklagt hatte:

> »So mache ich etwas ganz Neutrales und trotz dem und
> alledem Humoristisches. Weder Roman noch Novelle,
> sondern eine ziemlich lange Geschichte von einem Marktflecken, der ›Kurort‹ wird oder werden will. Die Leute, die
> kommen, und die Leute, die dort sind, geben mir Gelegenheit zur behaglichen Malerei. Mögen sie tun, was sie tun
> müssen, und mag die Geschichte ausgehen, wie sie ausgehen mag oder muß, ich schreibe ohne Plan weiter. Einmal

wird schon das Ende kommen. Ich bin bestrebt, jedes Kapitel für sich rund und heiter zu gestalten, und finde, daß sich eins ans andre passend fügt.«³

Unter dem Titel »*Die Idylle*. (Sommervögel. Sommerschwalben?)«⁴ entstand ein Entwurf mit 117 Seiten, der im ersten Teil weitgehend dem fertigen Roman entspricht, im zweiten Teil vorwiegend skizzenartige Notizen enthält.

In 20 Heften mit zusammen 653 Seiten ist die Geschichte in zusammenhängender Form ausgearbeitet; zu einzelnen Teilen gibt es verschiedene Fassungen. Als Titel steht nun fest: »Altaich«; den Titel »Sommerfrische« hatte Thoma zunächst in Erwägung gezogen, doch dann gestrichen.⁵ In einem Zug und fast ohne Korrekturen schreibt er schließlich die endgültige Fassung nieder, die zugleich als Druckvorlage diente. Von ihr haben sich 516 Seiten erhalten⁶; etwa 16 Seiten fehlen.

Am 30. Dezember 1917 teilte Thoma dem Schriftsteller und Redakteur Paul Busson mit:

> »Herrlicher Winter! Viel Schnee, Kälte und Sonnenschein. Behagen am Ofen und gutes Fortschreiten der Arbeit.
> Meinen Sommerroman werde ich in ca. acht Tagen fertig haben. ›Altaich‹ heißt er.
> Ohne jede Tendenz, bloß harmlos lustig Menschen zeichnen, war die Absicht. Wird schon gelungen sein.«⁷

Am folgenden Tag berichtete er dem Schriftsteller Michael Georg Conrad bereits die Fertigstellung:

> »Gestern, 30. habe ich im alten Jahr noch eine ziemlich umfangreiche heitere Sommergeschichte ›Altaich‹ fertig gemacht. Allerhand darin wird Sie freuen.
> Roman heiße ich die Sache nicht, trotz des Umfangs von 25 Bogen.«⁸

Wenig später, am 16. Januar 1918, schrieb er an Josef Hofmiller:

> »Ich lebe zurzeit zwischen den Arbeiten. Die alte ist fertig, die neue nicht begonnen.

An sich ein sehr gemütlicher und froher Zustand.
›Altaich‹ wird sich, wie ich denke, harmlos und behaglich lesen. Es ist auch Autobiographisches darin, insofern ich den Gesamteindruck, den ich in meiner Jugend von Traunstein empfing, wiedergebe.

Je mehr man aber über diesen Eindrücken steht und je größer die Entfernung geworden ist, desto unbefangener und freier läßt sich's schildern.«[9]

II

Am 8. April 1918 kündigte Thoma im Brief an den Kunst- und Literaturhistoriker Dr. Georg Habich das Erscheinen seines Romans an:

»Und als Gegenleistung schicke ich Ihnen dann Ende dieser oder Anfang nächster Woche mein neues Buch ›Altaich‹. Eine heitere Sommergeschichte. Roman ist es nicht, obwohl man heute alle Bücher mit über 300 Seiten so heißt.

Ich glaube, Sie werden darin ein ganz behagliches Stück kleinstädtisches Altbayern finden. Keine aufregenden Geschehnisse, keine Tendenz, nichts Ewigkeitswertliches, Profundes, Tiefenausfüllendes, Höhenerklimmendes, aber lauter wirkliche Menschen vom Postillon bis zum Kunsthistoriker.«[10]

Die Erstausgabe erschien im April 1918 mit 394 Seiten. Schreibweise und Zeichensetzung Thomas wurden vom Setzer modernisiert, ohne den Lautstand zu verändern, th wird zu t, oh zu o, deßwegen zu deswegen, Einige, Viele, Anderes werden klein geschrieben.

Die weiteren Auflagen übernahmen unverändert den Druck der Erstausgabe; 1921 betrug die Auflage bereits 50000 Exemplare.

Dieser Ausgabe liegt der Erstdruck zugrunde; folgende Änderungen wurden vorgenommen:

31 koin – koan
 38 des Vils – der Vils
 53 Entschuldigen – Entschuldingen
 62 Stationsvorsteher – Stationsdiener
 70 Solidarität – Solidität
 73 Seppi – Sephi
 79 Rentner – Rentier
 83 Herr Oßwald – Herrn Oßwald
 96 männlichen – nämlichen
 98 dem englischen Fräulein – den Englischen Fräulein
139 daß zuschaug'n – daß i zuschaug'n
182 nicht – nich
196 hat, a dabei – hat er a dabei
197 aufgestellt – aufg'stellt
221 da is er – da is es
229 besondern – bsondern

Josef Hofmiller veröffentlichte eine wohlwollende, treffende Kritik in den »Süddeutschen Monatsheften«:

> »Diese Erzählung atmet und gibt, was wir seit langem nicht mehr kennen: Behagen. Ihr Inhalt ist der denkbar schlichteste: wie ein bayerisches Dorf, irgendwo nördlich von München zwischen Isar und Lech, mit List und Schläue zu einem Luftkurort gemacht werden soll, wer alles auf den Leim geht, wie sich die Sommerfrischler ein paar Wochen lang benehmen, wie sie alle wieder fortgehen und der Ort in seine Stille zurücksinkt. Das ist mit ebenso scharfem wie liebevollem Auge gesehen und köstlich erzählt. Thoma ist ein Meister in der Kunst, Menschen einzuführen, vor unseren Augen sich bewegen zu lassen und vor allem: sie durch Reden lebendig zu machen. So lebendig, daß in ein paar hundert Jahren, wenn wirklich auch, wovor uns der Himmel gnädig bewahren möge, nach Altaich die Neuzeit gekommen wäre und seinen Frieden zerstört hätte, dies kleine Buch einen großen sittengeschichtlichen Wert besäße: so waren altbayerische Menschen um die glückliche Zeit vor dem großen Krieg! In diesem bescheidenen, echten, fröhlichen Buch

ist eine solche Vollendung der Charakteristik durch Rede und Gegenrede, daß man an die ganz guten alten Sachen erinnert wird, ich möchte sagen: ein molièrischer Zug, etwas vom Humor jener klugen, klaren, ungespreizten Franzosen aus der ausgestorbenen Rasse des Onkels Benjamin. Es ist, wie Altaich selber, eine erquickende Oase, die ein paar Stunden lang vergessen läßt, daß Krieg ist.«[11]

Thoma bedankte sich dafür am 13. Juni 1918:

»Erst heute bei der Fahrt von München hierher las ich Ihre Besprechung von Altaich in den Süddeutschen Monatsheften. Vielen Dank für die Freundlichkeit. Wenn ich gesund bleibe, will ich schon noch etliches Brauchbare schaffen.«[12]

Von Georg Schott erschien eine Rezension in »Das literarische Echo«, die freilich Thomas Absicht, eben *keinen* Roman zu schreiben, nicht gerecht wurde:

»Daß Ludwig Thoma Land und Leute seiner oberbayrischen Heimat kennt und in kräftigen Strichen urwüchsig wiederzugeben weiß, das hat er uns schon viele Male bewiesen. Seine Bauerngestalten sind keine aufgeputzten Salonfiguren, die Ausdrucksform schöpft ständig aus dem Volksdialekt und atmet frisch natürliches Leben. – Soweit trifft alles auch auf das neue Buch ›*Altaich*‹ zu, das ›eine heitere Sommergeschichte‹, keinen Roman, bieten will. Wir werden in oft geschilderte ländlich-sittliche Gegend versetzt und sehen eine ganze Reihe wenig ineinandergefügter Episoden, von flotter Erzählungskunst vorgetragen, sich abspielen. Viel mehr als sonst aber fehlt diesmal das ›geistige Band‹, das erst all die lustigen Intermezzi und Schwankmotive zusammenhält. Die Grundstimmung allein, daß eine Sommerfrische im oberbayrischen Vorgebirgsland eröffnet und ihre Anziehungskraft durch allerlei Reklame und Einbildung weit über Gebühr gesteigert wird, bildet doch nur einen sehr losen Rahmen. Die Einwohner und Besucher von Altaich erleben im letzten Ende lauter kleine Abenteuer für sich, sie können auftreten und verschwinden, ohne daß dabei das –

imaginäre – Handlungsgefüge leiden würde. Man muß daran denken, was etwa Wilhelm Raabe aus dem plötzlichen Erscheinen eines Verschollenen herausgeholt haben möchte, dann stellt sich die Empfindung ein, wie wenig eigentlich die überraschende Ankunft des Michel Oßwald von Thoma künstlerisch verwertet und ausgenutzt worden ist.

An guten und ergötzlichen Einfällen ist natürlich kein Mangel; frohes Fabulieren hat, fernab vom Kriege, Menschen und Typen aus Nord und Süd nebeneinandergestellt und in der Charakterisierung die Unterschiede zwischen dem dickflüssigen und dem rastlos-betriebsamen Dorfbewohner, zwischen Vertretern der schnoddrigen berliner und der schwerfälligeren, gemütlichen bayrisch-österreichischen Art sorgsam gewahrt. Eine stattliche Menge von Situationen könnte mit leichter Mühe dramatisiert und als wirksame Szenen eines munteren Schwanks gedacht werden. Und wirklich steht ja Karl Sternheims Komödie ›Perleberg‹ (der Name begegnet auch bei Thoma), mag sie auch von ganz anderm Wesen erfüllt sein, dem stofflichen Inhalt von ›Altaich‹ nicht ganz ferne. Näher noch liegen freilich Berührungslinien mit den feinhumoristischen Gebilden der liebenswürdigen Erzählerin Alice *Behrend*, die in ihrer letzten Schöpfung ›Die von Kittelsrode‹ ähnliche Klänge angestimmt hat.«[13]

III

Für Thomas Hinweis auf die vielen autobiographischen Bezüge in ›Altaich‹ (vgl. Brief vom 16. Januar 1918 an Josef Hofmiller) gibt es zahlreiche Beispiele. Natürlich findet sich kein Ort, der sich mit dem Markt Altaich gleichsetzen ließe, doch dachte Thoma bei der Niederschrift bevorzugt an Altomünster und Traunstein.

Auf Altomünster, nordwestlich von Dachau gelegen, hatte Hofmiller am 5. September 1918 hingewiesen:

»Im *wirklichen* Altaich, wenigstens vermute ich stark, daß es Ihnen vorgeschwebt hat, war ich an Königin-Geburtstag, 2. Juli: Das Altomünster ist ja ein Juwel! Ich hatte es auch noch nicht gekannt!«[14]

Thoma bestätigte umgehend die Vermutung:

»Altomünster – jawohl ungefähr Altaich – ist die Heimat meiner Freundschaft mit Ignatius Taschner, meines stärksten Erlebnisses. Sein Leben und seine Kunst haben mir alles gegolten. Nun ist's auch bloß mehr Erinnerung.«[15]

In seinen Erinnerungen an den Freund Ignatius Taschner beschrieb Thoma Altomünster:

»Der kleine Markt – er hat etwa zwölfhundert Einwohner – baut sich an dem Abhange eines mäßig hohen Hügels empor und bildet den Mittelpunkt des fruchtbaren Landes zwischen Glonn und Ilm. Weithin sichtbar ragen der stattliche Turm der Kirche und die Mauern eines uralten Klosters des hl. Alto empor. Hier war in den neunziger Jahren und noch später ein von der Außenwelt und von allen neuzeitlichen Verunstaltungen gänzlich unberührtes Altbayerntum zu finden und eine Fülle von Dingen, die gerade unserem Ignatius Taschner Freude bereiten mußten. Rund um Altomünster liegen eingebettet zwischen Wäldern und Äckern kleine Dörfer, deren Häuser die kunstverständige Art der alten Baumeister, wie auch die altbayrische Freude an bunten Farben zeigen; Haustüren, Fenstergesimse, auch der Zierat an der Außenwand stammen aus guter Zeit. Im Hause, auf dem Flöz und in der Stube stehen Kästen und Truhen, die handwerkliche Kunstfertigkeit von ansehnlicher Bedeutung zeigen. Im Wurzgartl, das die Bäuerin sorgfältig pflegt, blühen Pfingstrosen, Georginen und sonst allerhand Blumen mit alten Namen, daneben wachsen Kräuter und Gemüsearten, die in dieser Gegend schon zu Lebzeiten des Kaisers Carolus auf dessen Geheiß angebaut werden mußten.

Ein braves, fleißiges, mit uralter Sitte fest verwurzeltes Volk lebt und schafft hier; die hochgewachsenen Männer, ihre drallen Weiber und die flachsblonden Kinder sind von gut erhaltener deutscher Art; ihre Weise, das Leben derb und fröhlich zu führen, sich nie von der harten Arbeit oder vom Ungemach das Gemüt beschweren zu lassen, ihre laute Freude an Feiertagen, und neben der Gutmütigkeit auch wieder unbändiger Trotz, das alles weist hin auf unverfälschte altbayrische Abstammung.

Nichts Schöneres als das Gewühl der festlich gekleideten Weiber und Mädchen an einem Markttag in Altomünster.

Mit schutzenden Röcken schreitet das Weibervolk auf den zierlichen, hübsch ausgenähten Schuhen einher; das nach bestimmten Regeln gebundene Kopftüchel, das bunte Brusttuch weisen auf die Herkunft hin, und eine Holzländerin läßt sich auf den ersten Blick von einer Glonntalerin unterscheiden.

Mehr abseits von den Weibern halten sich die Männer, die in den mit Silberknöpfen geschmückten Röcken, in Lederhosen und langen Stiefeln würdig aussehen; eine schmückende Zutat bilden die in schönen abgetönten Farben gehaltenen, auch wieder mit Vierundzwanzigern versehenen Westen.

Wenn nun Ignatius Taschner unterm Tore des seinem Vetter Stanglmayr gehörigen Bräuhauses stand und das bunte Leben um sich betrachtete, hatte er alles, was sein Herz begehrte, und er konnte in kleinsten Dingen mehr Zusammenhänge mit der uralten Kultur der Heimat finden als ein gelehrter Kunsthistoriker in den Schätzen eines Museums.«[16]

Ebenso wichtig war ihm daneben die Gegend um den Chiemsee, die er im Brief an Maidi von Liebermann vom 22. August 1918 beschrieb:

»Wie der Ernst an die Familie herantrat und die Mutter Witwe wurde, ging sie dort weit links, vom Wendelstein, hinüber an den Chiemsee. Der Gymnasiast war selig in dem

Vergnügen, das er auf dem großen Wasser fand, und ließ sich auch die Poesie der alten Klöster Fraueninsel, Herreninsel, Seeon ins Herz eingehen. Dann kam die Übersiedlung nach Traunstein, dort hinüber, wo der Hochgern herüberschaut. Hier gab's die ersten Studentenjahre, die ersten Dummheiten, und so viel Fröhliches; dazwischen auch die innere Stimme, die einem sagte, so ganz eben und gewöhnlich könne der Lebensweg nicht verlaufen. Er steige wohl einmal an und führe ein wenig in die Höhe.

Wieder zurück an den Chiemsee, wo meine liebe alte Mutter in Seebruck ein Anwesen kaufte. Ein paar bittere Jahre, und ein Sterben, über das ich lange nicht hinaus kam.«[17]

Die Mutter hatte von 1875 bis 1883 den Gasthof »Zur Kampenwand« in Prien am Chiemsee gepachtet, und Thoma verbrachte hier seine Ferien. Thema des Deckenbildes im Langhaus der Pfarrkirche von Prien ist – wie in Altaich – die Seeschlacht von Lepanto, in der am 7. 10. 1571 Don Juan d'Austria, ein Sohn Kaiser Karls V. und der Regensburger Bürgerstochter Barbara Blomberg, über die türkische Flotte siegte. Der Künstler, es war der Münchner Hofmaler Johann Baptist Zimmermann, stellte in den Mittelpunkt seines Freskos Maria mit dem Jesuskind. Dieses verleiht dem christlichen Feldherrn durch einen Engel den Sieg in Form eines Lorbeerkranzes; Maria gibt dem hl. Dominikus einen Rosenkranz, zum Zeichen, daß die Gläubigen mit dem Rosenkranzgebet ihre Fürbitte erflehen sollen. An der rechten Langseite treffen die feindlichen Schiffe aufeinander; auf der linken Seite steht Don Juan d'Austria mit seinen siegreichen Feldherren, mit den befreiten Christen und den gefangenen Türken.

Thomas Eindrücke vom Chiemsee, die Erinnerungen an Frauenchiemsee, Herrenchiemsee und Kloster Seeon fanden ihren Niederschlag in der ausführlichen Beschreibung des Klosters Sassau.

1880 ging Thomas Bruder Max als Vertreter der Fa Georg Lang sel. Erben in Oberammergau nach Australien. 1882 folgte ihm sein Bruder Peter. Max kam 1901 mit Frau und vier Kindern zurück, fand jedoch keine ihm zusagende Berufsgrundlage und wanderte 1902 endgültig nach Kanada aus.

Die Mutter pachtete 1883 den Gasthof »Zur Post« in Traunstein. Thoma übernahm in seinen Roman nicht nur den Namen für den Altaicher Gasthof, sondern auch viele Eindrücke aus der Kleinstadt, wie er sie in den »Erinnerungen« aufgezeichnet hat, bis hin zu den Anfängen des Fremdenverkehrs:

> »Klein und eng war es in Traunstein und von einer Gemütlichkeit, die einen jungen Mann verleiten konnte, hier sein Genüge zu finden und auf Kämpfe zu verzichten. Es ist altbayrische Art, sich im Winkel wohl zu fühlen, und aus Freude an bescheidener Gesellschaft hat schon mancher, um den es schad war, Resignation geschöpft.
>
> In dem Landstädtchen schien es sich vornehmlich um Essen und Trinken zu handeln, und alle Tätigkeit war auf diesen Teil der Produktion und des Handels gerichtet. Am Hauptplatz stand ein Wirtshaus neben dem andern, Brauerei neben Brauerei, und wenn man von der Weinleite herab sah, wie es aus mächtigen Schlöten qualmte, wußte man, daß bloß Bier gesotten wurde.
>
> Durch die Gassen zog vielversprechend der Geruch von gedörrtem Malz, aus mächtigen Toren rollten leere Bierbanzen, und am Quieken der Schweine erfreute sich der Spaziergänger in Erwartung solider Genüsse.
>
> Der Holzreichtum der Umgegend hatte schon vor Jahrhunderten die Anlage einer großen Saline, wohin die Sole von Reichenhall aus geleitet wurde, veranlaßt.
>
> Sie förderte das Emporblühen der Stadt, die auch jetzt im Wohlstand gedieh. Als Sitz vieler Behörden, sehr günstig zwischen Gebirg und fruchtbarem Hügellande gelegen, bildete sie den Mittelpunkt einer volkreichen Gegend.
>
> Zur allwöchentlichen Schranne und zu den Märkten strömten die Bauern herein, und dazu herrschte ein starker Verkehr von Musterreisenden, die von hier aus die chiemgauer Orte besuchten.
>
> Ein anheimelndes Bild der alten Zeit boten die zahlreichen Omnibusse, die von blasenden Postillionen durch die Stadt gelenkt wurden, denn damals waren die Kleinbahnen nach Trostberg, Tittmoning, Ruhpolding noch nicht gebaut.

Hier saß nun ein besitz- und genußfrohes Bürgertum, das sich den Grundsatz vom Leben und Lebenlassen angeeignet hatte. Genauigkeit und ängstliches Sparen erfreuten sich keines Ansehens, und war man stolz auf den Wohlstand eines Mitbürgers, so verlangte man auch, daß er nicht kleinlich war. [...]
In der Zeit des allgemeinen Aufschwungs gab es natürlich Leute, die den Fremdenverkehr auf alle unmögliche Weise heben wollten.
Er hielt sich jedoch in mäßigen Grenzen, obwohl man Reunions veranstaltete, bei denen wir Rechtspraktikanten das Ballkomitee bilden mußten.
Wenn es herbstelte, versank die Stadt wieder in stillen Frieden, in dem es nichts Fremdes und Neuzeitliches gab, und von dem umfangen man zwischen Tarockrennen und Kegelscheiben vergessen konnte, daß ihm der Kampf vorangehen müsse.«[18]

Von 1885–86 besuchte Thoma die 4. Gymnasialklasse der kgl. Studienanstalt in Landshut: »Die wohlhäbige Stadt, Mittelpunkt der reichsten Bauerngegend, in der eine starke Garnison lag, und die ihre Tradition als ehemaliger Sitz der Landesuniversität noch bewahrte, gefiel mir sehr gut. Die breite Altstadt mit ihren hochgiebligen Häusern und der mächtigen Martinskirche als Abschluß war die Hauptstraße.«[19]
Karl Natterer hat in Landshut seine Lehrzeit verbracht und von dort seine Aufgeschlossenheit und seinen Unternehmungsgeist mitgebracht.
1892 kaufte Thomas Mutter den »Gasthof zur Post« in Seebruck am Chiemsee und betrieb auch die Poststelle zusammen mit Thomas Schwester Luise und dem Bruder Peter, der in diesem Jahr aus Australien zurückgekommen war. Peter Thoma wurde zum Vorbild für Michel Oßwald.
Der Apotheker Richard Rothmaier, ein Bruder von Thomas Jugendfreund Karl Rothmaier und ebenfalls mit Thoma befreundet (Thoma spielt zu Beginn von »Altaich« humorvoll auf den wissenschaftlichen Ehrgeiz der Apotheker an[20]), schreibt über Peter Thoma:

»Ludwig Thoma hatte mir schon öfter von seinen beiden Brüdern erzählt, die bereits in sehr jungen Jahren nach Australien ausgewandert waren.

Bei seinem ausgeprägten Sinn für Gerechtigkeit bedrückte ihn der Gedanke, daß nur er studieren durfte und ihm damit der Weg zu einer höheren Lebensstellung gebahnt war, während seine Brüder fern von der Heimat ihr Brot suchen mußten. Auch entging ihm nicht die Sehnsucht seiner Mutter nach den beiden.

Dem ältesten Bruder, Max, war es gelungen, sich drüben als Gärtner zwar eine bescheidene, aber doch auskömmliche Stellung zu schaffen und eine Familie zu gründen.

Mißlicher stand es mit Ludwig Thomas zweitem Bruder, Peter. Mit achtzehn Jahren war er Max nach Australien gefolgt, war einige Zeit bei diesem untergekommen und hatte dann als Kaufmann, Gärtner, Matrose, Fischer und Pelzjäger versucht, drüben festen Fuß zu fassen. Das Glück war ihm aber nicht hold. Nach zehn Jahren entschloß er sich so – auf Drängen seiner Mutter – wieder heimzufahren. Um ihm nun in der Heimat eine bleibende Stätte zu schaffen, hatte die Mutter 1892 das Postanwesen in Seebruck am Chiemsee erworben. Sie siedelte dorthin mit ihren beiden jüngeren Töchtern Käthe und Berta über.

Es war eine schwere Last, die Frau Oberförster Thoma mit der Bewirtschaftung des Anwesens auf sich lud; war sie selbst doch schon hoch in Jahren und nach einem Leben voll Sorge und Arbeit nicht mehr bei bester Gesundheit. Es gab viel zu schaffen, da das Anwesen unter dem früheren Besitzer ziemlich heruntergekommen war. Ludwig weilte deshalb damals nach der Rückkehr Peters öfter in Seebruck zur Unterstützung seiner Mutter.

Es war ein klarer, kalter Wintertag 1893, als mich Thoma einlud, ihn nach Seebruck zu begleiten. Auf der ziemlich langen Bahnfahrt nach Endorf unterhielten wir uns hauptsächlich über Bruder Peter, den ich noch nicht kannte. Er sollte uns mit dem Schlitten erwarten.

Auf dem Bahnsteig schritt ein großer, breitschultriger Mann auf Ludwig zu und umarmte ihn. Es war Peter

Thoma. Nie hatte ich zwei Brüder gesehen, die sich äußerlich so wenig glichen.

Ludwigs behäbiges, rundliches, etwas blasses Gesicht mit der lustigen Stupfnase und dem kleinen, kurzgeschnittenen Schnurrbart darunter zeigte auch nicht eine Spur von Ähnlichkeit mit dem Peters. In dessem wettergebräunten, hageren Antlitz saß eine lange und spitze Nase, während die Wangen mit den scharf hervortretenden Backenknochen ein brauner, schütterer Vollbart umsäumte; auffallend lange Arme mit derben Händen, die Spuren von schwerer Arbeit trugen, schlenkerten zu beiden Seiten herab. Für einen Jäger oder Flößer aus dem Isarwinkel hätte man ihn halten mögen; nur der etwas schleppende und wankende Gang des Seemanns wollte damit nicht zusammenstimmen.

Nach der herzlichen Begrüßung der beiden Brüder trat ich hinzu und Ludwig stellte mich vor. Mit eisernem Griff drückte Peter meine Rechte. Treuherzig bat er mich, auch ihm ein guter Freund zu sein.

Hinter dem Bahnhof wartete die alte Stute ›Lisl‹ auf uns; ich kannte sie schon von früher her. Heute aber war sie statt an das übliche Wagerl an einen kleinen Bauernschlitten gespannt. Wir ließen die Alte gehen, wie sie wollte, und so verfiel sie nach einem kurzen Trab bald wieder in gemütlichen Schritt.

Es war kälter geworden, die Dämmerung brach schon herein und wir waren froh, uns nach herzlicher Begrüßung in der gemütlichen Stube im Gasthaus Seebruck erwärmen zu können. Ein schöner Abend im Kreise der Familie beschloß diesen Tag. [...]

Als nach einiger Zeit Ludwigs literarische Arbeiten klingenden Lohn brachten, entschloß sich der edle Mann sofort, seinen Bruder Peter ganz bei sich aufzunehmen.

Daheim, bei fröhlichem Wettstreit auf dem Scheibenstand, auf der Jagd und beim Kartln waren wir viel zusammen. Ich lernte den stillen, bescheidenen Menschen immer mehr lieben und schätzen. Im Grunde eine verschlossene Natur, schenkte mir Peter doch bald sein Vertrauen. Er hat mir, wie wohl wenigen, von seinen Abenteuern in der Fremde erzählt. Ich lauschte ihm gerne, denn was er sagte, trug den Stempel unzweifelhafter Wahrhaftigkeit. Und wenn er auf lustige Episoden zu sprechen kam, dann lachte er mit seiner vollen Baßstimme ein dröhnendes ›Ho-ho-ho‹, und das klang, wie wenn es aus einem Abgrund käme.

Eine Geschichte von Peter will ich hier zum Besten geben; denn sie ist so recht geeignet, seinen Charakter zu kennzeichnen.

Nach unendlichen Mühsalen war es ihm endlich gelungen, einige Ersparnisse zu machen. Hievon erwarb er gemeinsam mit einem Irländer eine Fischereigerechtsame und ein Segelboot nebst der nötigen Ausrüstung. Das Unternehmen ging ganz gut, doch war eines Tages sein Teilhaber mit Schiff und Geld verschwunden, während Peter geschäftlich in Sidney zu tun hatte.

Fast ohne Mittel fand er schließlich dort Anstellung in einem Variété als Ordnungsmann – oder, wie er es auf gut bayrisch nannte: als ›Hinauswerfer‹.

Es muß das kein ganz ungefährliches Amt gewesen sein; denn Messer und Revolver staken verflucht locker in den Taschen der australischen Besucher.

Einst trat unter anderem auch ein baumstarker Neger auf und forderte allabendlich zu einem Ringkampf heraus. Seinem Besieger war ein Preis von zehn englischen Pfund zugesichert. Durch diese Summe angelockt, stellte sich eines Tages ein Landsmann (deutscher Matrose) ein, der dem Schwarzen lange zu schaffen machte. Mittels eines unstatthaften Griffes jedoch brachte ihn der Neger endlich zu Fall und nicht genug damit, begann er nun den wehrlos am Boden Liegenden mit Faustschlägen zu bearbeiten.

An Peter Thoma aber hatte er nicht gedacht. Der war mit einem Satze auf der Bühne. Und was nun folgte, war freilich kein Ringkampf mehr. Unter schallenden Bravos verprügelte der lange Peter auf gut bajuwarisch den Schwarzen derart, daß man ihn wie tot vom Platze trug. Aufgetreten ist er nicht mehr. Der gutmütige Peter aber hatte seine Stellung eingebüßt und stand wieder vor dem Nichts.

Das kränkte ihn allerdings nicht, nahm er doch das stolze Bewußtsein mit fort, Gerechtigkeit und Rache für einen Landsmann geübt zu haben. Ja, so war Peter Thoma und so ist er geblieben sein Leben lang.

Als Ludwigs schönes Haus in Rottach fertig war, da wurde Peter als Hausverwalter und Jagdaufseher dort eingestellt. Jetzt war er im Gefühle der Geborgenheit restlos glücklich. Wo er konnte, da machte er sich nützlich, um dem über alles geliebten Bruder seine Dankbarkeit zu beweisen.

Seine Ansprüche an das Leben waren äußerst bescheiden. Ein guter Kaffee und die Pfeife mit kräftigem Tabak gefüllt waren sein höchster Genuß. Die Pfeife wurde selten kalt, und wenn ich mich nach ihm bei Ludwig erkundigte, dann schmunzelte dieser, und die stete Antwort lautete: ›Raacha (rauchen) tuat er!‹«[21]

Mit den Themen Sommer, Ferien, Erholung hatte sich Thoma wiederholt vor allem satirisch beschäftigt und schon um die Jahrhundertwende entsprechende Gedichte veröffentlicht:

Sommeridylle

Berge und Täler sind jetzt voll von Menschen,
Welche sich Urlaub genommen haben
Und an der reinen Luft der Kurorte
Sowohl sich als ihre Angehörigen laben.

Viele hört man mit Neugierde fragen,
Ob hier noch echte Wilderer wachsen,
Welche die wirklichen Gemsen töten.
Meistens sind diese Leute aus Sachsen.

Manche baden in dem klaren Gewässer,
Wobei erwachsene Töchter nicht geizen
Mit ihren Formen, von denen man füglich
Glaubt, daß sie den Junggesellen anreizen.

Ihre Mütter stricken indes im Garten,
Wo sie Kaffee mit Honig genießen
Und sich über die Dienstboten äußern,
Welche sie in der Stadt darin ließen.

Abgesondert sitzen die Ehemänner,
Welche sich gründlich dadurch erfrischen,
Daß sie nichts von den Frauen hören,
Sondern beim Skat ihre Karten mischen.

Auf den Ruhebänken am Seeufer
Sitzen zwei Richter, welche verdauen
Und anderen Leuten durch Fachsimpeln
Ihren Sommeraufenthalt versauen.[22]

Urlaubshitze

Überall hört man von Hitze,
Manchen trifft sogar der Schlag,
Naß wird man am Hosensitze
Schon am frühen Vormittag.

Damen, denen man begegnet,
Leiden sehr am Ambopoäng:
»Gott! Wenn es nur endlich regnet'!«
Ist der ewige Refräng.

Oberlehrer und Pastoren
Baden sich in diesem Jahr,
Ihre Scham geht auch verloren,
Und man nimmt sie nackicht wahr.

Busen, Hintern, Waden, Bäuche
Zeigt man heuer lächelnd her,
Und wir kriegen schon Gebräuche
Wie die Neger ungefähr.

> Wenn das Barometer sänke,
> Käme eine bess're Zeit
> In bezug auf die Gestänke
> Und in puncto Sittlichkeit.²³

Der Dauerregen, den Thoma zu Beginn des 15. Kapitels beschreibt, zerrt an den Nerven der Gäste, und sie empfinden um so deutlicher, wie wenig in Altaich geboten wird; in der Stadt ergäbe sich wenigstens eine unterhaltsame Kartenrunde. Genau diese Situation hat er auch in einem seiner Sommer- und Feriengedichte dargestellt:

Regenstimmung

> Papa sitzt in der kurzen Hos
> Mit blau gefrornem Knie.
> Gott, ist denn hier auch gar nischt los?
> Nicht eine Skatpartie?

> Mama hat zehn Pfund Schwabbelherz
> Im Mieder eingeschnürt,
> Wodurch sie einen leisen Schmerz
> Bis an den Nabel spürt.

> Was soll sie tun? Nu Gott, sie nimmt
> Was Süßes zu sich ein,
> Und was ihr auch nicht gut bekimmt,
> Sie fühlt sich so allein.

> Die Tochter sitzt auf der Altan'
> In Alpenmädchentracht,
> Wodurch ihr gleich ein junger Mann
> Die Courbeschneidung macht.

> Gott! Wenn's nicht fäschonäbl wär!
> Was tut mer auf dem Platz?
> Die Unterhaltung is prekär
> Und wirklich für die Katz.²⁴

Zwei literarische Vorbilder haben »Altaich« beeinflußt. Die Anregung zu der Idee, durch entsprechend formulierte Inserate, die nicht vorhandene Vorzüge nach dem Vorbild von Fremdenverkehrsprospekten klischeehaft nennen, Gäste in eine Gegend zu locken, die für Fremde wenig bietet, fand sich in der 1917 erschienenen Komödie »Perleberg« von Carl Sternheim, die Thoma mit Sicherheit kannte. In Blenningers Fremdenbuch hat sich nämlich auch ein »Töpfergehilfe aus Perleberg«[25] eingetragen. Sein Name, Gottfried Schulze, paßt genau zur Mark, in der Sternheim Perleberg angesiedelt hat.

Zu Beginn der Komödie zanken sich der Gastwirt Fritz Frisecke und seine Frau Auguste darum, wer zuerst den grandiosen Einfall mit dem Inserat gehabt hat:

AUGUSTE: Die Idee war eigentlich von mir.
FRISECKE: Ich sagte eines Abends – – –
AUGUSTE: Nur: Der Gasthof geht nicht; kein Zug drin.
FRISECKE: Ich sagte: Perleberg ist ein toter Platz.
AUGUSTE: Und damit warst du fertig. Aber ich fuhr fort: Kommen die Leute von selbst nicht, muß man sie holen.
FRISECKE: Richtig. Und dann ich: –
AUGUSTE: Erst sagte...
FRISECKE: Vorher kam ich noch: Die Gegend hier ist scheußlich, Natur so trostlos...
AUGUSTE: Und dann sagte ich: Perleberg muß Sommerfrische werden. Von wem ist also der Plan?
FRISECKE: Man kann es von zwei Seiten sehen. Doch wie Adolf sich ärgern würde, daran dachte ich zuerst, und auch die Anzeige im Berliner Tageblatt ist von mir.
AUGUSTE: Wie hätte man sonst erfahren sollen, eine neue Sommerfrische, Perleberg in der Mark hat sich aufgemacht? [...]
AUGUSTE: Wie sollen die Leute sich hier nur den ganzen Tag unterhalten?
FRISECKE: Ihre Sache. Und eigentlich sollen sie sich nicht unterhalten. Ausruhen sollen sie.
AUGUSTE: Aber da denkt man sich Wald bei.
FRISECKE: Gibt es an der Nordsee Wald? Und du ruhst doch prachtvoll aus.

AUGUSTE: Dafür hast du dort das Meer.
FRISECKE: Ich bin nicht schuld, daß Perleberg nicht am Meer liegt. Auch noch für drei Mark fünfzig! Auf dem flachen, auf dem sozusagen originalen Land ist es auch ganz schön, und wer durchaus Wald haben muß – in Ganthe fängt er an.
AUGUSTE: Eine halbe Stunde zu Fuß.
FRISECKE: Ein Spaziergang nach Tisch.
AUGUSTE: Und die Allee und die nach Wusterwitz mit Obstbäumen und Pappeln sind wirklich hübsch.
FRISECKE: Tausend Schönheiten gibts überall, und die Leute haben Zeit, sie zu suchen.[25]

Erste Gäste melden sich an. Frisecke ist begeistert vom Erfolg seiner Inserate. Eine Anmeldung per Telegramm läßt ihn – irrtümlich – auf die Vornehmheit des Gastes schließen, und daß sich gar ein Geheimrat mit fünf Personen ansagt, gerät ihm zum Triumph gegen seinen Schwager Adolf, der an seinen Organisationsfähigkeiten gezwefelt hat. In ähnlicher Weise genießt in »Altaich« Natterer den Erfolg seiner Bemühungen:

EIN POSTBOTE *tritt auf.* Ein Telegramm. Kurhaus zum Felsental.
FRISECKE: Natürlich. Gut. *Er öffnet.*
Tack! Ein Gast! Sie bekommen einen Schnaps, Schindler.
POSTBOTE *trinkt:* Wohl ein Fremder?
FRISECKE: Ein Kurgast aus Berlin. Ein feiner Mann. Mittelpublikum braucht Postkarte. Wir wollen uns sehr exklusiv gestalten.
POSTBOTE: Besten Glückwunsch auch.
Exit.

[...]
FRISECKE *ruft rechts in die Tür:* Lene! Auguste!
Auguste und Lene treten von der Arbeit auf.
AUGUSTE: Was gibt's?
FRISECKE *gibt ihr das Telegramm:* Lies! der Erste!
AUGUSTE: Ein Gast?
LENE: Wahrhaftig?

FRISECKE: Hurra! Was hab' ich gesagt?
AUGUSTE *liest*: Zimmer für heute. Tack.
FRISECKE: Tack! Ein Name! Kurz und gut. Depesche. Ein vornehmer Herr. Tack? Hieß nicht bei unserem Regiment der Etatsmäßige Tack, *von* Tack natürlich? Am Ende hat er das »von« weggelassen, ein Wort im Telegramm zu sparen.²⁶
[...]
FRISECKE: Auguste! Hier schwarz auf weiß: Geheimer Rechnungsrat Polke aus Brandenburg mit fünf Personen bestellt Zimmer für nächsten Sonntag.
AUGUSTE: Allmächtiger!
FRISECKE: Ein Geheimrat in Perleberg!
Er schwingt den Brief wie eine Fahne gegen Adolfs Haus:
Ein Geheimrat, Schwager, was willst du noch?
AUGUSTE: Das ist überwältigendes Glück. Angst bekommt man ordentlich.
FRISECKE: Inklusive!
AUGUSTE: Da ist noch eine Karte. Lies.
FRISECKE: »Für Sonntag Zimmer mit einem Bett, Fräulein Elsbeth Treu.«
AUGUSTE: Das ist zuviel!²⁷

Noch mehr Anregungen entnahm Thoma vermutlich Alice Berends Roman »Die zu Kittelsrode«, der 1917 bei Albert Langen in München herauskam, im gleichen Verlag also, in dem Thoma seine Bücher veröffentlichte. Einige Parallelen zwischen »Kittelsrode« und »Altaich« seien genannt:

> »Niemand wird als Held geboren. Das Leben hämmert sich seine Helden selber. Langsam und still. Und meist so heimlich, daß es die Betroffenen nicht einmal selber merken, daß etwas Großes mit ihnen vorgeht. Geschweige denn ihre Nachbarn. Die doch am Nächsten immer so viel zu tadeln und zu verbessern haben, als hätten sie's versiegelt und verbrieft, daß sie allein nach Gottes Ebenbild geschaffen.
> Daher wären die Leute in Kittelsrode wahrscheinlich vor Lachen geborsten, wenn man ihnen gesagt hätte, daß der Müller Michael Hornschuh ein Held sei. Und nicht nur er,

auch sein späterer Lieblingssohn, der blonde Michel. Und noch mancher andre, der, ohne ein besonderes Merkmal, schwitzend unter ihnen ackerte und scherzend rastete.«[28]

Mit diesen Überlegungen über ihre »Helden«, den Müller Michael Hornschuh und seinen Sohn Michel beginnt Alice Berend den Roman »Die zu Kittelsrode«. Sie erinnern an die Gedanken Thomas über den Künstler im 2. Kapitel von »Altaich«. Auch bei ihm steht mit der Familie Oßwald eine Müllersfamilie im Mittelpunkt, wobei auffällt, daß der angehende Maler Konrad Oßwald im ersten Entwurf noch der Sohn eines Schreiners ist und bei der Ausarbeitung zum Müllerssohn wird. Wie die Mühle der Hornschuhs liegt auch die Mühle der Oßwalds außerhalb des Ortes.

In Kittelsrode ist es die Wirtin, die aus dem verschlafenen Dorf nach dem Muster der benachbarten Sommerresidenz einen Fremdenort machen will, wobei sie zunächst großen Wert darauf legt, daß ihr Gasthaus umgebaut wird. Daneben existieren bald Pläne für die Errichtung eines vornehmen Hotels. Thoma erwähnt in seinen ersten Notizen ebenfalls verschiedene Pläne für einen Hotelbau.

>»Mit jedem Liter Bier, das man verzapfte, kam sie [die Lindenwirtin] ihrem geheimen Plane näher. Nämlich aus Kittelsrode einen Badeort zu machen. Eine Abladestelle für die Ersparnisse der geldbeladenen Großstädter.

Warum sollte man grad in Kittelsrode bis an den Jüngsten Tag nur Kühe und Ochsen sehen? fragte sie heftig.

›Da hat sie recht‹, sagte der Schulmeister, dem beinahe alle hier am Tisch ihre Bekanntschaft mit dem Abc verdankten.«[29]

[...]

»Hatte man nicht an der nahe gelegenen fürstlichen Sommerresidenz ein Beispiel? Mit ein paar Bänken, grün lakkiert und auf dem Waldweg aufgestellt, war angefangen worden. Dann hatte man ein Wasserloch gegraben und darin Fische eingesetzt und es vor allen Dingen ›den Prinzenteich‹ genannt. Da waren denn auch, rascher als Hecht und Barsch, die Häuser und die Villen aufgeschossen. Was

hatte man jetzt alles da im Ort? Der Kirchturm hatte seine eigene Uhr. Und auch das Schulhaus. Oft schlugen beide ganz zu gleicher Zeit. In diesem Jahr aber baute man auf dem Markt ein Steinhaus, das größer war als Kirch und Schulhaus miteinander. Das nannte sich die Sparkasse und sollte zu nichts anderm dienen, als das ersparte Geld der Leute aufzuheben. Jeder hatte schon so viel angesammelt, daß es in Truhen, Strümpfen und Matratzen nicht mehr zu bergen war.«[30]
[...]

Neuerungen am und im Gasthof sind die ersten entscheidenden Ereignisse auf dem Weg zum Kurort, und schließlich kommen die ersten Gäste: ein Ehepaar mit Tochter. Das Verhältnis zwischen Vater und Mutter erinnert an das Ehepaar Schnaase, nicht nur im Hinblick auf den »Abtritt ohne Wasserleitung«. Wirtin und Bewohner von Kittelsrode erfahren rasch, daß die Kurgäste unterhalten sein wollen und gerne ihre Sonderwünsche äußern.

»Wie eine Ratte fraß sich der Fortschritt heimlich durch Stall und Scheune. Es hatte niemand unnatürlich gefunden, daß der wurmstichige Schemel des alten Lindenwirts leer geworden und auf den Kehricht gekommen war. Aber man riß verwundert die Augen auf, als in den langen Gutwettertagen des nächsten Jahres plötzlich ein neuer Gasthof aufgewachsen war.

An einem Julitag, als man vom frühen Morgen an die krummen Rücken vorm hohen Korn zu beugen hatte und sich um gar nichts andres kümmern konnte, steckte im neuen Gasthof ›Zum Lindenbaum‹ der erste Sommergast den Kopf ins Grüne. Es war Herr Gottfried Kühn. Am Waschtisch hinter ihm säuberte sich seine Frau Klothilde vom Staub der Reise. ›So grün ist die Natur‹, sagte Herr Kühn, ohne den Kopf zu wenden.

›Aber der Abtritt ohne Wasserleitung‹, antwortete Klothilde schnell.

›Man kann nicht alles haben‹, beschwichtigte der Gatte. Und sah nun schweigend auf die Felder.

Er war noch jung. Aber er hatte nicht mehr den wartend frohen Blick der Jugend. Er war so unglücklich gewesen, vorzeitig Glück zu haben. Er hatte seine erste Liebe heimführen dürfen. Ohne zu ahnen, wie anders kecke Schnippischkeit der Tanzstunde im Ehestand wird. Am Traualtar hatte Klothilde zum ersten und zum letzten Male ja gesagt. Seitdem meinte sie stets das Gegenteil.

Des einen Ärger ist des andern Freude. Die Kittelsroder verdankten diesem Umstand die ersten Gäste. Denn Gottfried hatte die Früchte sparsamer Monate in einem größern Badeort anbringen wollen, wo Promenade, Menschen und Musik des Lebens Bürde tragen halfen. Klothilde aber hatte gesagt, daß man auch auf der Reise sparen könne. Wer aus der Stadt komme, brauche keine Menschen. So waren sie nach Kittelsrode gekommen, von dessen Dasein sie erst die Anzeige des Lindenwirts belehrt.

Man ging nun durch die Felder. Vor ihnen sprang das Töchterchen, das Rose hieß, weil sie der Vater Erika hatte nennen wollen. Wenn Gottfried sie ermahnte, nicht in das Korn zu rennen, sagte die Mutter: ›Spring nur herum. In deinem Alter gehört einem die ganze Welt.‹ Wenn aber Gottfried dann zustimmend meinte: ›So tummle dich, mein Herz‹, rief die Mutter sie scharf zurück, um zu erinnern, daß man die Felder nicht verwüsten dürfe. So lernte Rose zeitig, daß Mann und Frau verschiedene Wesen sind.

Die Kittelsroder aber begriffen bald, daß auch die Leute in der Stadt nur Menschen wären. Eine Erfahrung, die sich noch mehr vertiefen sollte, als andere Gäste kamen und bald auf allen Feldwegen Stadtstiefel gegen spitze Steine und harte Erde anzukämpfen suchten. Als nun das neue Gasthaus abends wie eine Wand voll Sterne durchs Dunkel leuchtete... Man lernte, daß die Stadtleute auch Menschen waren. Die aber wie das liebe Vieh den ganzen Tag zu kauen haben wollten.

Die Lindenwirtin begriff, daß ein erreichtes Ziel kein Glück mehr ist. Sie hatte rote Flecken auf den Backen und sagte, daß sechzig Mastschweine leichter zu füttern wären als dreißig Sommergäste. Sie waren alle aus Berlin und doch war keiner wie der andere. Jeder hatte seinen besonderen Magen. Einer aß alles ungesalzen. Der andere wieder alles stark gepfeffert. Viele konnten kein Scheibchen Obst vertragen. Und manche aßen nüchtern schon eine Schale davon leer. Es war nicht zum Ertragen.«[31]

Wie in Altaich gibt es auch in Kittelsrode einen agilen Kaufmann. Hier ist es Konrad Lillpopp, der Sohn, der die Zeichen der Zeit erkennt und ebenso wie der Bürgermeister eingesehen hat, daß man sich auf die Fremden einstellen müsse, wenn man die Vorteile aus ihrer Anwesenheit ziehen wolle:

»Aber man soll nicht nur an seinen Vorteil denken. Nicht davon sprach der Schultheiß. Sondern, daß man die Fremden hoch besteuern werde mit einem Zahlzwang, der sich Kurtaxe nenne. Dafür könne man dann die Wege bessern und vieles andre Gute tun. Er sprach ausführlich, wie es sein Amt gebot. Und seine Frau ihm nicht erlaubte.

Jedoch der einzig sichtbare Erfolg dieses Besuches war, daß Kaufmann Lillpopp die Gelbsucht kriegte.

Vor seinem Schmerzenslager aber stand sein Sohn Konrad. Der, seit es Fremde gab, immer nach Mandelöl und Rosen roch.

Er sagte, daß man mit seiner Zeit mitgehen müsse. Er war für Fortschritt, Vergrößerung und Verfeinerung. Er trug Manschetten. Die er jedoch in den Geschäftsstunden, wo sie ihn an den Handgelenken hinderten, vorn an der Uhrkette mittels einer Papierklammer befestigt hatte. Er war es auch, der einige Jahre zuvor die Tüten eingeführt. Bis dahin hatte man sich mit alten Zeitungsblättern beholfen und manchen Groschen dadurch erspart. Das warf der Vater ihm jetzt vor. Er sagte, ihm hätte ein studierter Mann aus Berlin erklärt, daß solche Tüten ungesund seien.

Indessen notierte sich Konrad langsam mit scharf gespitztem Bleistift: Ceylon-Tee, echter Tabak. Er hatte überhaupt so seine Pläne. Vom Firmenschild bis in den Vorratskeller.

Als sich Herr Lillpopp sen. endlich erholt, fand er manches verändert. Das aber war eine Angelegenheit, die nur Vater und Sohn anging.

Über die Fremdenplage im allgemeinen wollte jedoch der ganze Gemeindeausschuß beratend vorgehen. Macht gegen Macht.«[32]

Der Besuch der Familie Kühn in der Hornschuhmühle findet eine offensichtliche Parallele im Besuch der Familie Schnaase bei den Oßwalds. Bei A. Berend bleibt der Besuch jedoch im Bereich der Komik, wenn der Müller Hornschuh als Besonderheit anbietet, beim Kalben einer Kuh zuzuschauen. Thoma hingegen arbeitet in der Besuchsszene die entscheidenden Unterschiede zwischen der gediegenen altbayerischen Familie und den nur scheinbar überlegenen, wohlhabenden Berlinern heraus.

»Fräulein Rose scherzte sogleich mit Michel, der heute vor Glück strahlte. Frau Kühn sprach mit dem Müller über das Wetter und klagte mit sanftem Lächeln, daß bei Regenwetter die Erde, besonders in Anbetracht der hellen Sommerkleider, so schwarz sei.

Der Müller sagte: ›Schwarze Erde, weißes Brot.‹ Die Kleider könne man ja wieder waschen.

Herr Kühn schwieg. Denn auch ihm lag daran, einen günstigen Familieneindruck zu machen.

Die Damen ließen sich überall herumführen. Vor dem letzten Stall sagte der Müller, daß er sich freue, den Herrschaften auch etwas Besonderes bieten zu können. Die eine Kuh müsse jeden Augenblick kalben. Das bekämen sie in der Stadt nicht alle Tage zu sehen.

Frau Kühn räusperte sich und sagte dann zu Röschen, daß sie mit dem jungen Herrn Michel draußen auf der Wiese auf sie warten möge. Dann fragte sie den Müller, der sie lebhaft in den Stall winkte: ›Wird denn auch sonntags gekalbt, Herr Hornschuh?‹

Aber näher trat sie nicht. Der Müller verschwand. Es gibt Dinge, wo die Höflichkeit aufhört.

›Geh du anstandshalber hinein‹, sagte Frau Kühn zu ihrem Manne. ›Man kann den Mann doch nicht beleidigen. Er will uns doch eine Aufmerksamkeit erweisen.‹

Sie wanderte mit Kathrine durch den Gemüsegarten, roch an den Kartoffelblüten und sagte, daß sie nicht begreife, warum man diese hübsch gefärbten Blumen nicht auch als Hutschmuck verwende.

Endlich kam Herr Kühn wieder aus dem Stall. Er war leichenblaß und tupfte sich mit seinem Taschentuch die Schweißtropfen von der Stirn. ›Gehen wir‹, sagte er.

›Vielleicht hat unser liebenswürdiger Wirt noch eine Überraschung für uns‹, sagte Frau Kühn und fügte viel Lob über Haus und Garten geschickt hinzu.

Herrn Kühn aber sagte eilig, daß sie Herrn Hornschuh nicht länger aufhalten dürften. Und da man in Kittelsrode adieu sagte, wenn jemand gehen wollte, tat es der Müller ohne viel Umstände und kehrte von der Stalltür ins Haus zurück, sehr zufrieden über die wohlgelungene Aufnahme, die er seinen Gästen hatte zuteil werden lassen.

Kathrine hatte der gnädigen Frau noch einen Rosenstrauß gepflückt. Und Michel schien schon weit voraus mit seinem Fräulein...

In den weißgescheuerten Stuben war der Hauch knisternder parfümierter Seide zurückgeblieben. Die Leute hatten Geld.«[33]

Die Gegend zwischen Dachau und Altomünster hatte Thoma nicht nur durch seinen Freund Ignatius Taschner kennengelernt. Vom 2. November 1894 bis zum Frühjahr 1897 hatte er als Rechtsanwalt in Dachau gelebt und sich hier wohlgefühlt. Zusammen mit Albert Langen, seinem Verleger, pachtete er im Dezember 1803 die Jagd des Grafen Hundt zu Lauterbach im Westen von Dachau.

Bei seinen häufigen Aufenthalten im Jagdrevier hörte er auch von den vielfältigen Bemühungen, die nötig waren, bis endlich eine Lokalbahn zwischen Dachau und Altomünster gebaut und am 22. Dezember 1913 eröffnet werden konnte. Bereits im März 1896 hatte der Bürgermeister der Marktgemeinde Altomünster festgestellt:

»Alle Bewohner der Gegend zwischen Dachau–Augsburg–
Aichach, Pfaffenhofen–Schrobenhausen sind (sich) dar-
über einig, daß eine Zweigbahn in diesem bahnlosen, vom
Weltverkehr ganz abgeschlossenen Winkel eine gerechte
Forderung unserer Zeit ist.«[34]

Leicht abgewandelt erscheint der Inhalt dieser Forderung im ersten Satz von »Altaich«, und Thoma hat die »Zweigbahn« zwischen Dachau und Altomünster in den ersten Kapiteln von
»Altaich« liebevoll beschrieben, bis hin zu Kleinigkeiten, etwa,
daß dem Lokomotivführer und dem Heizer eine Maß Bier hin-
aufgereicht werden. Trotz amtlichen Verbots war es nämlich
Brauch, daß in Schwabhausen, gut neun Kilometer nördlich von
Dachau, für den Heizer eine Maß Bier bereitgestellt wurde, weil
er vorher wegen einer beträchtlichen Steigung besonders viel
Kohle einzuschaufeln hatte.

Anregungen für die Personen in »Altaich« übernahm Thoma
auch von Karikaturen im »Simplicissimus«, von denen viele auf
seine Ideen zurückgehen und zu denen er häufig den Text geschrieben hat. Hier fand er Typen wie den unhöflichen Hausknecht, den beflissenen Kaufmann, den verknöcherten Beamten
oder den Berliner Schwadroneur, den österreichischen Klein-
adeligen und den zerstreuten, völlig weltfremden Professor.

Zwei Beispiele belegen den unmittelbaren Einfluß:
Die Karikatur »Alter Sünder« von E. Thöny, 1902, enthält
bereits den Grundgedanken der umständlichen Anekdote des
Kanzleirats Schützinger: »Na, Baron, mit der Liebe is bei Ihnen
auch nich mehr viel?« – »Wieso? Hat sich jemand aus Ihrer
Verwandtschaft darüber beklagt?«

1904 zeichnete R. Wilke einen völlig weltfremden Kunsthistoriker, für den sich Kunst nur noch in theoretischen Ab-
handlungen erschöpft: »Erst durch die Zusammensetzung des
tetrastylen Tempels A plus dem pyknostylen Tempel B erfand
der hellenische Geist jene herrliche Spirale, welche wir mit rg
bezeichnen.«

Anregungen für seinen Stil gewann Thoma immer wieder aus
der Lektüre von Theodor Fontanes Romanen. Besonders
schätzte er »Frau Jenny Treibel«. Noch am 31. Juli 1921, kurz

vor seinem Tod, schrieb er an Maidi von Liebermann: »Alles Natürliche ist interessant, alle Unnatur ist scheußlich. Die Jenny Treibel habe ich wieder durchstudiert, das ist schon ein zu liebes, gutes Buch. Wenn man von französischer Grazie spricht, so finde ich die J. T. im Stil unendlich graziöser wie alles Französische.«[35]

Rentier Schnaase mit seinen flotten Sprüchen und den vielen verballhornten Zitaten besitzt manche Ähnlichkeit mit dem alten Treibel, wenn auch auf erheblich bescheidenerer Ebene. Auch zu anderen Fontane-Romanen lassen sich Parallelen finden. Wenn Thoma zum Beispiel die taktvolle Zurückhaltung Martin Oßwalds zeigen will, dann bestätigt er ihm seine »schamhafte Natur« in ähnlichem Zusammenhang wie Fontane dem Bürgermeister Kniehaase in »Vor dem Sturm«.

Schließlich entwickelte sich der wachsende Fremdenverkehr seit dem letzten Drittel des 19. Jahrhunderts zum Thema für erste wissenschaftliche Untersuchungen[36] und vor allem für satirische Darstellungen, nicht zuletzt auch im »Simplicissimus«. Da gab es den mittleren Beamten, dessen finanzielle Mittel verhältnismäßig gering waren und der für seinen Urlaub auf eine einfache und preiswerte Sommerfrische angewiesen blieb. Sie sollte auch nicht allzuweit vom Wohnort entfernt sein, damit keine lange Anfahrt nötig war. Der Aufenthalt diente bevorzugt der Erholung; gewünscht waren weder gesellschaftliche Veranstaltungen noch irgendwelche kostspieligen Vergnügungen.

Für Gäste wie den Inspektor Dierl oder den Kanzleirat Schützinger war Altaich also genau der richtige Ferienort. Auch Prof. Hobbe, der Erholung durch Ruhe und gute Luft suchte, befand sich in Altaich im richtigen Ort. Der k. k. Oberleutnant a. D. von Wlazeck hätte sich mehr gesellschaftlichen Umgang gewünscht, freilich bei gleich günstigen Preisen, die seiner mageren Pension entsprachen. Familie Schnaase hingegen hatte einen bayerischen Urlaubsort in der Art von Tegernsee erwartet; aber ihre Enttäuschung bot ein dankbares Objekt für die satirische Darstellung ebenso wie der fast rührende Eifer des Kaufmanns Natterer, der bereits vom mondänen Kurbadeort Altaich mit Palmen am Eingang zum zukünftigen »Hotel zur Post« träumt.

IV

Auch wenn Thoma im Zusammenhang mit »Altaich« bescheiden nur von einer »heiteren Sommergeschichte« sprach und von einem »behaglichen Stück Altbayern«, so wurde das Buch doch zu weit mehr als nur einer scheinbar unverbindlichen Unterhaltung. Je deutlicher der Autor sah, daß seine politischen und militärischen Hoffnungen vergeblich waren, um so ausschließlicher flüchtete er in die Vergangenheit. In »Altaich« beschwor er nochmals die Werte, die er an Altbayern und an seiner Bevölkerung geschätzt hatte. Dies allerdings nicht resignierend und sentimental, sondern durchaus auch mit satirischem Pfeffer gewürzt, vor allem, wenn es sich darum handelte, den Gegensatz zwischen den Einheimischen und den Gästen zu zeigen, letztere wieder unterschieden nach Süd- und Norddeutschen.

Gleich zu Beginn klingt als Leitmotiv die »gute, alte Zeit«[37] an; auch die Stallungen des Gasthofs »Zur Post« waren »noch in der guten Zeit gebaut worden«[38], und zusammenfassend heißt es fast unvermittelt: »Ja, das war die gute Zeit gewesen, und eine schlechte war hinterdrein gekommen.«[39] Das ließ sich allerdings doppeldeutig verstehen: einmal bezog sich die Aussage auf die geringeren Einnahmen des Wirtes seit dem Bau der Eisenbahn; zugleich aber konnte man die Bemerkung auf die geänderten Zeitverhältnisse des Jahres 1917 beziehen, denn für die Gäste personifizierte Altaich durchaus noch die gute alte Zeit, wie Oberinspektor Dierl sachkundig feststellt, nicht zuletzt wegen der Kalbshaxen von »altväterlichen Maßen«[40].

Dieser guten alten Zeit werden die neuen Errungenschaften in Lebensweise, Ansichten und im Kunstbetrieb gegenübergestellt. Thoma schildert eine rückwärtsgerichtete Utopie, eine Idylle, die es in dieser idealen Art nie gegeben hat. Es ist eine Lebensform, die von Behaglichkeit und Zufriedenheit geprägt war, in der materielle Not, die ohnehin höchstens selbstverschuldet sein konnte, weitgehend ausgespart blieb. Unzufriedenheit oder Kummer waren meist weitgehend von den Betroffenen selbst verursacht. Die Marie Hallberger, zum Beispiel, ist für Dierl ein »Beweis, was rausschaugt dabei, wenn ma dös Alte, dös Solide nimma reschpektiert«[41].

Ergänzend und mit gleicher Bedeutung stehen daneben die Begriffe »Heimat« und »deutsch«. Konrad Oßwald, etwa, ist von »guter Art, wie ein deutscher Apfelbaum«[42]. Der junge Künstler, dem die Großsprecher und Schaumschläger in der Stadt so viel vorzumachen versuchen und die ihn nur verunsichern, findet erst in der Heimat wieder seine Gesundheit.[43] Hier spielt wohl auch der Einfluß von Thomas Freund Ludwig Ganghofer mit herein, für den das Land die Gesundheit gegenüber der Stadt und ihrem gesellschaftlichen Leben bedeutet.[44] – Konrads Onkel, Michel Oßwald, träumt in Australien von der deutschen Heimat, mit der sein Herz durch »unzerreißbare Fäden«[45] verbunden ist. In der deutschen Heimat wird alles richtig gemacht; hier kann Margaret das komplizierte Verhältnis zwischen Martin und seinem Bruder Michel regeln. Michels Erzählungen beweisen auch, was für ein »furchtloser deutscher Mann«[46] er gewesen ist.

Noch die Beschreibung des Deckengemäldes in der Pfarrkirche von Altaich mit der Seeschlacht zwischen Christen und Türken erscheint hier als der große Sieg Deutschlands in der Auseinandersetzung mit seinen Feinden. Wenn es um die Bewahrung des guten, bewährten Alten geht, dann gehört die Idee der deutschen Heimat unbedingt dazu. »Heimat, ein ungebrochenes Bauerntum und andere Realitäten waren für ihn [Thoma], wie Michael Fritzen feststellt, »unreflektierte Voraussetzungen gewesen, die es nicht erst zu begründen oder zu verwirklichen galt. Da jetzt aber all das, was ihm nie fragwürdig vorgekommen war, in die Brüche ging, suchte er die Substrate seiner Liebe, das zu Begriffen reduzierte lebensvolle Weltverständnis auf politisch-ideologischem Wege zu verwirklichen. Er verband Heimat mit dem auch damals schon abgenutzten Wort Vaterland und er erhob sie, die vorher harmonisch integriert war (meistens jedenfalls), zum Übergeordneten, zum Fluchtpunkt.«[47]

Der Wert des soliden Beständigen und Überkommenen sowie der Heimat wird auch im Verhältnis zwischen der Familie Oßwald, eine Art bayerischer Idealfamilie, und der Berliner Familie Schnaase deutlich: Wenn man sich nicht in falsch verstandener Vornehmheit oder aus Minderwertigkeitskomplexen den Gewohnheiten und der Sprache der norddeutschen Gäste anpaßt und sich dadurch nur lächerlich macht, sondern seinem eigenen Wesen und den überkommenen Werten treu bleibt, dann ist man der scheinbar weltgewandten, zur gehobenen Gesellschaft gehörenden Rentiersfamilie überlegen. Hohlheit und Beschränktheit der Berliner entlarvt Margaret Oßwald mit der schlichten Feststellung: »Was nutzt die schönste Schüssel, wenn nix drin ist«.[48] Sie durchschaut rasch, »wie viele Sorgen das Vergnügen macht, und was für einen erbitterten Kampf man gegen die Langeweile zu führen hat«[49]. »Zeit totschlagen ist eine Arbeit, bei der man selten lustig bleibt, und auf weichen Pfühlen sitzt man sich bald müde.«[50] Konrad hingegen hat schon in jungen Jahren die wichtige Erkenntnis gelernt, daß »wir von dieser Erde nur ein kleines Stück mit Herz und Sinnen besitzen und nur von da aus ins Weite schauen können«[51]. Er ist das Ideal eines Künstlers, dessen Vorzüge vor dem Hintergrund der zeitgenössischen Expressionisten, mit deren Arbeiten Thoma wenig anfangen konnte, besonders deutlich hervortreten. Thoma ist skeptisch gegen alle Großsprecherei, gegen den Rummel in der Zeitung und bei Ausstellungen. Für weit wichtiger hält er eine solide Begabung und das Reifen in der Stille, bis man schließlich zu sich selbst findet und zum Künstler wird. Bezeichnend ist dafür sein Brief an Ignatius Taschner vom 28. November 1912:

> »Jetzt zähle ich oft wie ein Soldat die Tage bis Weihnachten und freue mich auf den ersten Abend bei Dir mit Aussprache über Manches.
> Stoff gibt es genug, man braucht bloß den Kunstschmarren in den Zeitungen zu lesen. [...]
> Aber überall das gleiche. In München haben sie für die Pinakothek eine Mulattin von Weißgerber angekauft. Die ist mit Dreck gemalt; geschickt ganz gewiß, aber was daran vorbildlich & besonders wertvoll sein soll, weiß ich nicht. – – – Man ist doch wirklich glücklich, wenn man fern von diesem Cliquenwesen & Gethue lebt.«[52]

Ähnlich schrieb er an Taschner auch am 9. April 1913:

»In dem soldatischen Trubel auf der einen, und den ekelhaften Kunstschleimscheißereien auf der andern Seite ist mir der Kopf warm geworden. Ich war müde und verzwidert.

Der Aufenthalt in Rom hat mir nun schon gut gethan. Ich gehe klarer und mit mehr Freude an die Arbeit und weiß, daß ich die Pflicht habe, auf alles Geschwätz rings herum nicht zu hören. Sondern einfach zu machen, was mich selbst befriedigt. Die Kerle hierzuland könnten einem wirklich die Freude verderben.«[53]

Solange Konrad in der Stadt den »Wortbrei der Mauschler« ernstgenommen und die »seltsamsten Fabelwesen... mitten in Waldwiesen«[54] gemalt hatte, etwa nach Vorbildern wie Arnold Böcklins (1827–1901) »Pan im Schilf« und »Triton und Nereide« oder Franz von Stucks (1863–1928) – übrigens der Sohn eines Müllers – »Kämpfende Faune«, fühlte er sich unglücklich und unzufrieden. Erst als er Motive in der Heimat suchte, gelangen ihm Bilder, die seinen Vorstellungen gerecht wurden und ihm viel bedeuteten: »Durch hohes Kornfeld führte ein schmaler Weg, und man sah es ihm an, daß er heimführte zu guter Rast.«[55] Thoma konnte als Anregung dafür an Carl Spitzwegs (1808–1885) »Gang durchs Getreidefeld« oder »Der Sonntagsspaziergang« denken, an Franz von Lenbachs (1836–1904) »Hirtenknaben« oder die »Hörzhauser Bauern vorm Unwetter fliehend«, vor allem aber an den Münchner Landschaftsmaler Julius Noerr (1827–1897), der in der Art von Eduard Schleich d. Ä. (1812–1874) malte. Thoma kannte ihn seit den Priener Tagen und setzte ihm in den »Erinnerungen« ein Denkmal:

»*Julius Noerr* kam in den ersten Jahren zu längerem Aufenthalt und malte in Prien, Übersee, Bernau Studien, aber vielleicht war ihm der Chiemsee zu sehr Domäne Einzelner, oder er fand nicht, was er suchte, jedenfalls beschränkte er sich später auf vorübergehende Besuche, die nur der Pflege alter Freundschaft galten.

Ich durfte ihn zuweilen in seinem Atelier in der Schillerstraße aufsuchen, und was ich bei ihm an Zeichnungen,

Porträtskizzen, Landschaftsstudien, an Vorarbeiten für jedes Bild gesehen habe, gibt mir heute noch, so weit das auch zurückliegt, einen Maßstab für das ehrliche, große Können Noerrs und manches Zeitgenossen von ihm, und ich bin überzeugt, daß mich diese Jugendeindrücke gefeit haben gegen allen Schwindel, der seitdem getrieben worden ist. Ich lernte verstehen, warum nur ehrliche Arbeit wirkliche Werte schaffen kann.

Und gewiß schlug damals meine Liebe für diese von aller Manier, Methode und Mode freie Kunst die ersten Wurzeln.

Sie ist mit den Jahren immer stärker geworden und heute, wo galizische Schwindler alle Begriffe umfälschen dürfen, betrachte ich es als Glück, zu Noerr, Spitzweg, Steub und manchem anderen Altmünchner zu fliehen.«[56]

Bei Konrads Vorschlag, Henny in weißer Bluse zu malen, »in einer Laube mit spielenden Lichtern«[57], dachte Thoma vielleicht an das Porträt Kittys in dem Roman »Schloß Hubertus« seines Freundes Ludwig Ganghofer.

Die engere Heimat, das Kleine hat für Konrad Bedeutung gewonnen, und die Meinung irgendeines Kunstkritikers in der Stadt ist ihm völlig gleichgültig. Für den Augenblick sieht er auch keine Notwendigkeit, in München zu arbeiten, und er schweigt lieber zu Schnaases im Ton des Fachmanns vorgetragenen Ansichten: »Der Künstler muß wissen, was die Mode will, was gefällt [...] Es handelt sich nich bloß darum, daß Sie sehen, sondern auch darum, daß Sie gesehen werden. Die Leute mit dem großen Portemonnaie müssen von Ihnen sprechen, der Kunsthändler muß Sie lanxieren, denn können Sie sagen: Es ist erreicht.«[58] Der Berliner Maler Waschkuhn wird ihm als leuchtendes Vorbild genannt, der nach Jahren des Mißerfolgs zum Modemaler arrivierte und alles dies angeblich seinem Aufenthalt in Italien zu verdanken hat. »Für Sie als Maler ist das notwendig«[59], sucht Henny ihn zu überzeugen. Konrad hingegen ist sich vollkommen sicher, daß er zunächst seinen eigenen Stil finden müsse, bevor er sich dem übermächtigen Einfluß Italiens aussetzen dürfe.

Der Figur des jungen Künstlers Konrad Oßwald, der seine besondere Sympathie gilt, hat Thoma offensichtlich viele Züge seines Freundes, des Bildhauers und Grafikers Ignatius Taschner (1871–1913) gegeben. Bereits 1914 hatte er über Taschner geschrieben:

> »Wer dann das Glück hatte, ihn näher kennen zu lernen, der mußte ihn immer mehr zugleich verehren und lieben.
>
> Ihn, den Nachkommen und Erben der großen fränkischen Meister und den festen Hort in dieser Zeit halloser Erscheinungen. Wer sich von dem mißtönenden Lärm des Kunstmarktes angeekelt nach der Wiedergeburt deutscher Kunst sehnte, mußte auf ihn seine Hoffnungen richten.
>
> Nun ruht er neben der kleinen Dorfkirche in Mitterndorf, ein echter Sohn und eine Zierde der bayrischen Heimat.«[60]

Auch Taschner war der Ansicht, die Konrad gegenüber Schnaases vertritt, daß ein Italienaufenthalt erst sinnvoll ist, wenn man seinen eigenen Weg als Künstler gefunden hat:

> »Nun stand er als reifer, in sich gefestigter Künstler den Werken gegenüber, an denen sich altem Herkommen gemäß ein talentvoller Anfänger bilden soll.
>
> Vieles ist dafür, manches Gewichtige aber auch dagegen gesagt worden; und Taschner, der sich durch keine sakrosankte Meinung beirren ließ, hat starke Zweifel an dem Segen geäußert, der sich bei einem immerhin kurzen Aufenthalte für Anfänger, die nicht zu scheiden und zu wählen wissen, aus den starken Eindrücken ergeben soll. Wie lange Zeit, welche gründlichen Kenntisse und welche Reife des Urteils dazu gehören, um sich zurecht zu finden, hat er klar erkannt, und bei einem wiederholten Besuche (1913), der ihn in Neapel und Pompeji die reinsten Freuden finden ließ, sah er seinen Glauben bestätigt, daß ein Künstler erst, wenn er sich zur Klarheit durchgerungen hat, an einem Werke lernt, in dem er die Vollendung des von ihm selbst Erstrebten erkennt.«[61]

Thoma zweifelte nicht daran, daß die wegen äußerer Umstände erst spät unternommene Reise nach Florenz und Rom für die künstlerische Entwicklung Taschners gerade deshalb von entscheidender Bedeutung gewesen war:

>»Es war vielleicht ein Glück für unsern Ignatius und seine Entwicklung, daß er nicht in jungen Jahren nach Rom kam und sich später nicht erst von den recht überschätzten mächtigen Eindrücken befreien mußte, um sich rasseecht entwickeln zu können. Er hat in der Heimat unendlich stärkere Anregungen empfangen und hat unbeabsichtigt den Weg zum deutschen Altmeistertum gefunden, mit dem ihn tausend Fäden verbanden.«[62]

Zu den Malern, die Thoma außerordentlich schätzte, gehörte schließlich auch Karl Haider (1846–1912). Wie Konrad versuchte er sich im wesentlichen autodidaktisch weiterzubilden; auch ein Aufenthalt bei Böcklin in Italien beeinflußte ihn kaum. Im Gespräch mit Thoma bekräftigte Haider, daß jeder selber seinen eigenen Weg finden müsse:

>»Dös Suchen, wissen S', dös koan erspart bleibt. Allaweil wieder kann i's lesen. Mir is ja aa net anderst ganga; amal hab i bei dem, amal bei an andern die wahre Kunst abg'schaugt, hab g'moant, jetzt hab i's, und nix is g'wesen. Denn erst wenn ma sich selber entdeckt, wenn ma dös rausbringt, was in oan selber drin is, erst nacha wird's was. Es dauert halt oft lang, und viele, die eigentlich was zum sagen hätten, kommen gar nia darauf. Manche aus Bescheidenheit net, wei' s' glaaben, de andern san de bessern, und also muaß ma's so machen wia de andern.«[63]

Thoma schätzte Haider vor allem wegen seiner Landschaftsdarstellungen:

>»Zum ersten und einzigen Mal sah ich in altmeisterlicher Ausführung den ganzen zum Herzen dringenden Reiz, den die für unmalerisch erklärte Landschaft hat, wiedergegeben. Es mutete mich an wie ein wundervolles Heimatlied.

Das war unser Wald, der uns Kinder anzog und wieder fürchten machte, in dem es Fasanen gab und Riesen und Zwerge, der voll war von Geheimnissen.

Alle stillen Abende, die ich am Waldrande verlebt hatte, waren in diesem Bilde.

Und auch sonst, jede Hütte, jeder Baum, jeder Kirchturm, jede Felsnase mit blauem Himmel und schwimmenden Wolken darüber war mein Altbayern.«[64]

Auch Haider hielt von Kritik nur wenig; über die Kritiker konnte er sich geradezu erregen:

»Was glaubt denn so a Lausbua? Was is er denn? Was kann er denn? Is dös net der größte Unfug, daß der nächstbeste, herg'laufene Kerl so an saudumma Schulaufsatz über mi schreiben darf? Jetzt bin i fünfasechz'g Jahr alt und hab do was g'lernt und aa was g'leist' in mei'm Leben. Na geht so a Rotzlöffel her, der net amal woaß, was an Ölfarb is, und klopft mir auf d' Achsel. Er is recht z'frieden; wenn i so weiter mach, kunnt sei, daß er ganz z'frieden waar. So was sollt verbot'n sei.«[65]

Rentier Schnaase freilich ist davon überzeugt, daß aus Konrad kein großer Künstler werden wird: »Der junge Mensch gefällt mir nich. Der hat 'n Frost in Kopp, und ich will euch sagen, was mit dem seiner Malerei un Kunst wird. Nischt wird es. Da is kein Ernst in der Sache, wenn einer bei Muttern bleibt un bloß die Leinwand bekleckert und von Schnee und Schornsteinen quasselt.«[66]

Für die Bevölkerung in und um Altaich ist der Beruf des Künstlers eine eher zweifelhafte Sache, keine anständige Arbeit, von der man leben könnte. Bezeichnend dafür sind die Gespräche zwischen Konrad und den Bauern der Umgebung, die Thoma in den Entwürfen zu »Altaich« skizziert hat:

»Mit Bauern hielt er gern Zwiesprache.

Oft redete ihn einer an, der des Wegs kam, stehen blieb und ihm zuschaute.

›Ach so! Oes theats de Gegnad a'mal'n?‹
›Jawohl Lenzbauer...‹
›Oes kennt's mi?‹
›Freili...‹
›Derf i frag'n, wer's ös seid's? Oes kemmts ma sehr bekannt für, aba... i woaß do net, wo i enk hi thoa soll.‹
›No, vom Ertlmüller der Konrad.‹
›Da Konrad? Ja, was is dös! Ach so! Jetzt fallts ma ei, i hab's wohl g'hört, daß ös z'Minka drin seids bei da Malerei... So? So? Da Konrad!‹
Eine Weile schaute der Lenzbauer zu, wie der junge Mensch mit dem Pinsel von der Palette zur Tafel und von der Tafel zur Palette fuhr, dann plagte ihn doch die Neugierde.
›Oes werds ma de Frag scho valab'n... freut enk jetzt dös?‹
›Natürli freut's mi...‹
›Bessa, als wia...?‹
›Als wie d'Müllerei? Jawohl Lenzbauer.‹
›Ahan! No ja... natürli! A niada Mensch hat sein Gusto... Jetzt mir waar des ander liaba... und ös habt's halt a Freud am Tafelmal'n... ja... ja... so is auf da Welt. Bfüad Good... Und nix für unguat!‹
›Bfüad Good... Lenzbauer!‹
Kopfschüttelnd ging der Lenzbauer weg und erzählte ganz gewiß bei der ersten Gelegenheit im Wirtshaus, daß er beim Schinderbergl dem Ertlmüller seinen Sohn angetroffen habe, wie er dem Bartlbauern sein Holz abmalte.
›Was merkwürdigs is scho... a so a junga Mensch und schauget was gleich... und hockt umanand und malt. Und dahoam hätt a des schönste Macha...‹
Ein anderer kam dazu, wie Konrad einpackte, und gab genau acht, wie er die Palette reinigte, die Pinsel abtrocknete, alles säuberlich zusammenlegte und den Kasten schloß.
›Gel... ös seid's an Ertlmüller sei Bua?‹
›Ja...‹
›Ho's scho g'hört, daß ös a Mala worn seid's... jetza sag'n S' amal, was g'schiecht dann mit dera Tafel?‹
›Mit dem Bild!‹
›Ja... dös, wo S' ei'packt habt's...‹

›Da g'schieht nix damit. Das heb ich jetzt amal auf...‹
›Aufheb'n? Ahan...‹
›Das kommt zu de andern, die ich daheim hab...‹
›Ach so ... de wo S' dahoam hamm? Jetza ... wenn i frag'n derf... zahlt si dös aus?‹
Konrad lachte.
›Auszahl'n? Vorläufig net.‹
›I denk ma's ... wann S' ös de Tafel selber g'halt's...‹
›Aber später vielleicht... Da mal ich a größers Bild draus und probier's, ob i's net verkauf'n kann.‹
›Ahan... probiern thean S'as? Aber nix gwiß is net?‹
›Na...‹
[...]
›No... ja... i wünsch halt all's Guate... Bfüad Good!‹
Konrad freute sich immer über die Art der Bauern, alles, was sich nicht in Beziehung zu ihrer Welt bringen ließ, ehrlich abzulehnen. Darin lag eine Tüchtigkeit, die sich wohlthuend abhob von der Manie des Spießbürgers, über alle Dinge eine aus Zeitungen zusammengelesene Meinung zu haben oder zu äußern. Die besseren Altaicher Marktbürger hatten sich über das Künstlertum Konrads natürlich schon ein Urtheil gebildet, in Hinsicht auf das, was *nicht* in der Zeitung stand.«[67]

Während Schnaase nur das als Kunst gelten lassen will, was finanziellen Erfolg bringt, ist Professor Horstmar Hobbe das satirisch überspitzte Beispiel für einen völlig wirklichkeitsfremden Umgang mit Kunst, der sich nur mit einer zum Selbstzweck gewordenen Theorie befaßt. Um dies zu unterstreichen, zitiert Thoma wiederholt Beispiele aus dessen Arbeit, die keinen Sinn mehr enthalten, wie etwa den Schlußsatz des Buches: »Das zum Minimum gebrachte Künstlerische ist das stärkste Abstrakte, das zum Minimum gebrachte Gegenständliche ist das stärkste Reale. Das quantitative Minus des Abstrakten ist gleich seinem qualitativen Plus!«[68]

Kein Wunder, daß den Kunsthistoriker schon während seiner Tätigkeit »eine längere Blutleere im Gehirn befallen hatte«[69]. Seine »entgeisteten Augen«[70] lassen erkennen, daß wissenschaftliche Untersuchungen dieser Art mit Geist und Verstand wenig zu tun haben, und nicht nur der Herr von Wlazeck ist davon überzeugt, daß ein Ochse noch weit gescheiter sei: »spinnt evident«[71], lautet zusammenfassend sein Urteil, und das Ergebnis dieser wissenschaftlichen Bemühungen wird dem Mist gleichgesetzt.

Die Frage nach Wesen und Bedeutung der Kunst stellt Thoma in »Altaich« mehrfach. Neben der Malerei befaßt er sich auch mit der Dichtung und der Schauspielerei.

Beispiel für die darstellende Kunst ist Marie Hallberger. Sie und ihre Mutter waren mit dem Althergekommenen nicht zufrieden. Die Tochter sollte etwas Besseres werden, allerdings ohne große Mühe und Arbeit. Zunächst trat sie in einem Münchner Kabarett auf, wo sie lernte, »das Verfänglichste im Tone eines Altaicher Schulmädels herzusagen«[72]. Ohne also etwas gelernt zu haben, fühlte sie sich bereits als Künstlerin, von der sie jedoch nur die Allüren besaß. Die Mutter in ihrer Naivität war stolz und empfand die Rolle ihrer Tochter als Glück. Ironisch deutet Thoma an, wie wenig er von der künstlerischen Leistung des Kabaretts und der Marie Hallberger hält, wenn er sie den Weg gehen ließ, »der für Talente von München nach Berlin führt«[73], wo sie, wie Schnaase mit Kennerschaft salopp formuliert, zur »Bummsdiwa«[74] verkam.

Bei dem neu gegründeten Münchner Unternehmen dachte Thoma wohl an Kabaretts wie das der »Elf Scharfrichter«, das am 13. April 1901 im Gasthaus »Zum Goldenen Hirschen« in der Türkenstraße eröffnet worden war. Zu den wichtigsten Akteuren und Dichtern gehörte zunächst Frank Wedekind mit Versen in der Art von »Ilse«:

> »Ich war ein Kind von fünfzehn Jahren,
> Ein reines unschuldsvolles Kind,
> Als ich zum erstenmal erfahren,
> Wie süß der Liebe Freuden sind.«[75]
> [...]

Thoma schätzte Wedekind weder als Charakter noch als Autor. Am 23. Mai 1918 schrieb er an Josef Hofmiller: »Seine Gedichte gefielen mir gut, doch hielt ich es eben nicht für schwer, in der Art was zu machen.«[76]

Konrad und Marie werden fast in gleicher Weise dem Leser vorgestellt. Beide Male erinnert der Text fast an ein Märchen: »Es sind Geißhirten jahrelang auf den Almen herumgelegen«[77], heißt es bei dem jungen Maler, und »Es war einmal ein kleines Schulmädel«[78] bei Marie Hallberger. Aber das Leben der beiden entwickelt sich aus gleichen Bedingungen völlig unterschiedlich. Während Konrad aus der Stadt in die Heimat zurückkommt und in ihr den Nährboden für seine Kunst findet, verliert Marie jeden Bezug zur Heimat; sie geht endgültig weg und scheitert. Wenn sie in diesem Altaicher Sommer vorübergehend zurückkehrt, dann nicht aus Anhänglichkeit an Eltern oder Heimat, sondern nur aus Geldmangel. Sie langweilt sich und verachtet in törichter Einbildung die biederen Altaicher.

Breiten Raum nimmt Thomas Darstellung der »modernen« Literatur und ihrer Auswüchse ein. Für Symbolisten und Neuromantiker hat er, der Naturalist, nur leichten Spott übrig. Dem »sehr bekannten Dichter« in Wien, es könnte Hugo von Hofmannsthal gemeint sein, gibt Herr von Wlazeck den guten Rat, regelmäßig Karlsbader zu trinken: »Ich bidde, was wollen Sie eigentlich mit Ihrem Wöltschmerz? Der ganze Wöltschmerz is bloß mangelhafter Stuhlgang. Wann der Lenau Karlsbader getrunken haben möchte, hätte er humoristische Gedichte gemacht. Mit einem Pfund Glaubersalz reinige ich die gesamte Poesie vom Wöltschmerz... Aber wirklich!«[79]

Ablehnend setzt sich Thoma mit pseudomoderner Dichtung, mit den Neutönern auseinander. Er schätzte eine Dichtkunst nicht allzusehr, in der man »gleich Meister wurde, ohne Lehrling gewesen zu sein«[80], wie Tobias Bünzli, der solide Schweizer, der nur Dichter sein will, bis seine Erbschaft aufgebraucht ist. Die Aussicht, anschließend wieder einen vernünftigen Beruf auszuüben, stimmt ihn auch gar nicht traurig.

Etwa zu der Zeit, in der Thoma an »Altaich« arbeitete, am 2. September 1917, schrieb er an Erich Mühsam: »Glaubt ihr wirklich, daß ihr Leute seid, um die sich heute jemand kümmert«[81], er bezeichnete den Kreis um Mühsam als »Schnorralisten, stellenlose Theaterdirektoren, unbeschäftigte Expressionisten« und schloß mit dem Ratschlag: »Gegen schwarze Gedanken sollen Rhizinus (oleum), Aloe, Koloquinten und

Krotenöl gut sein. Als alter Apotheker wissen Sie es.«[82] Thoma rät in dem Brief Erich Mühsam und seinen Genossen überdies, sie sollten sich doch einmal im Spiegel anschauen. Den Pseudodichter Bünzli will er ebenfalls durch sein Äußeres charakterisieren und abqualifizieren: lange Haare, ungepflegte Hände, abgebissene Fingernägel, schlechte Tischmanieren; beim Nachdenken bohrt er intensiv in der Nase, er wechselt die Unterwäsche höchst selten und verzichtet auf das Tragen von Socken, um dadurch den Eindruck von Bohème zu erwecken. Dazu stellt Herr von Wlazeck nur schlicht fest: »Bloß dreckig sein is noch lange nicht genial... Der Grüllparzer hat Socken angehabt, und der Herr von Gäthe auch. Sogar sehr elegante, wann er doch schon in Karlsbad in allerersten Kreisen verkehrte...«[83]

Nachdem Bünzli einige Worte aneinander und mehrere Zeilen untereinander gereiht hatte, bezeichneten ihn Kritiker als »Erotiker der Zukunft«[84], und damit gehörte er nach Thomas Ansicht zu den Leuten, die nichts arbeiten und leisten, sondern »im Café tote Wände anglotzen und mit blutenden Seelen darüber klagen, daß andere Leute arbeiten«[85]. Herr Schnaase relativierte so etwas rasch auf seine Weise, nicht zuletzt auch in der Absicht, seine Frau zu schockieren: »Es is 'n interessanter Fall, Karline. Is das nu Erotik aus Erfahrung oder aus Unmöglichkeit? Das is hier die Frage...«[86] Frau Schnaase, die zwar die Werke der Dichter nicht liest, aber gerne Berühmtheiten für ihren jour fixe sammelt, ist begeistert von der »wunder-wundervollen« Bekanntschaft. Henny fühlt sich immerhin geschmeichelt, als sie von Bünzli angedichtet wird. Im Entwurf war Bünzlis Gedicht noch ausführlicher geplant, als Parodie auf expressionistische Gedichte:

»An das Mädchen mit den hellen Nägeln.
Belangreiche unter den Belanglosen!!
Ich pflanze dir meinen Blick ins Gesicht. Mein Blick reißt Deine Augenlider auf. Ich höre den Rhyt[h]mus Deiner Endlosigkeit. Der völlig Entzündete fängt von der Entflammenden Feuer. Du siehst mich [mit] geschwungener Braue an und sprengst meine gedämpfte Existenz.

> Ich schäume über und rase,
> Aus meinen Hüften entsprießt das Verlangen.
> Die Nebel meines Seins erhellen sich,
> Meine Augen tanzen
> Auf den Steinernen Deines Leibes.
> Mein Gefäß ist zersprengt
> Mädchen mit den hellen Nägeln!!
>   Der Entzündete.

Henny, die mit den Erscheinungen der Neuzeit vertraut war, wußte sogleich, daß sie es mit einer Dichtung zu thun hatte, und noch dazu mit einer neuweltlichen, deren größte Heroen im Kaffee des Westens ›die toten Wände anglotzen‹ [...] Sie beschloß, ihm ein klein wenig Beachtung zu schenken und ab und zu durch einen Blick seinen Pegasus anzuspornen.

Das kleine, überaus spaßhafte Geheimnis sollte ihr etwas über die Langeweile dieses Aufenthaltes weghelfen.

Sie verschloß den Brief in ihren Koffer und damit war er als Nummer eins der zu erwartenden Serie erledigt, bis er eines Tages in Berlin den kichernden Freundinnen vorgelesen werden konnte.«[87]

Bünzli selbst bezeichnete sich als »neo-kosmisch«.[88] Mit diesem Ausdruck spielte Thoma auf das literarische Leben in Schwabing zu Beginn der 90er Jahre an, mit Stefan George und dem Kreis der Kosmiker: junge Männer, alle Anfang zwanzig, die sich dazu berufen fühlten, zum »kosmischen Urbereich« des Lebens zurückzufinden. Neben Karl Wolfskehl gehörten dem »Kreis« noch Ludwig Klages, Alfred Schuler und Ludwig Derleth an. Thoma erwähnte die Kosmiker in den »Erinnerungen«, nicht ohne auch ihre Qualitäten anzuerkennen:

> »Die Herren Dichter fühlten sich wohler, wenn sie unter sich waren und sich mit ein bißchen Medisance und recht viel gegenseitiger Bewunderung die Zeit vertreiben konnten; natürlich gehörte dazu ein Auditorium von Jüngern und Jüngerinnen, die mit aufgerissenen Augen dasaßen und den Flügelschlag der neuen Zeit rauschen hörten.

In Schwabing trieb, wie erzählt wurde, der Kultus des Stephan George seltsame Blüten, und man sagte, der Dichter habe sichs bei gelegentlicher Anwesenheit gefallen lassen, daß die schwabinger Lämmer um ihn herumhüpften und ihn auf violetten Abendfesten anblökten. Andere vereinigten sich zu andern Gemeinden, und es wurden viele Altäre errichtet, auf denen genügend Weihrauch verbrannt wurde.

Das neue genialische Wesen brachte immerhin Leben und Bewegung nach München, und am Ende hatte es doch mehr Gehalt als das marktschreierische Getue der heutigen Talente, die jede Form verachten, die sie nicht beherrschen.«[89]

Damals plante Thoma, sich genauer mit dem George-Kreis und der Literatur jener Zeit zu befassen. »Ich mache Studien über die damalige Literatur – Bewegung der Geister – etc. etc.«[90], schrieb er am 26. Dezember 1917 an Michael Georg Conrad.

Mit souveräner Meisterschaft, der er sich durchaus bewußt war und die er in Briefen an Maidi von Liebermann auch mit Genugtuung erwähnt, charakterisierte Thoma die einzelnen Personen vor allem durch ihre Sprache. Die Art, wie sie formulieren und wie sie im Dialog aufeinander eingehen, gibt ihnen den unverwechselbaren Charakter: der behäbige und bequeme Posthalter Blenninger etwa, der emsig beflissene Natterer oder der Oberinspektor Dierl, übrigens der einzige, der wieder nach Altaich kommen will, aber nicht, weil er die Idylle schätzt, sondern wegen der niedrigen Preise. Dierl wiederum ist genau abgesetzt vom eigentlich armseligen Kanzleirat Schützinger, der unentwegt Anekdoten erzählen möchte, die keine Pointe finden. Schützinger scheint mit sich rundum zufrieden zu sein, weil er an einem Ziel angelangt war, »über das hinaus es nichts mehr anzustreben gab«[91]; tatsächlich aber ist er ein armer Mensch, unsicher und ängstlich, der mit sich nichts anzufangen weiß: »In Wirklichkeit bildet eine geregelte Beschäftigung den Inhalt des Lebens, und wo sie fehlt, tritt peinliche Leere ein.«[92]

Die dümmlich-eingebildete Halbweltdame Mizzi Spera und ihre naiv-eitle Mutter werden durch ihre Sprache entlarvt. Die Familie Oßwald hingegen gewinnt durch ihre Ausdrucksweise an Sympathie: der zögernd und nachdenklich sprechende

Martin, sein Bruder Michel mit seinen »zwoa Meinunga« sowie seinen behutsamen und umständlichen Einleitungen und den Bemerkungen, die »net da her g'hören«, und vor allem die vernünftig und klug formulierende Ehefrau Margaret, deren Gescheitheit und Entschiedenheit von den beiden Brüdern dankbar anerkannt wird.

Bis in Details genau getroffen sind auch die verschiedenen Dialekte. Selbst der unwirsche, grobe Hausknecht Martl unterscheidet sich auch in seiner Ausdrucksweise vom geistig beweglicheren Postkutscher Hansgirgl, der nicht nur durch seine Liebesabenteuer, sondern durch seinen Beruf weiter umhergekommen ist. Die Mentalität des österreichischen Oberleutnants von Wlazeck drückt sich am besten in seiner Sprache aus, und Gleiches gilt für den um keinen flotten, saloppen Spruch verlegenen Rentier Schnaase, die scheinbar kulturbeflissene und sentimentale, in Wahrheit aber eher beschränkte Frau Schnaase und ihre harmlos-unbedarfte Tochter. Die Nebenpersonen sind auch in Kleinigkeiten genau getroffen, der böhmakelnde Schneider, der hart und kompromißlos urteilende Allgäuer Mangold, sein Schlosserkollege Xaver und die weiblichen Dienstboten im Gasthof »Zur Post«.

Nachdem alle Gäste wieder abgereist sind, bleibt Altaich in stillen Spätsommertagen zurück und scheint sich »behaglich auszuruhen«[93]. Das Leben geht wie vorher weiter, eher der Vergangenheit, dem Beständigen zugewandt als der Zukunft. Die Gäste sind verschwunden, ohne Spuren zu hinterlassen.

Auf den ersten Blick scheint es sich bei »Altaich« tatsächlich nur um eine heitere, unterhaltsame Sommergeschichte zu handeln. Bei genauerem Hinsehen zeigt sich angesichts der Umwälzungen am Ende des Ersten Weltkriegs der Versuch, eine gefährdete, wenn nicht bereits untergegangene Idylle zu beschwören und zugleich künstlerische Überzeugungen zu formulieren. Der Wert dieses späten Werkes von Thoma liegt weniger in seiner unterhaltsamen satirischen Handlung, als vielmehr in der meisterhaften Darstellung der Personen, ihrer Gespräche und ihrer Umwelt. Darauf legte Thoma ganz besonderen Wert, denn, so schrieb er am 4. Oktober 1919 an Maidi von Liebermann:

»[...] Im Wachs der Seele hat sich auch alles Äußere so abgedrückt, daß ich dadurch immer noch die treuesten Bilder von Menschen und Dingen geben konnte.«[94]

Kurz vorher, am 8. September 1919, hatte er ihr die Vorzüge seiner Erzählweise charakterisiert. Sie treffen genau auf »Altaich« zu:

»Leute, die meine Bücher beurteilen, sehen oft über ein paar lustigen Dingen nicht die Hauptsache, in der allein die Schwierigkeit und darum auch das Können liegt.

Das ist, daß alle Menschen wirklich leben müssen, nach ihrem Typus denken und handeln.

Ich halte alle andere erzählende Literatur für minder wertvoll als eine, die auch den Nachlebenden Menschen von Fleisch und Blut aus unserer Zeit überliefert.«[95]

Abkürzungen und Siglen

Ausgewählte Briefe	Ludwig Thoma, Ausgewählte Briefe. Hg. von Josef Hofmiller und Michael Hochgesang. München: Albert Langen 1927
Erinnerungen	Ludwig Thoma, Erinnerungen. München: Albert Langen 1919
GW	Ludwig Thoma, Gesammelte Werke Bde 1–8. München: R. Piper 1956
Kittelsrode	Alice Berend, Die zu Kittelsrode. München: Albert Langen 1917
L mit einer Zahl	Standort im Ludwig-Thoma-Archiv der Stadtbibliothek München
LB	Ludwig Thoma, Ein Leben in Briefen [1875–1921]. Hg. von Anton Keller. München: R. Piper 1963
Leute, die ich kannte	Ludwig Thoma, Leute, die ich kannte. München: Albert Langen 1923
Perleberg	Carl Sternheim, Perleberg. Komödie in drei Aufzügen. Leipzig: Kurt Wolff 1917
Taschner	Ludwig Thoma – Ignatius Taschner. Eine bayerische Freundschaft in Briefen. Hg. und kommentiert von Richard Lemp. München: R. Piper 1971
[...]	Streichung durch den Herausgeber
	Einfache Seitenangaben verweisen auf diese Ausgabe

Für die Erlaubnis, Thomas Entwürfe zu »Altaich« abzudrucken, sei dem Leiter der Monacensia-Abteilung der Stadtbibliothek München, Herrn Dr. Fritz Fenzl, herzlich gedankt.

ANMERKUNGEN

1. Ausgewählte Briefe, S. 163
2. L 2453
3. Ausgewählte Briefe, S. 164
4. L 2383
5. L 2384
6. L 2385
7. Ausgewählte Briefe, S. 166
8. Ludwig Thoma zum 100. Geburtstag. Hg. von der Stadtbibliothek München. München: Stadtbibliothek 1967, S. 20
9. Ausgewählte Briefe, S. 168 f.
10. Ausgewählte Briefe, S. 175
11. Süddeutsche Monatshefte 15 (1918), Bd 2, S. 139
12. LB, S. 327
13. Das literarische Echo 20 (1917/18), Heft 19, Sp. 1189 f.
14. Josef Hofmiller, Briefe-Erster Teil: 1891 bis 1921. Ausgewählt und hg. von Hulda Hofmiller. Leipzig: Karl Rauch o. J. (1940), S. 184
15. Ausgewählte Briefe, S. 188
16. Leute, die ich kannte, S. 75–77
17. Ausgewählte Briefe, S. 184
18. Erinnerungen, S. 174–179
19. Erinnerungen, S. 143
20. S. 12
21. Richard Rothmaier, Mein Freund Ludwig Thoma. Hg. von Friedl Brehm. Altötting: »Bücher der Heimat«, 1949, S. 35–38
22. GW 8, S. 27 f.
23. GW 8, S. 29
24. GW 8, S. 28
25. Perleberg, S. 10–13
26. Perleberg, S. 15 f.
27. Perleberg, S. 55
28. Kittelsrode, S. 5
29. Kittelsrode, S. 60
30. Kittelsrode, S. 62
31. Kittelsrode, S. 67–69
32. Kittelsrode, S. 73 f.
33. Kittelsrode, S. 204 f.
34. Hans-Günter Richardi/Gerhard Winkler: Ludwig Thoma und die Dachauer Lokalbahn. Dachau: »Bayerland« 1974, S. 10
35. LB, S. 460
36. Vgl. dazu. Walter Hunziker: Fremdenverkehr. In: Handwörterbuch der Sozialwissenschaft Bd 4, Stuttgart 1965, S. 152–160. – Hans Joachim Knebel: Strukturwandlungen im modernen Tourismus. Stuttgart: Ferdinand Enke 1960, S. 36–52.

37 S. 17
38 S. 7
39 S. 8
40 S. 19
41 S. 134
42 S. 28
43 S. 29
44 Vgl. K. Pörnbacher, Ludwig Ganghofer. In: Handbuch der Literatur in Bayern. Hg. von Albrecht Weber. Regensburg: Friedrich Pustet, 1987, S. 352 ff.
45 S. 23
46 S. 234
47 Vgl. Michael Fritzen: Das satirische Werk Ludwig Thomas. Phil. Diss. Frankfurt 1971, S. 21
48 S. 128
49 S. 120
50 S. 119
51 S. 29
52 Taschner, S. 158 f.
53 Taschner, S. 163
54 S. 29
55 S. 127
56 Erinnerungen, S. 115 f.
57 S. 127
58 S. 123
59 S. 126
60 Leute, die ich kannte, S. 98
61 Leute, die ich kannte, S. 85 f.
62 Leute, die ich kannte, S. 79
63 Leute, die ich kannte, S. 13
64 Leute, die ich kannte, S. 8
65 Leute, die ich kannte, S. 10
66 S. 128
67 L 2384, Heft II
68 S. 142
69 S. 36
70 S. 37
71 S. 37
72 S. 100
73 S. 102
74 S. 146
75 Zitiert nach: Bayerische Bibliothek Bd 5: Die Literatur im 20. Jahrhundert. Ausgewählt und eingeleitet von K. Pörnbacher. München: Süddeutscher Verlag 1981, S. 132
76 Ausgewählte Briefe, S. 325
77 S. 26

78 S. 97
79 S. 109; vgl. dazu die Erzählung »Tja – –!« aus dem Jahr 1913. Hier verweist die Dichtersgattin ebenfalls auf die Bedeutung des »regelmäßigen Stuhlgangs«: »Ich kenne es sofort, wenn der zweite Akt angeht, und ich sage dann zu meiner Köchin, daß sie leichtverdauliche Speisen kocht, und daß mir immer Kompott auf den Tisch kommt, und ich lasse ihn dann auch fleißig Hunyadywasser trinken, bis wir den zweiten Akt heraußen haben.« (GW 4, S. 192 f.)
80 S. 129
81 LB, S. 314
82 LB, S. 314 f.
83 S. 157 f.
84 S. 121
85 S. 129
86 S. 122
87 L 2384, Heft X
88 S. 203
89 Erinnerungen, S. 214
90 LB, S. 315
91 S. 40
92 S. 222
93 S. 234
94 Ausgewählte Briefe, S. 215
95 Ausgewählte Briefe, S. 213

Worterklärungen

Nößel   veraltetes Flüssigkeitsmaß
Kalupp'n   baufälliges Haus
Palikaren   kriegerische Bergbewohner im nördlichen Griechenland
Finschhafen   Hafen in Neuguinea
Matupi   Insel an der Nordküste des Bismarck-Archipels
Samoa   Inselgruppe im Pazifischen Ozean
Apia   Hauptstadt von Samoa
durmelig   schwindlig
Haut   Wein
trapfte   blöde
perhorreszieren   verabscheuen
Gingan   Baumwollstoff
pläng är   Pleinair, Freilichtmalerei
Od   angebliche Ausstrahlung des menschlichen Körpers
Aschanti   Angehöriger eines Negerstammes in Ghana
Fausse maigre   schlanker, als es aussieht
Viens donc! Ici!   Komm! Hierher!
Kanadier à la Blenninger   Joh. Gottfried Seume (1763–1810): Der Wilde, ein Kanadier, der noch Europens übertünchte Höflichkeit nicht kannte.
Kledasche   Kleider
verknusen   ausstehen
Viens poupoule, viens poupoule, viens!   Komm, Liebling, komm!
Schiläh   Weste
Chacun à son goût!   Jeder nach seinem Geschmack!
Karriolpost   Briefpostwagen
Schwoli   Chevauleger, leichter Reiter
Sekt'n   Grillen, Besonderheiten
Menkenke   Durcheinander, Schwierigkeiten

Serie Piper

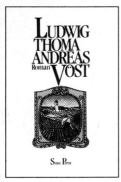

Agricola
Bauerngeschichten.
Textrevision und Nachwort
von Bernhard Gajek.
164 Seiten. Serie Piper 487

Andreas Vöst
Bauernroman.
Textrevision und Nachwort
von Bernhard Gajek.
355 Seiten. Serie Piper 806

Der heilige Hies
Merkwürdige Schicksale des
hochwürdigen Herrn Mathias
Fottner von Ainhofen,
Studiosi, Soldaten und
späterhin Pfarrherrn zu
Rappertswyl.
Nachwort von Richard Lemp.
160 Seiten mit 16 farbigen
und 15 Schwarzweiß-
Zeichnungen von Ignatius
Taschner. Serie Piper 1144

Heilige Nacht
Eine Weihnachtslegende.
Mit Zeichnungen von
Wilhelm Schulz.
64 Seiten. Serie Piper 262

Der Jagerloisl
Eine Tegernseer Geschichte.
Mit 15 Zeichnungen von
Eduard Thöny und
40 Zeichnungen von Julius
Widmann.
Textrevision und Nachwort
von Bernhard Gajek.
220 Seiten. Serie Piper 925

Jozef Filsers Briefwexel
Textrevision und Nachwort
von Helga Fischer.
Mit 29 Zeichnungen von
Eduard Thöny.
272 Seiten. Serie Piper 574

Lausbubengeschichten
Aus meiner Jugendzeit.
Mit 35 Zeichnungen von
Olaf Gulbransson.
Textrevision und Nachwort
von Bernhard Gajek.
195 Seiten. Serie Piper 853

**Die Lokalbahn und
andere Stücke**
Textrevision und Nachwort
von Jean Dewitz.
268 Seiten. Serie Piper 1300

Magdalena
Ein Volksstück in drei
Aufzügen.
Textrevision und Nachwort
von Bernhard Gajek.
120 Seiten. Serie Piper 428

Serie Piper

 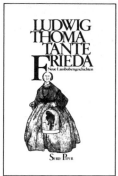 

Moral
Komödie in drei Akten.
Textrevision und Nachwort
von Bernhard Gajek.
102 Seiten. Serie Piper 297

Der Münchner im Himmel
Satiren und Humoresken.
164 Seiten. Serie Piper 684

Münchnerinnen
Roman.
Textrevision und Nachwort
von Bernhard Gajek.
209 Seiten. Serie Piper 339

Nachbarsleute
Kleinstadtgeschichten.
163 Seiten. Serie Piper 741

Der Ruepp
Roman.
Textrevision und Nachwort
von Bernhard Gajek.
247 Seiten. Serie Piper 543

Die Sippe
Schauspiel in drei Aufzügen.
Textrevision und Nachwort
von Jean Dewitz.
151 Seiten. Serie Piper 1301

Tante Frieda
Neue Lausbubengeschichten.
Mit 41 Zeichnungen von
Olaf Gulbransson.
Textrevision und Nachwort
von Bernhard Gajek.
151 Seiten. Serie Piper 379

Der Wittiber
Roman.
Textrevision und Nachwort
von Rudolf Lehner.
248 Seiten mit 28 Illustrationen von Ignatius Taschner.
Serie Piper 1077

Das Thoma-Buch
Von und über Ludwig Thoma
in Texten und Bildern.
Herausgegeben von
Richard Lemp.
511 Seiten. Serie Piper 641

SERIE PIPER

Bayerisches Lesebuch
Von 1871 bis heute
Herausgegeben von Günther Lutz.
599 Seiten. Serie Piper 431

Über gut hundert Jahre, von Lena Christ bis Marieluise Fleißer, von Ludwig Thoma bis Herbert Achternbusch und Gerhard Polt, spannt sich der Bogen dieses Lesebuchs, das im Spiegel der bayrischen Literatur zeigen will, was sich tat und was sich tut unter dem weiß-blauen Himmel, was sich geändert hat und was beim alten bebileben ist, seit die Bayern Anno 1870/71 auf ihre Eigenstaatlichkeit verzichteten. Ihre Eigensinnigkeit haben sie dem Deutschen Reiche damals mit Sicherheit nicht geopfert.

Aber nicht nur in der Abgrenzung nach draußen, auch im eigenen Lande schätzt der Bayer den Widerspruch als höchstes Formprinzip: Und so steht in diesem Lesebuch neben dem stillen Naturlyriker Georg Britting der Räterepublikaner Ernst Toller, treten neben den getreuen Chronisten bayrischen Brauchtums Georg Queri mit Heinrich Lautensack und Frank Wedekind die Barden der Schwabinger Bohème, gesellen sich zum schlicht-derben Ton der Mundartdichtung Karl Stielers die vertrackt philosophisch-linguitischen Eskapaden des Erzschelms Karl Valentin. Wie sich derartig konträre Elemente zu einer harmonischen Ganzheit von vollendeter Dissonnanz zu fügen vermögen – dieses Geheimnis Bayerns ein wenig zu lüften ist Ziel der Sammlung.